Arnaldur Indriðason
TIEFE SCHLUC

CW01431536

Weitere Titel des Autors:

Die Kommissar-Erlendur-Reihe:

1. Menschensöhne
2. Todesrosen
3. Nordermoor
4. Todeshauch
5. Engelsstimme
6. Kältezone
7. Frostnacht
8. Kälteschlaf
9. Frevelopfer
10. Abgründe
11. Eiseskälte

Duell
Nacht über Reykjavík
Schattenwege
Tage der Schuld

Die Flóvent-Thorsson-Reihe:

Der Reisende
Graue Nächte

Thriller:

Gletschergrab
Tödliche Intrige
Codex Regius

Die Konráð-Reihe:

Verborgen im Gletscher
Das Mädchen an der Brücke
Wand des Schweigens

Titel in der Regel auch als Hörbuch erhältlich

Arnaldur Indriðason
Tiefe Schluchten

Island Krimi

Übersetzung aus dem Isländischen
von Kristof Magnusson

lübbe

Die Bastei Lübbe AG verfolgt eine nachhaltige Buchproduktion. Wir verwenden Papiere aus nachhaltiger Forstwirtschaft und verzichten darauf, Bücher einzeln in Folie zu verpacken. Wir stellen unsere Bücher in Deutschland und Europa (EU) her und arbeiten mit den Druckereien kontinuierlich an einer positiven Ökobilanz.

MIX
Papier | Fördert
gute Waldnutzung
FSC
www.fsc.org
FSC® C014496

Vollständige Taschenbuchausgabe
der bei Bastei Lübbe erschienenen Hardcoverausgabe

Copyright © 2019 by Arnaldur Indriðason
Published by arrangement with Forlagið, www.forlagid.is

Titel der isländischen Originalausgabe:
»Tregasteinn«
Originalverlag: Forlagið, Reykjavík

Für die deutschsprachige Ausgabe:
Copyright © 2023 by
Bastei Lübbe AG, Schanzenstraße 6–20, 51063 Köln
Textredaktion, Anja Lademacher, Bonn
Umschlaggestaltung: Tanja Østlyngen
Umschlagmotiv: © Cassidy Storytelling/istockphoto
Satz: Dörlemann Satz, Lemförde
Gesetzt aus der DTL Documenta
Druck und Verarbeitung: GGP Media GmbH, Pößneck

Printed in Germany
ISBN 978-3-404-18947-2

5   4   3   2   1

Sie finden uns im Internet unter luebbe.de
Bitte beachten Sie auch: lesejury.de

Diese Geschichte ist fiktiv. Namen, Personen und Ereignisse sind frei erfunden.

Eins

Und da stand die junge Frau am Wohnzimmerfenster und blickte hinaus in die abendliche Dunkelheit. Sie rauchte eine Zigarette und blies genüsslich den Rauch aus, ihre Silhouette war deutlich zu erkennen in dem matten Licht, das aus der Wohnung schien. Sie hatte schulterlanges Haar und trug ein eng geschnittenes Kleid, das ihren schlanken Körper betonte, sie nahm einen Schluck aus einem Glas, das sie auf der Fensterbank abgestellt hatte. Vielleicht war sie gerade von einer Feier nach Hause gekommen. Sie war eine elegante Erscheinung, mit ihrer Zigarette, dort an dem Fenster. Da erschien hinter ihr ein Mann, der ungefähr in demselben Alter war, er ging zu ihr, trank aus seinem Glas und legte die Arme um sie. Sie küssten sich.

Die meisten Leute sahen sich zu dieser Zeit die Quizshow im Fernsehen an. Im Untergeschoss des Nachbarhauses saß ein Paar mittleren Alters im Fernsehzimmer auf dem Sofa. Der Mann war glatzköpfig und trug eine Brille, ein Hemd und eine Krawatte, deren Knoten er gelöst hatte. Die Frau trug die Haare zu einem Zopf gebunden, hatte sich an ihn geschmiegt und gähnte. Dann stand sie auf, ging in die Küche, werkelte etwas an der Spüle herum und stellte Geschirr in den Schrank. Plötzlich blickten sie beide in derselben Sekunde auf.

Im Obergeschoss spielten Kinder im Wohnzimmer,

zwei Jungen und ein Mädchen. Sie hatten eine riesige Menge an Legosteinen auf dem Boden verteilt und bauten etwas daraus, dann hielten sie mitten im Spiel inne und blickten in Richtung der geschlossenen Tür, hinter der die Küche ihrer Wohnung lag.

Hinter dieser Tür waren ihre Eltern und stritten. Die Frau sagte etwas, woraufhin der Mann sie anschrie und auf den Küchentisch schlug, bevor er sich ihr drohend näherte, als wollte er sie schlagen.

Vorn, im Wohnzimmer, stand der ältere der beiden Jungen von den Legosteinen auf und führte seine Geschwister in den Wohnungsflur.

In der Küche wurde weiter gestritten, dann schlug der Mann zu.

Im Erdgeschoss schenkte der Mann der Quizshow keine Beachtung mehr, er stand auf und sah in Richtung Zimmerdecke, so nah schien der Streit in der Küche im Obergeschoss zu sein. Seine Frau ließ an der Spüle alles stehen und liegen und kam zurück ins Wohnzimmer. Sie sprachen miteinander, die Frau wollte offenbar, dass der Mann hinauf zu den Nachbarn ging und sie beruhigte. Es sah so aus, als führten sie dieses Gespräch nicht zum ersten Mal.

Der Mann in der Küche schrie in einem fort und schlug seine Frau abermals, dieses Mal ging sie zu Boden.

Im Nachbarhaus küssten die fein gemachten Leute sich immer leidenschaftlicher. Die Frau zog dem Mann das Sakko aus. Er zögerte einen Moment und sah auf die Uhr, als hätten sie nicht viel Zeit, als wären sie spät dran und müssten sich beeilen. Die Frau ließ sich nicht beirren und hatte ihm das Hemd bereits halb aufgeknöpft. Im nächsten Moment fiel ihr Kleid zu Boden, sie gab dem Mann einen

Schubs, sodass er ausgestreckt auf das Sofa fiel. Der Mann lag dort, die Hose in den Kniekehlen und sah der Frau dabei zu, wie sie ihren BH öffnete, dann hielt sie plötzlich mitten in der Bewegung inne, ging zum Fenster und zog den Vorhang zu. Wenig später erlosch im Zimmer das Licht.

Der Mann in der Küche stand drohend über der Frau und brüllte. Die Kinder waren nirgendwo zu sehen. Dann erstarrte er für einen Moment und lauschte. Etwas hatte ihn gestört. Die Frau lag noch immer auf dem Boden, doch nun half er ihr auf, strich ihr das zerzauste Haar glatt und gab ihr mit Gesten zu verstehen, sie solle in der Küche bleiben und still sein. Die Frau trug eine weiße Bluse und einen grauen Rock. Sie strich den Rock glatt, der Mann öffnete die Küchentür und ging hinaus. Er warf einen schnellen Blick ins Wohnzimmer und sah, dass die Kinder nicht mehr dort waren, nur die zurückgelassenen Legosteine auf dem Boden. Dann wandte er sich zur Wohnungstür und öffnete sie, während seine Frau verschüchtert und bewegungslos in der Küche zurückblieb.

Im Erdgeschoss stand die Frau im Rahmen ihrer Wohnungstür und hörte zu, was oben vor sich ging. Sie schien sich große Sorgen zu machen. Ihr Mann war jetzt bei den Nachbarn von oben. Die Frau dort versteckte sich weiterhin in der Küche und wusste nicht, was sie tun sollte. Hilfe war nah. Vielleicht war all das schon einmal genau so passiert.

Die Männer sprachen an der Wohnungstür. Schließlich ging die Frau langsam zur Küchentür, öffnete sie und kam hinzu. Die Männer sahen sie an. Der ältere der beiden Jungen erschien im Flur und warf einen Blick auf die Erwachsenen im Eingangsbereich, seine Geschwister standen hinter ihm. Der Mann von unten sagte etwas zu der

Frau, doch die schüttelte den Kopf, als würde er sich unnötige Sorgen machen. Ihr Mann schien der Meinung zu sein, dass man sie nun genug gestört hätte, und wollte die Wohnungstür schließen, doch sein Nachbar von unten ließ sich nicht abwimmeln. Die Männer stritten, die Frau und die Kinder sahen zu.

Die dicken Vorhänge, die das Liebespaar verbargen, bewegten sich nicht.

Der Mann verlor die Geduld. Er schubste seinen Nachbarn, wollte ihn aus der Tür drängen. Die Frau stand schweigend dabei und unternahm nichts. Die Kinder kamen zu ihr und nahmen ihre Mutter in den Arm. Die Frau von unten stand noch immer in ihrer Wohnungstür und hörte, was oben vor sich ging. Schließlich hatte der Mann seinen Nachbarn zurückgedrängt und knallte ihm die Tür vor der Nase zu. Er wandte sich seiner Frau zu, die da umringt von ihren Kindern stand, starrte seine Frau an, die Kinder, dann wieder sie, dann verschwand er im Wohnungsflur.

In einem Wohnblock auf der anderen Straßenseite saß eine spärlich bekleidete Frau am Esstisch und hatte das Gesicht in ihren Händen vergraben. Es ging ihr ganz offenbar nicht gut. In regelmäßigen Abständen warf sie einen Blick in die Wohnung und schien mit jemandem zu sprechen, bald darauf erschien ein Mann und küsste sie auf den Mund. Er trug eine dunkle Hose und einen Pullover und zog nun seine Jacke an. Die Frau brachte ihn zur Tür, der Mann ging rasch auf den Hausflur hinaus. Als ob sie nicht wollten, dass ihn jemand bemerkte. Die Frau blieb allein zurück und setzte sich wieder an den Tisch, fand aber keine Ruhe, stand wieder auf und sah auf die Uhr, sah auf ihr Handy, legte es wieder fort.

Im Stockwerk über ihr saß eine alte Frau vor dem Fernseher, nur das Flackern des Bildschirms erleuchtete ihr Gesicht. Sie sah zur Tür, erhob sich und ging zögerlich nach vorn.

Sie öffnete die Tür, und ehe sie sich's versah, ging ein Mann auf sie los und warf sie zu Boden. Sein Gesicht war in der Dunkelheit kaum zu erkennen.

Wenig später hatte das Schattenwesen eine Plastiktüte in der Hand und durchsuchte hastig die Wohnung. Blitzschnell lief er von einem Zimmer ins nächste, zog Schubladen auf, riss Dinge aus den Schränken, bevor er wieder auf den Hausflur hinauslief und darauf achtete, die Wohnungstür hinter sich zu schließen.

Der Vorhang, der das Liebespaar in dem Wohnzimmer verborgen hatte, war wieder aufgezogen. Die junge Frau stand nackt im Dunkeln, blickte aus dem Fenster und rauchte, und der weiche Schein der Glut traf auf ihr friedliches Gesicht.

Zwei

Marta parkte vor dem Hauseingang und griff nach ihrer E-Zigarette. Sie befand sich in einem der Stadtviertel, das sowohl mit Wohnblocks als auch mit Reihenhäusern und Doppelhäusern bebaut war, hier und da gab es sogar ein paar frei stehende Häuser für die etwas Bessergestellten. Das Stadtviertel war in den frühen Siebzigerjahren gebaut worden und hatte schon bessere Tage gesehen. Die Polizei wurde immer mal wieder wegen Ruhestörung oder Trunkenheit hierhergerufen, und die Graffitisprayer wurden immer dreister. Auch Einbrüche und Diebstähle verzeichnete die Polizei gelegentlich in ihren Berichten, doch ein Verbrechen von dieser Tragweite hatte es hier noch nie gegeben. Die Leute waren erstaunt und schockiert zugleich, als sich herumsprach, aus welchem Grund vor einem der Wohnblocks die Polizeiwagen mit den heulenden Sirenen vorfuhren, dazu ein Krankenwagen und schließlich sogar der Kleinbus der Kriminaltechnik. Immer mehr uniformierte Beamte gingen hinauf in den ersten Stock, in eine Wohnung, die wieder und wieder von Kamerablitzen erleuchtet wurde.

Die Frau lag im Eingangsbereich ihrer Wohnung, so nah an der Tür, dass man kaum hineinkam, ohne über sie steigen zu müssen. Sie musste um die siebzig sein, trug eine Strickjacke, darunter eine Bluse, eine braune Hose und um den Hals eine Brille an einer dünnen Kette. Ihr Haar war fast vollständig ergraut. Ihrem Gesicht war anzusehen, wie brutal der Angriff gewesen sein musste. Ihre Augen waren weit geöffnet, und auch der Mund war aufgerissen, als hätte sie mit aller Kraft versucht, irgendwie an Sauerstoff zu kommen.

Die Wohnung war vollkommen verwüstet. Die Habseligkeiten der Frau lagen auf dem Boden und waren teilweise zu Bruch gegangen, die Schubladen standen offen, Bücher waren überall verteilt, einige Möbel umgeworfen. Die Gemälde an den Wänden hingen schief. Aber keines von ihnen schien zu fehlen.

Marta stand im Eingangsbereich der Wohnung und zog an ihrer E-Zigarette. Sie hatte aufgehört, die dünnen Mentholzigaretten zu rauchen, und dampfte jetzt, schließlich war das fast schon gesund, zumindest wenn man den Werbebotschaften der Hersteller von E-Zigaretten glaubte. Am liebsten mochte sie Vanille, auch wenn ihr der Geschmack eigentlich relativ egal war, solange das Nikotin großzügig genug dosiert war. Dann spürte sie eigentlich eine ganz gute Wirkung, zumindest wenn sie schnell rauchte und viel Dampf auf einmal einsog, weswegen Marta jetzt öfter von Dampfwolken eingehüllt war, als wäre sie ein Erdwärme-Kraftwerk.

»Muss das sein mit dieser Dampferei?«, fragte der Kriminaltechniker. Er versuchte nicht, seine Genervtheit zu verbergen.

»Jetzt entspann dich mal«, sagte sie und wandte sich dem Amtsarzt zu, der gekommen war, um den Tod der Frau festzustellen.

»Kannst du schon was zur Todesursache sagen?«, fragte Marta.

»Ist doch ziemlich offensichtlich, oder? Sie hat keine Luft mehr bekommen«, sagte der Arzt. »Erstickt. Und es ist noch nicht lange her, eine halbe Stunde oder so. Wieso seid ihr eigentlich so schnell hier?«

»Wurde sie erwürgt?«

»Nein. Ich glaube eher, jemand hat ihr etwas über den Kopf gezogen, eine Plastiktüte vielleicht. Und die wurde dann hier zusammengezogen«, fügte er hinzu und zeigte auf einen schwachen Abdruck am Hals. »Sie hat sich gewehrt. Ihre Fingernägel sind abgebrochen. Genaueres kann man erst nach der Obduktion sagen.«

»Wer hat uns eigentlich gerufen?«, fragte Marta.

»Hat seinen Namen nicht genannt«, sagte ein Polizist, der im Hausflur stand und als Erster vor Ort gewesen war. »Der hat nur was von einem Überfall gesagt, dass hier eine Frau in ihrer Wohnung liegt und vielleicht verletzt ist.«

»Können wir den Anruf zurückverfolgen?«

»Die meinten, das wird schwierig.«

»Dann war das wohl der Täter, oder?«, sagte Marta wie zu sich selbst. »Hat vielleicht ein schlechtes Gewissen bekommen, weil er zu weit gegangen ist?«

Da diese Fragen an niemanden gerichtet waren, antwortete auch keiner. Die Frau war erst vor kurzer Zeit überfallen worden, und es gab keinen Zeugen außer dem Täter selbst. Oder den Tätern. Vielleicht waren es mehr als einer, und sie hatten beschlossen, die Polizei zu rufen. Die Frau hatte arglos die Tür geöffnet, dann war ohne Vorwarnung jemand auf sie losgegangen und hatte sie zu Boden geworfen. Oder sie hatte noch versucht zu fliehen und war nicht weiter als ein paar Schritte gekommen. Wenn das der Fall war, hatte sie den Täter vielleicht hereingelassen. Ihn vielleicht gekannt.

Marta trat mit ihrer E-Zigarette hinaus in den Hausflur und sah sich im Treppenhaus um, warf einen Blick nach oben, nach unten. Dann ging sie die Treppen hinunter ins Erdgeschoss, an der Haustür vorbei und weiter in Richtung Keller. Sie betrat den dunklen Kellerflur und machte Licht. Kellerverschläge säumten beide Seiten des Flures, und an dessen Ende lag eine geräumige Waschküche mit einem Fenster, das sich ungefähr auf Brusthöhe befand und auf einen großen Hinterhof hinausführte. Das Fenster war gekippt, Fußabdrücke und Schmutz auf der Fensterbank zeigten eindeutig, dass dort vor nicht allzu langer Zeit jemand eingestiegen war.

»Bist du hier reingekrochen, Mistkerl?«, murmelte Marta, während sie die Spuren betrachtete. Der Täter war offenbar nicht in Eile gewesen. Er hatte sogar das Fenster wieder in die Kippstellung zurückgebracht, als würde das reichen, um seine Spuren zu verwischen. Marta versuchte draußen vor dem Fenster eine Spur im Gras auszumachen, doch es war zu dunkel.

Sie ging in den ersten Stock zurück und sagte den Kriminaltechnikern Bescheid, die inzwischen ihre dünnen weißen Ganzkörperanzüge angezogen hatten. Einer von ihnen ging mit seiner Ausrüstung nach unten. Wenig später erlaubten sie Marta, die Wohnung zu betreten, unter der Bedingung, nichts anzufassen. Die Nachbarn waren gebeten worden, in ihren Wohnungen zu bleiben, doch draußen vor dem Wohnblock sammelten sich langsam die Schaulustigen. Die Leiche der Frau wurde die Treppe hinuntergetragen und zur Obduktion in die Uniklinik gebracht. An der Türklingel stand der Name Valborg.

Marta betrachtete das Bild der Zerstörung, das sich ihr bot. Sie hatte im Laufe der Jahre mehr von Einbrechern verwüstete Wohnungen und Häuser betreten, als ihr lieb war, und auf den ersten Blick schien hier nichts anders zu sein als sonst. Alles war auf der Suche nach etwas Wertvollem durchwühlt worden. Ohne Rücksicht auf Verluste. Marta überlegte, ob der Täter etwas Bestimmtes gesucht haben könnte. Im Schlafzimmer lag eine kleine, leere Schmuckschatulle auf dem Boden, der Inhalt einer Umhängetasche war ausgekippt worden, Marta sah eine Brieftasche, ohne Bankkarten, ohne Geld.

Im Badezimmer hatte der Täter den Medizinschrank auf dieselbe rücksichtslose Weise ausgeräumt. Eine leere Medikamentenpackung war in die Badewanne gefallen, andere Dinge lagen in der Kloschüssel, ein Nagelknipser, eine Seifenschale. Ein weit verbreitetes Cholesterin-Medikament schwamm auf der Wasseroberfläche. Die Frau hatte also einen erhöhten Cholesterinwert. Marta beugte sich über die Badewanne und betrachtete eine Medikamentenpackung, die dort lag – wenn Marta nicht alles täuschte, hatte die Frau noch ein sehr viel ernsteres gesundheitliches Problem.

Marta sah keinen Desktop-Computer und fand weder Laptop noch Tablet. Nicht einmal ein Handy. Auf Facebook oder Twitter würde sie also wahrscheinlich nicht viel über diese Frau erfahren. Ein altmodisches Festnetztelefon, das wohl auf einem Tisch im Eingangsbereich gestanden hatte, lag auf dem Boden. Marta wusste, dass es noch immer ältere Leute gab, die das Internet für Teufelszeug hielten und keine Computertechnik im Haus duldeten, doch Valborg erschien ihr eigentlich ein paar Jahre zu jung für jemanden, an der die technische Revolution der letzten Jahrzehnte völlig vorbeigegangen war.

In einer Ecke des Wohnzimmers stand ein Schreibtisch. Zeitungen und Papiere lagen wild darum verstreut, Rezepte für Medikamente, Rechnungen von Fachärzten, vermischt mit allen möglichen Zetteln, Erinnerungsnotizen, Einkaufslisten. Marta hob einige von ihnen auf und sah sie an, bis sie einen Zettel mit einer Telefonnummer fand, die ihr nur allzu vertraut war. Auf dem Zettel stand nur die Nummer, kein Name. Marta starrte die Nummer eine Weile an und überlegte, was es wohl für eine Verbindung zwischen ihr und der Verstorbenen gab. Dann beschloss sie, es sofort herauszufinden. Sie nahm ihr Handy, wählte die Nummer und hörte wenig später am anderen Ende eine altbekannte Stimme.

»Hier ist Konráð?«

»Störe ich?«

»Kommt drauf an, worum es geht.«

»Kennst du eine gewisse Valborg?«

»Nein.«

»Sie scheint dich aber zu kennen«, sagte Marta.

»Wirklich? Valborg? Sagt mir nichts.«

Es folgte ein kurzes Schweigen.

»Oder doch, warte mal, ist die schon ein bisschen älter?«, fragte Konráð.

»Ich habe deine Nummer auf ihrem Schreibtisch gefunden. Sie ist tot.«

»Tot?«

»Ja.«

»Bist du bei ihr? Ist ihr etwas zugestoßen? Oder was machst du da?«

»Bei ihr wurde eingebrochen, und sie wurde erstickt«, sagte Marta, »wahrscheinlich mit einer Plastiktüte.«

»Das ist ja furchtbar.«

»Woher kanntest du sie denn?«

»Eigentlich kenne ich sie gar nicht wirklich«, sagte Konráð, und Marta spürte selbst durch das Telefon, wie schockiert er war. »Wenn das die Frau ist, an die ich denke ..., sie wollte mich treffen, weil sie wusste, dass ich bei der Polizei gearbeitet habe. Vor zwei Monaten oder so ... hast du Plastiktüte gesagt?«

»Was wollte sie denn von dir?«

»Ist sie wirklich tot?«, stammelte Konráð. »Ich habe mich nicht sofort an den Namen erinnert, aber was sie wollte, das weiß ich noch ganz genau, das war nämlich ziemlich speziell. Sie hat mich kontaktiert, um zu fragen, ob ich ihr Kind finden kann.«

Drei

Sie hatten sich im Museum Ásmundur Sveinsson getroffen.

Konráð erinnerte sich noch gut daran, wie sehr er gezögert hatte, als sie ihn anrief und um Hilfe bat. Er sagte ihr, er sei in Rente und nehme auch keine privaten Aufträge an, doch sie ließ sich nicht abwimmeln. Eine Woche später rief sie erneut an und fragte, ob er seine Meinung geändert habe. Konráð irritierte diese Hartnäckigkeit ein wenig, aber er wollte nicht unhöflich sein. Und der Schmerz in der Stimme der Frau ließ ihn vermuten, dass es ihr nicht leichtgefallen war, mit ihm Kontakt aufzunehmen.

»Du hast doch in dem Fall mit der Leiche ermittelt, die sie am Langjökull im Eis gefunden haben, oder?«, fragte sie ganz entmutigt, nachdem sie eine Weile gesprochen hatten und er bereits zum zweiten Mal versuchte, das Gespräch zu beenden. Das konnte er nicht bestreiten. Es war einer seiner schwierigsten Fälle gewesen. Die Medien hatten viel darüber berichtet, dreißig Jahre hatte es gedauert herauszufinden, was wirklich passiert war. Konráð war im Laufe der Zeit deswegen oft in unangenehme Situationen geraten, jeder schien dazu etwas zu sagen zu haben, die Leute behelligten ihn mit den wildesten Verschwörungstheorien über verschollene Menschen, mysteriöse Todesfälle und die Machenschaften der isländischen Unterwelt.

Wenig später verabschiedeten sich Konráð und die

Frau. Für ihn schien die Sache damit erledigt, doch sie rief zwei Monate später abermals an.

»Ich weiß nicht, ob du dich erinnerst«, sagte sie. »Ich habe dich vor einiger Zeit angerufen und dich um Hilfe gebeten.«

Da fiel ihm ihr letztes Telefonat wieder ein. Er erinnerte sich an den Schmerz in ihrer Stimme, und ihm war unwohl bei dem Gedanken, die Frau zum dritten Mal abzuwimmeln. Er hatte ja noch nicht einmal richtig über die Sache nachgedacht. Bei dem letzten Gespräch hatte sie gar nicht die Gelegenheit gehabt, näher zu erläutern, worum es ging. Sie hatte nur gefragt, ob er ihr in einer Angelegenheit helfen könne, die sie schon lange belaste und sehr persönlich sei. Er war nicht darauf eingegangen, um gar nicht erst den Anlass für weitere Gespräche zu liefern. Doch nun musste er sich eingestehen, dass er neugierig geworden war.

»Was belastet dich denn so? Was soll ich für dich tun?«, fragte er in eine unangenehme Gesprächspause hinein.

»Das möchte ich ungern am Telefon besprechen«, sagte sie. Offenbar hatte sie gespürt, dass er jetzt etwas wohlwollender reagierte. »Es würde mich freuen, wenn wir uns treffen könnten. Vielleicht in der Innenstadt, in einem Café? Oder wo auch immer du magst. Und entschuldige, dass ich so hartnäckig bin, ich will dir wirklich nicht auf die Nerven gehen. Aber ich weiß einfach nicht, an wen ich mich sonst wenden soll.«

Dann erwähnte sie, dass sie früher in der Nähe des nach dem Bildhauer Ásmundur Sveinsson benannten Museums gearbeitet habe und manchmal nach Feierabend dorthin gegangen sei, um den Tag in Ruhe ausklingen zu lassen. Sie verabredeten sich für einen der nächsten Nachmittage. Als Konráð ankam, war kaum jemand dort. Ein ganzer Reisebus voller Touristen war gerade abgefahren, und er war sich sicher, dass bald weitere kommen würden. Reykjavík war damals vom Massentourismus überschwemmt worden, die Reiseunternehmen suchten verzweifelt nach Orten, wo sie die ganzen Leute hinbringen konnten, und da eignete sich das Museum Ásmundur Sveinsson gut, schließlich war es nicht weit von der Innenstadt entfernt und hatte einen sehr interessanten Skulpturengarten.

Auch das Gebäude selbst suchte in Reykjavík seinesgleichen. Es war auf originelle Weise zeitlos und außergewöhnlich zugleich, strenge Formen trafen auf weiche Linien, und über allem erhob sich ein Kuppeldach, das an eine Sternwarte erinnerte. Als wäre dort ein Schiff aus einem Paralleluniversum gestrandet.

In einem der Ausstellungssäle saß Valborg auf einer Bank und betrachtete eine Skulptur. Sie zeigte eine Mutter, die ihr Kind auf dem Schoß hielt und es voller Liebe ansah. Die Skulptur hieß Mutterliebe. Als Konráð den Saal betrat, gab Valborg ihm ein zögerliches Zeichen, sie begrüßten sich, und sie bot ihm den Platz an ihrer Seite an.

»Unglaublich, dass man einen ganz normalen Stein in so schöne Kunst verwandeln kann ...«, sagte sie, während sie weiterhin die Skulptur betrachtete.

Konráð hatte vor einiger Zeit zufällig in ein Interview mit dem Künstler hineingeschaltet, das im Fernsehen lief. Da waren ihm besonders die kräftigen Finger des Bildhauers aufgefallen, seine rissigen, unreinen Fingernägel und die verheilten Wunden, die Hammer und Meißel hinterlassen hatten. Hart arbeitende Hände, die Stein sprengten und ihn verwandelten in Geschichten und Poesie.

»Er hat so schöne Skulpturen von Frauen gemacht«, sagte Valborg. »Insbesondere von Müttern. Diese starken Frauen, die ihre Kinder so liebevoll im Arm halten, sie beschützen und nähren. Die Liebe zwischen Mutter und Kind, gehauen in Stein.«

»Denkst du viel über so etwas nach?«, fragte Konráð nach einem Moment des Schweigens und sah Valborg an. Sie hatte weiche Gesichtszüge und dunkle, geschwungene Augenbrauen, die hohe Stirn ließ sie nachdenklich wirken.

»Je älter ich werde, desto mehr«, sagte sie. »Ich wollte es nicht einmal halten. Ich habe es nie gesehen.«

»Was hast du nie gesehen?«

Die Frau wandte den Blick nicht von der Skulptur ab.

»Ich bin von einem Spezialisten zum nächsten gerannt. Alle sagen mir, dass ich nicht mehr lange habe. Sie können es mit Medikamenten noch hinauszögern, mir etwas gegen die Schmerzen geben, doch eine Heilung gibt es nicht, damit muss ich mich abfinden. Das habe ich auch versucht. Aber es ist schwer. Ich muss in der letzten Zeit immer wieder an eine bestimmte Sache denken und … ich weiß gar nicht, wie ich das sagen soll. Ich habe mal ein Kind bekommen, das mir direkt nach der Entbindung weggenommen wurde. Oder vielmehr … es wurde mir nicht genommen, ich habe es fortgegeben. Ich hatte dem schon vor der Geburt zugestimmt, da erschien es mir am vernünftigsten, wenn ich das Kind gar nicht erst sehen oder im Arm halten würde, damit gar nicht erst eine Bindung entsteht. Und doch habe ich nie aufgehört, an mein Kind zu denken. Auch wenn ich erst jetzt einen ernsthaften Versuch mache, herauszufinden, was aus ihm geworden ist. Das ist siebenundvierzig Jahre her und … ich weiß nichts, ich weiß nicht einmal, ob es ein Junge war oder ein Mädchen. Ich habe mich damit abgefunden, es war ja schließlich meine Entscheidung, ich hätte das Kind nicht behalten können, das war klar, aber jetzt möchte ich wissen, wie es ihm ergangen ist, und ihm vielleicht sagen … ihm sagen, was passiert ist und warum und schauen, ob es ihm gut geht, damit ich mir keine Sorgen machen muss. Damit ich weiß, dass das die richtige Entscheidung war. Dass ich das richtig gemacht habe, trotz allem.«

»Siebenundvierzig Jahre sind eine lange Zeit.«

»Und ich sage immer noch ›das Kind‹.« Valborg sprach so leise, dass Konráð auffiel, wie müde und erschöpft sie war. Er dachte an die Schmerzmittel, die sie eben erwähnt hatte. »Es wird bald fünfzig, und ich sage immer noch ›das Kind‹. Ich kenne es ja auch nicht anders, ach, was sage ich, ich kenne es ja überhaupt nicht!«

»Was hast du bisher unternommen, um es zu finden?«, fragte Konráð.

»Ich habe damals auf dem Land gewohnt, auf der anderen Seite der Berge. Oder genauer gesagt, ich bin extra dorthin gezogen, um das Kind dort bei jemandem zu Hause zur Welt zu bringen. Das ging alles sehr gut, eine Hebamme war dabei, die sich gut um mich gekümmert und meine Situation verstanden hat. Die hat mich, ehrlich gesagt, auch dazu gebracht, es so zu machen, anstatt das Kind abzutreiben. Sie hatte das Kind im Arm, als ich es zum ersten und einzigen Mal sah. Die Hebamme lebt nicht mehr, das habe ich herausgefunden. Und über das Kind kann ich nichts finden, was mich nicht überrascht, wenn man bedenkt, wie wir das damals gemacht haben. Den Geburtstag und das Jahr weiß ich natürlich, doch das hat mir nicht geholfen. Vielleicht haben die das Geburtsdatum auch einfach geändert. Ich bin zur Polizei gegangen, aber es ist ja niemandem Gewalt angetan worden. Alles geschah mit meiner Zustimmung. Die Polizei hat ja auch Wichtigeres zu tun, die haben mir den Tipp gegeben, ich soll eine Zeitungsannonce aufgeben, mich an das Fernsehen wenden. Aber das kann ich nicht. Das würde ich nie tun.«

»Warum hast du dein Kind weggegeben?«

Konráð bereute sofort den harschen Ton, in dem er die Frage gestellt hatte.

»Kannst du mir nun helfen oder nicht?«, fragte Valborg, ohne ihm zu antworten.

»Ich wüsste nicht, wie«, sagte Konráð, der sich weiterhin nicht recht in die Sache einmischen wollte. »Du hast ja offenbar alles versucht. Vielleicht solltest du die Sache auf sich beruhen lassen? Wenn es keine offiziellen Aufzeichnungen gibt und die Menschen, die dir helfen könnten, nicht mehr leben, sollte man vielleicht gar nicht mehr daran rühren. Und selbst wenn du nach all der Zeit noch etwas herausfindest, weißt du nicht, was das dann für dich bedeutet. Vielleicht bist du erleichtert, weil alles gut ausgegangen ist. Oder es geht dir danach noch schlechter als jetzt.«

»Ich weiß. Aber dieses Risiko gehe ich ein«, sagte Valborg und sah ihm fest in die Augen, um ihm zu zeigen, dass sie all das bereits bedacht hatte. »Ich würde alles tun, um herauszufinden, was aus meinem Kind geworden ist. Ich bezahle dich natürlich. Ich habe etwas gespart.«

»Es geht mir nicht um das Geld«, sagte Konráð.

»Diesen Fall, mit der Leiche auf dem Langjökull, den hast du doch letztendlich auch gelöst, obwohl das alles so lange her war. Du hast niemals aufgegeben.«

»Oh, ich habe oft aufgegeben«, sagte Konráð. »Und

viele Fehler gemacht. Ich bin auf diesen Fall alles andere als stolz.«

»Aber in den Zeitungen stand…«

»In den Zeitungen steht eben nicht immer die Wahrheit. Warum hast du das Kind weggegeben? War das wirklich deine eigene Entscheidung?«

Valborg betrachtete lange die Skulptur von der Mutter und dem Kind.

»Du wirst mir nicht helfen, oder?«, sagte sie. Es klang nicht so, als wollte sie weiter darauf bestehen, doch die Enttäuschung war ihr anzumerken.

»Ich weiß einfach nicht, was ich für dich tun könnte. Tut mir leid. Ich mache solche Dinge generell nicht.«

»Du denkst, ich soll die Sache auf sich beruhen lassen?«

»Ich bin natürlich nicht in der Position, dir da Ratschläge zu geben.«

»Nein, das bist du wohl nicht.«

Sie saßen eine Weile schweigend da und betrachteten die Kunstwerke, während das nachlassende Licht des Tages durch die geneigten Fenster auf sie fiel.

»Kennst du die Geschichte vom Tregasteinn? Dem Stein der Reue?«, fragte Valborg.

»Nein«, sagte Konráð.

»Der liegt in einem Gebirge in Westisland«, sagte Valborg. »Daran denke ich manchmal, wenn ich diese schöne Skulptur betrachte.«

Sie bemerkte, dass Konráð auf seine Armbanduhr sah, und verstummte.

»Ich will dich nicht länger aufhalten«, sagte sie und stand auf.

»Ich hoffe, ich habe dich jetzt nicht verärgert«, sagte Konráð.

»Du hast mich nicht verärgert«, erwiderte Valborg. »Danke, dass du dich mit mir getroffen hast.«

»Willst du mir wirklich nicht sagen, was damals passiert ist?«

»Da du mir eh nicht helfen kannst, wüsste ich nicht, warum.«

»Ich weiß nicht einmal, wo ich anfangen sollte.«

»Keine Sorge, ich verstehe das. Ich wollte diesen Weg bis zum Ende gehen, aber nun sehe ich, er ist mir versperrt. Vielen Dank noch mal, dass du dich mit mir getroffen hast. Und bitte entschuldige, dass ich dich behelligt habe. Du wirst nichts mehr von mir hören.«

Konráð sah vor sich, wie die Frau damals das Museum verlassen hatte, einsam und ratlos, niedergedrückt von der Last der Vergangenheit. Sie hielt ihr Wort. Konráð hörte nie wieder von ihr. Doch nun, wo Marta ihm die unglaubliche Nachricht überbracht hatte, dass die Frau in ihrer Wohnung ermordet worden war, fragte er sich, ob er sie im Stich gelassen hatte. Nachdem das Telefonat beendet war, saß er verdattert da und erinnerte sich an ihre Begegnung im Museum. Er konnte sich einfach nicht vorstellen, wie jemand diese freundliche Frau so brutal angreifen konnte, wie Marta es beschrieben hatte. Nichts in seinen Gesprächen mit Valborg hatte darauf hingewiesen, dass sie in Gefahr schwebte. Konráð hatte solche Aufträge einfach nicht mehr annehmen wollen, er wollte sich nicht mehr in das Privatleben anderer Leute einmischen, ganz so, als wäre er noch immer bei der Polizei. All diese fremden Tragödien mitzuverfolgen, das verlangte einem auf Dauer einiges ab. Eigentlich hatte er damit abgeschlossen.

Er nahm erneut die Dokumente zur Hand, mit denen er beschäftigt gewesen war, als Marta ihn angerufen hatte – und bald wurde ihm klar, dass Valborg und er sich gar nicht so unähnlich waren. Auch er war auf der Suche nach Antworten. Er hielt die Abschrift der Zeugenaussage einer jungen Frau in den Händen, die vor Jahrzehnten in einem fast vergessenen Kriminalfall ausgesagt hatte. Dieser Fall war bis heute ungelöst. Die Frau war im Jahr 1963 eines Abends die Skúlagata entlanggegangen und hatte einen Mann aufgefunden, der vor dem dortigen Schlachthof in seinem eigenen Blut lag. Der Mann war Konráðs Vater gewesen. Jemand hatte ihm zwei Stichwunden zugefügt, an denen er dort auf dem Bürgersteig gestorben war. Die beiden Stiche gingen so tief und waren so präzise ausgeführt, dass sie den maximalen Schaden angerichtet hatten. Die Frau, die ihn gefunden hatte, erwähnte in ihrer Zeugenaussage wieder und wieder das viele Blut, das in den Rinnstein floss.

Und diese Frau war noch am Leben. Konráð hatte sie nie kennengelernt, nie mit ihr gesprochen. Doch in letzter Zeit überlegte er immer wieder, ob er sie treffen oder die Sache auf sich beruhen lassen sollte, und genau darüber hatte er nachgedacht, als Marta ihn aus seinen Grübeleien gerissen hatte. In all den Jahren bei der Kriminalpolizei hatte er diesem Fall keine Aufmerksamkeit geschenkt, doch vergessen konnte er ihn auch nicht. In letzter Zeit hatte er immer wieder versucht, den Mut aufzubringen, sie anzurufen und sie ein paar Dinge zu fragen.

Doch etwas unternommen hatte er nie. Konráð wusste, dass er damit den größten Schritt tun würde, den er jemals unternommen hatte, um den Mörder seines Vaters zu finden.

Danach, so befürchtete er, gab es kein Zurück mehr.

Vier

Marta sah sich Fotos vom Tatort an, während sie Konráð zuhörte. Es war der Tag nach dem Fund der Leiche, Konráð hatte kein Auge zugetan, seitdem er davon gehört hatte. Sein Treffen mit Valborg ging ihm nicht mehr aus dem Kopf. Der Ausstellungssaal, die Skulptur und vor allem das Museum selbst, in dem sie oft nach einem langen Arbeitstag Ruhe gesucht hatte. Er machte sich schwere Vorwürfe, nichts für sie getan zu haben. In den Wochen nach ihrem Treffen hatte er gelegentlich an Valborg gedacht, und als er von ihrem gewaltsamen Tod erfahren hatte, fiel er aus allen Wolken. Eine derart erbarmungslose, brutale Tat passte so gar nicht zu dieser zurückhaltenden, höflichen Frau, die sich nach Jahren des stillen Leidens endlich ein Herz gefasst und ihn um Hilfe gebeten hatte. Wäre er doch nur sensibler gewesen und hätte besser zugehört, nachdem er gemerkt hatte, wie traurig sie war.

»Sie hatte also ein ungewolltes Kind?«, fragte Marta, die trotz Konráðs Erzählungen sehr sachlich blieb. Dann legte sie zwei Fotos vor sich auf den Tisch. Sie saßen in ihrem Büro im Kommissariat an der Hverfisgata. Konráð war gekommen, um ihr zu sagen, was er über Valborg wusste – auch wenn das nicht viel war.

»So hat sie das nicht gesagt. Sie hat mir sowieso nicht die ganze Geschichte erzählt, dazu habe ich wohl zu abweisend reagiert. Das bereue ich jetzt schrecklich. Ich hätte einfach besser zuhören sollen.

»Wenden sich oft Leute mit solchen Dingen an dich?«

»Es kommt vor.«

»Aber du bist dann nicht besonders hilfsbereit?«

»Nein.«

»Das kann ich gut verstehen«, sagte Marta, dann reichte sie ihm einige Bilder vom Tatort und fragte: »Fällt dir irgendetwas auf?«

Konráð sah anhand der Bilder, wie sehr der Einbrecher in der Wohnung gewütet hatte. Oder die Einbrecher. Er sah sich die Tapete an, die schief an den Wänden hängenden Gemälde. Es war sonderbar, plötzlich die Wohnung der Frau zu sehen.

»Ich denke mal, sie hat allein gelebt«, sagte er.

»Ja. Sie war neunundsechzig. Unverheiratet. Keine Kinder. Alleinstehend. Ihre Eltern sind lange tot, zu anderen Verwandten hatte sie offenbar nur wenig bis gar keinen Kontakt, einen nennenswerten Freundeskreis gab es auch nicht. Sie hat eine Schwester, die in einem Pflegeheim lebt, das war's. Ich fahre gleich zu ihr. Die letzten zwanzig Jahre oder so hat Valborg als Sprechstundenhilfe im Ärztehaus Ármúli gearbeitet und ist gerade in Rente gegangen. Wir haben bereits mit einigen Mitarbeitern dort gesprochen, die sind natürlich total schockiert. Wir müssen da noch gründlicher nachfragen. Infos sammeln. Herausfinden, wer diese Frau war.«

»Jetzt weißt du immerhin schon mal, dass sie ein Kind weggegeben hat«, sagte Konráð. »Das könntest du ausfindig machen.«

»Ja. Schauen wir mal, was daraus wird.«

»Und die Nachbarn?«

»Sagen nur das Beste über sie. Hilfsbereit. Kinderfreundlich. Würde uns schon sehr wundern, wenn es jemand von denen gewesen war. Der Wohnblock hat vier Stockwerke, zwei Wohnungen pro Stockwerk. Die Leute aus zwei der Wohnungen waren eh verreist. Die anderen waren zu Hause, stehen aber nicht unter Verdacht, sind nie mit dem Gesetz in Konflikt geraten und haben zumindest keinen ersichtlichen Grund, die Frau zu überfallen. Aber vielleicht müssen wir da auch noch mal genauer ran.«

»Und niemand hat irgendwas bemerkt?«

»Da lief doch diese Quizshow im Fernsehen, die alle immer schauen«, sagte Marta.

»Wisst ihr inzwischen, wer uns gerufen hat?«, fragte Konráð.

»Nein. Das war eine anonyme Nummer, ein Mann, mehr wissen wir nicht. Aber wir arbeiten daran. Ich habe heute Morgen mit Valborgs Hausarzt gesprochen, der hat gesagt, sie war unheilbar an Bauchspeicheldrüsenkrebs erkrankt, ziemlich weit fortgeschritten. Wenn der Täter sie gut genug gekannt hätte, um das zu wissen, dann ...«

»... hätte er nur einige Monate warten müssen und sie wäre von allein gestorben?«, sagte Konráð. »Der Tod war bereits in ihr.«

»Genau«, sagte Marta und griff nach ihrer E-Zigarette, schaltete sie an und blies Rauchschwaden aus.

»Du meinst also, sie haben sich nicht gekannt?«

»Zumindest nicht besonders gut, würde ich sagen.«

»Ich hatte ziemlich schnell den Eindruck, dass sie nicht gern über ihr Privatleben redet«, sagte Konráð. »Vielleicht hat sie ja keinem von ihrer Krankheit erzählt.«

»Ihre Kolleginnen und Kollegen im Ärztehaus wussten

zumindest kaum etwas über sie. Niemand wusste, dass sie krank war, es hat ihr auch bis zum letzten Arbeitstag niemand etwas angemerkt. Sie war wie immer. Freundlich. Professionell. Zu ihrem Abschied gab es Blumen und Kuchen.«

»Und die Wohnung sieht aus, als hätte da ein Berserker gewütet«, sagte Konráð, der sich die Bilder noch einmal angeschaut hatte.

»Das sieht alles nach einem ganz gewöhnlichen Einbruch aus, oder? Abgesehen von der Leiche der Wohnungsbesitzerin«, sagte Marta. »Wir wissen nicht genau, was gestohlen wurde, irgendwas aus ihrer Brieftasche und wahrscheinlich auch etwas aus den Schubladen.«

»Medikamente?«

»Wir haben eine Liste der Schmerzmittel, die sie genommen hat. Die sind ziemlich stark, könnte man auf dem Schwarzmarkt teuer verkaufen. So was Ähnliches wie Morphium. Die hat der Täter alle mitgehen lassen. Danach suchen Einbrecher. Wir befragen gerade diejenigen, die wir kennen. Die würden die Kloschüssel leer trinken für so was. Es ist also, wie soll ich es sagen, ein ganz normales Verbrechen in Verbindung mit einem furchtbaren Mord.«

»Und der Notruf?«

»Da stehen wir vor einem Rätsel«, sagte Marta und stieß eine Wolke Nikotindampf aus. »Es gibt keine Zeugen außer dem Einbrecher selbst. Valborg wurde direkt hinter ihrer Wohnungstür ermordet. Er muss uns selbst alarmiert haben. Warum will er, dass wir die Leiche sofort finden? Warum lässt er nicht einige Tage verstreichen und wartet, bis man sie vermisst? Warum die Eile?«

»Vielleicht wollte er nicht so weit gehen«, sagte Konráð. »Und als er sah, dass sie tot war, hat er einen Schock gekriegt und den Notruf gewählt.«

»Was für ein Vollidiot. Wer auch immer er ist«, seufzte Marta. »So ein beschissener Vollidiot«, sagte sie erneut, klatschte die Fotos auf den Tisch und sah Konráð an. »Hast du schon das mit der Plastiktüte gehört? Ich glaube, ich sollte dir das eigentlich nicht verraten.«

»Was ist damit?«

»Die haben Reste von Limonade und Bier im Gesicht und im Haar der Toten gefunden und nehmen an, dass das aus der Plastiktüte stammt, mit der sie erstickt wurde.«

»Aha?«

»Als wären vorher lauter leere Getränkedosen drin gewesen.«

»Herzlichen Glückwunsch«, sagte Konráð. »Damit reduziert sich die Zahl der Verdächtigen auf alle Isländerinnen und Isländer.«

»Ich habe gehört, du lässt dir alle möglichen Sachen aus dem Archiv ausdrucken«, sagte Marta, von seiner letzten Bemerkung ein wenig genervt. »Geht dir das Nichtstun langsam auf die Nerven?«

»Ich will mich ja nicht völlig zur Ruhe setzen.«

»Du nicht? Oder der Geist deines Vaters?«

»Ich glaube nicht an Geister«, sagte Konráð.

Fünf

Eygló hatte mit mehr Leuten auf der Trauerfeier gerechnet. Als sie die Kapelle des Friedhofs Fossvogur betrat, waren kaum zehn Leute dort und darunter kein einziges bekanntes Gesicht aus ihrer Zeit in der Spiritistischen Gesellschaft.

Der Sarg war offen. Málfríður lag unter einem leuchtend weißen Tuch und blickte ein wenig streng drein, als hätte sie eigentlich noch etwas sagen wollen. Sie war das älteste Mitglied der Spiritistischen Gesellschaft gewesen und, trotz des großen Altersunterschieds, eine gute Freundin von Eygló. Doch in den letzten Jahren hatten sie nicht mehr viel Kontakt gehabt. Málfríður hatte von sich selbst nie behauptet, seherische Fähigkeiten zu haben, war jedoch mit einem bekannten Medium und Heiler verheiratet gewesen und hatte seine Séancen und Krankenbesuche organisiert. Eygló kannte kaum jemanden, die sich so brennend für das Jenseits interessiert und leidenschaftlicher über die Ätherwelt gesprochen hatte. Als Eygló sich damals, auf der Suche nach Rat, an die Spiritistische Gesellschaft gewendet hatte, wurde sie von Málfríður empfangen. Málfríður brachte ihr bei, dass sie sich vor ihren Visionen nicht fürchten musste. Dass es vielmehr etwas Schönes war, nicht so zu sein wie alle anderen.

Die alte Frau starb in dem Pflegeheim, in dem sie die

letzten Jahre gelebt hatte. Eygló war kurz vor ihrem Tod ein letztes Mal dort gewesen. Málfríður hatte darum gebeten. Vor vielen Jahren war es Málfríður gewesen, die Eygló dazu ermutigt hatte, selbst Séancen und spiritistische Sitzungen abzuhalten. Eygló war damals so unsicher und gehemmt gewesen, dass sie sich das nie getraut hätte. Ihr Vater hatte als Medium gearbeitet und keinen guten Ruf genossen, es hieß, er stecke mit einem Betrüger unter einer Decke, der skrupellos die Verletzlichkeit von Menschen ausnutzte, die ihre liebsten Angehörigen verloren hatten. Und dieser Betrüger war der Vater von Konráð.

Eygló hätte ihre spirituellen Fähigkeiten am liebsten ignoriert, sosehr ihr Vater und auch Málfríður sie ermutigten, sie zu pflegen. Sie fürchtete, diese Fähigkeiten würden ihr Leben durcheinanderbringen, doch Málfríður ermutigte sie immer wieder. Sie sagte, Eygló solle ihre natürlichen Gaben nutzen, anstatt gegen sie anzukämpfen. Und zwar zum Guten.

Bevor Eygló damals zum Zimmer der alten Frau gegangen war, hatte sie sich auf der Station erkundigt, wie es ihr ging. Man sagte ihr, dass sie nicht mehr lange leben werde. Málfríður schlafe viel, sei oft desorientiert und wirke manchmal so, als wäre sie schon gar nicht mehr auf dieser Welt, sie spreche mit sich selbst oder mit Gästen, die gar nicht da seien, als wäre sie verwirrt. Sie bekomme offenbar nur selten Besuch, abgesehen von ihrem Sohn, der regelmäßig vorbeischaue. An diesem Tag sei Eygló bisher die einzige Besucherin.

Als Eygló dann das Zimmer erreichte, sah sie, dass Málfríður bereits einen Gast hatte. Offenbar bekam sie doch öfter Besuch, als behauptet. Auf einem Stuhl an der Seite des Bettes saß eine ältere Frau in einem grünen Mantel. Sie sah ziemlich ärmlich aus und trug ein Kopftuch, die Hände lagen gefaltet in ihrem Schoß. Eygló fand, dass ihr Gesicht eine große Milde ausstrahlte.

In diesem Moment klingelte Eyglós Handy. Sie ging in Richtung Aufenthaltsraum, während sie telefonierte. Als sie zurückkam, war die Frau verschwunden. Eygló nahm ihren Platz ein.

Auf Málfríðurs Nachttisch standen nur wenige persönliche Dinge: Ein Foto von ihrem Sohn und einige Hörbücher, Isländersagas und Thriller, wenn Eygló es richtig sah. Sie wollte Málfríður nicht wecken. Es war schummrig im Zimmer. Málfríður war fast blind und nahm nur noch Bewegungen wahr und Schatten.

Schließlich regte Málfríður sich. Sie öffnete die Augen und fragte, ob da jemand sei.

»Bist du das, Hulda?«, sagte sie. »Bist du noch da?«

»Nein, ich bin es, Eygló. Wie geht es dir?«

»Eygló, wie schön!«, sagte die alte Frau. »Das ist aber lieb, dass du mich besuchst.«

»Ich wollte dich nicht wecken.«

»Ich dachte, ich wäre schon auf der anderen Seite. Das denke ich jedes Mal, wenn ich einschlafe. Ich war wieder bei meiner Mutter, ich habe mich wunderbar gefühlt.«

Málfríður tastete nach Eyglós Hand und nahm sie.

»Ich freue mich jedes Mal beim Einschlafen auf meine Träume«, sagte sie. »Da kann ich wieder richtig sehen, alles ist lebendig und bunt.«

Málfríður lächelte und erzählte Eygló von ihren Träumen, in denen es immer hell war und warm. Sie sei so alt, dass sie keine Angst mehr vor dem Tod habe, im Gegenteil, sie sei sogar neugierig auf das, was käme. Das sagte sie nicht zum ersten Mal. Sie habe ein gutes Leben gehabt, nun warte sie auf eine andere Form der Existenz, ein kaltes Grab vielleicht, ohne jedes himmlische Glück – oder eine Welt, die bevölkert sei von den Seelen derer, die ihr vorausgegangen seien und an die sie fest glaube.

»Ich fürchte mich nicht«, sagte sie. »Erinnerst du dich an das Mädchen im Þingholt-Viertel?«

»Die so krank war? Warum …?«

»Ich weiß auch nicht, warum, aber ich denke an sie«, sagte Málfríður.

»Das ist so lange her«, sagte Eygló. Sie hatte überhaupt nicht den Eindruck, dass die alte Frau desorientiert oder verwirrt war.

»Wahrscheinlich, weil ich in letzter Zeit so viel an meinen lieben Kristleifur denke, der sie damals mit dir zusammen besucht hat. Er hat sich das sehr zu Herzen genommen. Ich träume von ihm«, sagte Málfríður. »Dann steht er quicklebendig hier im Zimmer. Du erinnerst dich doch an ihn, oder?«

»Aber natürlich erinnere ich mich an Kristleifur. Gut sogar«, sagte Eygló.

»Ich glaube, bei mir ist es jetzt auch bald so weit«, sagte Málfríður. »Er kommt mich bald holen. Ich habe zweimal von ihm geträumt, letztens, er stand hier vor mir und lächelte mich an.«

»Er war ein guter Mann.«

Málfríður schwieg und schloss langsam die Augen. Einige Zeit später fragte sie:

»Triffst du dich noch mit diesem Polizisten?«

»Nein. Also, nicht mehr so oft«, sagte Eygló.

»Ach so«, sagte Málfríður und konnte die Enttäuschung in ihrer Stimme nicht verbergen. »Gefällt er dir nicht?«

»Solche Fragen stelle ich mir nicht.«

Eygló hatte von ihrer Bekanntschaft mit Konráð erzählt, einem pensionierten Kriminalbeamten. Und auch davon, dass ihre Väter früher gemeinsam leichtgläubige Leuten um ihr Geld gebracht hatten, die ganze traurige Geschichte.

»Wer ist diese Hulda, die du vorhin erwähnt hast?«

»Eine liebe, ganz alte Freundin von mir. Niemand hat so sehr an das Leben nach dem Tod geglaubt wie Hulda. Für sie gab es da keinen Zweifel«, sagte Málfríður. »Wir haben jahrelang darüber gesprochen, wie die wohl aussehen könnte, diese andere Form der Existenz nach dem Leben hier. Deswegen denke ich jetzt so viel an das Seelenreich. Und weil du und ich auch öfter über solche Dinge gesprochen haben, möchte ich dich um einen kleinen Gefallen bitten.«

Eygló nickte. Im Laufe der Jahre hatte Málfríður sich immer mehr für das interessiert, was nach dem Tod kommen würde.

»Was kann ich für dich tun?«, fragte Eygló, obwohl sie es bereits ahnte.

»Wir haben darüber schon mal gesprochen. Ich möchte euch Botschaften senden.«

Málfríður drückte Eyglós Hand und starrte sie mit ihren fast erblindeten Augen an.

»Neugier ist das Letzte, was mir geblieben ist«, sagte sie und fuhr dann deutlich leiser fort: »Bitte halte die Augen offen. Für den Fall, dass es dazu kommt.«

Der Priester betrat die Kapelle, begrüßte die wenigen Trauergäste und machte über dem Sarg das Zeichen des Kreuzes. Er öffnete die Bibel und las einige Verse über die Auferstehung und das ewige Leben. Dann verlor er einige Worte über die Verstorbene und hob hervor, dass sie ihr ganzes Leben unerschütterlich an den Spiritismus geglaubt hatte. Danach sprach er ein Gebet und bat die Anwesenden, im Gesangbuch den Psalm-Choral über die Blume aufzuschlagen und über das Fleisch, das wie Gras ist. Hinter Eygló räusperte sich jemand, dann setzte ein verschämter, dünnstimmiger Gesang ein. Danach machten auch die Anwesenden das Zeichen des Kreuzes über der Toten. Die Bestatter legten den Deckel auf den Sarg, setzten vergoldete Schrauben ein und fragten, ob jemand unter den Anwesenden eine der Schrauben festziehen wolle. Eygló trat vor, sprach währenddessen ein kurzes Gebet und nahm Abschied. Dann dachte sie daran, was sie ihrer alten Freundin versprochen hatte.

Nach Abschluss der Trauerfeier sprach sie dem Sohn von Málfríður ihr Beileid aus, wollte gehen und hatte den Ausgang schon erreicht, als sie jemand aufhielt, indem er sie am Arm fasste.

»Du musst Eygló sein, oder?«, fragte ein Mann in ihrem Alter, den sie noch nie zuvor gesehen hatte.

Eygló sagte Ja.

»Entschuldige, dass ich dich einfach so anspreche. Ich heiße Jósteinn und habe Málfríður und ihren Mann durch die Spiritistische Gesellschaft kennengelernt. Sie hat manchmal von dir gesprochen und von Engilbert, deinem Vater. Den habe ich nicht gekannt, aber ich wusste, wer er war.«

»Ah, alles klar«, sagte Eygló, lächelte und wollte weitergehen.

»Hast du etwas gespürt, seit sie gestorben ist?«, flüsterte der Mann und konnte nur schwer seine Neugierde verbergen. Er war so eifrig, dass es fast unhöflich war.

»Gespürt?«

»Hattest du Kontakt zu Málfríður?«, flüsterte der Mann. Der schwarze Mantel, den er trug, hatte bessere Tage gesehen, sein Haar war ungekämmt. »Ist sie hier? Ist sie vielleicht jetzt hier bei uns?«, fragte er und setzte eine Wollmütze auf.

Eygló war irritiert davon, wie ungeniert der Mann an diesem Ort, bei diesem Anlass über die Verstorbene sprach.

»Ich glaube nicht …«, begann sie, konnte den Satz jedoch nicht zu Ende bringen.

»Ich weiß von deinem Vater«, sagte der Mann leise. »Málfríður hat mir von ihm erzählt. Und dass du und dieser Freund von dir nach Informationen suchen. Der ist Polizist, oder? Málfríður hat das gesagt.«

»Ich weiß nicht, was …«

»Málfríður hat gesagt, du würdest vielleicht eine Sitzung machen. Dass du versuchen würdest, mit ihr in Kontakt zu treten. Dass du versprochen hast, auf Nachrichten von ihr zu warten.«

»Wie hast du das eben gemeint? Was weißt du über meinen Vater?«

»Machst du das? Hältst du eine Sitzung ab?«

»Darüber habe ich noch nicht nachgedacht«, sagte Eygló und versuchte sich zu beruhigen. »Was weißt du denn nun über meinen Vater?«

»Über den Engilbert, tja …«, sagte der Mann. »Ich war vor ungefähr drei Jahren mal auf einer spiritistischen Sitzung. Da hat man sich erzählt, dass er Botschaften aus dem Jenseits dazu benutzt hat, um einer Witwe aus Hafnarfjörður Geld abzuknöpfen. Hansína hieß sie oder so. Das war kurz vor seinem Tod. In den Sechzigern, oder?«

Eygló starrte den Mann an.

»Wie meinst du das? Geld abknöpfen?«

»Das hat jemand so nebenbei bemerkt«, sagte der Mann. »Eigentlich haben wir darüber gesprochen, dass du ein viel begabteres Medium bist, als dein Vater es jemals war.«

»Weißt du …« Eygló hatte genug von diesem Mann.

»Ich weiß ja nicht, was da dran ist«, sagte er hastig und in entschuldigendem Ton. »Irgendjemand kannte ihren Sohn, also den Sohn von dieser Hansína«, fügte Jósteinn hinzu und nannte einen Namen, den Eygló sich einprägte. »Mehr weiß ich nicht. Meinst du, du kündigst die Sitzung über die Spiritistische Gesellschaft an? Falls du eine abhältst, jetzt wo Málfríður tot ist?«

»Das werde ich nicht tun«, sagte Eygló und verabschiedete sich.

Wenig später hatte sie den Parkplatz des Friedhofs überquert und die Tür ihres Autos schon geöffnet, als sie sah, wie eine abgerissen gekleidete Frau vom Friedhof her auf sie zukam. Auch diese Frau hatte sie noch nie zuvor gesehen und war dementsprechend überrascht, als die Frau fragte, ob sie bei der Trauerfeier gewesen sei.

»Hast du Málfríður gekannt?«, fragte Eygló.

»Ja. Sie kam oft hierher.«

»Auf den Friedhof?«

»Glaubst du, sie ist jetzt auf der anderen Seite?«, fragte die Frau.

»Auf der anderen Seite? Ich denke schon«, sagte Eygló und stieg schnell in ihr Auto. Sie war nun wirklich von genug wildfremden Leuten angequatscht worden.

Die Frau stand unbewegt da und beobachtete, wie Eygló rückwärts ausparkte. Doch als Eygló noch einmal in den Rückspiegel blickte, nachdem sie losgefahren war, war die Frau verschwunden.

Sechs

Als er zu Marta ins Büro gekommen war, um ihr zu erzählen, was er über Valborg wusste, hatte Konráð noch immer nicht das leiseste Interesse daran gehabt, sich in die Angelegenheit einzumischen. Er traf einfach eine Freundin auf einen Kaffee und erzählte, während sie an ihrer E-Zigarette zog. Dann fuhr er nach Hause und wollte nicht mehr an die Sache denken, doch es gelang ihm nicht. Das Treffen mit Valborg ging ihm nicht aus dem Sinn, ihr Gespräch, ihr trauriges Anliegen und die Abfuhr, die er ihr erteilt hatte. Warum hatte er sie nicht etwas aufgebaut, ihr gesagt, er würde zumindest überlegen, ob ihm dazu nicht doch noch etwas einfallen würde? Stattdessen hatte er den einfachsten Weg gewählt und so getan, als ginge ihn das alles nichts an. Nun plagte ihn jedes Mal, wenn er an Valborg dachte, sein schlechtes Gewissen.

Wahrscheinlich aus diesem Grund stand er zwei Tage später vor ihrem Wohnblock. Die Untersuchung des Tatorts war abgeschlossen, die Kriminaltechniker mit ihrer ganzen Ausrüstung waren abgerückt. Alles war aus allen Blickwinkeln fotografiert worden, man hatte nach Fingerabdrücken gesucht, versucht den Tathergang zu rekonstruieren und so gut wie möglich nachzuvollziehen, was an dem Abend geschehen war, als Valborg ums Leben kam. Die Nachbarn aus ihrem Treppenhaus und der näheren Umgebung waren befragt worden und ebenso die meisten anderen Menschen aus Valborgs Umfeld.

Er telefonierte kurz mit Marta, um zu fragen, ob es bei den Ermittlungen etwas Neues gäbe, und erfuhr, dass die Polizei weiterhin im Dunkeln tappte. Viele der üblichen Verdächtigen waren vernommen worden, insbesondere die notorischen Einbrecher. Doch die griffen eigentlich nie Bewohner an und wenn, dann nicht auf so brutale Weise. Die Familie des Mordopfers war klein, es war bald klar, dass ihre nahen Verwandten als Täter nicht infrage kamen. Unweit von Valborgs Wohnblock gab es eine Unterkunft für Alkoholkranke und Obdachlose, auch da hatten sie mit zwei Männern gesprochen, die irgendwann einmal mit der Polizei in Konflikt geraten waren. Die beiden hatten ein Alibi für die Tatzeit, aber sie hatten der Polizei erzählt, dass in der Nachbarschaft das Gerücht kursierte, Valborg würde ihr Erspartes bei sich zu Hause aufbewahren, was natürlich ein Grund für einen Einbruch sein könnte.

»Die ist da immer mal wieder hingegangen, hat Essen und Kleidung vorbeigebracht und so«, sagte Marta. »Und dann haben irgendwelche Geschichten die Runde gemacht. Da sind wir dran.«

Eine Frau näherte sich dem Wohnblock. Sie schob einen Kinderwagen und öffnete die Eingangstür. Konráð sah, dass sie sich ziemlich abmühen musste, den Kinderwagen die Kellertreppe hinunterzubekommen, der auch noch mit prall gefüllten Einkaufstüten beladen war. Konráð bat ihr seine Hilfe an, trug die Tüten und hielt die Kellertür auf. In dem Wagen lag ein kleines Mädchen und betrachtete Konráð mit misstrauischem Blick, er hoffte, sie fing nicht an zu weinen.

Auch die Mutter war, sicherlich aufgrund der letzten Ereignisse, sehr zurückhaltend. Konráð fragte, ob sie zu Hause gewesen sei, als die Frau im ersten Stock überfallen worden war.

»Nein, ich war im Ausland«, sagte die Frau. »Hast du Valborg gekannt?«

»Ein bisschen. Furchtbar, was da passiert ist«, sagte Konráð und bot an, ihr die Einkaufstüten hinaufzutragen. »Ich hätte nie gedacht, dass jemandem wie ihr so etwas passieren könnte.«

»Ja, unglaublich, oder?«, sagte die Frau. Sie hatte volles rotes Haar und Sommersprossen. Sie nahm das Kind aus dem Wagen und sagte, sie wohne im zweiten Stock. Dann bedankte sie sich bei ihm. »Sie war so nett und ruhig. Man hat sie kaum bemerkt. Und dann das.«

»Ist denn niemandem etwas aufgefallen?«

»Die Nachbarin unter ihr hat irgendwelche Geräusche gehört und gedacht, dass Valborg ein paar Möbel rücken würde. Ich glaube, das war alles.«

Sie standen weiterhin an der Kellertür. Die Frau hielt ihre Tochter im Arm und trug sie nun wieder die Kellertreppe hinauf. Konráð folgte ihr mit den Einkaufstüten. Er merkte, dass sie sich unwohl dabei fühlte, einen unbekannten Mann ins Haus gelassen zu haben, daher sagte er, dass er ein pensionierter Kriminalbeamter sei und seinen ehemaligen Kollegen bei den Ermittlungen helfe, denn er habe Valborg gekannt. Die Frau entspannte sich ein wenig und dankte ihm dafür, dass er ihre Einkäufe in den zweiten Stock trug. Das Kind hingegen betrachtete ihn weiter mit demselben misstrauischen Blick und hielt sich an seiner Mutter fest.

»Mit der Polizei haben mein Mann und ich natürlich

schon gesprochen«, sagte sie. »Wir können da nicht wirklich helfen.«

»Ihr habt nicht vielleicht in den letzten Tagen oder Wochen irgendwas Ungewöhnliches bei Valborg bemerkt? Irgendwelche Leute, die zu Besuch kamen?«

Die Frau schüttelte den Kopf.

»Ich erinnere mich überhaupt nicht daran, dass sie mal Besuch hatte«, sagte sie. »Sie war wohl ziemlich einsam. Aber wie gesagt, sie war immer sehr nett. Auch zu meiner Lilla«, fügte sie hinzu und meinte damit das Kind. »Hat angeboten auf sie aufzupassen und so.«

»Und kam es dazu?«

»Ja, das kam schon mal vor, nur mal kurz, wenn ich schnell irgendwo hinmusste.«

»Ja, klar. Man sagt, sie war kinderfreundlich?«

»Auf jeden Fall.«

»Hat sie mal erwähnt, ob sie selbst Kinder hat?«

»Nein«, sagte die Frau und dachte nach. »Nie.«

Konráð dankte ihr, ging hinunter ins Erdgeschoss und klopfte bei der Frau, die die Geräusche aus Valborgs Wohnung gehört hatte. Als niemand öffnete, ging er hinaus und setzte sich ins Auto. Er wollte nicht die ganze Nachbarschaft befragen, das hatte die Polizei bereits getan. Doch was wollte er dann noch hier? Er sah an dem Wohnblock hinauf, der lange Zeit nicht mehr gestrichen worden war, sah die Schäden in der Betonfassade. Die gelben Flecken, die die feuchte Witterung hinterlassen hatte, passten irgendwie zu dem abgenutzten Bodenbelag im Treppenhaus. Graffitisprayer hatten das Haus verunstaltet, irgendwann hatte jemand versucht, das Schlimmste zu überstreichen, und den Sprayern damit nur eine neue Leinwand geliefert.

Sein Handy klingelte. Eygló. Als er zum letzten Mal von ihr gehört hatte, wollte sie zur Trauerfeier einer Freundin, die in hohem Alter gestorben war.

»Hat dein Vater irgendwann einmal was von einer Frau namens Hansína erzählt?«, fragte sie, sobald er sich gemeldet hatte.

»Hansína? Nicht dass ich wüsste«, sagte Konráð, ohne sich sicher zu sein.

»Eine Witwe. Aus Hafnarfjörður«, sagte Eygló.

»Ich glaube nicht. Was ist mit ihr?«

»Weiß ich auch nicht so genau. Die Trauerfeier war gerade zu Ende, da kommt so ein komischer Mann auf mich zu, der war ein bisschen aufdringlich und hat gesagt, dass mein Vater versucht hat, dieser Hansína Geld abzunehmen. Und zwar zu der Zeit, als er sich wieder öfter mit deinem Vater getroffen hat.«

Konráð hörte aufmerksam zu. Er hatte vor einigen Jahren Kontakt zu Eygló aufgenommen, weil ihre beiden Väter eine kleine Fußnote zur isländischen Kriminalitätsgeschichte der Kriegsjahre hinzugefügt hatten. Sie hatten spiritistische Sitzungen abgehalten, die sich später als Betrug erwiesen, und damit einiges an Geld verdient. Als die Wahrheit ans Licht kam, gingen sie getrennte Wege und hatten wahrscheinlich bis in die Sechzigerjahre keinen Kontakt mehr zueinander. Doch dann kreuzten ihre Wege sich offenbar erneut. Konráð überlegte schon länger, ob sie in den Sechzigerjahren ihre alte Masche wiederbelebt und erneut Leute mit Séancen um ihr Geld gebracht hatten. Er konnte das nur deshalb nicht beweisen, weil sowohl er als auch Eygló über diese zweite Phase der Bekanntschaft ihrer Väter kaum etwas wussten. Daher weckten schon die kleinsten Informationen über die gemeinsamen

Aktivitäten ihrer Väter in dieser Zeit Konráðs Interesse. Und das natürlich ganz besonders aus dem Grund, weil einer von ihnen zu dieser Zeit vor dem Schlachthof an der Skúlagata ermordet aufgefunden wurde und der andere einige Monate später tot im Hafenbecken von Reykjavík schwamm. Wahrscheinlich war es ein Unfall gewesen. Engilbert, Eyglós Vater, hatte zumindest keine Verletzungen, und es war bekannt, dass er gelegentlich die Boote im Hafen abklapperte, um Schnaps zu schnorren. Da schien es mehr als möglich, dass er einfach irgendwo zwischen einem Schiff und dem Quai ins Wasser gefallen und dann hinausgetrieben war. Und tatsächlich fand man auch eine große Menge Alkohol in seinem Blut.

»Wie hat er denn versucht, dieser Hansína Geld abzuknöpfen?«, fragte Konráð.

»Mit spiritistischen Sitzungen«, sagte Eygló.

»Glaubst du, sie haben das wieder zusammen versucht?«

»Er hat nur meinen Vater erwähnt, aber ...«

»Aber was?«

»Ich kann mir eigentlich nicht vorstellen, dass Papa das allein gemacht hätte«, sagte Eygló. Sie hatte immer behauptet, ihr Vater Engilbert wäre mehr oder weniger unschuldig von Konráðs Vater in diese Sache hineingezogen worden, der zugegebenermaßen ein ziemlich fieser Kerl gewesen war und ein guter Bekannter der Polizei.

»Wir wissen zumindest, dass die beiden zu der Zeit wieder miteinander zu tun hatten«, sagte sie. »Vielleicht war diese Hansína leichte Beute, keine Ahnung.«

»Und was machst du jetzt damit?«

»Der Mann, der mich angequatscht hat, meinte, dass der Sohn von dieser Hansína noch lebt. Ich könnte ja mal mit ihm reden. Wenn da was dran ist, könnten wir uns zumindest sicher sein, dass unsere Väter damals wieder unter einer Decke gesteckt und nach leichtgläubigen Opfern gesucht haben.«

Sieben

Während des Telefongesprächs hatte Konráð beobachtet, wie eine junge Frau sich dem Wohnblock näherte und das Treppenhaus betrat, in dem auch Valborgs Wohnung lag. Wenig später ging in der Wohnung im Erdgeschoss, wo er eben noch ohne Erfolg geklingelt hatte, das Licht an. Er stieg aus dem Auto und versuchte es erneut. Nach einiger Zeit hörte man ein Knacken in der Gegensprechanlage, und eine Frauenstimme wünschte einen guten Abend. Konráð stellte sich vor und fragte, ob die Frau kurz für ihn Zeit habe, es gehe um die Ereignisse der letzten Tage, er habe die Verstorbene gekannt. Aus der Gegensprechanlage kam keine Reaktion. Konráð wollte schon nachfragen, da hörte er ein Summen, und die Haustür öffnete sich.

Als er auf die Wohnungstür zuging, sah er, dass die Frau sie einen Spaltbreit geöffnet hatte und ihn durch diesen Spalt mit besorgter Miene ansah.

»Ich fürchte, ich kann dir da nicht weiterhelfen«, sagte sie. Konráð verspürte dasselbe Misstrauen wie bei der Mutter mit dem Kind. Er verstand das. In diesem Haus war ein Verbrechen geschehen, das ganz Island schockiert hatte. Und es war nicht nur das Verbrechen an sich, die brutale Vorgehensweise, sondern auch die Tatsache, dass der Täter noch immer auf freiem Fuß war. Dass man nicht einmal wusste, wer er war oder warum er das alles getan hatte.

Konráð versuchte die Frau zu beruhigen und die richtigen Worte zu finden. Als Polizist hatte er jahrzehntelange Erfahrung darin, und so dauerte es nicht lange, da hatte die Frau ihn hereingebeten und sie saßen am Küchentisch. Die Frau wohnte erst seit einem Jahr in diesem Wohnblock und hatte sich eigentlich immer sehr wohlgefühlt. Sie lebte allein, arbeitete in der Nachbarschaft in einem Laden und sagte, sie sei an dem Abend, an dem Valborg überfallen wurde, nicht ganz bei sich gewesen. Ihre Schwester habe einen schweren Autounfall gehabt, sie sei fast vierundzwanzig Stunden bei ihr im Krankenhaus gewesen. Dann war sie nach Hause gefahren, fand aber dort keine Ruhe, lief den ganzen Abend in ihrer Wohnung umher und wartete auf Nachrichten aus dem Krankenhaus. Schließlich ging sie ins Bett, konnte aber nicht schlafen und starrte eine lange Zeit an die Decke. Und genau in dem Moment, in dem das Krankenhaus anrief, hörte sie von oben ein paar Geräusche, ohne sich etwas dabei zu denken.

»Den Polizisten, die hier waren, habe ich das auch schon gesagt. Ich habe das alles gar nicht richtig mitbekommen, weil ich eben am Telefon war.«

»Ich hoffe, du hast keine allzu schlechten Nachrichten bekommen«, sagte Konráð.

»Das muss ... sich alles noch zeigen«, sagte die Frau matt. »Sie wollte ein Geburtstagsgeschenk für mich kaufen. Meine Schwester. Ich habe morgen Geburtstag, und dann ist ihr ein anderes Auto in die Seite gefahren und ...«

Sie sprach nicht weiter.

»War das Zufall, dass ausgerechnet Valborg überfallen wurde?«, fragte sie dann. Man sah ihr die große Anspannung an, unter der sie in den letzten Tagen gestanden hatte. Ihre Stimme klang müde, sie hatte Ringe unter den

Augen. Konráð wollte sie nicht länger behelligen als nötig. Er bereute es fast, sie überhaupt gestört zu haben.

»Das mag sein. Aber zu diesem Zeitpunkt kann das noch niemand sicher sagen. Die Polizei steht vor einem Rätsel«, sagte er. »Hat Valborg dir gegenüber mal irgendwelche Freunde oder Verwandte erwähnt? Hat sie manchmal Besuch bekommen?«

»Ich glaube nicht, dass sie jemals Besuch bekommen hat.«

»Und du hast auch nichts Ungewöhnliches bemerkt? Irgendwelche fremden Personen im Hinterhof? Irgendetwas im Haus oder auf der Straße, das dir aufgefallen wäre?«

»Nein, auch das nicht«, sagte die Frau. »Woher kennst du Valborg noch mal?«

»Sie hat sich mit einem bestimmten Problem an mich gewendet«, antwortete Konráð. Er war sich nicht sicher, wie viel er preisgeben sollte. »Ich hätte mehr für sie tun können.«

»Was war das?«

»Etwas sehr Persönliches«, sagte Konráð. »Sie hätte nicht gewollt, dass ich darüber spreche.«

»Ich verstehe«, sagte die Frau. »Sie war immer so nett. Solange ich hier wohne. Ich wusste nicht, dass sie überhaupt Probleme hatte, wir reden viel zu wenig über das, was bei uns schlecht läuft. Wir hoffen einfach, dass niemand es mitkriegt und dass es eines Tages wieder weggeht.«

»Hat sie dir erzählt, dass sie krank war?«, fragte Konráð.

»Sie war krank?«

»Sie hatte nicht mehr lange zu leben«, sagte Konráð. »Das wusstest du nicht?«

»Nein, wirklich nicht. Die Arme. Und dann so was!«

»Sie hatte Krebs. Man hat es ihr nicht angesehen, aber ihr blieb nicht mehr viel Zeit, und sie wollte noch eine bestimmte Sache in Ordnung bringen.«

»Deswegen hat sie sich bei dir gemeldet?«

»Ja.«

»Hätte ich das nur gewusst«, sagte die Frau. »Vielleicht hätte ich ihr ein bisschen helfen können.«

»Sie hätte sich sicher an dich gewendet, wenn es nötig gewesen wäre.«

Wenig später stand Konráð auf, bedankte sich bei der Frau für ihre Hilfe, verabschiedete sich und sagte, er habe sie hoffentlich nicht zu sehr gestört. Auf dem Weg in Richtung Tür warf er einen kurzen Blick in ihr Wohnzimmer, auf das Sofa, den Flachbildfernseher und die Bilder an den Wänden. Dann sah er auf dem Fensterbrett vor dem Wohnzimmerfenster ein großes Fernglas, und seine Neugierde war geweckt.

»Ich spioniere niemandem hinterher«, sagte sie und nahm das Fernglas zur Hand. »Ich will nur rausfinden, ob mich jemand beobachtet.«

»Und wie das?«

»Das ist vielleicht übertrieben, aber ich habe zwei- oder dreimal da drüben etwas aufblitzen sehen, wie von einem Spiegel oder von einem Fernglas. Aber ich weiß nicht genau, woher es kam.«

»Aus dem Block da?«, fragte Konráð und zeigte auf eine Reihe von fünfstöckigen Wohnhäusern.

»Ich glaube, das kam aus dem in der Mitte«, sagte die Frau, »aber ich bin mir nicht ganz sicher.«

Marta ging erst nach dem neunten Klingeln ans Telefon und war außer Atem.

»Hast du die Gardinen im Wohnzimmer von Valborg bemerkt?«, fragte Konráð, während er sich ins Auto setzte.

»Was ist mit denen?«, keuchte Marta.

»Störe ich? Was machst du gerade? Ist jemand bei dir?«

»Ich, äh, jogge.«

»Seit wann das?«

»Was sind das für Fragen? Was willst du?«

»Waren die Gardinen aufgezogen?«, fragte Konráð.

»Aufgezogen? Ja, die waren überall aufgezogen.«

»Ich glaube, jemand hat den Mord beobachtet«, sagte Konráð. »Und uns dann sofort alarmiert. Und ich glaube, ich weiß auch, warum er nicht mit der Polizei reden will.«

»Wer jetzt?«

»Der Mann mit dem Fernglas.«

»Und warum will dieser ominöse Mann mit dem Fernglas nicht mit uns reden?«

»Ganz einfach. Er ist ein Voyeur.«

Acht

Der Mann wies dem Medium und Heiler den Weg, die schmale Treppe hinauf, bis zu der kleinen dunklen Wohnung unter dem Dach. Eygló folgte ihm mit demselben Gefühl der Beklemmung, das sie schon den ganzen Morgen verspürt hatte, einer Angst, von der sie nicht wusste, woher sie kam. Sie wusste nur, dass die Angst mit jeder Treppenstufe stärker wurde. Der Mann, der sie empfangen hatte, vermietete die kleine Dachwohnung an eine Frau mit zwei Kindern, von denen das ältere so krank war, dass die Frau den Heiler zu Hilfe gerufen hatte. In der Stadt ging eine schwere Form der Grippe um, das Mädchen hatte sich angesteckt, einige Tage im Bett gelegen und war dann zu schnell wieder aufgestanden, woraufhin sie die Krankheit erst richtig erwischt hatte. Nun hatte sie Kopfschmerzen, Gliederschmerzen, hohes Fieber und hatte sich bereits zweimal übergeben. Sie war sieben Jahre alt.

Das war in der Reykjaviker Altstadt gewesen, im Þingholt-Viertel, an einem kalten Tag im Februar 1978. Einige wenige Schneeflocken wirbelten durch die Straßen. Der Heiler hieß Kristleifur. Er war klein und beleibt, trug einen dicken Mantel und einen Hut. Sein rundes Gesicht strahlte Gutmütigkeit und Wohlwollen aus. Eygló mochte ihn, weil er freundlich war und stets so zur Tür kam, wie er gerade gekleidet war, ohne jegliches eitle Gehabe. Er war mit Málfríður aus der Spiritistischen Gesellschaft verheiratet. Sie hatte die Idee gehabt, Eygló könnte Kristleifur auf seinen Hausbesuchen begleiten und etwas lernen. Eygló fand das in Ordnung und war bereits zu einigen Hausbesuchen mitgekommen, hatte sich aber stets im Hintergrund gehalten. Kristleifur stand als Medium in direktem Kontakt mit sieben Ärzten aus dem Jenseits, die durch ihn gute Taten vollbringen wollten. Er betonte überall, wohin er kam, dass er selbst kein Arzt sei, sondern nur ein Werkzeug der Ärzte aus dem Jenseits, um so den Kranken und Schwachen zu helfen.

Das Mädchen lag in einer kleinen Schlafnische in einem Bett, das sie mit ihrer Mutter und dem jüngeren Bruder teilte. Die Frau musste allein für die zwei Kinder sorgen und lebte in ärmlichen Verhältnissen. Normalerweise ging das Mädchen zur Schule, und auf den Sohn passte jemand auf, sodass die Mutter in einer Fischfabrik auf Grandi arbeiten konnte. Sie trank nicht und kümmert sich gut um ihre Kinder.

Das Medium sprach leise mit ihr und hörte sich die Krankengeschichte an, während er den Hut abnahm, seinen Mantel auszog und beides auf einen Stuhl legte. Der Mutter war anzusehen, dass sie sich große Sorgen machte, als sie berichtete, wie die Krankheit begonnen hatte. Sie machte sich Vorwürfe, weil sie ihrer Tochter erlaubt hatte, so schnell wieder aufzustehen. Sie hätte besser auf ihre Tochter achten müssen, aber sie hatte nun einmal gedacht, das Mädchen wäre wieder genesen. Sie hatte gesund genug gewirkt und es sich zugetraut, wieder in die Schule zu gehen, doch als die Frau am Abend von der Arbeit kam, lag ihre Tochter schwer krank im Bett. Sie hatte einen Schlüssel, war allein zurück nach Hause gegangen und hatte dort einen halben Tag hilflos gelegen. Die Frau hatte den ärztlichen Bereitschaftsdienst gerufen, der Arzt gab ihr ein fiebersenkendes Medikament und sagte, man müsse den weiteren Verlauf genau beobachten.

»Und seit heute Morgen hat sie auch noch so schlimme Bauchschmerzen«, sagte die Mutter voller Sorge. »Mein armes Kind. Ich habe noch mal den Arzt gerufen, aber der kann nicht gleich kommen. Da habe ich ihr erst mal Aspirin gegeben.«

Eygló hörte den beiden zu. Sie spürte die große Angst der Mutter und ohne dass es ihr sofort bewusst wurde, bemerkte sie einen eigentümlichen Geruch, ohne zu wissen, woher er kam.

Das Medium bat darum, sich die Hände waschen zu dürfen, dann verschwand er in der Schlafnische, in der das Mädchen lag, und setzte sich auf die Bettkante. Sie reagierte kurz, als er ihr die Hand auf die Stirn legte, nahm ihn jedoch nur halb wahr. Dann senkte er den Kopf und sprach seine Gebete. Während seine Lippen sich bewegten, ruhte seine Hand auf der kleinen Stirn, sodass das Gesicht des Mädchens fast vollständig unter seiner Handfläche verschwand. Er schloss die Augen und bekam einen angestrengt konzentrierten Gesichtsausdruck, wie ein Priester bei einer Teufelsaustreibung.

»Hat sie hier in der letzten Zeit etwas gekocht?«, flüsterte Eygló dem Vermieter zu, der sich abseitshielt. Die Mutter stand an der Tür zur Schlafnische und sah dem Medium zu. Ihr Sohn schlief auf einem alten Sofa im Wohnzimmer, ohne dass ihn irgendwas zu stören schien. Es war ein altes niedriges Holzhaus, der Vermieter wohnte im Erdgeschoss und vermietete die kleine Wohnung unter dem Dach.

»Gekocht? Nein«, flüsterte der Vermieter. »Ich glaube, sie hat nichts gekocht, seit das Mädchen krank geworden ist.«

»Und du?«

»Was ist mit mir?«

»Hast du dir etwas gekocht?«

»Ich habe mir in den letzten drei Tagen Schellfisch gemacht«, flüsterte der Mann.

»Nur für dich? Oder für euch alle?«

»Ich habe Schellfisch für uns alle gemacht«, sagte er, »aber die arme Frau hat nicht viel gegessen. Ist ja auch verständlich. Mutter und Tochter stehen sich sehr nah.«

»Wohnst du da unten allein?«

»Ja.«

Eygló schwieg. Sie nahm den Geruch immer stärker wahr. Schließlich ging sie leise in die Küche. Ein Topf mit Milch stand auf einer elektrischen Kochplatte. Hierher kam der Geruch nicht. Sie erinnerte sich an das günstige Essen, das es im Herbst bei ihrer Mutter gegeben hatte. Gebratene Innereien. Leber, Herz und Niere. Eygló hatte den Gedanken immer unappetitlich gefunden, Organe von Tieren zu essen. Ganz abgesehen davon hasste sie den Geschmack.

In der Schlafnische ruhte die Hand des Mediums weiterhin auf der Stirn des Mädchens, während seine Lippen sich leise betend bewegten. Als das Mädchen einmal halb die Augen öffnete, lächelte das Medium sie an und sagte, sie brauche keine Angst zu haben, ihre Mutter sei bei ihr. Das Mädchen machte ein ernstes Gesicht, dann fasste es sich an den Bauch und stöhnte vor Schmerzen.

»Tut dir was weh, meine Kleine?«, fragte das Medium.

Das Mädchen nickte.

»Der Bauch?«

Sie nickte abermals. Es war eindeutig zu sehen, wie sehr sie litt.

Das Medium legte nun die Hand auf ihren Magen und betete weiter. Das Mädchen stöhnte abermals vor Schmerzen und sah mit Tränen in den Augen zu ihrer Mutter hinüber, die im Türrahmen stand und versuchte, sie aufmunternd anzulächeln.

Eygló stand noch immer unbewegt in der Küche. Sie dachte an ihre Mutter und an die Innereien und an das Mädchen in dem Zimmer und das Medium und die Gebete. Dann eilte Eygló aus der Küche und sagte zu der Mutter:

»Sie muss ins Krankenhaus. Du solltest einen Krankenwagen rufen.«

»Was...?«

»Ruf einen Krankenwagen. Sofort!«

Das Medium blickte auf.

»Was ist denn hier los?«, fragte er.

»Sie muss zum Arzt«, sagte Eygló. »Das ist nicht nur eine Grippe. Das ist etwas viel Schlimmeres.«

»Wie kommst du denn darauf?«, fragte das Medium irritiert.

Eygló wandte sich an die Mutter und befahl ihr noch einmal, einen Krankenwagen zu rufen. Die Mutter sah erst sie an, dann das Medium, dann eilte sie zum Telefon.

»Bist du dir sicher?«, fragte das Medium.

»Das Mädchen muss ins Krankenhaus«, sagte Eygló. »Das ist alles, was ich weiß.«

Das Mädchen stöhnte vor Schmerzen. Das Medium versuchte, sie zu beruhigen, und sah Eygló an. Sie hätte das Mädchen am liebsten in den Arm genommen, doch stattdessen machte sie Platz für die Mutter, die mit einer Decke kam, die sie über ihre Tochter breitete. Das Medium stand auf. Die Mutter wollte dem Mädchen beim Aufstehen helfen, doch Eygló stoppte sie.

»Lass sie das machen«, sagte sie.

»Was?«

»Darum kümmern sich bestimmt die Sanitäter«, sagte Eygló in beruhigendem Ton.

Eygló beugte sich zu dem Mädchen herunter und strich ihr über die Stirn. Das Mädchen sah Eygló fragend an, sie schien Angst zu haben, aber auch nur noch halb bei Bewusstsein zu sein. Schweiß stand auf ihrer Stirn, und sie verzog immer wieder vor Schmerzen das Gesicht.

»Mach dir keine Sorgen«, sagte Eygló und lächelte ermutigend.

Das Mädchen sah sie an und wollte zurücklächeln, dann stöhnte es auf und hielt sich den Magen.

Eygló redete beruhigend auf sie ein und setzte sich auf die Bettkante, dorthin, wo eben noch das Medium gesessen hatte. Im nächsten Moment schon erschien der Krankenwagen auf der Straße. Auf der dünnen Schneedecke, die inzwischen auf der Straße lag, geriet er ein wenig ins Rutschen. Zwei Sanitäter kamen mit einer Trage die Treppe hinauf, merkten aber bald, wie wenig Platz oben war, und ließen die Trage zurück. Dann hoben sie das Mädchen vorsichtig aus dem Bett, trugen es die Treppe hinab und brachten es in den Krankenwagen. Die Mutter folgte ihnen, setzte sich nach hinten zu ihrer Tochter, und bald waren sie mit blinkenden Lichtern verschwunden.

Das Medium nahm seinen Mantel und seinen Hut.

»Ich nehme an, dass du dich um den Jungen kümmerst?«, sagte er zu dem Vermieter und sah zu dem Bruder des Mädchens, der auf dem Sofa schlief und nicht ein einziges Mal wach geworden war.

»Ja«, sagte der Vermieter. »Ich bleibe zu Hause und kümmere mich um ihn.«

»Gut«, sagte das Medium, »hoffentlich geht mit dem Mädchen alles gut. Du hältst uns ja vielleicht auf dem Laufenden.«

Der Mann versprach es, und die kleine Gruppe stieg die Treppe hinab. Eygló und das Medium gaben dem Vermieter zum Abschied die Hand. Der Hausbesuch war beendet.

Erst im Auto auf dem Weg nach Hause wurde Eygló bewusst, wie sehr das Medium ihr übel nahm, dass sie sich eingemischt hatte, auch wenn er sich alle Mühe gab, dass man ihm das nicht anmerkte. Er sagte, er habe ihr zwar aufgrund der Empfehlung seiner Frau Málfríður erlaubt, ihn zu begleiten, sei jedoch davon ausgegangen, dass sie sich nicht einmische oder gar seine Arbeit störe, sondern nur zusehen würde, um etwas daraus zu lernen. Eygló bat um Entschuldigung. Das sei ihr nicht bewusst gewesen, sie habe sich lediglich Sorgen um das Wohlergehen des Mädchens gemacht. Als er sie zu Hause absetzte, war der Abschied kurz und kühl.

Sie ging nicht davon aus, noch einmal von ihm zu hören. Doch bereits später an demselben Abend klingelte ihr Telefon. Es war Málfríður.

»Mein Mann hat eben im Krankenhaus angerufen und mit der Mutter des kranken Mädchens gesprochen«, sagte Málfríður. »Sie war noch immer dort.«

»Wie geht es dem Mädchen?«

»Sie wird wohl wieder gesund«, sagte Málfríður.

Eygló atmete auf.

»Waren es die Nieren?«, fragte sie vorsichtig.

»Ja, es waren ... woher weißt du das? Hast du deswegen den Krankenwagen rufen lassen?«

»Ich weiß es nicht ... da war so ein Geruch. Irgendwas, das mich komplett in seinen Bann gezogen hat. Ich weiß nicht, warum. Ich habe wirklich keine Ahnung.«

»Sie hat offenbar eine schwere Infektion, die beide Nieren befallen hat«, sagte Málfríður. »Sie haben ihr eine Infusion mit Antibiotika gegeben und ihr damit wohl das Leben gerettet. Das war ganz schön knapp.«

Wenig später verabschiedeten sie sich. Als es Nacht wurde, legte Eygló sich ins Bett, konnte aber nicht einschlafen. Die Beklemmung, die sie schon den ganzen Tag verspürt hatte, war noch immer nicht verschwunden.

Neun

Eygló kam auch heute noch manchmal an dem niedrigen
Holzhaus mit der kleinen Dachwohnung vorbei, wenn sie
durch Þingholt ging, und musste dann an das kranke Mädchen denken. Das Haus war vollkommen verwahrlost.
Schon seit Jahren wohnte hier niemand mehr. Die Tür
und die Fenster waren zugenagelt, Graffitisprayer waren
nicht gerade zimperlich damit umgegangen, und es sah so
aus, als hätte jemand versucht, dort einen Brand zu legen.
Eygló blieb vor dem Haus stehen und dachte an die enge
Treppe, die bis unter das Dach führte, an die besorgte
Mutter, das kranke Kind. Málfríður hatte den damaligen
Hausbesuch noch einmal erwähnt, als Eygló sie kurz vor
ihrem Tod im Pflegeheim besucht hatte. Als sie von ihrem
Mann geträumt hatte und fest daran glaubte, er würde sie
zu sich ins Jenseits holen.

Eygló hatte nie wieder solche Hausbesuche gemacht.
Ihr stand ja schließlich auch kein ganzes Ärztekollegium
aus dem Jenseits zur Seite. Sie hatte sich damals intensiv
mit Mediumistischem Heilen beschäftigt und kannte die
Geschichten der Besten dieses Fachs. Doch nach jenem
Hausbesuch, bei dem sie erleben musste, wie es sich an-
fühlte, wenn ein Leben nur noch an einem seidenen Faden
hing, war ihr klar geworden, dass sie nicht diejenige sein
wollte, die diesen Faden hielt.

Auch über ihre spirituelle Begabung dachte sie nach diesem Hausbesuch anders. Sowohl ihr Vater als auch Málfríður hatten diese Begabung fördern wollen – Eygló hingegen hatte ihre seherischen Fähigkeiten lange versucht zu unterdrücken. Als Kind hatte sie ihre Visionen, über die sie mit ihrem Vater sprach, regelrecht bekämpft. Sie wollte nichts mit ihnen zu tun haben, sie machten ihr Angst. Doch im Laufe der Jahre änderte sich ihre Einstellung. Sie beschäftigte sich immer eingehender mit den Theorien, die solche Visionen oder Halluzinationen psychologisch erklärten, anstatt sich auf das Jenseits zu beziehen. Aber sie las auch die ganzen Berichte über das Jenseits, über die Arbeit von Medien und über Begebenheiten, für die es nur eine Erklärung gab, wenn man an ein Leben nach dem Tod glaubte.

Auch der letzte Hausbesuch mit Kristleifur hatte ihr hierzu wertvolle Erkenntnisse geliefert. Eygló war es ein Rätsel, warum sie ganz offenbar eine Verbindung zu der Krankheit hatte, an der das Mädchen litt. Solche Dinge geschahen, wenn sie am wenigsten damit rechnete. Bei den anderen Hausbesuchen, auf die sie Kristleifur zuvor begleitet hatte, war nichts dergleichen passiert.

Ansonsten wusste sie nichts über die Leute, die Kristleifur damals gerufen hatten. Die einmal in diesem Haus gewohnt hatten, das nun langsam verfiel. Sie war ihnen nie wieder begegnet.

Sie ging durch Þingholt, um den Sohn von Hansína zu besuchen, der eine Straße weiter wohnte. Er hieß Böðvar. Sie hatte ihn telefonisch nicht erreicht und beschlossen, auf gut Glück bei ihm vorbeizuschauen. Von Jósteinn, der ihr bei der Trauerfeier von Hansína erzählt hatte, wusste sie zumindest, wie er hieß. Im Internet fand sie nichts über ihn, doch als sie in einem alten Telefonbuch nachschlug, fand sie unter seinem Namen einen Eintrag mit Adresse. Sie hoffte, er war in der Zwischenzeit nicht umgezogen.

Das Haus, das zu der Adresse gehörte, sah nicht viel besser aus als das, vor dem Eygló eben noch gestanden hatte. Auch an diesem niedrigen Holzhaus war lange nichts mehr instand gesetzt worden, die Dachrinnen waren verrostet, die Fensterrahmen moderten vor sich hin. Besonders schlecht sah der fensterlose Dachgiebel aus, hier war kaum noch Farbe auf dem Holz, es hatte überall Risse. Unter dem Giebel lag ein kleiner verwilderter Vorgarten.

Das Haus hatte nur einen Eingang. Eygló klopfte an die Tür, doch niemand kam. Also öffnete sie die Haustür und betrat den winzigen Eingangsbereich. Sie sah eine Tür zu einer Erdgeschosswohnung und eine Holztreppe, die in das obere Stockwerk führte. Sie wusste nicht, in welchem Stockwerk Böðvar wohnte, doch als im Erdgeschoss niemand öffnete, erklomm sie langsam die Treppe und klopfte an die obere Wohnungstür. Als sich auch dort nichts regte, klopfte sie noch einmal fester und hörte drinnen das Knarren einer Bodendiele. Sie wollte gerade ein drittes Mal klopfen, da öffnete sich einen Spaltbreit die Tür, und jemand sah sie an.

»Böðvar?«, fragte sie.

Sie bekam keine Antwort. Sah nur das Auge im Türspalt.

»Entschuldige die Störung«, sagte Eygló, »ich möchte dich etwas über deine Mutter fragen, Hansína. So hieß sie doch, oder?«

Das Auge betrachtete sie von Kopf bis Fuß.

»Bist du denn Böðvar?«, fragte Eygló.

Das Auge starrte sie weiterhin an.

»Der Sohn von Hansína?«

Das Auge verschwand, doch die Tür fiel nicht wieder zu. Nachdem sie eine Weile gewartet hatte, gab Eygló der Tür vorsichtig einen kleinen Schubs, sie öffnete sich in die Wohnung hinein. Ihr schlug der Gestank von jahrelanger Verwahrlosung entgegen, vermischt mit dem Geruch von Schimmel und Kanalisation. Auf dem Gang hatte sie ihn kaum bemerkt, nun nahm er ihr den Atem. Fast hätte sie sich Mund und Nase zuhalten müssen. Der Mann saß in seinem Wohnzimmer auf einem schmuddeligen Sofa vor einem alten Röhrenfernseher. Es war nicht besonders hell in der Wohnung, doch als Eygló sich an die Lichtverhält-nisse gewöhnt hatte, bemerkte sie, dass der ganze Raum voller Gerümpel war, das der Mann im Laufe der Jahre an-gesammelt hatte, Altmetall, Pappkartons voller Zeitun-gen, Bücher, die sich bis zur Decke stapelten.

»Was geht dich meine Mutter an?«, fragte der Mann verärgert.

»Ich würde gern wissen, ob sie meinen Vater gekannt hat«, sagte Eygló.

»Und das war wer?«

»Er hieß Engilbert«, sagte Eygló. Sie achtete darauf, nicht zu weit in die Wohnung hineinzugehen, hielt sich in der Nähe der Tür.

»Sagt mir nichts«, erwiderte der Mann. Eygló ging den-noch davon aus, dass er der Böðvar war, den sie suchte. Er trug ein rotes T-Shirt mit dem Logo eines ausländischen Fußballvereins und war fast vollkommen kahlköpfig, was er durch einen besonders langen Vollbart ausglich, der einen großen Teil seiner Wangen bedeckte. Der Bart war grau und ungepflegt. Noch abstoßender erschien er ihr, als er sich zurücklehnte und scheinbar beiläufig seine Beine, die in einer blauen Jogginghose steckten, in schnellem Wechsel spreizte und wieder schloss, als wollte er ihr seinen Schritt präsentieren.

»Ich kenne keinen Engilbert«, sagte er.

»Er war ein Medium. Ich habe gehört, dass er bei deiner Mutter war.«

Böðvar starrte sie vom Sofa aus an.

»Medium?«

»Ja. Er hat Séancen abgehalten. Spiritistische Sitzungen. Mir wurde gesagt, dass er auch einmal bei Hansína war.«

»Wer bist du noch mal?«

»Seine Tochter. Hat deine Mutter sich für so etwas interessiert? Spiritismus?«

Böðvar starrte sie an, spreizte und schloss die Beine weiterhin. »Meine Mutter ist seit dreißig Jahren tot«, sagte er dann.

»Das ist noch viel länger her«, sagte Eygló und sah sich um, betrachtete das ganze Gerümpel, die elende Wohnsituation des Mannes. Sie fühlte sich alles andere als wohl. »Hatte sie ... war sie gut gestellt?«, fragte sie.

»Gut gestellt«, schnaubte der Mann. »Wie kommst du denn darauf?«

»Ich habe auch gehört, dass die ... also dass ... mein Vater versucht hat, an ihr Geld zu kommen«, sagte Eygló. »Dass deine Mutter an ein Leben nach dem Tod geglaubt hat und mein Vater das ausgenutzt hat, um sie zu beschwindeln. Sagt dir das etwas?«

Böðvar starrte sie weiterhin an, hielt aber nun die Beine still.

»War das etwa dein Vater? Das waren zwei, oder?«

»Das ist gut möglich«, sagte Eygló und dachte an den Vater von Konráð.

»Diese verdammten Betrüger. Das weiß ich noch wie heute! Die wollten ihr doch tatsächlich noch das Wenige nehmen, das sie hatte. Verdammte Arschlöcher. Taten so, als hätten sie eine tolle Verbindung zu meiner Oma im Jenseits, die wussten alles über sie, woher auch immer. Und dann haben sie meiner Mutter gesagt, dass Oma ihr befiehlt, Geld für irgendwelche guten Zwecke zu spenden. Und dann haben sie das Geld auch gleich in Empfang genommen, damit es nicht in falsche Hände kommt. Meine Mutter hat denen sogar wirklich etwas gegeben, aber dann haben mein Bruder und ich davon Wind bekommen. Und als die das nächste Mal kamen, waren wir auch da. Danach kamen sie nie wieder.«

Der Mann war aufgestanden. Er schien angetrunken. Auf dem Tisch stand eine geöffnete Wodkaflasche. Leere Weinflaschen und Bierdosen lagen in der ganzen Wohnung verstreut.

»Was habt ihr gemacht, als die beiden kamen?«, fragte Eygló.

»Einer von denen war ein armer Wicht. War das dein Vater? Der ist gleich mit allen möglichen behämmerten Entschuldigungen gekommen. Aber der Zweite, das war so ein richtiger Kleinkrimineller. Der hat dem anderen gesagt, wo es langgeht. Ein echter Scheißkerl. Hat sich dann sogar noch mit uns angelegt. Wurde der nicht ermordet? Doch, oder? Den meinst du.«

»Wenn wir von demselben reden – der wurde erstochen«, sagte Eygló.

»Unten am Schlachthof, wenn ich mich richtig erinnere. Warum fragst du mich das eigentlich gerade jetzt?«

»Die waren also zu zweit unterwegs?«

»Auf jeden Fall. Wir haben sie rausgeschmissen. Der eine wollte sich das nicht bieten lassen, da mussten wir sogar handgreiflich werden. Warum willst du das jetzt auf einmal wissen?«

»Weißt du, ob die damals noch andere betrogen haben? Andere Frauen? Hast du da mal was gehört?«

»Meine Mutter war auf jeden Fall nicht die Einzige. Die waren auch bei ihrer Freundin Stella. Die haben sie richtig ausgenommen. Es gab bestimmt noch mehr. Diese beschissenen Betrüger machen doch vor nichts halt.«

»Diese Stella, lebt die noch?«

»Bist du etwa auch so eine wie dein Vater? Auch so eine Betrügerin? Tust du auch so, als wärst du ein Medium?«

»Kannst du mir sagen, wo ich sie finden kann und ...?«

Eygló konnte den Satz nicht beenden.

»Hier drinnen siehst du doch auch alle möglichen Gespenster, oder?!«, sagte der Mann um einiges lauter und tat so, als würde er sich in der Wohnung umsehen. »Hier schweben doch alle möglichen Gespenster herum. Was sagen die denn so? Wer sind sie? Was siehst du?«

Eygló sah den Mann ruhig an, hütete sich aber, etwas zu sagen. Das einzige Gespenst in diesem Raum war der arme Kerl, der vor ihr saß.

»Kannst du mir sagen ...?«

»Weißt du, was ich dir sagen kann? Verpiss dich! Das kann ich dir sagen«, rief der Mann und kam ihr bedrohlich nah. »Raus! Hau ab! Und komm bloß nicht noch mal her. Verschwinde. Raus!«

Eygló war froh, wieder an der frischen Luft zu sein, ging denselben Weg zurück, den sie gekommen war, und kam wieder am Haus des kranken Mädchens vorbei. Sie blieb noch einmal davor stehen, besah sich die Graffiti, den Verfall, als ein Mann mittleren Alters aus dem Nachbarhaus kam und sie bemerkte.

»Das ist ganz schön heruntergekommen«, sagte er.

»Wohnt da schon lange niemand mehr?«

»Mindestens seit zwanzig Jahren. Nun wird es wohl endlich abgerissen und etwas Neues gebaut. Hast du eine Verbindung zu dem Haus?«

»Nicht so richtig, ich war nur ein einziges Mal dort drinnen«, sagte Eygló. »Da hat dort eine Frau mit zwei kleinen Kindern gewohnt, das war in den Siebzigerjahren. Lange her.«

»Waren das ein Junge und ein Mädchen?«, fragte der Mann.

»Ja, genau.«

»Die habe ich ein bisschen gekannt, als ich auch noch hier gewohnt habe«, fügte er wie zur Erklärung hinzu und lächelte. »Ich habe hier meine ersten Jahre verbracht, jetzt habe ich mein altes Elternhaus zurückgekauft und richte es her.«

»Weißt du, was aus der Frau geworden ist?«

»Nein. Sie war geschieden, glaube ich«, sagte der Mann und holte einen Autoschlüssel hervor, »aber ich weiß nicht, was aus ihr geworden ist. Wir sind dann auch ziemlich bald weggezogen.«

»An den Jungen erinnere ich mich kaum«, sagte Eygló. »Aber seine Schwester, die wurde so krank, das war echt traurig…«

»Eigentlich waren das gar keine Geschwister«, sagte der Mann und schloss per Fernbedienung ein Auto auf, das hinter Eygló stand und kurz piepte. Der Junge war ein Pflegekind. Das hat er mir gesagt, als ich ihm mal begegnet bin, aber das ist auch schon viele Jahre her. Wirkte ziemlich durcheinander, der arme Kerl. Sah nicht gut aus. Hat wohl irgendwie das Trinken angefangen, leider«, fügte der Mann noch hinzu, stieg dann rasch in sein Auto und fuhr davon.

Zehn

Die Frau wusste sofort, wer Konráð war, und willigte ein ihn zu treffen, auch wenn sie etwas überrascht über seinen Anruf war. Sie räumte ein, sie habe nicht mehr damit gerechnet, dass er sich bei ihr melden würde, nicht nach so einer langen Zeit.

Sie wusste, dass er Polizist war. Viele Jahre nach den Ereignissen vor dem Schlachthof hatte sie erfahren, dass der Sohn des Mordopfers inzwischen bei der Kriminalpolizei arbeitete. Seitdem hatte sie immer wieder überlegt, ob er sich eines Tages melden würde. Sie hätte nichts Besonderes daran gefunden – Island war ein kleines Land, damals noch sehr viel mehr als heute –, damals kannten sich wirklich noch alle, waren zumindest über zwei Ecken miteinander bekannt und nicht selten auch verschwägert. Und immer wieder, wenn sie im Laufe der Jahre in der Zeitung etwas über ein Verbrechen las und Konráð als Ermittler erwähnt wurde, fiel ihr auf, dass er sich nie bei ihr gemeldet hatte.

Als er nach all den Jahren endlich von sich hören ließ, war sie nicht nur überrascht gewesen, sondern auch neugierig. Sie trafen sich in einem Café in der Innenstadt, denn sie musste ihm einfach diese eine Frage stellen. Sie sagte, er halte das hoffentlich nicht für allzu dreist. Betonte, dass es natürlich seine Sache sei, was er tue und was er lasse. Sie sei nur neugierig und hoffe, er bekäme das nicht in den falschen Hals, aber warum hatte er sich in all den Jahren bei der Kriminalpolizei eigentlich nie mit dem Mord an seinem Vater beschäftigt? Und warum jetzt plötzlich?

»Aber vielleicht hast du dich ja auch damit beschäftigt, und ich habe es nur nicht erfahren«, fügte sie eilig hinzu, als ihr auffiel, dass er natürlich auch Nachforschungen unternommen haben könnte, ohne mit ihr zu sprechen. »Vielleicht habe ich das ja einfach nicht mitbekommen«, sagte sie entschuldigend.

Konráð lächelte. Er hatte den Eindruck, dass sie nicht nur ihre Neugier befriedigen wollte. Sie wollte ihm wirklich helfen, falls sie es konnte. Sie war es gewesen, die seinen Vater vor dem Schlachthof aufgefunden hatte. Und sie hatte sofort wohlwollend auf sein Anliegen reagiert, schien aufgeschlossen und ehrlich, hörte ihm aufmerksam zu und hatte einem Treffen zugestimmt, sobald ihre größte Überraschung verflogen war. Er musste nur sagen, wann.

Konráð hingegen war so überrascht von ihrer Offenheit, dass er am Anfang kaum ein Wort herausbekam. Das passierte ihm nicht zum ersten Mal, wenn er über dieses Thema sprechen wollte. Sein Vater war kein einfacher Mensch gewesen. Konráð dachte manchmal still für sich, dass sein Vater an seinem furchtbaren Ende selbst schuld war, auch wenn nichts eine derartige Gewalttat rechtfertigen konnte. Er hatte die meiste Zeit seines Lebens mit kleinkriminellen Aktivitäten verbracht, die immer wieder von Gefängnisaufenthalten unterbrochen wurden. Seine Freunde und Bekannten hatten, wenn überhaupt, einen zweifelhaften Ruf. Und um sein Familienleben war es auch nicht besser bestellt. Sauferei, häusliche Gewalt und schließlich das, von dem Konráð erst sehr viel später erfuhr: sexueller Missbrauch. Kurz vor dem Mord hatte Konráðs Mutter ihm endlich die Wahrheit über seinen Vater gesagt. Sie erzählte ihm, dass sie sich vor vielen Jahren von ihrem Mann getrennt hatte und nach Seyðisfjörður in die Ostfjorde gezogen war, weil sie einmal ihre Tochter aus den Fängen ihres Ehemannes retten musste und so erfuhr, dass er angefangen hatte, das Kind zu befummeln. Nachdem Konráð das erfahren hatte, herrschte zwischen seinem Vater und ihm offener Hass. Die Nachbarn erinnerten sich an den lautstarken Streit zwischen Vater und Sohn, nur wenige Stunden vor dem Mord. Zu allem Überfluss war auch noch Konráðs Mutter an jenem Abend zufällig in der Stadt gewesen und erst früh am nächsten Morgen in den Überlandbus zurück nach Seyðisfjörður gestiegen. Die Polizei hatte ihn in Blönduós angehalten. In den ausführlichen Vernehmungen hatte sie jegliche Beteiligung an der Tat bestritten. Ihre Schwester und ihr Schwager bestätigten, dass sie bei ihnen übernachtet habe und an dem Abend nicht ausgegangen sei. Auch Konráð wurde vernommen. Seine Freunde sagten aus, sie seien den ganzen Abend mit ihm unterwegs gewesen.

Die Frau in dem Restaurant nahm einen Schluck von ihrem Kaffee. Sie saßen in einer ruhigen Ecke, die Frage hatte einfach in der Luft gelegen.

»Ich ... Ich weiß es nicht«, sagte Konráð. »Das ist wohl erst mit den Jahren gekommen. Der Drang, mehr zu wissen. Ich habe jetzt nicht mehr so viel zu tun und denke manchmal an das, was passiert ist. Man Vater war kein netter Mensch. Er war gut darin, sich Feinde zu machen.«

»Gibt es denn etwas Neues in dem Fall?«, fragte die

Frau, die seinen Vater einst in seinem Blut hatte liegen sehen. Sie hieß Helga und hatte lange Jahre eine Tanzschule betrieben, sie lächelte viel, und ihre Bewegungen hatten etwas Müheloses.

»Nein, nichts«, sagte Konráð. »Der Fall wird sich auch nicht aufklären lassen. Und so ernst nehme ich das auch nicht, das wurde damals alles sehr gründlich untersucht, da gibt es gar nichts auszusetzen. Das ist nur so eine Marotte von mir.«

Das schien ihr als Erklärung zu genügen, so unzureichend sie auch sein mochte. Sie rief sich ihre Erinnerungen an diesen lange vergangenen Abend ins Gedächtnis. Obwohl es Jahrzehnte her war, hatte sie noch alles klar vor Augen. So etwas Schlimmes hatte sie nie wieder erlebt und noch lange danach Albträume gehabt.

Sie hatte an dem Abend in der Turnhalle Jón Þorsteinsson am Skuggasund mit zwei Freundinnen einige Tänze geübt. Danach war sie bei einer dieser Freundinnen zu Hause gewesen, wo sie noch lange zusammengesessen hatten. Die Freundin wohnte in der Lindargata und Helga in einem der Wohnblocks am östlichen Ende der Skúlagata, nicht weit von dort, wo heute das Polizeipräsidium steht. Die Freundinnen hatten sich neue Tanzschritte für einen Wettbewerb ausgedacht, der schon in der darauffolgenden Woche stattfinden sollte. Darüber hatten sie die Zeit vergessen. Als sie endlich merkte, wie spät es geworden war, beschloss sie, auf dem kürzesten Weg nach Hause zu gehen – die Skúlagata entlang.

»Ich bin fast jeden Tag dort langgegangen und habe den Weg in- und auswendig gekannt«, sagte Helga. »Erst kam die Zimmerei Völundur in dem Haus mit dem Holztürmchen, dann die Tankstelle, dann ein paar Baracken und der Schlachthof. Nur um diese Uhrzeit war ich da ungern unterwegs. Ich habe das immer ein bisschen unheimlich gefunden, die Straße war schlecht beleuchtet, und Autos waren da abends auch keine mehr unterwegs, damals gab es ja eh noch nicht so viele Autos in der Stadt. Schon lange bevor ich den Schlachthof erreicht habe, konnte ich deren Räucherei riechen, die roch man dort in der Gegend ja überall«, fügte sie hinzu und wich damit von ihrer damaligen Zeugenaussage ab. In der war nicht die Rede davon gewesen, dass im Schlachthof gerade geräuchert wurde.

»Ich erinnere mich gut an den Geruch«, sagte Konráð. »Wenn die ihre Räucherkammern in Betrieb hatten, wusste das jeder.«

»Eigentlich war über der Toreinfahrt zum Schlachthof eine Lampe, aber da war die Birne durchgebrannt, haben mir später die Polizisten erzählt. Ich war also schon ziemlich nah dran, als mir aufgefallen ist, dass da auf der Straße vor der Einfahrt etwas lag. Was das war, konnte ich nicht erkennen. Ich bin sofort langsamer gegangen. Ich hatte damals Angst vor Hunden und habe zuerst gedacht, das wäre einer, aber dann habe ich bald gesehen, dass es etwas anderes war.«

Helga trank von ihrem Kaffee.

»Da lag ein Mann auf der Straße. Ich habe zuerst gedacht, das wäre ein Obdachloser, der sich in die Einfahrt gelegt hat, die war ja überdacht.«

»Und du hast die Straßenseite gewechselt«, sagte Konráð, der ihre Zeugenaussage sehr oft gelesen hatte.

»Ich hatte damals Angst vor den Pennern«, sagte sie. »Vor Hunden und vor Pennern. Damals gab es ja wirklich Obdachlose in der Stadt, heute sieht man ja kaum noch welche.«

»Und als du auf der anderen Straßenseite warst, hast du gesehen, dass mit dem Mann etwas nicht stimmte.«

»Da habe ich diese schwarze Pfütze gesehen. Das Blut, das unter ihm hervorgeflossen ist, dieses ganze Blut, das war furchtbar. Und anstatt wegzurennen, so schnell ich konnte, bin ich näher rangegangen. Dann habe ich gesehen, wie schwer verletzt er war. Ich dachte, er wäre tot, aber das war er noch nicht.«

»Du hast gesehen, dass er noch am Leben war?«

Helga nickte.

»Er hat mich angesehen und versucht etwas zu sagen, aber ich konnte ihn nicht verstehen, also bin ich noch näher, bis ich in der Blutpfütze stand. Das Blut an meinen Schuhen. Diese Erinnerung werde ich wohl nie mehr los. Ich war ja noch ein Kind. Ich wollte diese Schuhe nie wieder anziehen, meine Mutter musste sie verschenken. Sie hat nie etwas weggeschmissen.«

»Und du hast nie herausbekommen, was er sagen wollte?«

»Nein. Er hat mich gesehen, eine Hand ausgestreckt, den Mund geöffnet, dann ist er vor meinen Augen gestorben. Ich war das Letzte, das er in seinem Leben gesehen hat. Ein sechzehnjähriges Mädchen, das die Skúlagata entlangkommt.«

»Das hat dich sicher sehr belastet, so jung«, sagte Konráð.

»Das war einfach nur grauenhaft.«

»Ich hoffe, du verzeihst mir, dass ich das jetzt alles noch einmal aufwärme.«

»Ist okay. Ist doch gut, dass ich endlich mit dir darüber sprechen kann. Ich habe schon lange von dir gewusst, schön, dass du dich endlich gemeldet hast. Richtig gut.«

»Du hast sicher oft überlegt, was er dir sagen wollte.«

»Ich denke heute noch, dass es der Name von demjenigen war, der ihn erstochen hat«, sagte Helga.

»Du hast damals ausgesagt, dass er einen bestimmten Laut von sich gegeben hat.«

»Ja. Das ist schwer zu beschreiben.«

»Und das war nicht einfach ein Stöhnen, vor Schmerzen?«

»Ich glaube, er wollte etwas sagen.«

Helga erzählte Konráð, was danach passiert war. Die Tankstelle hatte schon geschlossen, ebenso wie alles andere dort, also lief sie zu den Wohnhäusern auf dem Vitastígur und klopfte an die erstbeste Tür. Die Leute dort schliefen schon, und als sie endlich begriffen hatten, was Helga wollte, riefen sie die Polizei.

»Es hat mich überrascht, dass die Polizisten sofort wussten, wer der Mann war«, sagte sie und wich damit wieder von dem ab, was sie damals gesagt hatte. »Gleich der erste, der kam, sagte: ›Ach, der ist das.‹ Die schienen sich gar nicht darüber zu wundern, dass er da lag.«

»Er war ein guter Bekannter der Polizei, wie man sagt«, warf Konráð ein.

»So haben sie sich auch verhalten. Als ob er sich das selbst zuzuschreiben hätte. Das habe ich sofort gespürt, und ich weiß noch wie heute, dass ich mich darüber gewundert habe. Wie sie über ihn gesprochen haben.«

»Kamen viele Schaulustige?«

»Nein, kaum. Die Leute aus dem Vitastígur kamen und der eine oder andere Passant, vielleicht. Aber viele waren es nicht. Ich erinnere mich noch an die Pressefotografen. Irgendwie ging das alles so schnell. Die Polizei hat mich nach Hause gebracht und mit meinen Eltern gesprochen, die haben sich natürlich schon Sorgen gemacht und bei meiner Freundin angerufen. Und dann wurde ich richtig ein bisschen berühmt, in der Familie und in der Schule. Plötzlich war ich die, die die Leiche gefunden hat. Das fanden alle so aufregend. Ich fand das einfach nur furchtbar. Bis heute.«

»Ist dir da irgendwas besonders aufgefallen, am Tatort oder in der Nähe? Irgendjemand, der nicht ins Bild gepasst hat? Jemand, der abseitsstand? Sich komisch verhalten hat?«

»Nein.«

»Du sagst, die Räucherkammern waren in Betrieb?«, sagte Konráð.

»Ich glaube schon.«

»Hast du auf dem Gelände des Schlachthofs irgendwelche Leute gesehen?« Konráð war wieder eingefallen, dass die Räucherkammern damals direkt an der Skúlagata waren, östlich der Toreinfahrt.

»Nein.«

Im Polizeibericht stand, dass die Toreinfahrt zum Schlachthofgelände mit einem gründlich verschlossenen Eisengitter gesichert gewesen war. Die Mitarbeiter des Schlachthofes wurden natürlich auch befragt, aber eine Verbindung zu Konráðs Vater ergab sich nicht, ganz abgesehen davon hatten die meisten ein Alibi. Nur wenige konnten nicht belegen, wo sie zur Tatzeit gewesen waren, weil sie allein lebten, doch keiner von ihnen schien das Opfer zu kennen oder hatte sich zuvor etwas zuschulden kommen lassen. Ein Motiv für ein solches Verbrechen war auch bei keinem erkennbar. Und doch hielt man es weiterhin für möglich, dass die Mordwaffe – die nie gefunden wurde – ein Fleischermesser war. Genaueres hatte man bei der Untersuchung der zwei Schnittwunden nicht herausfinden können. Die Tiefe und Form der Wunde, Verunreinigungen, die die Mordwaffe zurückgelassen haben könnte – all das war untersucht worden, ohne dass daraus beim damaligen Stand der Kriminaltechnik Rückschlüsse auf die Art des Messers gezogen werden konnten. Der Angriff hatte Konráðs Vater offenbar vollkommen überrascht und war zielgerichtet und ohne jedes Zögern ausgeführt worden. Er hatte keine Chance gehabt, sich zu wehren. An seinen Händen fanden sich keine Abwehrspuren, und auch unter seinen Fingernägeln war nichts, das darauf hinwies, dass er den Angreifer noch im Gesicht oder an den Haaren zu fassen bekommen hatte. Auf dem harten Bürgersteig fand sich kein Fußabdruck, der von dem Mörder hätte stammen können, er war nicht in die Blutpfütze getreten, so wie Helga wenig später. Er war ein Phantom gewesen und blieb es bis heute.

»Dich hat diese Erfahrung ein Leben lang verfolgt«, sagte Konráð.

»Nicht so schlimm wie dich, denke ich mal«, sagte Helga und lächelte, als wäre es ohnehin absurd, das miteinander zu vergleichen.

Marta rief spät am Abend an, weil sie weitere Fragen an Konráð hatte, die im Zusammenhang mit seinem Kontakt zu der Verstorbenen standen, wie sie es in professionellem Ton ausdrückte. Konráð war sich sicher, ihr alles gesagt zu haben, was er über Valborg wusste, auch wenn das leider nicht viel war. Er hatte den Eindruck, dass Marta irgendwie um den heißen Brei herumredete, als wollte sie ihm eigentlich etwas ganz anderes sagen.

»Es wäre uns lieb, wenn du dich nicht weiter in die Ermittlungen einmischen würdest«, sagte sie dann endlich.

»Tue ich doch gar nicht«, sagte er.

»Ach, und weswegen hängst du dann vor ihrem Haus herum und belästigst die Nachbarn?«

»Rufst du deswegen an?«

»Als du Valborg getroffen hast, ging es ihr da ganz okay? Also, den Umständen entsprechend?«

»Sie war ›zurückhaltend‹. Das Wort habe ich benutzt, glaube ich«, sagte Konráð.

»Schien sie Schmerzen zu haben?«

»Was soll das, Marta? Es ist spät, ich war schon fast im Bett.«

»Ach, zum Teufel damit. Ich nehme mir immer wieder vor, dir nichts zu sagen, weil du in Pension bist und das natürlich alles streng vertraulich ist und der Schweigepflicht unterliegt und so, aber dann plaudere ich doch wieder alles aus.«

»Was willst du denn ausplaudern?«

»Deine Freundin hatte Narben auf den Innenseiten ihrer Oberschenkel. Die müssen so alt sein, dass sie kaum noch zu sehen waren, aber bei der Obduktion haben sie sie entdeckt. Sieht so aus, als hätte sie sich früher einmal selbst verletzt. Sich ins Bein geschnitten.«

»Wie alt sind die Narben?«

»Uralt. Aber das ist noch nicht alles. Sie hat in letzter Zeit wieder damit angefangen. Da war eine neue Wunde an derselben Stelle. Sonst hätten die da vielleicht gar nicht so genau hingesehen.«

»Das gibt's doch nicht.«

»Es kann ihr nicht gut gegangen sein«, sagte Marta.

»Selbstverletzendes Verhalten?«

»Das hast du nicht von mir«, sagte Marta.

»Hat sie sich bestraft?«

»Das ist eine Möglichkeit. Angst. Depression. Selbst-
mordgedanken. Auf jeden Fall ging es der armen Frau
nicht gut, aus welchem Grund auch immer.«

Elf

Konráð biss in sein Sandwich. Es schmeckte komisch, und er sah nach dem Haltbarkeitsdatum, stellte fest, dass es längst abgelaufen war, und erinnerte sich an das gut gelaunte Lächeln des Jungen, der es ihm an der Tankstelle verkauft hatte. Er überlegte, ob er es trotzdem herunterwürgen sollte, schließlich hatte er großen Hunger, und richtig vergammelt roch das Sandwich nicht, fand er. Letztendlich wollte er mit der alten Mayonnaise dann aber doch kein Risiko eingehen und legte es weg. Er öffnete seine Thermoskanne, trank einen Schluck Kaffee, zündete ein Zigarillo an und blies den Rauch durch das spaltbreit geöffnete Autofenster. Dabei ließ er die drei Wohnblocks gegenüber von Valborgs Haus nicht aus den Augen. Es war Abend. Er hoffte darauf, dass irgendwann in einem der Fenster etwas aufblitzte. Am liebsten würde er den Voyeur in flagranti erwischen, mit dem Fernglas in der Hand.

Zwei Tage zuvor hatte Marta die Bewohnerinnen und Bewohner aus diesen Häusern befragen lassen. Niemand hatte angegeben, den Mord an Valborg beobachtet oder die Polizei alarmiert zu haben. Der Block, in dem Valborg gewohnt hatte, war ungefähr dreihundert Meter entfernt. Mit einem guten Fernglas hätte man problemlos beobachten können, was bei ihr vor sich ging. Das hatte Konráð ja auch Marta bereits gesagt, doch nach der ergebnislosen Befragung der Leute aus den Wohnblocks schien sie der Sache nicht weiter nachgehen zu wollen. Irgendein Lichtschein in der Nachbarschaft schien ihr für die Ermittlungen offenbar nicht relevant genug.

Die Kriminalpolizei wusste noch nicht, wer da im Viertel – zumindest laut Valborgs Nachbarin – seine Mitmenschen ausspionierte. Sie waren von einer Wohnung zur nächsten gegangen und hatten mit allen gesprochen, die dort gemeldet waren. Sie wurden auch in die Wohnungen gelassen. In den meisten wohnten Paare verschiedensten Alters, manche hatten Kinder, andere nicht – und fast alle wunderten sich ziemlich über diesen Besuch von der Polizei. Manche kramten Ferngläser hervor, die sie aus den verschiedensten Gründen besaßen, manche fuhren viel aufs Land, andere interessierten sich für Vögel, wieder andere hatten es zur Konfirmation oder zum Abitur geschenkt bekommen und nie benutzt.

Konráð seufzte.

Sein Sohn Húgó hatte aus den USA angerufen. Er war mit seiner Familie in Florida, zusammen mit einem Ärztepaar, über das Konráð nicht viel wusste, außer dass sie dort ein Haus hatten und gern Golf spielten – ein Sport, für den auch Húgó und seine Frau sich in letzter Zeit interessierten. Die Zwillinge, seine geliebten Enkelkinder, waren natürlich auch dabei. Er hatte auch mit ihnen kurz gesprochen und sie gefragt, ob Florida nicht furchtbar langweilig wäre. Es machte ihm Spaß, sie ein bisschen zu ärgern. Sie überboten sich gegenseitig darin, ›Neee‹ zu sagen und ihm vom Meer zu erzählen, vom Strand und dem Kino, in dem sie gewesen waren. Konráð vermisste sie.

Er sah auf sein Sandwich und war sich nicht sicher, wie

lange er es hier auf seinem Beobachtungsposten aushalten würde. Er musste unzählige Fenster im Auge behalten, ihm war kalt, er hatte Hunger und konnte sich kaum konzentrieren. Er schweifte ab und dachte an das Gespräch mit Helga. Abgesehen von der Sache mit der Räucherkammer hatte sie ihm nichts Neues sagen können. Die Räucherkammern waren an dem Tag wahrscheinlich mit gepökelten Schweinehälften und Lammkeulen gefüllt, dann wurden sie in Betrieb genommen und der Rauch verwandelte das Fleisch in leckeren Bacon und saftiges Hangikjöt.

Konráð trank von seinem Kaffee, und wie so oft, wenn er seinen Geist schweifen ließ, kamen die Erinnerungen an Erna zurück.

Es war schwierig für ihn gewesen, ihr von seinem Vater zu erzählen. Genau genommen hatte er sich das erst eine Woche vor der Hochzeit getraut. Bis dahin hatte er alle ihre Fragen zu seiner Familie mit Allerweltsfloskeln über seine Mutter und Schwester abgefertigt, die in die Ostfjorde gezogen waren. Von seinem Vater erfuhr sie kaum mehr als den Namen und dass er nicht mehr lebe und Arbeiter gewesen sei, was ja auch irgendwie stimmte. Er wollte seine Beziehung zu Erna nicht mit Geschichten über seinen Vater belasten. Hatte Angst, sie zu verlieren. Im Laufe der Zeit wurde es immer auffälliger, wie wortkarg er wurde, wenn es um das Thema Familie ging, und Erna spürte, dass er darunter litt. Schließlich fasste er sich ein Herz und versuchte ihr mit möglichst wohlgewählten Worten von den Ereignissen am Schlachthof zu erzählen. Sie hatte von dem Mord gehört und war vollkommen perplex, als sie hörte, dass Konráðs Vater das Opfer war. Nichts in ihrem bisherigen Leben hatte sie so sehr erstaunt. Stück für Stück zog sie ihm die ganze Geschichte aus der Nase, über die Verbrecherkarriere seines Vaters, die häusliche Gewalt, über die kleine Beta in seinen Fängen und über die Trennung.

»Aber … wieso bist du denn bei deinem Vater geblieben?«, war das Erste, das sie sagte, ganz rational wie immer.

»Er ließ mich nicht gehen«, sagte Konráð. »Das war seine Rache an meiner Mutter. Er hat mich einfach bei sich behalten, und Mama hatte nicht die Kraft, sich weiter mit ihm auseinanderzusetzen. Sie hat getan, was sie konnte, hat sich mit mir getroffen, wenn sie in der Stadt war, und darauf geachtet, dass es mir einigermaßen gut ging. Sie hat ihn beim Jugendamt gemeldet, doch mein Vater hat die auflaufen lassen, alles hinausgezögert, solange es irgendwie ging, und als die mich endlich einmal gefragt haben, habe ich gesagt, ich will bei ihm bleiben. Aber da wusste ich ja auch noch nicht alles. Er war ein gerissener Kerl, er hat gewusst, wie er die Leute auf seine Seite zieht.«

»Warum hast du mir das nicht eher gesagt?«

»Ist das nicht klar?«, sagte Konráð. »Ich wollte nicht, dass uns das unsere schöne Zeit verdirbt. So eine Horrorgeschichte.«

»Du hättest nichts damit verdorben.«

»Ich wollte das Risiko nicht eingehen.«

»Das heißt, du bist bei diesem furchtbaren Kerl aufgewachsen?«

»Mir gegenüber hat er sich ganz okay verhalten«, sagte Konráð, »aber einfach im Umgang war er natürlich nicht. Doch dafür hatte ich Freiheiten, die meine Freunde nicht hatten. Und das mit Beta, das wusste ich nicht, das hat Mama mir erst viel später erzählt«, sagte er und fügte zögerlich hinzu: »An dem Tag, als mein Vater starb.«

Erna entging die Bedeutung dieses Satzes nicht.

»Was hat die Polizei dazu gesagt?«

»Die weiß davon nichts«, sagte Konráð. »Die wissen nur, dass mein Vater und ich uns an dem Tag gestritten haben, weil die Nachbarn das gehört haben. Aber sie wissen nicht, warum. Wir haben uns zu der Zeit oft gestritten. Ich war damals schon im Begriff auszuziehen.«

»Und euer Streit an dem Tag, da ging es um Beta?«

»Ja.«

»Wer weiß davon?«

»Niemand. Mama. Beta. Du.«

Erna sah ihm in die Augen. Noch eine Woche, dann würden sie heiraten. Die Frage lag in der Luft, doch Erna beherrschte sich und stellte sie nicht. Aber Konráð beantwortete sie trotzdem, und es war das einzige Mal, dass sie je darüber sprachen.

»Ich habe ein Alibi«, sagte er. »Ich war das nicht.«

Bei ihrer Hochzeit fiel Konráð auf, wie aufmerksam Erna sich um seine Mutter kümmerte. Sie hatten sich bisher immer nur kurz getroffen, doch an diesem Tag wurden sie richtige Freundinnen, seitdem stand Erna in fast täglichem Kontakt mit ihr und unterstützte sie, so gut das eben ging, wenn man an zwei unterschiedlichen Enden des Landes wohnte. Auch mit Beta, die schwierig im Umgang sein konnte, freundete Erna sich im Laufe der Zeit an.

Konráð trank von seinem Kaffee, während immer mehr Erinnerungen hochkamen, wie ein Echo aus einer längst vergangenen Zeit.

»Warum versuchst du nicht herauszufinden, was mit deinem Vater passiert ist?«, fragte Erna einige Jahre später, als sie sich gerade schlafen legten. Da war seine Mutter gerade verstorben, es war Winter, ein Schneesturm tobte um das Haus. Das Thema war an diesem Abend zur Sprache gekommen, und wie immer hatte er nicht richtig darüber reden wollen. Doch Erna gab nicht auf.

»Niemand ist dafür in einer besseren Position als du«, sagte sie. »Wovor hast du Angst?«

Er antwortete ihr nicht. Für eine lange Zeit hörten sie nur das Heulen des Windes. Die Reykjavíkerinnen und Reykjavíker waren dazu aufgerufen worden, das Haus nicht zu verlassen, bis der Sturm nachließ.

»Vor der Wahrheit«, sagte er dann.

»Hast du sie irgendwann einmal gefragt?«, flüsterte Erna nach einer kurzen Bedenkzeit.

»Das käme einer Verurteilung gleich.«

»Hast du dich deswegen nie mit der Sache beschäftigen wollen?«

»Ja. Unter anderem.«

»Aber glaubst du denn ... es könnte sein, dass ...?«

»Manchmal denke ich, es kommt eigentlich sonst niemand infrage«, sagte Konráð so leise, dass seine Worte fast im Tosen des Sturms untergingen.

Er trank den letzten Schluck Kaffee aus seiner Thermoskanne und wollte gerade einen weiteren Zigarillo aus der Tasche nehmen, da sah er, wie es in einem Fenster im vierten Stock aufblitzte.

Zwölf

Konráð stieg aus dem Auto, ohne das Fenster aus dem
Blick zu lassen, und rechnete aus, woher der Lichtschein
kam. Vierter Stock. Der mittlere Wohnblock. Er hatte sich
bereits mit der Anordnung der Wohnblöcke vertraut gemacht und wusste, welche Wohnungen zu welchem Eingang gehörten, und war zuversichtlich, gleich beim ersten
Versuch die richtige Wohnung zu erwischen. An den Tür-
klingeln standen nur Nummern, doch daneben hing ein
Namensverzeichnis, mit deren Hilfe man die Klingeln
den Bewohnern zuordnen konnte. Konráð klingelte bei
einer Wohnung im obersten Stock, und als niemand reagierte, versuchte er es bei der Wohnung daneben. Deren
Bewohner meldete sich rasch über die Gegensprechanlage.
Konráð sagte, er hätte sich ausgesperrt. Das reichte. Die
Tür öffnete sich, er betrat das Treppenhaus.

Er wartete eine Weile, dann ging er am Fahrstuhl vorbei und stieg die Treppen hinauf, bis er vor der Wohnung
stand, aus der der Lichtschein gekommen war. Er klopfte
höflich an der Tür.

Ein Mann um die zwanzig in einer dicken Jogginghose
mit einem großen Baseball-Cap auf dem Kopf öffnete und
glotzte ihn an wie ein Rindvieh.

»Emanúel?«, sagte Konráð zögerlich.

»Papa!«, rief der junge Mann in die Wohnung hinein,

kratzte sich im Schritt und verschwand in einem der Zimmer.

Wenig später kam ein Mann aus dem Wohnzimmer und ging verdutzt dreinblickend auf Konráð zu. Er war um die fünfzig, trug einen grauen Fleecepullover, war an den Schläfen bereits ergraut und wirkte wie ein seriöser Büromensch, der nach den Mühen des Tages ein bisschen entspannte. Er wies darauf hin, dass Hausieren hier nicht erlaubt sei, ebenso wie jede andere Form von Haustürwerbung.

»Ich möchte nichts verkaufen, ganz im Gegenteil. Ich möchte etwas kaufen. Und zwar ein gutes Fernglas«, sagte Konráð und hatte bereits vergessen, dass er sich vorgenommen hatte, behutsam vorzugehen. »Am besten eins, mit dem man gut in die Häuser dort gegenüber hineinsehen kann.« Der Mann sah Konráð schweigend an.

»Vielleicht hat dein Sohn eins?«, sagte Konráð. »Kann ich ihn kurz fragen?«

Der Mann sah in die Richtung, in der der junge Mann verschwunden war. Dann ließ er die Schultern sinken und fragte Konráð mit verlegenem Blick: »Bist du von der Polizei? Ich habe gehört, dass die hier in den Blocks unterwegs sind.«

»Die Polizei sucht Zeugen«, sagte Konráð, ohne die Frage zu beantworten.

»Ich bin kein Perverser«, flüsterte der Mann, gerade laut genug, dass man ihn im Treppenhaus nicht hörte.

»Das kannst du sehen, wie du willst«, sagte Konráð. »Darf ich reinkommen?«

»Können wir das auch draußen besprechen?«, fragte der Mann mit einem Seitenblick zur Zimmertür seines Sohnes. »Wenn es keine Umstände macht?«

Konráð nickte, fuhr mit dem Fahrstuhl nach unten und wartete im Eingangsbereich auf Emanúel, der wenig später erschien. Konráð schlug vor, dass sie sich in sein Auto setzten, der Mann stimmte zu. Konráð nahm das abgelaufene Sandwich, schmiss es auf die Rückbank und ließ den Motor an, sodass es im Auto langsam warm wurde.

»Ich habe nur gesehen, dass er sie angegriffen hat«, sagte Emanúel. »Dass sie tot war, habe ich erst später am Abend im Internet gelesen. Du kannst dir nicht vorstellen, was das für ein Schock für mich war. Ich wollte schon die ganze Zeit zur Polizei gehen, aber es ist schwer …«

»… zuzugeben, dass man Leute ausspioniert?«

»Ich spioniere niemanden aus«, sagte Emanúel energisch. »Das war reiner Zufall. Ich wollte mein neues Fernglas ausprobieren, als das passiert ist. Reiner Zufall.«

»Neues Fernglas?«

»Ja.«

»Das muss ziemlich gut sein, mit einer Qualitätslinse, in der sich manchmal das Licht spiegelt. Kann man damit gut Sterne beobachten?«

»Aber ja. Und es ist gar nicht so groß. Eigentlich sogar ziemlich handlich.«

»Und das hast du nur ausprobiert?«

»Ja.«

Konráð hatte so viele Menschen befragt, er merkte genau, wenn die Leute sich schon im Vorfeld Rechtfertigungen zurechtgelegt hatten, um Dinge zu erklären, auf die sie nicht besonders stolz waren. Er merkte es, wenn sie eine Rolle einstudiert hatten, sie so oft im Kopf durchgegangen waren, bis sie selbst glaubten, was sie sagten.

»Wohnst du allein mit deinem Sohn?«

»Meine Frau ist ausgezogen. Sie hat mich zwei Jahre betrogen, ohne dass ... den Jungen hat sie bei mir gelassen. Ich komme nicht an ihn ran. Der kommt nur aus seiner Höhle, wenn er Geld braucht. Ich habe sein Handy benutzt, um die Polizei zu rufen. Er hat eins von diesen Spezialhandys.«

Plötzlich fiel Emanúel auf, dass er keine Antwort auf seine Frage bekommen hatte.

»Bist du von der Polizei?«

»Ich war bei der Polizei«, sagte Konráð. »Die Frau, die da überfallen wurde, war eine Freundin von mir. Und du bist nicht zur Polizei gegangen, nur weil du ein neues Fernglas ausprobiert hast? Das hätte doch alles beschleunigt und wir würden hier jetzt nicht so blöd herumsitzen.«

»Das wollte ich ja auch«, sagte Emanúel. Auch auf diese Frage hatte er sich offenbar vorbereitet. »Einmal habe ich es sogar versucht und bin in irgendeiner Warteschleife gelandet.«

Konráð wollte die Ausflüchte des Mannes nicht hören und fragte lieber, was er am Abend der Tat in Valborgs Wohnung gesehen hatte. Emanúel beschrieb es, so gut er konnte, fasste es effizient zusammen und blieb doch genau, versuchte kein Detail auszulassen.

»Hattest du den Eindruck, der Dieb hat etwas Bestimmtes gesucht?«, fragte Konráð.

»Er war nur ganz kurz bei ihr in der Wohnung«, sagte Emanúel. »Als ich noch mit der Polizei telefoniert habe, war er schon wieder weg. Er hatte es auf jeden Fall sehr eilig, aber ich habe ihn nicht gut gesehen, dazu war es in der Wohnung zu dunkel. Ich würde ihn nicht wiedererkennen, ich habe sein Gesicht nicht gesehen.«

»Jung? Alt?«

»Ich weiß es nicht. Nicht unbedingt jung. Er war ziemlich steif in seinen Bewegungen. Schlank.«

»Hast du zwischendurch noch woanders hingeguckt?«

»Nein.«

»Hat er die Frau sofort angegriffen?«

»Sofort als sie die Tür aufgemacht hat. Ich habe mir solche Sorgen um sie gemacht. Und als ich dann gehört habe, dass sie gestorben ist, war das ein richtiger Schock. Ich habe den Angriff nur sehr undeutlich gesehen, eigentlich nur durch das Fenster im Treppenhaus. Den Eingangsbereich von ihrer Wohnung kann ich von hier aus nicht sehen.«

»Hast du andere Bewohner im Block gesehen?«, fragte Konráð.

»Nein«, sagte Emanúel. »Nur die in dem Stockwerk darunter.«

»Die, die telefoniert hat?«

»Telefoniert?«

»Ja.«

»Davon habe ich nichts gesehen«, sagte Emanúel. »Sie hat zumindest nicht telefoniert, als ich sie gesehen habe. Ich hatte den Eindruck, ihr ging es nicht gut.«

»Ihre Schwester lag schwer verletzt im Krankenhaus.«

»Ach so. Aber telefoniert hat sie nicht.«

»Bist du dir sicher?«

»Absolut. Ein Mann war bei ihr.«

»Ein Mann? Was für ein Mann?!«

»Das weiß ich natürlich nicht«, sagte Emanúel verschämt. »Schwarz gekleidet, aber der ist bald gegangen. Ich habe ihn gar nicht richtig gesehen.«

»Glaubst du, dass sie bemerkt haben, was in der Wohnung über ihnen vor sich ging?«

»Dazu kann ich nichts sagen«, antwortete Emanúel. »Der Mann war gerade erst gegangen, als das passiert ist.«

»Hast du gesehen, wie er aus dem Haus gegangen ist?«

Emanúel überlegte einen Augenblick und sagte dann:

»Nein, das habe ich nicht. Da habe ich wohl doch gerade ... woanders hingesehen.«

»Denkst du, das könnte der Mann sein, der Valborg angegriffen hat?«

»Nein, das ... ich weiß es einfach nicht.«

»Du musst mit einer Frau sprechen, die ich bei der Polizei kenne«, sagte Konráð, nahm sein Handy und rief Marta an. Er sah auf die Uhr auf seinem Armaturenbrett. »Sie freut sich sicher, endlich mal etwas von dir zu hören«, fügte er hinzu und merkte sofort, dass sein Gesprächspartner für diese Art von Humor nicht sonderlich empfänglich war.

Dreizehn

Konráð hatte einen kleinen Vorsprung und beschloss, ihn zu nutzen. Er brauchte nicht lange, um zu dem Block zu laufen, in dem Valborg gelebt hatte und gestorben war. Die Nachbarin, die unter Valborg wohnte, kam gerade aus der Waschküche im Keller, als Konráð ankam, und sie war sichtlich erschrocken, ihn draußen vor der Haustür zu sehen. Sie öffnete ihm, und Konráð fragte, ob er sie noch einmal kurz stören dürfe. Sie hielt einen Korb mit Wäsche im Arm, die sie von der Leine genommen hatte, und er fragte, ob er ihr helfen könne, doch sie lehnte dankend ab. Er folgte ihr zur Wohnungstür.

Dieses Mal war sie vorsichtiger und bat ihn nicht zu sich herein, also blieb Konráð an ihrer Wohnungstür stehen und erzählte, dass sie recht gehabt habe mit ihrer Vermutung aufgrund des Lichtscheins aus einem der anderen Wohnblocks. Sie wusste nicht sofort, was er meinte, dann wandte sie sich um und blickte kurz in ihr Wohnzimmer, wo das Fernglas noch immer auf dem Tisch stand.

»Nur hast du dir damit leider selbst ein Bein gestellt«, sagte Konráð.

»Wie meinst du das?«

»Hast du überhaupt eine Schwester?«

Sie hatte die Wäsche auf den Esstisch gestellt, nachdem sie ihre Wohnung betreten hatte. Der Fernseher lief, ein lächelnder isländischer Fernsehkoch schob einen Lammrücken in den Ofen.

»Ich habe einen alleinerziehenden Vater aufgespürt, geschieden und ohne jede Beziehung zu seinem missmutigen Sohn. Er findet Trost darin, das Leben anderer Leute zu beobachten, vielleicht ist das für ihn sogar eine Art Lebenssinn. Er hat gesehen, wie der Mord verübt wurde, und er war es auch, der die Polizei gerufen hat. Er hat auch bei dir reingeschaut. In diesem Moment spricht er mit der Kommissarin, die die Ermittlungen leitet, und die will danach sicherlich mit dir sprechen. Wahrscheinlich noch heute Abend.«

Die Frau sah ihn an und sagte kein einziges Wort.

»Dieser Lichtschein, den du von gegenüber gesehen hast, kam von ihm.«

Sie sah erneut zu dem Fernglas auf dem Tisch.

»Was hat er gesehen?«, fragte sie dann.

»Du solltest das nächste Mal die Vorhänge zuziehen«, sagte Konráð. »Ich glaube nicht, dass er mit seinem Hobby aufhört, nur weil er einmal von der Polizei erwischt wurde.«

Die Frau sah aus dem Fenster.

»Er hat gesehen, dass ein Mann bei dir war«, sagte Konráð.

Die Frau lächelte schwach, ohne im Geringsten zufrieden zu wirken.

»Man kann das wohl nicht erzählen, ohne dass wir wie die letzten Menschen dastehen.«

»Versuch es.«

»Ich habe eine Schwester«, sagte sie. »Das war nicht gelogen.«

»Im Krankenhaus?«

»Sie hatte wirklich einen Unfall. Aber der war vielleicht nicht ganz so schlimm, wie ich es beschrieben habe.«

»Und der Mann?«

»Das ist ihr Mann.«

»Der Mann deiner Schwester? Dein Schwager? Und du hast ihn getröstet?«

»Wir haben uns in den letzten Monaten immer mal wieder getroffen«, sagte sie.

Konráð brauchte einen Moment, bis er begriff, dass sie eine Affäre mit ihrem Schwager hatte.

»Und er war hier bei dir bis kurz vor dem Einbruch da oben?«, fragte er.

»Ja.«

»Warum hast du das der Polizei nicht gleich gesagt, verdammt noch mal?«

»Weil ich nicht wollte, dass meine Schwester davon erfährt. Das musst du doch verstehen.«

»Nicht im Zusammenhang mit einer Ermittlung wegen Mordes«, sagte Konráð.

»Du glaubst doch nicht, dass er das war? Warum sollte er das denn tun?«

»Er wurde dabei gesehen, wie er deine Wohnung verlassen hat«, sagte Konráð, »aber nicht, wie er aus dem Haus geht. Und wenig später wird Valborg angegriffen.«

»Hat das dieser Spanner gesagt?«, sagte die Frau und sah aus dem Wohnzimmerfenster. So ein Quatsch. So etwas würde er nie tun. Ausgeschlossen.«

»Deine Schwester darf also nicht wissen, dass ihr euch trefft?«, sagte Konráð. »Dann sind sie also noch zusammen, dein Schwager und sie?«

»Muss sie das erfahren?«, fragte die Frau. »Denn dann sage ich es ihr lieber selbst. Das wollte ich schon längst machen. Wir beide wollten das schon längst machen, aber das ist natürlich nicht so einfach, man schiebt es vor sich her. Und dann dieser Unfall. Sie war auf dem Weg zu mir, an dem Abend wollte ich ihr alles erzählen, ganz ehrlich. Das ist alles so verkorkst.«

»Dann solltest du dich jetzt beeilen«, sagte Konráð. »Früher oder später wird das rauskommen. Die Polizei will bestimmt mit deinem Schwager sprechen und mit euch beiden zusammen. Und dann sagt bitte die Wahrheit. Du befindest dich jetzt schon auf ganz schön dünnem Eis, weil du verschwiegen hast, dass ein Mann bei dir war.«

»Aber das hat doch gar nichts mit ihm zu tun. Wir haben nichts gemacht.«

»Das sagst du«, erwiderte Konráð. »Und deine Aussagen haben seit unserem letzten Treffen einiges an Glaubwürdigkeit verloren. Hat Valborg mit dir irgendwann einmal über ihre Finanzen geredet?«

»Finanzen? Nein.«

»Sie hat mir erzählt, sie hat Geld auf die Seite gelegt, und ich überlege, ob sie vielleicht einen Teil davon bei sich zu Hause aufbewahrt hat.«

»Davon weiß ich nichts. Wir haben nie über Geld geredet. Nie.«

Konráð stand bereits wieder draußen auf dem Bürgersteig, als Marta in Begleitung eines Kriminalbeamten vorfuhr, den Konráð noch nie gesehen hatte. Er war offenbar neu. Marta zog an ihrer E-Zigarette und war nicht gerade gut gelaunt.

»Vor dir hat man nie seine Ruhe, oder?«, sagte sie, sobald sie Konráð sah. »Warum bleibst du nicht einfach zu Hause und spielst Solitär?«

»Hast du dich nicht gefreut, Emanúel kennenzuler-
nen? Den hab ihr einfach übersehen.«

»Perverser Sack«, grummelte Marta.

»Wie wäre es mit einem Dankeschön?«

»Mein Gutester, ich habe dir gesagt, du sollst dich da
raushalten«, sagte Marta und nahm einen tiefen Zug aus
ihrer E-Zigarette.

»Was hat die Frau gesagt«, fragte sie dann, als hätte sie
schon vergessen, dass Konráð sich aus der Sache raushalten sollte.

»Sie hat mir eine von diesen herzzerreißenden Liebes-
geschichten erzählt, die man immer wieder gerne hört«,
sagte Konráð. »Du wirst sie mögen. Junge trifft Mädchen.
Junge verknallt sich in Mädchen. Junge schläft auch mit
der Schwester des Mädchens.«

»Wie romantisch«, sagte Marta und stieß gleich zwei
Dunstwolken hintereinander aus, bevor sie wie eine Lo-
komotive in Richtung Treppenhaus abdampfte.

»Wie läuft denn die Zusammenarbeit mit Marta im
Moment so?«, fragte Konráð den jungen Mann.

»Ist in Ordnung«, sagte der neue Kollege leise, bevor er
Marta folgte. »Es gibt viel Schlimmere.«

»Oh ja«, sagte Konráð. »Davon gibt es viele.«

Vierzehn

Konráð hatte das Handy ausgeschaltet, und als er es wieder anmachte, sah er zwei verpasste Anrufe von Eygló. Obwohl es spät war, rief er sie zurück, sie meldete sich sofort und fragte, ob er bei ihr in Fossvogur vorbeikommen könne. Ihre Vermutung habe sich bestätigt: Ihre Väter hätten auch nach dem Krieg gemeinsame Sache gemacht, und nun wisse sie auch, was genau.

Sie begrüßte Konráð, schenkte ihm Rotwein ein und erzählte von Hansína aus Hafnarfjörður, der Frau, die ihre Väter um ihr Geld gebracht hatten. Von den spiritistischen Sitzungen, mit denen sie eine gutgläubige Witwe manipuliert hatten. Und wahrscheinlich sogar mehr als eine, Hansínas Sohn Böðvar hatte eine Freundin seiner Mutter namens Stella erwähnt. Auch diese Stella war wahrscheinlich eine leichte Beute für die beiden Betrüger gewesen. Eygló erzählte, sie habe in den Aufzeichnungen der Spiritistischen Gesellschaft eine Stella gefunden, doch die sei seit vielen Jahren tot.

Konráð hörte seiner Freundin zu und sagte lieber erst einmal nichts. Eygló und er hatten oft über ihre Väter gesprochen, und einmal hatte er sie sehr verärgert, weil er in einem unachtsamen Moment angedeutet hatte, ihr Vater Engilbert könnte etwas mit dem Tod seines Vaters zu tun haben, zumindest wäre es nicht auszuschließen, dass ihre Zusammenarbeit dazu geführt hatte, dass Engilbert oder jemand in seinem Auftrag den Mord begangen hatte. Konráðs Vermutung basierte auf nichts anderem als auf der Hypothese, dass die beiden Männer in den Jahren nach dem Krieg wieder mit ihren Betrügereien angefangen hatten. Eygló hatte das vollkommen absurd gefunden. Schließlich sei Engilbert in den Kriegsjahren von Konráðs Vater regelrecht zur Zusammenarbeit gezwungen worden und habe das später bereut. Konráðs Vater sei immer die treibende Kraft bei diesen Betrügereien gewesen, Engilbert habe nur mitgemacht, weil er ihn nicht verprellen wollte, wahrscheinlich habe er sogar Angst vor ihm gehabt. Engilbert sei nun einmal ein unverbesserlicher Trinker gewesen, der immer pleite gewesen sei. Eygló hielt es sogar für möglich, dass Konráðs Vater ihn erneut abhängig gemacht habe, damit er wieder nach seiner Pfeife tanze.

So sprachen sie über die beiden. Über den Vater von Eygló, der ihr nichts hinterlassen hatte außer unbeantworteter Fragen und wehmütiger Erinnerungen. Und über Konráðs Vater, der in Konráðs Geist nichts als Wut und Bitterkeit gesät hatte. Auf sonderbare Weise hatten die Geschichten ihrer Väter sie zusammengeführt, so ungleich sie auch waren. Sie, mit ihrer seherischen Begabung und ihrer Offenheit für übernatürliche Phänomene. Und er, der Kriminalbeamte, der nur an das glaubte, was sichtbar und fassbar vor ihm lag. Konráð wollte Eygló nicht spüren lassen, wie wenig er von dem hielt, was ihr wichtig war. Und Eygló versuchte zu verbergen, für wie beschränkt sie seine Sicht auf das Leben hielt. Doch diese Gegensätze hatten sie nie entzweit. Und inzwischen kannten sie sich längst gut genug, um ihre unterschiedlichen Lebenseinstellungen mit Humor zu nehmen.

Es war bereits nach Mitternacht, als Konráð sein Glas abstellte und sagte, er müsse jetzt los.

»Man könnte vielleicht mal mit der Familie von dieser Stella reden«, sagte er. »Hältst du mich auf dem Laufenden?«

»Mache ich«, sagte Eygló und brachte ihn zur Tür, wo er seine Jacke in den Garderobenschrank gehängt hatte. »Ich habe neulich übrigens mal wieder geguckt, was es im Internet zu dem Mord gibt«, fügte sie hinzu.

»Man kann es nicht lassen, oder?«

»Hast du mal daran gedacht, die Fotografen ausfindig zu machen, die damals am Tatort waren? Die haben doch bestimmt viel mehr Fotos gemacht, mehr als in den Zeitungen aufgetaucht sind. Vielleicht kann man sich die ansehen, wenn es sie noch gibt. Manche Leute bewahren ja alles auf.«

»Na klar, das habe ich überlegt«, sagte Konráð. »Das waren ja lange Zeit immer dieselben Typen, die haben den Polizeifunk abgehört und waren manchmal schneller am Tatort als wir.«

»Warum habe ich das Gefühl, dass du nach Rauch riechst?«, fragte Eygló, als er seine Jacke anzog.

»Rauch? Kannst du die E-Zigarette von Marta riechen?«

»Kann es das sein?«

»Oder von meinen Zigarillos? Ich habe heute Abend lange im Auto gesessen und zu viel geraucht.«

»Du hast den Geruch schon mit reingebracht, als du gekommen bist. Ein ziemlich starker Rauchgeruch, jetzt merke ich es wieder. Aber nicht so wie ...«

»Oder meinst du so einen richtigen Räucher-Geruch?«, sagte Konráð und lächelte, als wäre das absurd. »Wie aus den Räucherkammern, damals am Schlachthof? Ich habe mit der Frau gesprochen, die meinen Vater gefunden hat«, fügte er hinzu, »ich habe ganz vergessen, dir das zu sagen.«

»Du hast sie getroffen? Hat das etwas gebracht?«

»Nicht so richtig. Sie war sehr nett, es hat mir gutgetan, mit ihr zu reden, aber etwas wirklich Neues habe ich nicht erfahren. Sie hat lange gebraucht, sich von dieser Erfahrung zu erholen. Und sie hat gesagt, dass die Räucherkammern am Schlachthof in Betrieb waren. Das war das Einzige, was ich noch nicht wusste.«

»Ich erinnere mich gar nicht an irgendwelche Räucherkammern. Aber ich kannte mich da am Schlachthof auch nicht gut aus.«

»Doch, da waren welche, direkt an der Skúlagata.«

»Spielt das eine Rolle, ob die in Betrieb waren?«

»Wohl kaum. Die haben halt zufällig an dem Tag geräuchert, wie an vielen anderen Tagen auch. Ich kann mir nicht vorstellen, dass das für die Ermittlungen eine Rolle gespielt hat, sonst wäre das bestimmt erwähnt worden. Aber es hat mir vielleicht noch einmal deutlich gemacht, dass nur eine kurze Zeit vergangen sein kann zwischen dem Angriff auf meinen Vater und der Zeit, als Helga, also die Zeugin, ihn gefunden hat. Er war noch am Leben, hat versucht etwas zu sagen, und ist dann vor ihren Augen gestorben. Das wusste ich natürlich, aber mit ihr darüber zu reden, hat es mir noch einmal richtig klargemacht.«

»Und das bedeutet...?«

»Dass der Mörder noch nicht weit gekommen sein konnte«, sagte Konráð. »Er muss noch irgendwo in der Nähe gewesen sein, oder er hat sich unten am Strand versteckt. Das Meer ging ja damals noch fast bis an die Skúlagata.«

»Und dann hat er sich davongeschlichen?«

»Das frage ich mich immer wieder. Er muss auf jeden Fall noch in der Nähe gewesen sein.«

»Aber gesehen hat sie ihn nicht?«

»Nein, gesehen hat sie niemanden.«

Konráð stand in der Tür. Er zögerte.

»Ich sollte dann mal los«, sagte er. »Außer du ...«

Er sah Eygló an.

»Was?«, sagte sie.

»Außer, du hast noch mehr ... Rotwein«, sagte Konráð.

»Wie meinst du das?«

»Dann könnte ich ... noch etwas bleiben ... wenn du magst«, sagte er und tat einen Schritt auf sie zu.

»Nein, Konráð, das denke ich nicht«, sagte Eygló und musste über sein Verhalten lächeln. »Ich glaube, ich habe heute Abend nichts mehr für dich.«

»Bist du sicher?«

Eygló nickte.

»Gut, dann ... sage ich einfach Gute Nacht.« Konráð wich zurück, verschwand aus der Tür und zog sie hinter sich zu.

Fünfzehn

Die alte Frau sah Konráð verängstigt an. Sie hatte kein Wort von dem verstanden, was er gesagt hatte. Ihm war bald klar geworden, dass er sich nicht verständlich machen konnte, ganz gleich, was er auch tat. Als er auf der Station gefragt hatte, wo er sie finden könne, hatte ihm niemand gesagt, wie es um sie stand. Sie saß in ihrem Bett und sah aus dem Fenster, als er ihr Zimmer betreten hatte. Er stellte sich vor und nannte sein Anliegen und merkte sofort, dass er ihr Angst einjagte. Sie war kurz davor zu weinen. Also ging er ein wenig behutsamer vor und betonte, dass er sie auf keinen Fall habe erschrecken wollen, doch auch darauf antwortete sie nicht. Starrte ihn nur an, diesen Fremdkörper in ihrem Zimmer, in ihrer verlorenen Welt.

»Wer bist du?«, hörte Konráð eine Stimme hinter sich sagen, und als er sich umdrehte, sah er eine Frau um die fünfzig in der Tür stehen, die ihn fragend ansah. »Kann ich dir irgendwie helfen?«

»Ich wollte mit ... ihr hier sprechen.«

Ihm war für einen Moment der Name der alten Frau entfallen.

»Das hat keinen Sinn«, sagte die Frau. »Sie hielt einen Kaffeebecher in der Hand, als ob sie sich nur kurz etwas zu trinken geholt hätte. Sie war klein und stämmig und trug noch ihren Mantel, hatte ihn aber aufgeknöpft. »Das geht schon lange Zeit nicht mehr. Ich habe dich hier noch nie gesehen«, fügte sie hinzu. »Woher kennst du meine Mutter, wenn ich fragen darf?«

Konráð stellte sich vor und sagte, er kenne sie gar nicht, nur ihre Schwester.

»Du kanntest Valborg?«, fragte die Frau und konnte ihre Verwunderung nicht verbergen. »Die arme Valborg. Furchtbar, was ihr passiert ist. Auch, dass sie so krank war. Dass solche Dinge passieren, einfach nur furchtbar.«

»Das stimmt.«

»Ihre Nachbarin wird von der Polizei befragt«, sagte die Frau. »Die unter Valborg wohnt.«

Konráð hatte bereits davon gehört. Marta hatte die Nachbarin ins Kommissariat bringen lassen. Auch mit ihrem Geliebten wollte die Polizei sprechen, doch der war nicht auffindbar. Es hatte sich herausgestellt, dass er der Polizei nicht vollkommen unbekannt war. Seit er jung war, tauchte sein Name immer wieder in Verbindung mit verschiedensten Delikten auf, einmal war er wegen der Beteiligung an einem Drogenschmuggel zu einer mehrjährigen Haftstrafe verurteilt worden. Nach seiner Entlassung war er polizeilich nicht mehr in Erscheinung getreten. Und doch war er ziemlich genau zur Tatzeit in der Wohnung unter Valborg gewesen, und niemand hatte ihn den Wohnblock verlassen sehen. Das hatte zumindest Emanúel gesagt, der bei sich zu Hause Ausschau hielt. Jedoch war er auch so weit vom Geschehen entfernt, dass er es auch gut hätte übersehen können. Konráð wusste, dass seine Zeugenaussage im Zweifelsfall nicht besonders belastbar wäre.

Er hatte mit Leuten in dem Ärztehaus gesprochen, in dem Valborg gearbeitet hatte, und dort lediglich erfahren, dass sie eine zuverlässige Kollegin gewesen war, hilfsbereit, beliebt und engagiert. Sie sei immer professionell gewesen, habe wenig aus ihrem Privatleben erzählt und galt als Einzelgängerin.

Konráð sagte der Frau in dem Pflegeheim-Zimmer, dass Valborg wegen einer sehr persönlichen Angelegenheit mit ihm in Kontakt getreten war, er ihr seine Hilfe verweigert habe und das nun bereue. Die Frau schien sofort zu wissen, worum es ging.

»Das Kind, oder?«, fragte sie. »Sie hat öfter gesagt, dass sie da etwas unternehmen wollte.«

»Das war in der Familie bekannt?«

Die Frau ging zu ihrer Mutter, die sie mit einer ähnlichen Verwunderung ansah wie vorhin Konráð. Die Frau sagte ihrer Mutter einige beruhigende, liebevolle Worte, konnte sie überreden, sich hinzulegen, und deckte sie zu. Es war, als hätte sie einen Säugling vor sich.

»Ich weiß nicht ... du hast gesagt, Valborg hat dich kontaktiert?«

Konráð spürte, dass die Frau ihn nicht recht in ihre Familienangelegenheiten einweihen wollte, und verstand das gut, sie kannte ihn ja gar nicht. Er berichtete ihr genauer, wie sein Kontakt zu Valborg zustande gekommen war, von ihrem Treffen vor der Skulptur im Museum Ásmundur Sveinsson und was sie ihm dort erzählt hatte. Und was nicht. Und dass er sich damals leider geweigert hatte, ihr zu helfen. Er gab zu, dass er ein schlechtes Gewissen hatte, erst recht nach dem, was Valborg wenig später zugestoßen war. Er sagte auch, dass er ein ehemaliger Kriminalbeamter sei, noch immer gute Beziehungen zur Polizei habe und den Verlauf der Ermittlungen mitverfolge, dass er gern irgendwie helfen wollte.

»Ich habe viel darüber nachgedacht, was Valborg mir gesagt hat, und wenn ihr nichts dagegen habt, möchte ich versuchen herauszufinden, was aus dem Kind geworden ist«, sagte Konráð. »Auch wenn es für Valborg natürlich zu spät ist.«

»Und wozu wäre das gut?«, fragte die Frau. »Jetzt, wo Valborg nicht mehr lebt?«

»Die Sache hat ja zwei Seiten. Es geht um Valborg. Aber auch um das Kind. Valborg wollte, dass das Kind von ihrer Existenz erfährt«, sagte Konráð. »Das Kind sollte wissen, dass sie nie aufgehört hat, daran zu denken, und es kennenlernen wollte, trotz der langen Zeit, die vergangen war.«

Die Frau schien das nicht vollkommen abwegig zu finden.

»Wir sind eigentlich gar keine Familie, die den Namen verdient«, sagte sie. »Das habe ich auch der Polizei gesagt, als sie mich befragt haben. Valborg hat mit mir erst darüber gesprochen, als ich erfahren habe, wie krank sie ist. Vor ungefähr einem halben Jahr. Da war meine Mutter schon hier und in diesem Zustand. Valborg sagte, meine Mutter hätte davon gewusst, aber auch sie hat mir nie etwas gesagt. Das ist kurz nach meiner Geburt passiert, und ich bin die meiste Zeit bei meiner Oma aufgewachsen, die hat darüber nie ein Wort verloren, und mein Opa war schon tot. Valborg hat immer wieder betont, dass meine Oma nichts davon wusste und das auch nie akzeptiert hätte.

Die Frau sah Konráð lange an und schwieg, als wüsste sie nicht, wie sie auf diesen sonderbaren Gast reagieren sollte, der am Pflegebett ihrer Mutter stand. Sie erkundigte sich genauer nach seiner Bekanntschaft mit Valborg. Er beantwortete ihre Fragen so gut er konnte und erzählte ihr das Wenige, was er über sie erfahren hatte und das ihn aus verschiedenen Gründen nicht losließ.

»Und du denkst, du kannst das Kind finden? Das hat sie ja nicht einmal selbst geschafft.«

»Ich würde es gern versuchen«, sagte Konráð. »Auch wenn es nur dazu dient, mein Gewissen zu beruhigen. Aber wenn die Polizei das Kind findet, wäre das natürlich auch gut.«

Die Frau dachte über seine Worte nach, denn streckte sie die Hand aus und nannte ihren Namen. Nachdem sie sich die Hände geschüttelt hatten, erzählte sie ihm in groben Zügen, was sie über Valborg und ihr Kind wusste. Valborg hatte das Kind in Selfoss zur Welt gebracht, wo sie eine Zeit lang gelebt hatte. Dort gab es eine Hebamme, die sie unter ihre Fittiche genommen hatte, als sie hörte, dass Valborg das Kind vielleicht abtreiben wollte. Sie brachte das Kind zu Hause bei dieser Hebamme zur Welt, gab es weg, und als sie ihrer Schwester einige Jahre später davon erzählte, wusste sie nichts über dessen Verbleib. Valborgs Schwester fand, man solle die Sache auf sich beruhen lassen. Doch je mehr Zeit verging, umso stärker belastete Valborg das alles, sie überlegte immer öfter, wo das Kind hingekommen war, was aus ihm geworden war, wie es ihm ging. Sie hatte sogar die Hoffnung, das Kind würde sich bei ihr melden, las Berichte von Kindern, die erfuhren, dass sie adoptiert waren und als Erwachsene alle Hebel in Bewegung setzten, ihre leiblichen Eltern zu finden. Doch in ihrem Fall kam es nicht dazu.

»Hat sie deiner Schwester den Namen dieser Hebamme gesagt?«, fragte Konráð. »Oder gesagt, wie das alles damals abgelaufen ist? Wer hat denn die Adoptiveltern gefunden? Gibt es da irgendetwas Schriftliches?«

»Wie gesagt, ich glaube, sie hat das Kind eigentlich abtreiben wollen. Dann hat sie diese Hebamme kennengelernt, die sie davon abgebracht hat. Sie hat Valborg überzeugt, das Kind zu bekommen, und ihr versprochen, Eltern zu finden, sodass niemand etwas davon erfährt. Valborg hat sich darauf eingelassen. Und als sie dann Jahrzehnte später mit ihren Nachforschungen begann, lebte die Hebamme schon nicht mehr. Ihren Namen hat Valborg nie verraten. Sie hat sich bei den Behörden erkundigt, doch die Geburt taucht nirgendwo in den Akten auf, ganz so, als hätte sie nie stattgefunden. Ich habe den Eindruck, dass diese Hebamme die treibende Kraft bei der Sache war. Aber Valborg hat gut von ihr geredet und immer wieder betont, sie sei zu nichts gedrängt worden. Es war wohl so, dass die Hebamme Valborg bei dem unterstützt hat, was sie ohnehin tun wollte.«

»Wann hat sie das Kind bekommen?«

»Im September 1972.«

»Dann hat sie ja erst spät angefangen zu suchen.«

»Vielleicht hatte sie Angst davor, etwas herauszufinden, was ... ihre Trauer noch vergrößert hätte.«

»Hat sie jemals gesagt, warum sie das Kind nicht behalten wollte?«, fragte Konráð.

»Nein, nicht so richtig«, sagte die Frau, während sie das Kissen ihrer Mutter zurechtrückte und ihr über das weißgraue Haar strich.

»Nicht so richtig?«, fragte Konráð.

»Ich weiß nicht ganz, wie ich es sagen soll. Ich habe sie das mal gefragt und sofort gespürt, dass das schwer für sie war. Sie hat sogar angefangen zu weinen. Da muss irgendwas Schlimmes passiert sein. Als hätte sie keine andere Wahl gehabt.«

»Meinst du, ihr wurde Gewalt angetan?«

»Darüber hat sie nichts gesagt.«

»Oder hat der Vater des Kindes sich eingemischt?«

»Ich habe an ihrer Reaktion sofort gemerkt, dass sie nicht darüber reden konnte.«

Konráð stand einen Moment lang am Fenster des Zimmers und dachte nach, dann stellte er der Frau einige weitere Fragen, doch bald wurde ihm klar, dass sie nicht viel mehr über ihre Tante Valborg wusste, auch nicht, mit wem sie als junger Mensch Umgang gehabt hatte. Immerhin erinnerte sie sich daran, dass ihre Mutter einmal gesagt hatte, Valborg hätte in Restaurants gekellnert und auch in der Diskothek Glaumbær, die dann abgebrannt war.

»Und der Vater des Kindes?«, fragte Konráð.

»Sie hat seinen Namen nie genannt.«

»Meinst du, er war eingeweiht?«

»Eingeweiht?«, zischte die Frau. »Es war, als hätte es den nie gegeben.«

Sechzehn

Als Marta mit der betrogenen Schwester redete, fiel ihr eine alte Redensart ein. Sie erinnerte sich zwar nicht mehr an den genauen Wortlaut, doch sinngemäß lautete sie: Der Zorn der Hölle ist nichts gegen den Zorn einer betrogenen Frau. Wobei sich der Zorn der vor ihr sitzenden Frau allerdings weniger gegen ihren untreuen Mann richtete als gegen ihre Schwester, die sie beschimpfte und Schlampe und Hure nannte, während sie in regelmäßigen Abständen ihre zierliche gerötete Nase hochzog.

Sie hieß Glóey und hatte von der Untreue ihres Mannes angeblich nicht das Geringste gewusst, bevor die Kriminalpolizei bei ihr vor der Tür stand und ihn sprechen wollte. Zu diesem Zeitpunkt hatte sie bereits seit einigen Tagen nichts mehr von ihm gehört, und sie war auch nicht besonders kooperativ gewesen, als sie gefragt wurde, wo er sein könnte. Schließlich sagte sie den Beamten, sie sollten sich zum Teufel scheren, doch die gaben ihr zu verstehen, dass ihr Mann wahrscheinlich bei ihrer Schwester gewesen war, während sich im Stockwerk darüber ein schweres Verbrechen ereignet hatte. Sie fragten sie, was er da gewollt haben könnte und ob sie wisse, wo er an dem Abend sonst noch gewesen sei.

Damit war das Interesse von Glóey dann doch geweckt. Sie versuchte zu begreifen, was sie da gerade gehört hatte, dennoch mussten die Beamten alles noch einmal wiederholen, bevor sie es voll und ganz verstand.

»Dieser verdammte Arsch«, zischte sie nun und zündete sich eine Zigarette an. Sie war sorgfältig geschminkt, Rouge und Lidschatten inklusive. »Ich habe es geahnt. Ich habe es verdammt noch mal geahnt, dass sie ihn früher oder später anmachen wird! Und das, während ich im Krankenhaus war. Das sieht der Schlampe ähnlich. Das sieht ihr so was von ähnlich!«

Die Beamten hatten aufgrund der kriminellen Vergangenheit ihres Mannes als Drogenschmuggler und Dealer gleich einen Durchsuchungsbefehl mitgebracht und fanden einiges: Messer und Schlagwaffen, darunter einen Baseballschläger, einige Pillen und weißes Pulver, das in kleinen Portionen abgepackt war. Die Frau schwor Stein und Bein, sie habe keine Ahnung, wie diese Sachen in ihre Wohnung gekommen seien.

»Hat er die Alte umgebracht?«, rief sie Marta aufgebracht zu, als sie sich später an demselben Tag gegenübersaßen. Ihr Mann wurde zu diesem Zeitpunkt noch immer gesucht. »Bestimmt hat meine Schwester ihn dazu angestiftet. Wenn ich die nur … das nächste Mal, wenn ich die sehe, bringe ich sie um! Vögeln die schon lange rum? Diese dreckige Hurenschlampe!«

Marta versuchte die Frau irgendwie zu beruhigen, gab ihr ganz unaufgeregt zu verstehen, dass ihr Mann und ihre Schwester nur in einem von vielen Aspekten dieses komplexen Falls eine Rolle spielten, es aber dennoch wichtig sei, sobald wie möglich mit ihm zu sprechen, um einige zweifelhafte Punkte abzuklären. Ob Glóey das nicht genauso sehe? Ob es nicht für alle das Beste sei, wenn sich das so bald wie möglich aufkläre? Marta wusste, dass das

hohle Phrasen waren. Sie versuchte nicht einmal, besonders überzeugend zu klingen.

Die Frau beruhigte sich in der Tat – aus welchem
Grund auch immer. Sie setzte sich auf einen Stuhl, seufzte
schwer und ließ den Kopf hängen. Sie war erst am Tag
zuvor aus dem Krankenhaus entlassen worden, die Folgen des Autounfalls waren immer noch sichtbar, sie trug
einen Verband um den Kopf, ein Arm war eingegipst. Es
stellte sich heraus, dass ihr Mann so etwas nicht zum ersten Mal getan hatte – es war nur das erste Mal mit ihrer
Schwester passiert. Er war offenbar ständig hinter anderen
Frauen her, sie hätte ihn schon vor langer Zeit verlassen
sollen.

»Aber jetzt mache ich es wirklich«, sagte Glóey. »Ich
gebe auf, ich kann das einfach nicht mehr. Ich kann das
nicht. Kann es nicht.«

»Das ist ja auch ...«

»Diese verdammte Schlampe«, sagte sie, wobei sie erneut seufzte und sich unter dem Gips kratzte.

»Hat sie, also deine Schwester, irgendwann mal etwas
über ihre Nachbarin von oben gesagt?«, fragte Marta.

»Ich glaube nicht. Sie wohnt da erst seit einem Jahr
oder so und kennt die Leute noch gar nicht so richtig. Haben die sich da getroffen? Bei ihr?«

»Anscheinend«, sagte Marta.

»Er war mit mir im Auto«, sagte Glóey. »Als ich den
Unfall hatte. Ich bin im Krankenhaus gelandet, sieh mich
an! Siehst du, was mir passiert ist? Er hatte nicht mal
einen Kratzer. Weißt du, manche ... weißt du?«

»Ja. Kannst du mir sagen, ob er irgendwelche Probleme
hatte? Finanzieller Art, meine ich«, fragte Marta. »Oder
ihr gemeinsam?«

Glóey hörte auf sich am Gips zu kratzen.

»Häh? Hatte die etwa Geld? Die Alte?«

»Könnte das ein Grund für ihn gewesen sein, sie zu überfallen?«

»Dieser Wichser hat doch Schulden bei allen. Bei allen!«

Wenig später saß Marta mit der Frau aus der Wohnung unter Valborg in einem Vernehmungszimmer im Kommissariat an der Hverfisgata. Die Schwestern waren sich sehr unähnlich, Glóey war blond und laut und verlebt, die andere, Begga, hatte dunkle Haare, war viel ruhiger und trug, im Gegensatz zu ihrer Schwester, kaum Make-up. Die Polizei war zu ihr auf die Arbeit gekommen und hatte sie hergebracht. Auf dem Weg hatte sie kein unnötiges Wort gesprochen. Man hatte sie auf ihren Schwager angesprochen, aber sie hatte keine Ahnung, wo er war.

Nun saß sie Marta gegenüber und fragte, wann sie gehen könne und ob es wirklich nötig gewesen sei, sie vor aller Augen auf der Arbeit abholen zu lassen, schließlich habe sie nichts Böses getan.

»Deine Schwester ist da anderer Meinung. Sie ist nicht gerade gut auf dich zu sprechen.«

»Sie wird es überleben. Die ist doch auch kein Engel.«

»Sie traut es deinem Schwager durchaus zu, eine wehrlose Frau anzugreifen, und sie sagt, er hat sozusagen chronische Geldsorgen. Hat dein Schwager Valborg überfallen?«

»Auf keinen Fall.«

»Hast du das mit ihm zusammen geplant?«

»Er hat ihr nichts getan. Und ich auch nicht.«

»Kanntest du Valborg gut?«

»Nein. Aber sie war echt eine nette Frau. Ich hätte ihr nie etwas antun können.«

»Habt ihr über ihre finanziellen Verhältnisse gesprochen?«

»Nein. Nie. Was für finanzielle Verhältnisse?«

Marta wusste von Konráð, dass Valborg Geld gespart hatte. Eine Prüfung ihrer Bankkonten hatte ergeben, dass das Ersparte dort nicht war, ihr Guthaben betrug kaum mehr als eine Million Kronen. Allerdings hatte sie sich regelmäßig größere Summen in bar auszahlen lassen. Aktien oder Staatsanleihen besaß sie nicht. Valborgs Nichte hatte angegeben, dass Valborg den Banken nach der großen Krise von 2008 nicht mehr vertraute. Dass sie größere Mengen Bargeld besaß, war der Nichte hingegen nicht bekannt, und sie konnte sich auch nicht vorstellen, was ihre Tante damit vorgehabt hätte. Sie wusste nur, dass Valborg im Laufe der Zeit immer wieder großzügige Spenden an Organisationen gemacht hatte, die sich um das Wohl von Kindern kümmerten, und zwar immer anonym. Eine mögliche Erklärung für die Abhebungen war also, dass sie das Geld, das sie nicht zum Leben brauchte, gespendet hatte.

»Braucht er dringend Geld?«, fragte Marta in dem Vernehmungszimmer. »Dein Schwager? Dein Liebhaber?«

»Liebha… Er will Glóey verlassen«, sagte die Frau. »Das wollte er schon lange. Die Ehe von den beiden ist tot. Deswegen kommt er doch zu mir.«

»Warum sagst du uns nicht einfach, wo dein Schwager ist, dann kann er uns diese ganzen Fragen selber beantworten«, sagte Marta entnervt.

»Ich weiß nicht, wo er ist.«

»Ist er nach oben zu Valborg gegangen und hat bei ihr eingebrochen?«

»Nein.«

»Hat er jemand anderen angestiftet, Valborg zu überfallen? Oder ihr?«

»Glaubst du, er wäre so blöd, dann zur selben Zeit bei
uns im Haus zu sein? Wir haben nichts gemacht. Und er
hat auch niemanden geschickt.«

»Hast du von ihm gehört, seit das passiert ist?«

»Nein. Und ich weiß nicht, wo er ist. Er hat sich nicht
bei mir gemeldet.«

Siebzehn

Als Konráð sich in der alten Diskothek umblickte, holten ihn sofort die Erinnerungen ein. Er sah alles noch genau vor sich, das öde, trostlose Grundstück hinter der Fríkirkjan, auf dem sich die Disco befunden hatte, die langen Warteschlangen bei schlimmstem Wetter und die Pfützen auf dem Bürgersteig am Eingang. Hochtoupierte Haare, die so steif wie Zuckerwatte waren, schockierend kurze Röcke, direkt aus den angesagten Einkaufsstraßen Londons. Weiße hochhackige Stiefel, die bis zum Knie gingen. Mehr oder weniger gepflegte Haare, die bis auf die Schultern fielen, und Bärte in allen Längen und Formen, als ob es ohne Bärte keine freie Liebe gäbe. Er erinnerte sich an das Betrunkensein. In der Warteschlange wurden die Flaschen herumgereicht, es wurde gesungen, manchmal an einem milden Sommerabend, manchmal bei klirrendem Frost, wenn der Bürgersteig zur Eisbahn wurde und sich Schnee auf die Kleidung legte. Letzteres passte besonders gut zu diesem Ort, der früher einmal ein Kühlhaus gewesen war, nicht weit von Tjörnin, dem Weiher, aus dem man früher die Eisbrocken geholt hatte. Später war daraus die beliebteste Diskothek des Landes geworden – das Glaumbær.

Das Ziel war, so viel wie möglich zu trinken, bevor man die Disco betrat, denn drinnen war der Alkohol teuer. Die

Klügsten kauften sich noch einige Gläser Chartreuse an der Bar, kurz bevor die Disco schloss – dann bekam man am meisten Alkohol für das wenigste Geld. Konráð erinnerte sich an die stickige Hitze, die einem entgegenschlug, wenn man hereinkam, und dass es nie lange dauerte, bis man das erste bekannte Gesicht entdeckte. Alle waren dauernd zwischen den Tanzflächen und Bars auf den verschiedenen Ebenen unterwegs, überall dröhnte die Musik. Die Disco erstreckte sich über drei Ebenen, auf jeder Ebene gab es Säle und kleinere Räume, die mit endlos scheinenden Gängen verbunden waren. Die größte Tanzfläche war ganz unten, dort spielten die beliebtesten Bands des Landes. Im obersten Stockwerk war die Disco-Tanzfläche, und da brach kurz vor Weihnachten 1971 das Feuer aus, das das Glaumbær komplett zerstörte. Es machte nie wieder auf. Und somit war, ehe man sich's versah, das Vergnügungszentrum der Hippie-Generation verschwunden. Die Party war vorbei.

Konráð versuchte sich an den Grundriss des alten Glaumbær zu erinnern, als er mitten in dem Ausstellungssaal stand – heute befand sich in den Räumen des alten Kühlhauses die Isländische Nationalgalerie. Momentan war eine Retrospektive mit Gemälden von Þórarinn B. Þorláksson und Jón Stefánsson zu sehen. Ein paar versprengte Besucher bewegten sich wie Gespenster durch den Saal, blieben vor den Gemälden stehen und betrachteten sie. Dort, wo man damals kaum das Wort desjenigen verstanden hatte, der direkt vor einem stand, herrschte nun feierliche Stille.

»Machst du jetzt einen auf Kunstkenner?«, hörte er hinter sich jemanden sagen.

Konráð drehte sich um und erblickte den Mann, mit

dem er hier verabredet war. Er lächelte und reichte ihm die Hand.

»Man kommt viel zu selten hierher«, sagte er.

»Das stimmt«, sagte der Mann. »Das ist sicherlich nicht der Ort, der mir spontan einfällt, wenn ich mal Zeit habe.«

Sie schlenderten hinüber zu dem kleinen Museumscafé, setzten sich und sprachen über Gott und die Welt, erinnerten sich an ihre Zeit bei der Polizei. Sie hatten dort einige Jahre zusammengearbeitet und kannten sich seitdem. Der Mann hieß Eyþór und hatte vor seiner Zeit bei der Polizei in der Gastronomie gearbeitet. Konráð war eingefallen, dass er erzählt hatte, er habe im Glaumbær gearbeitet und wie viel Spaß ihm das gemacht habe. Er hatte ein Jahr vor dem Brand aufgehört und wurde Kellner im Restaurant Naust, bewarb sich dann bei der Polizei, war ungefähr zehn Jahre Polizist und wurde dann Immobilienmakler. Inzwischen war er ein wohlhabender Mann, er sah gut aus, Designeranzug und Florida-Bräune. Konráð hatte sich lange nicht bei Eyþór gemeldet, doch nun hatte er ihn angerufen und ihn um einen kleinen Gefallen gebeten.

»Und? Was gibt es?«, fragte Eyþór. »Man hört, du machst alle möglichen Sachen, seit du in Pension bist.«

»Mir ist langweilig«, sagte Konráð.

»Und worum geht es diesmal? Was Spannendes?«

»Ich weiß es nicht«, sagte Konráð.

»Du bist doch nicht … Bist du etwa an der Sache dran, die in dem Wohnblock passiert ist? Wie hieß sie noch mal, Valborg?«

»Erinnerst du dich an sie?«

»Ich?«

»Sie hat im Glaumbær gearbeitet, als der Brand war.«

Eyþór sah sich um.

»Wolltest du dich deswegen hier treffen?«, fragte er. »Wegen dem Glaumbær?«

»Erinnerst du dich an eine Frau, die so hieß? Valborg?«

»Hat das etwas mit dem Glaumbær zu tun? Was mit ihr passiert ist?«

»Nein, das ist nur so eine fixe Idee von mir«, sagte Konráð. »Sie hat mich vor einer Weile kontaktiert, hat mich um Hilfe gebeten und … ich würde gern mehr über sie wissen und brauche noch ein paar Infos. Da dachte ich, dass so ein bisschen Kunst und Kultur dir doch vielleicht mal ganz guttun würde, oder etwa nicht?«

Eyþór lächelte.

»Ich erinnere mich an keine Valborg, da haben wir uns wohl verpasst. Ich habe ja lange vor dem Brand hier aufgehört und habe im Naust gekellnert.«

»Hast du noch Kontakt zu Leuten, die damals im Glaumbær gearbeitet haben?«

»Ja, zu einigen schon«, sagte Eyþór. »Soll ich mich mal umhören nach dieser Valborg?«

»Würdest du das machen?«

»Ich kann es zumindest mal versuchen.«

»Unglaublich, das mit dem Brand«, sagte Konráð und blickte auf die dicken Wände des ehemaligen Kühlhauses.

»Ja. War damals nicht von einer brennenden Zigarette hier auf der obersten Etage die Rede?«, sagte Eyþór. »Auf einem Sofa. War das nicht das Ergebnis der Ermittlungen? Das war schon ganz schön traurig. Die hatten den Laden ja erst kurz zuvor ganz neu eingerichtet, er lief so gut wie nie. Die haben hier sogar *Hair* aufgeführt, das Musical, das habe ich noch im Dezember gesehen, nur wenige Tage vor dem Brand …, das war schon ganz schön schlimm.«

»Waren das gute Leute, die hier gearbeitet haben?«

»Nur die Besten«, sagte Eyþór. »Ich bin mit einigen bis heute befreundet. Ich rede mit denen und frage, ob sich jemand an diese Frau erinnert.«

»Da ist noch was«, sagte Konráð, als würde er laut nachdenken, »ich weiß nicht, ob das irgendwas zur Sache tut, aber Valborg hat ein Kind bekommen und es gleich nach der Geburt weggegeben.«

»Aha?«

»Das darfst du niemandem sagen, ich habe wirklich keine Ahnung, ob das irgendwie wichtig ist, wahrscheinlich ist es nur ein Zufall, aber ...«

»Ja?«

»Das Kind wurde im September 1972 geboren, wurde also wahrscheinlich im Dezember des Vorjahres gezeugt.«

»Also 1971?«

»Ungefähr zu der Zeit als sie hier gearbeitet hat.«

»Du meinst, als der Brand im Glaumbær war?«

»Genau.«

Es dauerte zwei Tage, dann hatte die Polizei den Mann von Glóey gefunden. Jemand, der beim Konsum von Drogen erwischt worden war und damit gegen seine Bewährungsauflagen verstoßen hatte, gab der Polizei einen Tipp und erkaufte sich damit ein gewisses Wohlwollen des Rauschgiftdezernats. Der Mann hatte einen halbdänischen Cousin, auf den er große Stücke hielt. Es stellte sich heraus, dass dieser Verwandte selbst aufgrund von Drogendelikten bei der Polizei bekannt war. Und bei ihm zu Hause, in einer verwahrlosten Wohnung im oberen Teil von Breiðholt, fand die Polizei den Verdächtigen, vollkommen zugedröhnt. Neben ihm lagen zwei Revolver, ein schwerer Kreuzschlüssel, drei Baseballschläger und

eine beträchtliche Menge an Drogen, die dem halbdänischen Cousin gehörten, wie sich herausstellte. An einer
Wand hing ein großes, ziemlich zerfleddertes Poster der
dänischen Fußballnationalmannschaft, die bei der WM in
Mexiko 1986 so überraschend erfolgreich gewesen war.

Vi er røde, vi er hvide ... We are red, we are white ...

Achtzehn

Engilbert suchte Halt am Klavier. Er stand unsicher auf den Beinen und war nachlässig gekleidet. Konráðs Vater hatte versucht, ihn etwas aufzupäppeln und ihm ein paar Schlückchen gegeben, bevor sie zu der Séance gingen. Und er hatte ihm mehr versprochen, wenn alles erfolgreich verlaufen würde. Engilbert hatte sich gesträubt und gesagt, er könne das nur, wenn er zuvor etwas zu trinken bekomme. Konráðs Vater gab ihm ein Hustenbonbon, um den Alkoholgeruch zu verbergen, während er ihm berichtete, was er über die Frau in Erfahrung gebracht hatte.

Sie hieß Stella und war regelrecht aufgekratzt, als sie ihnen die Tür öffnete. Sie dankte ihnen wortreich für ihr Kommen und bat sie herein. Sie nahmen im Wohnzimmer Platz. Die Frau gestand, dass sie nicht wusste, was sie zu erwarten hätte, wie alles ablaufen würde. Der Assistent des Mediums ergriff das Wort und war erleichtert, dass sie allein zu Hause war, auch wenn er sich das nicht anmerken ließ. Ja, sie habe mit ihm telefoniert, fügte er hinzu, nachdem er ihr Engilbert vorgestellt hatte, dieses hoch angesehene Medium, diesen bekannten Philanthropen. Er selbst sei nur der Fahrer und habe allein damit mehr als genug zu tun. Mehr als genug, wiederholte er. Das hörte die Frau gern und bot ihnen Kaffee an. Ja, es gab zurzeit ein großes Interesse an solchen Dingen, sagte sie, und er stimmte ihr eifrig zu. Engilbert fummelte an seiner Krawatte herum, um nicht an dem Gespräch teilnehmen zu müssen. Die Frau war um die sechzig, hatte ein fröhliches Gesicht, trug eine hübsche Bluse und hatte ein Medaillon mit einem Bild ihres verstorbenen Ehemannes um den Hals. Ab und an spielte um ihre Lippen ein kleines nervöses Lächeln.

Sie hatte bereits am Telefon erwähnt, dass sie in der letzten Zeit schlecht träumte. Sie hatte geträumt, dass es Halldór, ihrem Mann, nicht gut ging. Zweimal war sie mitten in der Nacht hochgeschreckt und hatte sein Gesicht gesehen, ganz verzerrt vor Schmerz und Wut.

»Seitdem schlafe ich schlecht«, sagte sie. »Er hatte ganz weißes Haar, stellt euch das mal vor. Schlohweißes Haar.«

»Schön hast du es hier«, sagte Konráðs Vater und sah sich in dem großbürgerlich eingerichteten Wohnzimmer um, betrachtete die Ölgemälde von Jóhannes Kjarval, die Porzellanfiguren und den massiven Eichentisch, an dem sie saßen. Es war schummrig hier, es war Abend geworden, die Frau hatte die dunkelroten Samtgardinen zugezogen und Kerzen angezündet.

»Wie wollt ihr das machen?«, fragte sie. »Sitzen wir hier? Oder besser am Esstisch?«

»Hier ist gut«, sagte Konráðs Vater und sah seinen Komplizen an. »Er bewegt sich gern dabei, nicht wahr, Engilbert? Du sitzt normalerweise nicht.«

Engilbert brummelte etwas vor sich hin. Er erhob sich, ging zu dem Klavier, stand eine Weile schweigend dort und legte die Finger an die Schläfen, als würde er so die Verbindung herstellen, falls es denn möglich wäre. Dann lief er im Zimmer hin und her, blieb erneut am Klavier stehen und murmelte einige unverständliche Wörter. Er hatte Schwierigkeiten und gab sich keine Mühe, das zu verbergen. Er hatte einmal in einer Laientheatergruppe gespielt und konnte eine beträchtliche Bühnenpräsenz entwickeln, wenn es nötig war. Und er konnte »das Publikum lesen«, wie sie das damals nannten, auch wenn das Publikum hier nur aus einer einsamen Frau bestand. Plötzlich schlug er mit der flachen Hand auf das Klavier.

»Es geht nicht, verdammt noch mal«, flüsterte er. »Es geht nicht.«

»Ist alles in Ordnung, Engilbert?«, fragte sein Assistent.

»Nein. Ich will nicht. Es geht nicht. Wir sollten gehen.«

»Was ist denn los?«, fragte die Frau.

»Sollten wir uns nicht etwas Zeit lassen?«, fragte der Assistent. »Wir haben es nicht eilig«, fügte er hinzu und lächelte die Frau dabei an.

»Das bringt nichts«, sagte Engilbert. »Es bringt nichts. Hier fließt keine Energie. Gar keine. So hat das keinen Zweck.«

»Energie?«, fragte die Frau. »Meinst du aus dem Jenseits?«

»Das hier ist für mich wie ein Buch mit sieben Siegeln«, sagte Engilbert. »Sieben Siegeln.«

»Das tut mir entsetzlich leid«, sagte die Frau verwirrt.

»Ich bin leider indisponiert«, sagte Engilbert. »Es war ein Fehler, hierherzukommen. Ich spüre nichts. Nichts. Hier ist nichts. Wir sollten gehen. So hat das keinen Zweck. Wir sind umsonst gekommen.«

Konráðs Vater beobachtete die Reaktionen der Frau. Manchmal gingen sie zu weit, wenn sie versuchten, die Verantwortung für das Gelingen der Sitzung auf die Schultern ihres Opfers abzuwälzen. Doch die meisten wollten sie nicht enttäuschen. Und sie waren gerissen genug, das auszunutzen.

»Liegt es an mir?«, fragte sie zögerlich.

»Das kann passieren«, sagte er mit einem gewissen Bedauern in der Stimme, »nicht alle Leute können sich vollkommen auf das Medium einlassen. Das stört die Verbindung. Das passiert. Daran ist niemand schuld. Es kommt einfach vor.«

»Aber ich tue doch mein Bestes«, sagte die Frau voller Sorge über den Verlauf, den die Sitzung nahm. »Ich hoffe, ich ...«

»Moment«, sagte da Engilbert. »Ja, das ist ... da kommt jemand, ich spüre es, da kommt ein Mann ...«

»Wer?«, fragte die Frau.

»Da kommt ein Mann zu mir ... er sagt, er heißt ... Guðmundur. Sagt dir das etwas?«

Engilbert schien plötzlich Kontakt zum Jenseits zu haben.

»Ja, ist das etwa der Guðmundur?«, sagte die Frau hastig in ihrem Bemühen, die Sitzung doch noch zu einem guten Ende zu führen. Sie wollte auf keinen Fall, dass das Medium noch einmal auf das Klavier schlug und von einem Buch mit sieben Siegeln sprach. »Der Mann, mit dem mein Mann den Großhandel gegründet hat, hieß Guðmundur.«

»Ich danke dir.«

»Aber ... der lebt noch«, sagte die Frau. »Muss man für so was nicht ... tot sein?«

»Ja. Dann ist das ein anderer Guðmundur«, sagte Engilbert bestimmt und warf seinem Komplizen einen Blick zu. »Dieser ist ... er ist ... da ist ... um ihn herum ist ganz viel blauer Himmel.«

»Vielleicht mein Großvater väterlicherseits? Der hieß Guðmundur mit zweitem Namen.«

»Er steht auf einer grünen Wiese«, sagte Engilbert, »und da ist wirklich sehr viel ... heiterer blauer Himmel ...«

»Er war Bauer.«

»... blauer Himmel und dann ist da noch ... eine Frau«, sagte Engilbert und sah auf ein Familienfoto, das auf dem Klavier stand. »Sie ist nicht groß und hat einen schön geflochtenen Zopf. Sie weiß, dass du dir Sorgen machst. Weißt du, was sie damit meint? Sagt dir das etwas? Eine kleine Frau? Mit freundlichem Gesicht. Und da ist ein alter Torfbauernhof, da wird noch über offenem Feuer gekocht. Ihr Name ... beginnt mit S. Ich sehe viele S. Kann das sein?«

»Das könnte meine Oma Sesselía sein.«

»Gut.«

»Ach, die gute Sesselía«, sagte die Frau. »Sie hat die letzten Jahre ihres Lebens bei uns gewohnt.«

»Sie sagt, du sollst dir nicht zu viele Sorgen machen.«

»Wegen Halldór?«

»Sie möchte dir sagen, dass du dir nicht zu viele Sorgen um deinen Mann machen sollst. Er ist an einem guten Ort. Sie weiß, dass du dir Sorgen machst, aber wenn du nur weiterhin für ihn betest, dann wird alles gut. Sie sagt, du sollst für ihn beten und nicht vergessen, diejenigen zu unterstützen, die bedürftig sind, die christlichen Organisationen, die ...«

Sein Assistent räusperte sich. Engilbert sah ihn an. Er gab ihm ein Zeichen, dass er zu sehr vorpreschte.

»Ich spüre, wie sie meinem inneren Auge entschwindet. Aber da ist eine andere Präsenz. Eine starke Präsenz. Das ist ein Mann, und um ihn herum ist gute Stimmung. Große Freude.«

»Ist das nicht mein Halldór?«, flüsterte die Frau.

»Er will, dass du dich an die schönen Stunden erinnerst, die ihr zusammen gehabt habt. Das ist hier … ich sehe das Meer und ein Passagierschiff, auf dem Deck spielt Musik und da sind viele schick angezogene Leute …«

»Das muss das Dampfschiff Gullfoss sein«, sagte die Frau. »Mit dem sind wir jedes Jahr einmal verreist, mein Mann und ich.«

»Ich spüre große Freude, ich höre Gesang und beschwingte Musik.«

»Ja, das war wundervoll. Er konnte so gut singen. Sein Lieblingslied war *Hamraborgin*.«

Engilbert machte in dieser Richtung weiter. Die Frau war ganz beseelt von den schönen Erinnerungen, die zu ihr zurückkamen. Engilbert traf mühelos die richtigen Töne. Sie war empfänglich für alles, was er ihr vorsetzte. So ging es eine Weile bei dem schummerigen Kerzenlicht, bis der Assistent meinte, es wäre Zeit, die Zügel anzuziehen. Er nutzte eine kleine Pause, die Engilbert in den Beschreibungen seiner Visionen machte, um das Medium dorthin zu lenken, wo von Anfang an ihr eigentliches Ziel gelegen hatte. Konráðs Vater war auf den Friedhof an der Suðurgata gegangen und hatte dort den imposanten, aus Granit gehauenen Grabstein betrachtet, den Stella für das Grab ihres Mannes hatte anfertigen lassen. Auf seiner Vorderseite war eine Platte aus dunklem, geschliffenem Basalt angebracht, die die Grabinschrift trug, die Buchstaben waren mit Gold unterlegt. Keine Kosten waren gescheut worden, um das Andenken des Großhändlers zu bewahren – aber nicht nur sein Andenken. Auf dem Grabstein stand noch ein anderer Name.

Stille legte sich über das Wohnzimmer. Engilbert tat so,

als wäre er in Trance. Er stand gekrümmt an dem Klavier, hielt die Augen geschlossen, ließ das Kinn auf die Brust sinken und verharrte eine Weile in dieser Pose, nur sein Kopf machte kleine regelmäßige zuckende Bewegungen, zu denen er ein ärgerliches Gegrummel von sich gab, das keinerlei Sinn ergab. Die Frau warf dem Assistenten einen fragenden Blick zu, doch der lächelte nur, als gehorchte das Verhalten des Mediums seinen eigenen Gesetzen und wäre ihm genauso fremd und unverständlich wie ihr.

»Nein, das mache ich nicht ... hier ist noch etwas ganz anderes ...«

Engilberts Gegrummel wurde verständlicher.

»Was hat er gesagt?«, flüsterte die Frau.

»Ich habe keine Ahnung«, sagte der Assistent.

»Sie kommt zurück ... Die alte Frau. Sesselía. Sie sagt, sie sind zusammen. Sie haben sich vereinigt. Verstehst du?«

Die Frau antwortete nicht.

»Dieses Mal ist jemand anders bei ihr«, fuhr Engilbert fort. »Ich sehe das nur ... verschwommen ... diffus ... Das ist jemand, der dir sehr nahesteht. Jung. Sagt dir das was?«

Engilbert tupfte sich die Stirn mit einem Taschentuch ab.

Stella sah ihn ebenso hoffnungsvoll wie ängstlich an.

»Vielleicht hast du gar nicht von deinem Ehemann geträumt«, sagte Konráðs Vater. »Sind wir vielleicht gar nicht seinetwegen hier?«

Die Frau ließ den Kopf sinken.

»Ist das vielleicht jemand anders?«

»Ich weiß nicht, ob ich noch weitermachen will«, flüsterte die Frau. »Wenn ihr nichts dagegen habt. Ich habe nicht viel Erfahrung mit solchen ... Zusammenkünften.«

»Ich höre ... es klingt wie ein Flüstern«, sagte Engilbert und umfasste das Klavier fester. »Nein, ich glaube, das ist mehr als nur ein Flüstern ... weint da jemand? Mir ist, als würde da ein Kind weinen, ganz weit in der Ferne. Sagt dir das etwas?«

Konráðs Vater verfolgte aufmerksam die Reaktionen der Frau, und ihm gefiel, was er sah. Engilbert ging vollkommen in seiner Rolle auf. Seine Schauspielkunst hatte auf Stella genau den gewünschten Effekt. Jetzt dürften ein paar Sätze über christliche Jugendarbeit und Wohltätigkeit im Namen des Herren reichen. Wenn Stella unter Umständen etwas Geld für einen guten Zweck übrighätte, wären sie durchaus bereit, es in die richtigen Hände zu geben. Dies war nur ihr erstes Zusammentreffen. Konráðs Vater wollte sicherstellen, dass es nicht das letzte war.

Die Kerzen flackerten in dem schummrigen Wohnzimmer. Die dicken Gardinen wirkten wie ein ausdrucksstarkes Bühnenbild, vor dessen Hintergrund die Lebenden auf die Toten trafen. Die Frau hob den Kopf und blickte das Medium andächtig an, hing an seinen Lippen, sog jedes Wort auf und nickte.

»Ich empfange von den beiden viel Licht und Wärme«, sagte das Medium.

Die Frau saß da wie erstarrt und blickte ihn an.

»Ist er das?«, flüsterte sie vorsichtig.

Engilbert antwortete nicht.

»Sind sie ... vereint?«, fragte die Frau. »Kannst du Sesselía nach unserem Jungen fragen?«

»Da ist Nebel ... Kalter Nebel.«

»Ja.«

»Und ein See.«

»Ja.«

»Und ein Junge. Dem ist bitterkalt. Als ob er in den See gefallen wäre.«

»Oh Gott«, seufzte die Frau.

»Aber nun ist alles gut, sagt die alte Frau. Er ist bei ihr, es geht ihm gut, und er will, dass du dir keine Sorgen mehr machst.«

Die Frau brach in Tränen aus.

»Mein lieber Junge«, stammelte sie.

»Er war gerne hier«, sagte Engilbert, der jetzt scheinbar vollkommen vom Jenseits gesteuert wurde. »Genau hier, in dieser Ecke. Ich spüre eine starke Präsenz hier am Klavier. Hat er gespielt?«

Die Frau bejahte das.

»Ich danke dir«, sagte das Medium.

»Er hat sehr gut Klavier gespielt, obwohl er noch so jung war«, sagte Stella. »In der Musikschule haben sie gesagt, sie hätten selten so einen talentierten Schüler gehabt. Wir waren so stolz auf ihn. Niemand hat das Klavier angerührt, seit er gestorben ist. Ich weiß nicht einmal, ob man es noch spielen kann.«

»Ich empfange Licht«, sagte Engilbert und strich über das Klavier. Der Klavierdeckel war verschlossen, darüber standen zerfledderte Noten auf einem wackeligen Pult.

»Genau an diesem Ort«, sagte Engilbert. »Hier ist diese starke Präsenz einer Seele. Einer Kinderseele. Sie ist an einem guten Ort, an einem Ort der Schönheit und des Lichts.«

Er hatte kaum den Satz beendet, da gab das Instrument einen einsamen Ton von sich, wie eine falsche Note. Dann wurde es in dem Wohnzimmer totenstill.

Neunzehn

Der Mann öffnete mit Schwung die Garagentür. Konráð sah sich um und wusste sofort, was der Mann gemeint hatte, als er sagte, die Fotosammlung liege unsortiert in seiner Garage. Auch als er gesagt hatte, dass die Sammlung ziemlich umfangreich sei, hatte er nicht gelogen. Es handelte sich immerhin um den Nachlass seines Vaters, der fast ein halbes Jahrhundert als Fotograf gearbeitet hatte. All das vernünftig aufzuarbeiten und zu ordnen, würde wohl Jahre dauern. Er habe für diese Aufgabe Fördergelder beantragt, jedoch keinen Erfolg damit gehabt. Dabei sei eine Garage nun wirklich nicht der richtige Ort, um einen Nachlass von historischer Bedeutung aufzubewahren. Manche Teile hätten schon einen Wasserschaden, weil es ab und zu in die Garage hineingeregnet habe, zweimal sei auch Wasser hineingelaufen und habe den Boden bedeckt, auf dem die unzähligen Pappkartons mit tausenden entwickelten Filmen und Abzügen standen. Doch am meisten fürchtete der Mann, dass das alles hier irgendwann einmal in Flammen aufgehe. Diese alten Filme, die heute kaum noch jemand benutzte, seien ja so ungefähr das Brennbarste, das man sich vorstellen könne.

Sein Vater habe sich nie darum gekümmert, sein fotografisches Werk systematisch zu ordnen. Er habe sich fürs Fotografieren interessiert, nicht für die Aufbewahrung von Fotos. Den größten Teil seines Lebens habe er als freier Pressefotograf gearbeitet. Manchmal sei er auch bei einer Zeitung fest angestellt gewesen, einige Jahre bei einer Abendzeitung und ein paar weitere bei einer der Morgenzeitungen. Zu seiner Zeit habe es zahlreiche Zeitungen gegeben, die einer bestimmten Partei nahestanden und längst der Vergessenheit anheimgefallen seien. Doch politischer Journalismus sei sowieso nie seine Sache gewesen.

Der Mann rüttelte an einem Karton, der sich oben am Garagentor verklemmt hatte, und sagte, sein Vater sei bei vielen wichtigen Ereignissen der isländischen Geschichte dabei gewesen. Außerdem habe er viele Prominente bei ihren Island-Besuchen abgelichtet, darunter Staatsoberhäupter wie Lyndon B. Johnson, Ronald Reagan und Michail Gorbatschow, aber auch Benny Goodman, Helen Keller, Ella Fitzgerald und Louis Armstrong. Er habe normalerweise nicht viel über seine Arbeit gesprochen, doch manchmal, wenn er besonders guter Laune gewesen sei, erzählte er, wie die taubblinde Helen Keller ihm die Hände auf das Gesicht gelegt und gesagt habe, es sei grob, aber gutmütig.

»Und er hat immer den Polizeifunk gehört«, sagte der Mann. »Das ist sogar eine meiner ersten Erinnerungen an ihn. Er sitzt im Auto mit einer oder zwei Kameras, es knackt im Funkgerät, ein Einsatz wird durchgegeben und er sagt, er muss noch mal kurz wohin, ist aber gleich wieder da.«

»Er war meistens vor uns da«, sagte Konráð, der sich gut an den Fotografen erinnern konnte, einen eher ernsten Mann, groß und schlank, der immer eine Kamera in den Händen hielt, während eine andere um seinen Hals baumelte. Er hatte immer peinlich genau darauf geachtet, nicht im Weg zu stehen oder die Polizei bei der Arbeit zu stören, egal ob es sich um einen schweren Autounfall handelte, einen Einbruch oder, was einige wenige Male vorkam, den Schauplatz eines Mordes.

Konráð hatte dem Mann erklärt, wonach er suchte, ihm aber seine persönliche Verbindung zu dem Fall verschwiegen. Er hatte lediglich gesagt, dass er nach vielen Jahren bei der Polizei in Rente gegangen sei, nicht mehr viel zu tun habe, und ihn dieser alte Fall schon lange beschäftige. Konráð hatte bereits die Nachkommen eines anderen Fotografen besucht, der damals am Schlachthof gewesen war, doch ohne Erfolg. Die Filme, die er zu der Zeit verschossen hatte, existierten nicht mehr. Die Zeitung, für die er gearbeitet hatte, wurde mit einer anderen Zeitung zusammengelegt, die dann wiederum mit einer anderen Zeitung zusammengelegt wurde, die dann pleiteging. Teile des Bildarchives waren verkauft, andere einfach weggeworfen worden. Konráð sah keinen Sinn darin, dem Filmmaterial stückchenweise hinterherzulaufen.

»Also«, sagte der Mann und blickte in die Garage, »der älteste Kram ist in den Kartons da ganz hinten, und je näher man an das Tor kommt, umso jünger sind sie. Das war zumindest so die grobe Idee. Manches ist in Briefumschlägen, auf denen ein Datum steht, von manchem gibt es Abzüge, aber das meiste sind nur entwickelte Filme. Unendlich viele Filme. In den ersten Jahren hat er seine Sachen noch etwas besser geordnet, du könntest also Glück haben.«

»Hat dein Vater irgendwann mal darüber gesprochen? Über den Mord am Schlachthof und was er dort gesehen hat?«, fragte Konráð.

»Nicht dass ich wüsste«, sagte der Mann und dachte nach. »Wie gesagt, er hat kaum über seine Arbeit gesprochen. Aber meine Mutter meinte, dass es ihn manchmal ganz schön runtergezogen hat, was er da so alles durch die Linse mitansehen musste. Insbesondere bei schweren Autounfällen. Das war natürlich alles zu der Zeit, als es noch keine Sicherheitsgurte gab. Das fand er am schwersten. Die Autounfälle.«

Sie machten sich in der Garage ans Werk. Konráð sichtete Abzüge und Filme in braunen Umschlägen, die mit Jahreszahlen aus den frühen Fünfzigerjahren beschriftet waren. Einer trug die Jahreszahl 1954. Darin waren zwei entwickelte Filme und drei Fotos von einer neuen Tankstelle in der Nähe von Reykjavik, wahrscheinlich vom Tag der Eröffnung. Autos an Zapfsäulen, Männer mit Hüten, Frauen, die Handschuhe und Kleider trugen, alle genossen die Sonne.

Nach einer guten Stunde hatten Konráð und der Sohn des Fotografen sich gründlich in die Fünfzigerjahre vertieft. Film um Film hielten sie gegen die grellen Neonleuchten an der Garagendecke und betrachteten längst vergessene Menschen und Ereignisse. Konráð war insgeheim dankbar für die Geduld des Mannes, der sich nach Kräften bemühte, die richtigen Filme zu finden, und großes Verständnis für seine Wühlerei hatte. Er hatte gesagt, der Besuch von Konráð gebe ihm die willkommene Möglichkeit, endlich einmal selbst den Nachlass seines Vaters anzusehen, dem er bisher nicht viel Aufmerksamkeit geschenkt habe.

Als eine zweite Stunde vorbei war, machten sie eine Pause. Der Mann ging in die Küche und kam mit zwei Bechern dampfend heißen Kaffees und Schmalzgebäck zurück. So standen sie in der Garagentür und plauderten. Konráð erfuhr, dass der Mann Maurer war und gerade beruflich etwas kürzertreten musste, weil er eine kleine Knie-OP hinter sich hatte. Er sagte, er denke darüber nach, den Nachlass seines Vaters einem Museum zu überlassen, zum Beispiel dem Nationalmuseum. Vieles von dem, das sie bereits gesichtet hatten, mochte nicht besonders wichtig sein, aber dennoch hatte es eine zeitgeschichtliche Bedeutung. Auch Konráð dachte das, als er die Fotos betrachtete und die Filme gegen das Licht hielt. Sie zeigten die rasante Entwicklung von Reykjavik zu einer Zeit, als die Stadt in die Vororte überfloss. Sie zeigten Mode und Fahrzeuge, Freizeitaktivitäten und Sportwettkämpfe, Frauen und Männer bei der alltäglichen Arbeit – das Leben von Menschen, die längst vergessen waren.

Der Mann trank den Kaffee aus, sah auf die Uhr und sagte, er müsse kurz im Haus etwas erledigen, aber er erlaubte Konráð, währenddessen weiterzusuchen. Konráð dankte ihm für das Vertrauen und wühlte sich durch den Nachlass, genau darauf bedacht, alles dorthin zurückzustellen, wo er es hergenommen hatte. Der Tag neigte sich dem Ende zu, als er einen Pappkarton anhob, der in einer Ecke der Garage auf dem Fußboden stand. Der Boden des Kartons war brüchig, er war eindeutig Opfer eines Wasserschadens geworden und brach sofort auf, als Konráð ihn anheben wollte. Der Inhalt ergoss sich zu seinen Füßen auf den Boden, lose Filme, ein paar leere Filmdosen und alte, rissige Briefumschläge, die weitere Filme und Fotografien enthielten. Konráð fluchte leise. Alles war unbeschriftet. Er sichtete die Sachen gewissenhaft, hielt Film um Film in das Neonlicht, um sich erst einmal einen Überblick zu verschaffen. Ein Umschlag war größer und dicker als die anderen. Als Konráð ihn öffnete und die ersten Bilder herausnahm, wurde ihm klar, dass er endlich den richtigen Karton gefunden hatte.

Die Fotos waren schwarz-weiß und mit Blitzlicht aufgenommen, einige hatten einen Grauschleier oder waren unscharf, doch Konráð wusste sofort, was sie zeigten. Es war die trostlose Umgebung des Schlachthofes, die Mauern, die Toreinfahrt, die Skúlagata, der Strand. Er sah die Polizisten, ihre Autos und, in angemessenem Abstand, die Schaulustigen. Keines dieser Bilder war ihm aus der damaligen Presse oder den Ermittlungsakten bekannt. Das war ganz neues Material. Als er die Bilder vorsichtig eins um das andere durchsah, beschlich ihn erneut das Unbehagen dieses längst vergangenen Abends.

Ganz hinten im Bilderstapel befand sich ein Bild vom Leichnam seines Vaters. Das Foto war ziemlich scharf und zeigte den Moment, bevor die Leiche abtransportiert wurde. Es wirkte beklemmend, wie ein Foto aus dem Krieg. Im Hintergrund stand der Krankenwagen mit geöffneter Hecktür. Männer beugten sich über den Leichnam und waren gerade dabei, ihn auf eine Bahre zu legen. Er war mit einem Tuch bedeckt, unter dem nur eine Hand herausragte. Konráð starrte diese kalte Hand an, die nur wenige Stunden zuvor zur Faust geballt gewesen war, mit der er in hasserfüllter Raserei in Richtung seines Sohnes geschlagen hatte.

Zwanzig

Marta schaltete auf dem Flur ihre E-Zigarette aus und öffnete die Tür zum Vernehmungszimmer. Der Mann hieß Hallur. Er saß auf einem Stuhl und nahm etwas mehr Haltung an, als er Marta sah. Am Tag zuvor war er in der Wohnung seines Cousins verhaftet worden, heute war er deutlich besser orientiert, fast klar im Kopf. Er hatte sich in der Gefängniszelle ausgeschlafen, nachdem er bei der Verhaftung noch die Polizisten angegriffen hatte, die ihn holen wollten. In seinem Rausch hatte er mit einem Kreuzschlüssel um sich geschlagen und einen der Beamten an der Hand verletzt, dann hatten sie ihn zu Boden geworfen und in Handschellen ins Kommissariat gebracht.

Dort war er kein Unbekannter, schließlich hatte er für seine Beteiligung an einem Drogenschmuggel aus Dänemark und Holland eine Haftstrafe bekommen. Seitdem waren einige Jahre vergangen, ohne dass die Polizei sich mit ihm abgeben musste, doch nun war er ganz offensichtlich zur falschen Zeit am falschen Ort gewesen.

»Viele Grüße von Glóey«, sagte Marta, um ihn ein bisschen aus der Reserve zu locken. Sie hatte von der Frau nichts mehr gehört, bevor sie zu Hallur in das Vernehmungszimmer gegangen war.

»Was willst du von ihr?«, fragte der Mann nervös. »Warum lässt du sie nicht in Ruhe?«

»Sie fragt die ganze Zeit nach dir«, sagte Marta. »Wann du freikommst. Und was du bei ihrer Schwester gemacht hast.«

»So eine Scheiße«, sagte Hallur.

An seiner Seite saß ein Anwalt, der Marta fragend ansah, als verstünde er nicht, was für ein Gespräch das werden sollte. Er schlug vor, man solle zur Sache kommen, und sah auf seine teure Armbanduhr, er schien es eilig zu haben, als müsste er eigentlich etwas anderes erledigen, das wichtiger war. Er nahm oft Fälle wie diesen an, insbesondere wenn die Chance bestand, damit in die Medien zu kommen.

Marta blätterte durch die Papiere, die sie dabeihatte. Bei Hallur waren Schuhe gefunden worden, an denen Gras- und Erdreste klebten, die aus dem Hinterhof von Valborgs Wohnblock stammen könnten, von der Stelle, wo der Täter vermutlich in das Haus eingestiegen war. Hallur war deswegen bereits befragt worden und hatte gesagt, er habe ein- oder zweimal hinter dem Haus seiner Schwägerin eine Zigarette geraucht und sei dabei wohl in Erde getreten. Leider habe ihn niemand dabei gesehen, weder aus Valborgs Wohnblock noch aus der weiteren Nachbarschaft. Hinter dem Haus fanden sich zwar in der Tat einige Zigarettenkippen, doch die waren wohl eher von Leuten, die auf ihren Balkonen rauchten und die Kippen auf das Gras warfen. Auch im Treppenhaus und in der Wohnung von Valborg fanden sich Erdreste, ohne dass eine Fußspur zu erkennen war.

Hallur steckte bis über den Hals in Schulden. Hierzu hatte Glóey der Polizei in ihrem Zorn hilfreiche Informationen geliefert. Laut ihrer Aussage schuldete er durch seinen außer Kontrolle geratenen Drogenkonsum bestimmten Leuten schwindelerregende Beträge, die er niemals bezahlen könnte. Die Namen dieser Leute wollte sie nicht nennen, sagte aber, dass sie ihn immer wieder bedroht hatten. Und dass er in letzter Zeit öfter von einem Weg gesprochen hatte, der seine Geldprobleme mit einem Schlag lösen würde. All das sprudelte nur so aus ihr heraus, erst dann kam ihr der Gedanke, dass sie vielleicht zu viel gesagt, sich verplappert hatte, ihnen noch mehr Probleme bereitete, als sie ohnehin schon hatten. Dann hatte sie nur noch versucht, Dinge zurückzunehmen und zu relativieren.

»Bist du in letzter Zeit oft bei deiner Schwägerin zu Hause gewesen?«, fragte Marta, nachdem sie ihn mit einigen allgemeinen Fragen aufgewärmt hatte.

»Oft? Nein.«

»Einmal pro Woche? Zweimal?«

»Vielleicht«, sagte Hallur und kratzte sich am Arm. Er trug ein graues T-Shirt, die kurzen Ärmel gaben den Blick auf seine Arme frei, die aufwendig mit Bildern und Symbolen tätowiert waren, die Marta nicht entschlüsseln konnte. An einer Stelle meinte sie, den Namen Glóey lesen zu können, anstelle des ó war ein kleines rotes Herz zu sehen.

»Kennst du die Frau, die über deiner Schwägerin gewohnt hat?«

»Nein.«

»Aber gesehen hast du sie doch mal, oder?«

»Nein. Nie. Ich wusste nicht, wer sie ist, und kenne sie überhaupt nicht.«

»Und deine Schwägerin? Hat die mal von ihr gesprochen?«

»Nein. Nie.«

»Nicht von dem Geld, das sie bei sich aufbewahrt hat?«

»Nein.«

»Aber es stimmt schon, dass du Geldprobleme hast? Schulden?«

»Wie kommst du denn darauf?«, sagte Hallur. »Ich habe keine Schulden.«

»Und einen Weg gefunden hast, dein Schuldenproblem auf einen Schlag zu lösen?«

»Wovon redest du? Da verbreitet irgendjemand Lügen über mich. Ich habe dieser Frau nichts getan. Nichts.«

»Wir haben einen Zeugen, der gesehen hat, wie du die Wohnung deiner Schwägerin verlassen hast, kurz bevor die Frau in der Wohnung darüber überfallen wurde. Dass du das Haus verlassen hast, hat der Zeuge hingegen nicht gesehen.«

»Und du glaubst, was dieser Perverse von sich gibt?«, sagte Hallur. Er hatte offenbar erfahren, dass ein Voyeur die Affäre mit seiner Schwägerin beobachtet hatte. »Ich bin nach Hause gefahren, mehr nicht. Interessiert mich doch nicht, was dieser Spanner gesehen hat.«

»Du hast also die Wohnung deiner Schwägerin verlassen, bist zum Eingang gegangen und dann raus aus dem Wohnblock durch die Vordertür?«

»Genau so. Ich habe an der Straße geparkt, die Parkplätze vor dem Block waren alle besetzt. Ich habe mich in mein Auto gesetzt und bin losgefahren.«

»Hat dich dabei jemand gesehen?«

»Nein. Aber ich habe eine Frau an einem der Fenster gesehen, in einem von den dreistöckigen Häusern gegenüber.«

»Was hat die gemacht?«

»Nichts. Die saß da am Fenster. Ich hatte irgendwie das Gefühl ..., dass es ihr nicht gut ging.«

»Wie das?«

»Weiß nicht, nur so ein Gefühl.«

»Gut«, sagte Marta. »Zurück zu dem Wohnblock. Als du die Wohnung deiner Schwägerin verlassen hast, ist dir da im Treppenhaus etwas Ungewöhnliches aufgefallen, etwas, das nicht ins Bild passte, ein Geräusch, ein Geruch, irgendwie so was?«

»Heißt das, du glaubst mir?«

»Das weiß ich nicht«, sagte Marta. »Sollte ich?«

»Ich habe dieser Frau nichts getan«, sagte Hallur. »Ich bin aus der Wohnung raus, die paar Stufen runter zur Haustür … und da war …«

»Ja?«

»Irgendwie hat es da komisch gerochen.«

»Komisch gerochen?«

»Als hätte jemand seinen Müll irgendwo stehen lassen, weißt du?«, sagte Hallur. »Ich habe keine Ahnung, wie ich das beschreiben soll, so ein … Geruch nach Vergammeltem. Es hat halt irgendwie gestunken.«

Marta sah ihn lange an.

»Besser kann ich es nicht beschreiben«, sagte Hallur entschuldigend. »So hat das da gerochen. Und dann war ich weg.«

Glóey hatte nach all dem Stress endlich Zeit gefunden, sich die Zehennägel zu lackieren. Und sie hatte endlich ihre Schwester ans Telefon bekommen, diese dreckige Schlampe. Sie hatte ihr ordentlich die Meinung gegeigt und war im Gegenzug wüst beschimpft worden. Sie hatten heftig am Telefon gestritten und sich gegenseitig beleidigt, so gut sie nur konnten. Alte Konflikte waren wieder aufgeflammt, deren Wurzeln bis in die Kindheit zurückreichten, unter anderem ging es darum, dass Glóey ihre kleine Schwester nie dabeihaben wollte, wenn sie etwas unternahm.

Sie nahm einen Schluck von ihrem Gin-Cocktail und zündete sich eine Zigarette an. Sie sog den Rauch ein, stieß ihn durch die Nase wieder aus und hörte über ihr Handy amerikanische Popmusik dazu. Dann tauchte sie den kleinen Pinsel in den knallroten Nagellack. Der Gips war ihr im Weg, aber es hätte mehr gebraucht, um sie davon abzuhalten, sich die Nägel zu machen.

Dass ihr Mann erst einmal in Untersuchungshaft saß, fand sie gut – sie wollte ohnehin nicht mit ihm reden. Sie war fest entschlossen, das nie wieder zu tun, und hatte bereits dafür gesorgt, dass er nicht mehr in ihre Wohnung kommen konnte. Sie hatte genug von seinem Lug und Betrug. »Verdammtes Pack, dieses verdammte Pack!«

Als es an ihrer Tür klopfte, blickte sie auf. Sie erwartete niemanden.

Vor der Tür standen zwei Männer, die sie noch nie zuvor gesehen hatte. Einer von ihnen schlug ihr ohne Vorwarnung mit der Faust ins Gesicht, dann stürmten sie hinein und schlossen hinter sich die Tür.

Einundzwanzig

Konráð ließ sich viel Zeit beim Betrachten der Fotos. Der Sohn des Fotografen hatte ihm erlaubt, den Umschlag mit den beiden Filmen und den Abzügen vom Tatort mit nach Hause zu nehmen. Er hatte sie auf dem Esstisch ausgebreitet, eine helle Lampe besorgt und sogar irgendwo noch eine Lupe ausgegraben, und nun untersuchte er in aller Ruhe Bild um Bild. Dem Fotografen war klar gewesen, dass an der Skúlagata ein Ereignis von großem öffentlichem Interesse stattgefunden hatte, wie es sie in Island nur selten gab, und so hatte er nicht mit Filmmaterial gespart.

Konráð versuchte, die Bilder in eine zeitliche Reihenfolge zu bringen, von denen, die der Fotograf direkt nach seiner Ankunft gemacht hatte, bis zu jenen, die den Abtransport der Leiche festhielten, wonach sich die Schaulustigen zerstreut hatten und die meisten Polizisten abgezogen waren. Die ersten Bilder waren größtenteils unterbelichtet und unscharf, schließlich war es am Tatort unter der Toreinfahrt dunkel gewesen, wie Helga bereits gesagt hatte, da half selbst der Blitz nur wenig. Die damaligen Fotoapparate waren groß und unhandlich, man musste nach jedem Foto eine neue Blitzlichtbirne aufsetzen, und er hatte wahrscheinlich nicht viele bei sich gehabt. Auf den späteren Bildern konnte man sehen, dass die

Polizei einen Scheinwerfer aufgestellt hatte und den Tatort darüber hinaus mit den Scheinwerfern ihrer Autos er-
hellte – auf diesen Bildern war deutlich mehr zu erkennen.

Auf Konráð wirkten diese Fotografien merkwürdig
fremd, fast surreal, wenn er überlegte, dass es sich bei
ihrem Hauptmotiv um seinen Vater handelte. Durch die
Augen eines Pressefotografen zeigten sie das Opfer eines
Mordes, dessen Brutalität sich in die ganze trostlose Umgebung eingeprägt hatte, in die kahlen Steinmauern, das
alles überragende Eisentor, die kalte Nacht. Sie zeigten
auch die Schattenwesen, die von einer solchen Tat angezogen wurden, Polizisten, die über die Leiche gebeugt waren, manche in Uniform, mit weißem Gurt um die Taille.
Und die Anwohner, die mit ausdruckslosen Gesichtern
versuchten, die Gewalttat zu begreifen, von der der am
Boden liegende Tote Zeugnis ablegte.

Konráð machte sich mit der Lupe an die Bilder. Betrachtete jedes Gesicht ganz genau, ohne zu wissen, wer
diese Leute waren. Natürlich, der eine oder andere Polizist
kam ihm bekannt vor, am ehesten Pálmi, der auf einigen
Bildern zu sehen war. Er hatte damals die Ermittlungen
geleitet. Er hatte auch mit Konráð gesprochen, nachdem
der von dem Mord erfahren hatte. Konráð mochte Pálmi.
Er hatte ihm auf sehr respektvolle, vorsichtige Art beige-
bracht, dass sein Vater nicht mehr lebte. Später hatte er
ihn aber auch schonungslos vernommen, als die Ermittlungen sich auf die Trennung seiner Eltern konzentrierten,
auf Konráðs Beziehung zu seinem Vater und den Streit der
beiden an dem Tag des Mordes. Pálmi war wirklich nicht
zimperlich gewesen, eine Zeit lang sah es sogar so aus, als
müsste Konráð in Untersuchungshaft, doch letztendlich
kam es nicht so weit.

Für Konráð war das eine schwierige Zeit gewesen. Er wohnte weiterhin in der Kellerwohnung, die er sich so viele Jahre mit seinem Vater geteilt hatte. Oft saß er lange Zeit einfach nur da, den Kopf auf die Hände gestützt, und starrte in die befremdliche Leere, die der Tod seines Vaters hinterlassen hatte. Er verließ kaum das Haus und sprach mit niemandem. Gefühle überwältigen ihn, wenn er am wenigsten damit rechnete, immer wieder brach er einfach so in Tränen aus, im Dunkeln, betäubt, voller Angst, Wut und Trauer. Seine Mutter versuchte ihn zu überreden, zu ihr nach Ostisland zu kommen, wo sie weiterhin mit Konráðs Schwester Beta wohnte und inzwischen auch einen neuen Mann hatte, doch er konnte ja kaum die Wohnung verlassen, geschweige denn das Stadtviertel, die Stadt. Er konnte sich nicht vorstellen auf dem Land zu leben. Reykjavík war seine Heimat, er konnte nirgendwo anders sein. Und wollte es auch nicht. Er war ein Stadtkind.

Er dachte ständig darüber nach, wie sein Vater zu Tode gekommen sein konnte. Hatte er nun doch jemanden so gegen sich aufgebracht, dass es ihn das Leben gekostet hatte? Konráð glaubte ihn gut zu kennen, aber er wusste natürlich nicht über alles Bescheid, was er tat, und kannte nicht alle, mit denen er Umgang pflegte. Und erst recht nicht alle, denen sein Vater im Laufe der Jahre einen Grund gegeben haben könnte, ihn zu hassen.

Einen allerdings kannte er. Svanbjörn. Konráð hatte mitangesehen, wie sein Vater ihn verprügelt hatte, weil er seine Schulden nicht zurückzahlte, und war sogar dazwischengegangen. Dieser Svanbjörn führte zwei Restaurants, kaufte von Konráð Vater Alkohol zweifelhafter Herkunft und konnte oft nicht dafür bezahlen. Kurz nach ihrer gewalttätigen Auseinandersetzung gab es in einem der Restaurants einen Brand. Konráðs Vater schwor Stein und Bein, er habe damit nichts zu tun. Wenig später wurde er erstochen. Svanbjörn zauberte Zeugen aus dem Hut, die sagten, er sei zur Tatzeit nicht in der Stadt gewesen, sondern in Ólafsvík.

Konráð hatte der Versuchung nicht widerstehen können. Nachdem er einige Tage überlegt hatte, ging er zu Svanbjörns Restaurant, um mit ihm zu reden. Svanbjörn hatte in der Küche zu tun, ein unscheinbarer Mann mit langsamen Bewegungen und Ringen unter den Augen – er erinnerte Konráð immer an einen Kranken. Svanbjörn erschrak, als er ihn sah. Er hatte nicht mit ihm gerechnet.

»Was willst du von mir?«, fragte er abweisend.

»Warst du es?«

»War ich was? Denkst du, das mit deinem Vater war ich? Ich war in Ólafsvík.«

»Vielleicht hast du jemanden angeheuert.«

»Das hätte ich vielleicht sogar ganz gern, aber ich habe es nicht getan. Und jetzt raus mit dir.«

»Schuldest du ihm noch Geld?«

»Bist du deswegen hier? Ich schulde ihm nicht eine Krone.«

»Kennst du Leute, die Schulden bei ihm haben?«

»Warum fragst du das ausgerechnet mich?«

»Kennst du jemanden oder nicht?«

»Der hatte doch eher Schulden bei anderen«, sagte Svanbjörn. »Du glaubst doch selbst nicht, dass er nur Geld verliehen hat.«

»Bei wem hatte er Schulden?«

»Lass mich in Ruhe«, sagte Svanbjörn erschöpft. »Zieh ab und lass mich in Ruhe. Ich kann dir nicht helfen, Junge. Dein Vater war ein Versager. Ein Scheißkerl und ein Versager, deswegen ist das passiert. Das weißt du wahrscheinlich besser als jeder andere. Und selbst wenn ich wüsste, wer ihn umgebracht hat, würde ich es dir nicht sagen. Ich würde es niemandem sagen.«

Konráð spürte, wie ihn die Wut packte. Doch Svanbjörn hatte keine Angst, er nahm ein großes Küchenmesser, das an seiner Seite gehangen hatte, und machte einige Schritt auf Konráð zu.

»Na, willst du mich fertigmachen, so wie dein beschissener Vater? Willst du werden wie er? Dann komm her. Komm, wenn du dich traust!«

Svanbjörn gab ihm einen Schubs, und für einen Moment sah es so aus, als würde Konráð auf ihn losgehen, doch der Moment verging. Die Spannung löste sich. Er wich zurück und ging.

Einige Zeit später war Konráð ebenso vernommen worden, wie auch seine Mutter und viele gute Bekannte seines Vaters, die auch gute Bekannte der Polizei waren. Die Ermittler waren einer Unzahl von Hinweisen nachgegangen, doch als all das keinen Erfolg zeigte, wurden die Ermittlungen nicht mehr mit demselben Eifer weitergeführt, und der Fall blieb ungelöst. Zu der Zeit, als Konráð bei der Polizei anfing, hatte man alles bereits mehr oder weniger zu den Akten gelegt.

Konráð brütete weiterhin über seinen Fotos, betrachtete eins nach dem anderen und wollte es schon aufgeben, da bemerkte er das Fenster. Auf einigen Fotos war es bereits undeutlich zu sehen gewesen, ohne dass er es besonders beachtet hatte, dann jedoch bekam er ein Bild in die Hand, auf dem das Fenster aus einer anderen Perspektive zu sehen war. Er hielt die Lupe darüber und verglich es mit den anderen. Das Fenster war offenbar fest verschlossen. Die untere Kante lag ungefähr einen Meter über der Straße. Wenn Konráð sich richtig erinnerte, gehörte es zu dem Teil des Schlachthofes, in dem die Räucherkammern waren und das Feuerholz lagerte, mit dem sie betrieben wurden.

Konráð wusste, dass zwischen dem Angriff auf seinen Vater und dem Zeitpunkt, zu dem Helga ihn auffand, nicht viel Zeit vergangen war. Dennoch hatte Helga niemanden gesehen. Der Täter war wie vom Erdboden verschluckt gewesen. Konráð hatte nirgendwo in den Akten etwas von diesem Fenster gelesen oder von der Möglichkeit, dass der Mörder sich bei den Räucherkammern versteckt haben könnte. Wenn er durch dieses Fenster in den Schlachthof gelangt wäre, hätte er über das Schlachthofgelände laufen können, wäre auf der anderen Seite an der Lindargata herausgekommen und hätte von dort unbemerkt entkommen können.

Zweiundzwanzig

Konráð legte die Lupe zur Seite, rieb sich die müden Augen und dachte an die Feinde seines Vaters und daran, wie leicht es ihm gefallen war, ihre Zahl ständig zu erhöhen. Dann betrachtete er die Unordnung auf dem Tisch vor sich. Er hatte die Kartons hervorgeholt, in denen er das Wenige aufbewahrte, was sein Vater ihm hinterlassen hatte. Es waren hauptsächlich Papiere, aber auch einige persönliche Dinge wie zum Beispiel ein goldener Ring, den er am kleinen Finger getragen hatte, ein ziemlich abgewetztes Ronson-Feuerzeug, vergoldete Manschettenknöpfe und eine Armbanduhr ohne Armband. Wertloser Tand eigentlich, nicht der Rede wert, aber eben doch untrennbar mit Konráðs Kindheitserinnerungen verbunden, den guten wie den schlechten. Darunter war auch ein Gegenstand, den er nie richtig hatte einordnen können. Konráð hatte ihn schon früher einmal in der Kellerwohnung auf dem Fußboden liegen sehen und ihn dann wiedergefunden, als er sofort nach dem Tod seines Vaters dessen Sachen zusammenpackte. Er hatte diesen merkwürdigen Gegenstand behalten – bis heute. Wenn er die Kartons öffnete, was nur selten geschah, nahm er ihn heraus, betrachtete ihn und überlegte, wozu er einmal gedient haben könnte. Der Gegenstand wirkte völlig unbedeutend. Es war kaum mehr als ein Stück Holz, das in jede Hosentasche passte. Darin steckten in einem gewissen Abstand zwei Nägel, und zwischen diesen Nägeln war ein dünner Draht gespannt, unter dem eine Art Feder am Holz befestigt war, die irgendwann wohl einmal hin- und herschwingen konnte, sich aber jetzt nicht mehr bewegen ließ.

Konráð wusste noch, wie sein Vater einmal gesagt hatte, dass kein anderer Gegenstand ihm jemals so viel eingebracht habe. In Konráðs Erinnerung war dieser Gegenstand mit zwei Männern verbunden, die seinem Vater eines Abends einen Besuch abstatteten. Konráð war an dem Tag im Bett geblieben, er hatte eine starke Erkältung mit Gliederschmerzen und so hohem Fieber, dass er sogar Albträume und Wahnvorstellungen bekam. Er wusste nie, ob er wach war oder träumte, sodass er sich manchmal gar nicht sicher war, ob dieser Besuch wirklich stattgefunden hatte. Er erinnerte sich dunkel daran, wie sein Vater immer wieder nach ihm sah, ohne besonders besorgt zu wirken, als ihn plötzlich ein hartes lautes Klopfen aus seinem Fieberwahn aufschreckte. Jemand schlug an die Tür zu ihrer Kellerwohnung.

Sein Vater saß vorn im Zimmer und trank, wie so oft. Ganze Tage konnte er am Küchentisch sitzen, allein mit sich selbst und billigem Fusel und spielte Würfelspiele oder legte Patiencen. Dazu lief meist das Radio, so leise, dass man es kaum hörte. Er trank aus einem Schnapsglas, da war das Geräusch der Spielkarten, die er legte, oder der Würfel, die auf der Tischplatte tanzten. Wenn es schlecht lief, sagte er mit leiser Stimme: »Verdammter Mist.«

Konráð hörte, wie sein Vater sich erhob und zur Tür ging. Zuerst war da nur ein leises Murmeln, doch wenig später Geschrei und schließlich das Geräusch der Tür, die sich wieder schloss. »Was fällt euch ein. Verzieht euch. Raus!«

Konráð verstand den Wortwechsel nicht, der darauf folgte.

»Ich habe euch doch gesagt, das ist ein Missverständnis«, sagte sein Vater schließlich. »Ich habe von dieser Frau noch nie gehört.«

»Dass du dich nicht schämst, wehrlose alte Damen auszunehmen«, hörte Konráð die Stimme eines anderen Mannes. »Wie tief muss man gesunken sein?«

»Ich sage euch doch, das ist ein Missverständnis«, sagte Konráðs Vater erneut. »Ich weiß nicht, wovon ihr redet. Ich bin doch kein Medium. Oder sehe ich so aus?«

»Wir wollen das Geld, das du ihr abgenommen hast«, sagte ein zweiter Mann.

»Macht euch nicht lächerlich. Ich habe niemandem Geld abgenommen! Und jetzt raus mit euch!«

»Dein Komplize hat da etwas anderes gesagt.«

Konráðs Vater zögerte.

»Komplize?«

»Der hat uns deinen Namen gegeben. Das hat nicht lange gedauert. Er meint, dass du hinter der ganzen Sache steckst. Du bist mir ja ein Held! Nimmst einsamen Witwen ihre Spargroschen ab. Du solltest dich schämen. Dreckskerl!«

»Der hat euch angelogen. Wisst ihr, wie viel der säuft?«, sagte Konráðs Vater. »Wenn ihr glaubt, was der euch erzählt, seid ihr ja noch blöder, als ihr ausseht.«

»Ist es hier bei dir zu Hause?«

»Was?«

»Das Geld. Hast du es hier?«

Konráð setzte sich, schwach wie er war, in seinem

Krankenlager auf, um besser hören zu können. Sie rissen die Schubladen auf, verrückten die wenigen Möbel. Durch den Lärm hindurch hörte er, wie sein Vater protestierte. Dann bemerkte Konráð, wie jemand in der Tür zu seinem Zimmer erschien und ihn verwundert ansah.

»Wer ist das?«, fragte er.

»Mein Sohn«, sagte Konráðs Vater. »Lasst ihn in Ruhe!«

Der Mann war um die vierzig und hässlich. Er trug einen Wintermantel, es war Dezember und inzwischen ziemlich kalt. Er sah sich um.

»Weißt du, was er mit dem Geld gemacht hat?«, fragte der Mann, doch Konráð starrte ihn nur verständnislos an. Er hatte keine Ahnung, was die Männer meinten, von welchem Geld sie sprachen, warum sie seinen Vater so hart angingen. Als er nicht antwortete, kam der Mann ins Zimmer und begann zu Konráðs großer Verwunderung unter der Matratze zu suchen.

»Lasst den Jungen in Ruhe!«, rief sein Vater von der Tür aus. »Er ist schwer krank, seht ihr das nicht? Und jetzt haut ab!«

Der Mann verschwand aus seinem Zimmer, und Konráð hörte Rufen und Poltern von vorn, da rief plötzlich einer der Männer, dass Konráðs Vater ein Messer habe.

»Damit solltest du vorsichtig sein«, sagte der andere Mann.

»Halts Maul!«, sagte Konráðs Vater ohne die geringste Spur von Angst in der Stimme. »Und jetzt raus mit euch.«

»Sei vorsichtig. Solchen Dreckskerlen wie dir kann schnell mal etwas zustoßen.«

»Raus mit euch. Raus! Raus, habe ich gesagt!«, rief Konráðs Vater. »Wenn ihr nicht sofort abhaut, seid ihr es, denen gleich etwas zustößt!«

Konráð hörte weiterhin Lärm. Sein Vater überhäufte die Männer mit Beschimpfungen und drohte sie abzustechen, sie antworteten, die Sache sei noch nicht vorbei. Sie würden wiederkommen oder irgendwo auf ihn warten, dann würden sie ihr Geld schon bekommen. Der Lärm wanderte langsam in Richtung Wohnungstür, dann war es plötzlich still.

»Papa?«, rief Konráð. »Papa! Alles okay bei dir?«

Es dauerte eine Weile, dann stand sein Vater in der Zimmertür. Das Messer hielt er noch in der Hand.

»Wer war das?«, fragte Konráð.

»Niemand«, sagte sein Vater. »Niemand! Irgendwelches Pack. Schlaf weiter, Kleiner.«

»Was wollten die denn für Geld?«

»Das sind Idioten. Die denken, ich hab jemandem Geld gestohlen. Aber mach dir keine Sorgen. Schlaf einfach weiter.«

Konráð sank wieder auf das Kissen, während sein Vater die Wohnung aufräumte. Dann setzte er sich an den Küchentisch, und noch bevor allzu viel Zeit vergangen war, hörte Konráð wieder die Würfel über die Tischplatte tanzen. Konráð dämmerte weg, schlief unruhig, und als er wieder aufwachte, hatte er keine Ahnung, wie viel Zeit vergangen war. Er hatte das Gefühl, dass es ihm besser ging. Und obwohl er noch immer sehr schwach war und ihn Übelkeit und Kopfschmerzen plagten, schleppte er sich nach nebenan, um ein Glas Wasser zu holen. Und da saß sein Vater allein im Dunkeln mit diesem sonderbaren Gegenstand in den Händen und schien vollkommen in seiner eigenen Welt versunken.

Konráð betrachtete den Gegenstand und erinnerte sich an den denkwürdigen Besuch dieser beiden Männer vor so langer Zeit. Er hatte keine Ahnung, welchen Zweck dieses einfache und inzwischen kaputte Ding einmal erfüllt hatte. Dass er es nicht einfach wegschmiss, lag wohl daran, dass es in seiner Erinnerung mit diesem Besuch verbunden war. Sonst wäre es wohl längst auf einer Mülldeponie gelandet, wie so viele andere Dinge, die einst seinem Vater gehört hatten. Er wusste nur, dass sein Vater diesen Gegenstand sehr geschätzt hatte – wahrscheinlich, weil er ihm das Geld eingebracht hatte, das die unbekannten Männer zurückhaben wollten.

Dreiundzwanzig

Die Frau wollte Marta zuerst gar nicht hereinbitten. Sie zögerte, bis Marta freundlich darauf bestand und fragte, ob sie nicht einen Kaffee trinken wollten, erfahrungsgemäß dauere es etwas länger, sich diese Sachen zurück ins Gedächtnis zu rufen. Das Gedächtnis sei schließlich ein sonderbares Phänomen. Manches sei dort fest verankert und man werde es nicht los, sosehr man es auch versuche. Anderes verschwinde mir nichts, dir nichts, ohne dass man es merke. All das überzeugte die Frau nicht – schließlich hatte sie dort an ihrer Tür auch schon mit einem Polizeibeamten gesprochen, und dem hatte sie nichts hinzuzufügen. »Wir schauen einfach mal«, sagte Marta hartnäckig. »Jede Kleinigkeit kann uns bei einer solchen Ermittlung helfen, wie banal sie auch scheinen mag.« Deswegen wolle die Polizei noch einmal etwas ausführlicher mit ihr reden, in der Hoffnung, dass das dem unzuverlässigen Gedächtnis auf die Sprünge helfe.

Schließlich gab die Frau nach. Sie wirkte kraftlos, unscheinbar und schüchtern und sprach so leise, dass Marta sie kaum verstand. Marta bemerkte die Legosteine auf dem Fußboden im Wohnzimmer und erkundigte sich nach ihren Kindern, die alle in der Schule waren. Dann plauderte sie mit der Frau eine Weile über dies und das und lenkte schließlich das Gespräch auf die Ereignisse in dem Wohnblock auf der anderen Seite der Straße. Die Frau sagte, es sei schlimm, so etwas in der nächsten Umgebung zu erleben. Das sei doch eine friedliche Wohngegend hier, mit lauter guten Nachbarn, sie hätte nie gedacht, dass sich in ihrer Straße so eine Tragödie ereignen könnte.

Marta stimmte ihr zu und sagte, dass solche schweren Straftaten in Reykjavik nun wirklich sehr selten seien – umso mehr Wert lege die Polizei darauf, sie schnell aufzuklären, damit die Leute wieder ruhig schlafen könnten. Dann fügte sie hinzu, dass die Ermittlungen in diesem Fall leider ins Stocken geraten seien, daher sei es umso wichtiger, dass alle die Polizei unterstützten, so gut sie nur konnten.

»Bist du Hausfrau?«, fragte Marta und nippte an dem dampfenden Kaffee.

»Ja, seit zwei Jahren«, sagte die Frau.

»Vermisst du die Arbeit manchmal?«

»Manchmal schon«, sagte die Frau. »Mein Mann ...«

»Ja?«

»Ach, nein. Nichts.«

Marta fragte nicht weiter nach. Sie hatte die Frau schon die ganze Zeit unauffällig beobachtet. Diese Frau hatte Hallur auf der anderen Straßenseite am Fenster gesehen, und er hatte den Eindruck gehabt, es würde ihr nicht gut gehen. Die Anwohnerinnen und Anwohner in der Straße waren befragt worden, darunter auch sie, ihre Aussage war dokumentiert, doch Marta konnte nirgendwo einen Hinweis darauf finden, dass sie gesehen hatte, wie ein Mann in sein Auto gestiegen und davongefahren war.

Sie lenkte das Gespräch in diese Richtung, ohne zu erwähnen, was Hallur gesehen hatte, und da fiel der Frau plötzlich ein, dass sie einen Mann gesehen hatte, der in sein Auto gestiegen und davongefahren war. Sie bat um Entschuldigung für ihre Vergesslichkeit, sie sei an dem Abend nicht ganz bei sich gewesen. Sie wusste nicht, ob der Mann aus dem Block von Valborg gekommen war, doch ihre Beschreibung passte auf Hallur. Sie habe ihn nicht sehr deutlich gesehen und von Autos habe sie keine Ahnung, sie glaube aber, es sei rot gewesen – und das Auto von Hallur war rot.

Marta sah aus dem Wohnzimmer hinaus auf die Straße. Den Hof hinter dem Block von Valborg konnte man von hier nicht sehen. Sie ging in die Küche. Aus dem dortigen Fenster hingegen sah man sowohl die Bäume und Büsche, die den Hof begrenzten, und auch das Fenster der Wasch-küche. Sie fragte die Frau, ob sie an dem Abend im Hof irgendwelche Leute gesehen habe, doch das verneinte sie. Auch an den Tagen zuvor habe sie weder im Hof noch in der näheren Umgebung irgendetwas Ungewöhnliches bemerkt. Leider nicht.

Marta hatte Mitleid mit ihr und wollte die Sache nicht auf sich beruhen lassen. Sie hatte das Gefühl, dass die Frau sich danach sehnte, mit jemandem zu reden, aber von allein nicht die Kraft dazu hatte.

»Eine ganz andere Sache noch«, sagte Marta. »Willst du dich weiter damit abfinden?«

»Womit?«

»Mit dem, was du hier erdulden musst.«

»Wie meinst du das?«

»Ich meine die Gewalt.«

»Gewalt?«

»Die er dir antut.«

Die Frau sah Marta überrascht an.

»Geht das schon lange so?«, fragte Marta.

»Ich habe keine Ahnung, wovon du redest«, sagte die Frau widerstrebend.

»Es ist nicht einfach, über solche Dinge zu reden, das weiß ich. Aber ich will dich dennoch ermutigen, es zu tun. Und dir helfen, wenn ich darf. Ich kenne mich durch meine Arbeit bei der Polizei mit so etwas aus. Ich habe schon vielen Frauen geholfen, die in einer ähnlichen Situation waren, und ich weiß, wie schwer es ist, den ersten Schritt zu tun. Wie unvorstellbar schwer.«

Marta sah, wie die Verwunderung in ihrem Gesicht der Angst wich. Die Frau wich Martas Blick aus.

»Denk zumindest darüber nach«, sagte sie ermutigend. »Es ist an der Zeit, dass du ein bisschen an dich selbst denkst. Nicht an ihn. Nicht an die Kinder. Nicht an den Rest der Familie. Nicht an deine Freunde oder Bekannten, wenn er dir überhaupt erlaubt, mit denen in Kontakt zu sein. Du solltest jetzt nur an dich denken. Das ist längst überfällig. Hör auf, dich für ihn aufzuopfern. Dich seinem Willen unterzuordnen. Seiner Gewalt.«

Marta konnte die Sache nicht auf sich beruhen lassen. Sie hatte das verblasste Würgemahl an ihrem Hals gesehen, der Kragen ihrer Bluse konnte es nicht vollkommen verdecken. Auch am Auge hatte sie eine dunkle Stelle entdeckt, und wenn die Frau sich in der Küche zu schaffen machte, schonte sie den einen Arm. Sie vernachlässigte ihr Äußeres. Alles wies darauf hin, dass sie schon lange in einer von häuslicher Gewalt geprägten Beziehung lebte. Marta hatte im Laufe der Zeit viele Opfer von häuslicher Gewalt gesehen und kannte die Anzeichen. Die Körperhaltung, die sie einnahmen, um ihre Schmerzen zu verbergen. Und die Scham, die ihr Blick nicht verbergen konnte.

»Ich komme mit, wenn du willst«, sagte Marta. »Ich kenne die Leute im Frauenhaus. Die nehmen dich gut auf, da bin ich mir sicher. Wir können jetzt hinfahren, wenn du dir das zutraust.«

»Du solltest gehen«, sagte die Frau. »Mein Mann kommt gleich nach Hause. Den willst du nicht kennenlernen.«

»Warum? Ich würde ihn sogar ganz gern kennenlernen«, sagte Marta. »Es ist immer interessant zu hören, was solche Typen zu sagen haben.«

Die Frau blickte zu Boden.

»Überleg doch mal«, sagte Marta, »ich weiß schon, du kennst mich nicht und findest, ich mische mich in Dinge ein, die mich nichts angehen. Aber ich gebe dir meine Telefonnummer. Du kannst mich immer anrufen, egal ob Tag oder Nacht. Jederzeit. Es würde mich freuen, wenn du dich meldest.«

Marta kritzelte ihre Nummer in das kleine Notizbuch, das sie immer bei sich trug, riss das Blatt heraus und gab es der Frau. Als sie es nicht annehmen wollte, legte Marta es vor ihr auf den Tisch und erhob sich, um zu gehen.

»In dem Hof von dem Block da drüben, da hast du also nichts gesehen?«, fragte sie zum Abschied. »Da hat niemand im Dunkeln herumgelungert, oder so?«

Die Frau schüttelte den Kopf.

»Gut«, sagte Marta, »dann mache ich mich auf den Weg und ...«

»Erzähl bitte niemandem davon«, flüsterte die Frau. »Ich weiß wirklich nicht, worauf du hinauswillst. Ich glaube, du hast da etwas missverstanden und ... es geht dich nichts an. Gar nichts. Lass mich in Ruhe. Lass mich um Himmels willen in Ruhe.«

Vierundzwanzig

Valborg saß im Wartezimmer und wurde mit jeder Minute unruhiger. Sie hatte eine Schwangerschaftsberatung gewünscht und für diesen Tag einen Termin in der Frauenklinik bekommen. Drei weitere Frauen in verschiedenen Stadien der Schwangerschaft warteten mit demselben Anliegen. Zwei von ihnen sah man an, dass es nicht mehr lange dauerte bis zur Geburt, der Dritten war noch gar nichts anzusehen, sie war etwas füllig, las eine ausländische Modezeitschrift und war die Ruhe selbst. Valborg war alles andere als ruhig. Sie blätterte durch einige zerlesene Ausgaben des dänischen *Familie Journal*, die vor ihr auf dem Tisch lagen, konnte sich aber auf nichts konzentrieren. Es war die Angst vor dem Gespräch mit der Hebamme. Die Angst vor den Behörden. Angst davor, sich erklären zu müssen. Sie hasste alles, was diese Schwangerschaft über sie gebracht hatte.

Ihr schlimmsten Befürchtungen waren wahr geworden, und sie wusste nicht, wohin sie sich wenden sollte. Das Erste, was ihr in den Sinn kam, war eine Abtreibung – so furchtbar sie diese Vorstellung auch fand. Das Kind großziehen – das kam auf gar keinen Fall infrage. Sie hatte noch nie so etwas empfunden, solch eine Abscheu, und sie wusste, dass das Kind sie immer an das erinnern würde, was passiert war. Dabei wollte sie das doch vergessen. So tun, als wäre es nie passiert. In der Zeit danach war es ihr so schlecht gegangen, dass sie sogar – wenn auch nur kurz – darüber nachgedacht hatte, sich das Leben zu nehmen. Mit jemandem darüber zu reden, was passiert war? Unvorstellbar. Sosehr sie auch einsam und allein in langen schlaflosen Nächten damit kämpfte.

Eine der Frauen im Wartezimmer wurde aufgerufen. Valborg wusste, dass auch sie nun bald an der Reihe war. Sie versuchte sich darauf zu konzentrieren, was sie sagen wollte. Sie hatte sich die Worte zurechtgelegt, bevor sie hergekommen war, und war sie wieder und wieder im Kopf durchgegangen, hatte umformuliert und verworfen, bis sie vollkommen verwirrt war und die Angst immer stärker wurde. Dann beruhigte sie sich etwas. Es war ja nur ein Beratungsgespräch. Früher oder später musste sie mit jemandem reden, sie hatte es schon viel zu lange aufgeschoben.

Als sie ihren Namen hörte, bekam sie einen riesigen Schreck. Anstatt der Frau zu folgen, die sie aufgerufen hatte, blieb sie mitten im Raum stehen, stammelte irgendeine Entschuldigung, verließ das Wartezimmer und ging. Der Mut hatte sie verlassen.

Niemand war verpflichtet, zur Schwangerschaftsberatung zu gehen, doch sie wollte ja nun einmal wissen, ob es für eine Abtreibung schon zu spät war. Ganz abgesehen davon sehnte sie sich danach, mit jemandem zu reden. Mit irgendjemandem. So saß sie eine Woche später wieder in dem Wartezimmer, und als ihr Name dieses Mal aufgerufen wurde, nahm sie all ihren Mut zusammen und folgte der Frau, die sie aufgerufen hatte. Sie brachte Valborg in ein beengtes Sprechzimmer und sagte, bald würde eine Hebamme bei ihr sein. »Nimm doch schon mal Platz«, sagte die Frau. »Sie wird jeden Moment hier sein. Und wenn du etwas brauchst, sag einfach Bescheid.«

Die Frau ließ sie zurück, und wenig später kam in der Tat die Hebamme. Sie reichten einander die Hände, und als hätte die Hebamme geahnt, dass Valborg etwas belastete, fragte sie ohne Umschweife, ob alles in Ordnung sei. Bot ihr ein Glas Wasser an.

Valborg nahm dankend an. Sie hatte das Gefühl, sich gleich übergeben zu müssen. Die Hebamme reichte ihr das Glas Wasser und fragte in beruhigendem Ton, ob das ihr erstes Treffen mit einer Hebamme sei, ob sie bereits Kinder habe, wann es mit diesem Kind so weit wäre, ob sie bisher jemand betreut habe. Für Valborg fühlte sich jede einzelne dieser Fragen wie ein Angriff an, eine Anschuldigung, ein Urteil. Dabei wusste sie natürlich, dass es einfach nur die ganz normalen Fragen waren. Und dass sie sich beherrschen musste, wenn sie hier die Hilfe bekommen wollte, die sie so dringend brauchte. Auf der einen Seite wusste sie nicht, was sie tun sollte. Auf der anderen Seite war sie fest entschlossen, das zu tun, was sie tun musste. Sie war entschlossen und zögerlich zugleich. An einem Tag völlig ratlos und am nächsten Tag voller Gewissheit. Eine Sache jedoch war ihr in jedem Augenblick klar: wie schlecht es ihr seit dieser furchtbaren Nacht kurz vor Weihnachten ging.

»Ich will mit diesem Kind nichts zu tun haben«, stieß Valborg hervor. »Ich will das nicht. So etwas sagt man nicht, ich weiß. Aber ich habe meine Gründe. Bitte frag mich nicht, welche.«

»Und der Vater?«, fragte die Hebamme mit strengem Blick. »Weiß er davon? Denkt er genauso?«

»Nein«, sagte Valborg. »Er weiß nichts davon.«

»Hast du vor, es ihm zu sagen?«, fragte die Hebamme und ließ es wie einen Vorwurf klingen.

Valborg schüttelte den Kopf.

»Nein, das werde ich nicht.«

»Darf ich fragen, weswegen?«

Valborg schüttelte erneut den Kopf in stiller Angst.

»Hat er dir Gewalt angetan?«

»Kannst du bitte mit diesen Fragen aufhören? Ich habe mit niemandem darüber geredet und fange auch heute nicht damit an.«

Die Hebamme zögerte.

»Dann denkst du über eine Abtreibung nach?«

»Ja. Nein. Ich weiß es nicht. Wahrscheinlich. Aber ich will auch nicht ... ich habe Angst, dass es dafür zu spät ist.«

»Wie weit bist du denn?«

»Fast drei Monate.«

»Das heißt, du bist im Dezember ...?«

Valborg nickte.

»Dann ist das leider wirklich ganz schön knapp«, sagte die Hebamme, deren Gesichtsausdruck noch einmal strenger geworden war. »Bist du dir sicher, dass du das Kind nicht willst? Eine Schwangerschaft kann manchmal schwierig sein, man kommt auf seltsame Gedanken, es kann einem nicht nur körperlich, sondern auch psychisch schlecht gehen. Eine Abtreibung ist wirklich das äußerste Mittel und nur in Ausnahmefällen erlaubt. Man muss viele Bedingungen erfüllen. Ich befürchte, du kannst nicht ... nicht einfach so ...«

»Verweigerst du sie mir?«

»Das ist alles nicht so einfach. Es kann sein, dass du die Dinge akzeptieren musst, wie sie sind.«

»Ich will dieses Kind nicht einmal sehen«, flüsterte

Valborg. »Allein, dass ich das hier so sagen muss, bricht mir schon das Herz. Aber ich kann es einfach nicht. Ich kann es beim besten Willen nicht, es tut mir leid. Nicht um alles in der Welt.«

Sie erhob sich und ging zur Tür.

»Du kannst mir das nicht verweigern. Es tut mir leid, aber ... du kannst das nicht.«

Dann stürmte sie hinaus.

Zwei Tage später klingelte bei ihr das Telefon. Sie kannte die Stimme nicht und noch viel weniger den Namen der Frau, die sagte, sie habe von ihren Schwierigkeiten gehört. Valborg war vollkommen verwirrt. Die Frau am Telefon schien ihre Gedanken gelesen zu haben und hatte einen sonderbar beruhigenden Einfluss auf sie. Sie sagte, sie sei Hebamme, habe von einer Freundin ihre Nummer bekommen und wolle fragen, ob sie ihr helfen könne. Sie habe erfahren, dass Valborgs Kind vielleicht unter besonderen Bedingungen gezeugt wurde, die nicht näher ausgeführt werden müssten und dass Valborg von einer Abtreibung gesprochen habe.

»Ja«, sagte Valborg. »Ich bin der Auffassung, dass das für mich am besten ist, aber ich weiß nicht, ob ich noch ...«

»Und das Kind?«, sagte die Frau am Telefon. »Findest du nicht, du solltest auch an das Kind denken?«

Die Frau sagte das ohne jeden anschuldigenden Unterton und sprach in demselben ruhigen Ton weiter.

»Natürlich ist das deine Entscheidung«, sagte sie. »Ich will nur herausfinden, ob es für dich unter Umständen infrage kommt, für das Kind eine gute Adoptivfamilie zu suchen.«

»Das habe ich auch schon überlegt«, sagte Valborg. »Ich weiß nur, dass ich es nicht aufziehen kann.«

»Ich kann dir helfen, wenn du willst. Das ist natürlich deine Entscheidung, aber denk doch zumindest mal darüber nach. Ich habe mit einigen Frauen gesprochen, die in einer ähnlichen Situation waren. Und du willst doch bestimmt nichts tun, was du später bereust. Vielleicht treffen wir uns einfach mal und schauen, was die beste Lösung ist?«

Die Worte dieser Frau beruhigten Valborg, sie spendeten ihr endlich den Trost, nach dem sie sich schon so lange sehnte. Die Frau wusste genau, worum es ging, und wollte ihr helfen. Sonst nichts.

»Wie heißt du noch mal?«

»Sunnefa.«

»Und du ... du hast das schon mal gemacht?«, fragte Valborg. »Dich mit Frauen wie mir getroffen?«

»Du bist nicht allein auf der Welt«, sagte Sunnefa. »Sie ist größer und komplizierter, als du dir vorstellen kannst.«

»Kennst du andere? So wie mich?«

»Ob ich Frauen kennengelernt habe, denen es ähnlich ergangen ist wie dir? Das kann ich nicht verneinen. Es geht dir nicht gut, nach alldem, was passiert ist. Da bist du nicht die Erste und wirst sicher nicht die Letzte sein. Ich möchte nur herausfinden, ob ich dir helfen kann. Oder vielmehr, ob ich dir helfen darf. Oder ob du denkst, dass eine Abtreibung für dich die einzige Lösung ist.«

Valborg schwieg eine lange Zeit und dachte über diese Worte nach.

»Ich kann ein gutes Zuhause für das Kind finden, wenn du willst«, fuhr sie fort. »Wie gesagt, es ist deine Entscheidung. Aber wir können das so machen, dass niemand etwas davon erfährt.«

»Niemand bekommt etwas mit?«, fragte Valborg.

»Niemand muss es wissen, wenn du das nicht willst. Keine Menschenseele.«

Fünfundzwanzig

Es regnete. Der Regen war kalt und dicht und endlos. Der Mann hatte sich in dem Schuppen untergestellt und rauchte eine Camel. Er hatte weißes Haar, einen weißen Dreitagebart und dichte Augenbrauen. Er blickte mit kleinen grauen Augen hinaus in den Regen und sah zu, wie Konráð mit eiligen Schritten die Baugrube umrundete und auf ihn zukam. Ein weiteres Hotel sollte gebaut werden. Es war das Ende des Arbeitstages, die meisten hatten Feierabend gemacht. Sie hatten die Schalungen aufgebaut, morgen wurde der Beton gegossen.

Sie reichten sich die Hände und stellten sich vor. Konráð wusste sofort, dass er an den richtigen Mann geraten war. Er hieß Flosi und rauchte weiter seine Camel, ohne sich von dem Besuch stören zu lassen. Konráð hatte sofort das Gefühl, dass es einiges mehr als sein kleines Anliegen brauchte, um ihn aus der Ruhe zu bringen.

Sein Freund Eyþór hatte nach ihrem Treffen in der Isländischen Nationalgalerie nicht die Hände in den Schoß gelegt. Er hatte die Leute angerufen, die er noch aus seiner Zeit im Glaumbær kannte, nicht nur ehemalige Mitarbeiterinnen und Mitarbeiter, sondern auch die Stammgäste, an die er sich erinnerte. Und Stammgäste hatte es nicht wenige gegeben. Es machte ihm sogar Spaß, auf diese Weise die damalige Zeit wieder aufleben zu lassen, und er verplauderte viel Zeit am Telefon. Viele lebten nicht mehr, andere hatte er vergessen, aber schließlich konnte er Konráð doch einige Leute nennen, die ihm unter Umständen helfen könnten, und bat Konráð, ihm Bescheid zu sagen, falls er etwas Interessantes erfahren würde.

»Immer dieser bescheuerte Regen«, sagte Konráð, froh sich irgendwo unterstellen zu können, und schüttelte das Wasser ab, so gut er konnte. Er hatte bereits mit zwei damaligen Mitarbeitern des Glaumbær gesprochen. Sie erinnerten sich dunkel an eine Frau namens Valborg, aber nicht gut genug, um Konráð helfen zu können.

»Hier säuft alles ab«, sagte der Mann mit den weißen Bartstoppeln, nahm die aufgerauchte Camel zwischen zwei Finger und schnippte sie in Richtung der Baugrube, an deren Boden sich bereits ein kleiner See gebildet hatte. Seine Stimme war von den ganzen Camels rau geworden.

»Bist du dieser Freund von Eyþór?«, fragte er und sah Konráð an. Er trug ein abgewetztes Baseball-Cap, unter dem seine Haare in alle Richtungen abstanden.

»Er meinte, ich kann mit dir über das Glaumbær reden. Du hast da an der Bar gearbeitet, oder? An dem Abend, als der Brand ausgebrochen ist.«

»Ich hätte nicht gedacht, dass sich heute noch jemand für das Glaumbær interessiert«, sagte er. »Ich dachte, das haben alle vergessen.«

»Ich mochte den Laden«, sagte Konráð und versuchte sich den Mann einige Jahrzehnte jünger vorzustellen, aber auch dann kam er ihm nicht bekannt vor. Dabei musste ihm dieser Mann eigentlich einige Male den einen oder anderen Chartreuse ausgeschenkt haben, kurz bevor die Disco schloss. »Ich würde mich nicht als Stammgast bezeichnen, aber ich war oft dort.«

Der Mann sah ihn an.

»Ich erinnere mich nicht an dich. Eyþór meint, ihr kennt euch von der Polizei.«

»Genau. Erinnerst du dich an ein Mädchen, das Valborg hieß und im Glaumbær gearbeitet hat? Eyþór hat sie sicherlich erwähnt.«

»Und jetzt hast du da aufgehört?«

»Genau. Ich arbeite nicht mehr für die Polizei.«

»Ein bisschen offenbar doch noch«, sagte der Mann und sah hinaus in den Regen.

»Na ja, man kann es vielleicht nicht so ganz lassen.«

»Eyþór hat diese Frau erwähnt. Spontan ist mir erstmal nichts dazu eingefallen«, sagte Flosi. »Das habe ich ihm auch gesagt, aber er meinte, ich soll trotzdem mit dir reden, vielleicht kommt ja die Erinnerung zurück. Als der Laden so gut lief, haben im Glaumbær eine Menge Leute gearbeitet, dann waren da noch die Bands mit ihren Groupies, in meiner Erinnerung ist alles ineinandergeflossen. Auch das habe ich Eyþór gesagt. Es bringt wohl nicht so viel, mit mir zu reden. Ich war ja kaum zwei Jahre dort.«

»Ich denke mir, dass Valborg ein eher ruhiges Mädchen war, unauffällig. Hat Eyþór erzählt, was ihr passiert ist?«

»Ja. Und niemand weiß irgendwas?«

Konráð schüttelte den Kopf und sagte, die Polizei tue ihr Bestes, um den Täter zu finden, habe aber nicht viel in der Hand. Flosi holte eine zerknitterte Camel-Packung hervor und fischte eine weitere Zigarette heraus. Er bot auch Konráð eine an, doch der lehnte dankend ab. Es war Jahrzehnte her, dass er eine Camel geraucht hatte. Da konnte er genauso gut einen Pferdeapfel rauchen.

»Ich interessiere mich nicht so für die Nachrichten«,

sagte Flosi und zündete die Zigarette mit einem halb lee-ren Plastikfeuerzeug an, das er schütteln und mehrfach gegen seine Handfläche schlagen musste, damit es funktionierte. »Aber selbst ich habe von diesem Einbruch und dem Mord gehört. Verrückt, dass das jemand war, die früher im Glaumbær gearbeitet hat.«

»Ja. Valborg.«

»Und du siehst eine Verbindung zu dem Laden? Seid ihr irgendwie verwandt? Woher kennst du sie?«

»Ich habe sie erst vor Kurzem kennengelernt«, sagte Konráð. »Sie hat mich kurz vor ihrem Tod kontaktiert und mich in einer Sache um Hilfe gebeten, und jetzt habe ich das Gefühl, ich schulde ihr etwas. Eyþór sagte, du hast von Gästen im Glaumbær erzählt, die vielleicht nicht ganz die Respektabelsten waren?«

»Aber das waren wenige.«

»Natürlich. Ja.«

»Alle sind damals ins Glaumbær gegangen«, sagte Flosi. »Da waren natürlich auch Leute dabei, die am Rand der Gesellschaft standen, wie man heute sagen würde. Männer, die im Gefängnis gesessen haben oder wenig später im Gefängnis saßen. Abschaum. Leute, die nur kamen, um eine Schlägerei anzufangen. Die die Frauen anderer Männer angemacht haben und so weiter. Männer, die Streit suchten, eben. Wir hatten ein Auge auf die. Aber das hast du ja sicherlich selbst mitbekommen. So etwas gibt es immer.«

Flosi war bei dem kalten Regenwetter nachdenklich geworden und rieb sich die Wange, sodass die weißen Bartstoppeln deutlich hörbar kratzten.

»Ist dir da irgendjemand besonders im Gedächtnis geblieben?«

»Ist der Frau im Glaumbær etwas zugestoßen?«, fragte Flosi.

»Ich weiß es nicht.«

»Na, aus irgendeinem Grund stehen wir ja hier.«

»Okay, ich versuche rauszufinden, ob da vielleicht etwas passiert ist«, räumte Konráð ein. »Das Glaumbær wurde erwähnt. Sie hat zu der Zeit da gearbeitet, als es dort gebrannt hat. Kann es sein, dass sie mit einem der anderen Mitarbeiter etwas angefangen hat? Oder mit einem der Gäste, die oft dort waren?«

»Du suchst nach einem Mann in ihrem Leben? Zu dieser Zeit?«

»Das ist auf jeden Fall eine der Sachen, die ich mich frage«, sagte Konráð. »Ob sie im Glaumbær mit jemandem etwas hatte.«

»Tut mir echt leid, dass ich dir da nicht helfen kann«, sagte Flosi. »Ich erinnere mich ja nicht einmal an diese Frau, geschweige denn an ihr Liebesleben.«

»Erinnerst du dich vielleicht an jemanden, der sich an sie herangemacht hat und den sie abgewiesen hat? Jemand, der sie belästigt haben könnte? Der sie nicht in Ruhe ließ? Haben sich da nicht manchmal Frauen bei euch beschwert? Gab es vielleicht sogar jemanden, vor dem sie Angst hatten? Du weißt, wie manche Männer sind. Besonders im Nachtleben.«

Flosi nahm einen tiefen Zug von seiner Camel, dachte über diese vielen Fragen nach und blickte dabei schweigend in den immer größer werdenden See in der Baugrube.

»Ich erinnere mich an niemand Bestimmten«, sagte er nach langem Nachdenken. »Da gab es natürlich andauernd etwas, aber das war irgendwie immer das Gleiche, das hatte man sofort wieder vergessen. Streit, Prügeleien und so Kram, wie in allen Clubs. Aber jemanden, vor dem die Frauen Angst hatten?«

Flosi starrte hinaus in den Regen, während er sich Geschichten aus dieser alten Zeit ins Gedächtnis rief.

»Da war ein Mann, der kam ziemlich oft. Der war mal angeklagt wegen Vergewaltigung, weiß nicht, ob dir das etwas hilft. Das hat mir meine verstorbene Schwester erzählt. Ich weiß nicht, woher sie das wusste, aber sie hat mir einmal gesagt, dass der irgendwo auf dem Land eine Frau vergewaltigt hat, in der Nähe von Keflavík oder so. Das kam dann vor Gericht, aber er wurde freigesprochen. Meine Schwester hat sich damit beschäftigt. Sie hat damals Jura studiert. Seitdem achte ich auf so was. Meinst du solche Sachen? Ist es das, was du suchst?«

»Ja. Das kann schon sein.«

»Der hatte irgendwie mit der amerikanischen Militärbasis zu tun«, fuhr Flosi fort. »Man hat die amerikanischen Soldaten ja kaum gesehen, aber manchmal sind dann doch welche nach Reykjavík gekommen, um tanzen zu gehen, und ich habe diesen Typen manchmal mit einem oder zwei von der Militärbasis zusammen gesehen. Die Amis waren ja damals nicht sonderlich beliebt, und das hat man sie auch spüren lassen. Die armen Kerle.«

»Deine Schwester lebt nicht mehr?«

»Nein.«

»Fällt dir sonst etwas zu diesem Mann ein? Oder gab es noch andere Männer, über die man sich solche Dinge erzählt hat?«

»Nein. Das ist das Einzige, was mir dazu einfällt. Und auch daran erinnere ich mich nur sehr dunkel. Ehrlich gesagt, wenn meine Schwester nicht mit mir darüber geredet hätte, hätte ich es wohl auch längst vergessen. Aber ...«

»Ja?«

»Ich glaube, sie hat noch gesagt, dass das in einer Disco passiert ist.«

»Was?«

»Diese Vergewaltigung. Die war in einer Disco. Kurz nachdem sie zugemacht hat.«

Sechsundzwanzig

In der Familie wusste man davon, sprach aber nicht darüber, aus Rücksicht auf die Frau, die von allen geliebt wurde, die sie kannten. Zwei Männer hatten ausgenutzt, dass Stella noch immer ihrem Ehemann hinterhertrauerte. Sie waren nicht einmal davor zurückgeschreckt, das Leid wieder wachzurufen, das der Verlust des Sohnes ihr gebracht hatte. Sie hatten so getan, als hätten sie eine besondere Verbindung ins Jenseits. Und nachdem sie sich Stellas Vertrauen erschlichen hatten, gab Stella ihnen immer wieder Geld, weil sie glaubte, die Männer würden es gemeinnützigen Vereinen und anderen wohltätigen Zwecken zukommen lassen. Die Männer hatten eine trauernde Witwe ausgenommen. Je mehr Stella ihnen mit der ihr eigenen, fast kindlichen Treuherzigkeit vertraute, umso dreister wurden sie, so lange bis von Stellas Ersparnissen kaum noch etwas übrig war. Erst als sie ihren Bruder fragte, wie sie an ein neues Scheckheft kommen könne, flog alles auf, doch da waren die beiden Männer bereits auf und davon. Stella kannte nicht einmal ihre vollen Namen und wollte sich auch nicht eingestehen, betrogen worden zu sein. Sie weigerte sich zu glauben, dass die Männer ihr etwas Böses gewollt hatten. Sie hatten ihr eine Tür ins Jenseits geöffnet, und dort hatte sie Trost gefunden, sie hatten ihr geholfen, sich mit ihrem Schicksal abzufinden – etwas, das sonst niemandem gelungen war. Dass es sich um Diebe und Betrüger handelte, schien sie kaum zu kümmern. Erst nach langen, kräftezehrenden Gesprächen öffnete Stella langsam die Augen und erkannte, was wirklich vorgefallen war.

Obwohl all das inzwischen lange her war, sorgten die damaligen Ereignisse in Stellas Familie auch heute noch für heftige Reaktionen.

»Das ist ja wohl das Hinterletzte«, sagte Stellas Neffe, als Konráð ihn in Begleitung von Eygló traf und ihm klar geworden war, dass vor ihm der Sohn des einen Betrügers stand, der begleitet wurde von der Tochter des anderen. Sie hatten sich nicht vorher angekündigt. Der Mann, ein Steuerberater, war anfangs dementsprechend überrascht, doch das gab sich bald. Er war es gewohnt, Leute zu empfangen, die mit allen möglichen Problemen zu ihm kamen.

»Du bist also die Tochter von diesem Medium?«, sagte er und sah Eygló an. Als er das Wort ›Medium‹ aussprach, malte er mit den Fingern Anführungsstriche in die Luft.

»Er hat als Medium gearbeitet«, sagte Eygló. »Und er ist in schlechte Gesellschaft geraten«, fügte sie mit einem Seitenblick auf Konráð hinzu.

»Deine Tante war nicht das einzige Opfer von den beiden«, sagte Konráð, der genau wie Eygló erst jetzt erfuhr, in welchem Ausmaß ihre Väter Stella betrogen hatten. Er sah keinen Grund, dem Mann nicht zu glauben. Dazu hatte Konráð zu viele Geschichten über seinen Vater gehört und wusste, wozu er fähig war, insbesondere wenn er bei anderen Leuten eine Schwäche entdeckt hatte.

»Davon haben wir auch gehört«, sagte der Steuerberater. »Die waren mit allen Wässern gewaschen. Sie wussten genau, wie man ihre wunden Punkte ausnutzt. Nicht nur die Tatsache, dass sie ihren Sohn und ihren Mann verloren hatte. Sie war auch sonst sehr unselbstständig. Und sie hat anderen Menschen vertraut.«

»Eine Eigenschaft, die man heute kaum noch findet«, sagte Eygló.

Nach anfänglichem Zögern und einigem guten Zureden erzählte der Mann ihnen, was er über die Begegnungen seiner Tante mit den beiden Betrügern wusste. Ihr einziger Sohn, ein äußerst begabter Junge, war im Elliðavatn ertrunken, nachdem sein kleiner Kahn gekentert war, zwei Jahre zuvor hatte sie bereits ihren Mann verloren. Irgendwie hatten diese beiden Dreckskerle das erfahren und auch andere Dinge aus ihrer Familiengeschichte ausgegraben und sie für ihre Betrügereien benutzt. Zur Polizei war die Familie nicht gegangen. Die Sache wurde totgeschwiegen. Stellas Familie wollte das alles nicht öffentlich machen, allein schon, um das Gerede zu vermeiden, das eine polizeiliche Ermittlung und etwaige Gerichtsprozesse mit sich gebracht hätten. Diskretion sei der Familie wichtiger gewesen, auch im Interesse von Stella. Es seien allerdings zwei Männer zu Konráðs Vater geschickt worden, um zu versuchen, etwas von dem Geld wiederzubeschaffen. Stella hatte den beiden Betrügern viele Schecks ausgestellt. Doch das Geld war weg. Zurück bekamen sie nichts.

»Mein Vater war einer von den beiden, die zu dem Betrüger gegangen sind«, sagte der Mann. »Sie wollten das Geld zurück. Der, der das Medium gespielt hat, war selbst ein armer Wicht, glaube ich. Der hat zumindest gleich gesagt, dass der andere ihn in die Sache reingezogen hat und auch alle Schecks eingelöst hat. Der, der in diesem Kellerloch im Schattenviertel gewohnt hat und besoffen war und sie mit einem Messer bedroht hat.«

»Zwei Männer? Sind zu ihm in ein Kellerloch im Schattenviertel gekommen?«, wiederholte Konráð, während ihm erneut die Erinnerung an die Männer in den Sinn kam, die seinen Vater an dem Abend besucht hatten, als er krank im Bett lag.

»Ja«, sagte der Mann. »Mein Vater und ein Freund von ihm.«

Konráðs Erinnerung an diesen Abend wurde plötzlich um einiges klarer. Plötzlich ergab alles einen Sinn.

»Das war dann also dein Vater?«, fragte der Mann.

»Ich glaube, ich erinnere mich sogar an diesen Besuch«, sagte Konráð und dachte an den hässlichen Mann in dem Wintermantel, der unter seiner Matratze nach dem Geld gesucht hatte. »Ich glaube, die sind mit leeren Händen wieder abgezogen.«

»Ja, wie gesagt, wir haben das Geld nie zurückbekommen.«

»Und damit war die Sache erledigt?«

»Ich glaube schon.«

»Du glaubst? Was hat dein Vater gearbeitet?«, fragte Konráð.

»Der war auch Steuerberater. Hier. In diesem Büro. Er ist vor zehn Jahren gestorben.«

»Und der andere? Mit dem dein Vater dort war? Dieser Freund von ihm?«

»Was ist mit dem?«

»Was für einer war das? Was hat der gearbeitet?«

»Das tut doch wohl nichts zur Sache«, sagte der Mann und sah erst Konráð und dann Eygló an. Sie saßen in seinem Büro, umgeben von Aktenordnern voller Jahresabschlüsse und Steuererklärungen, voller Papiere über Abschreibungsobjekte, Eigentum und Schulden. Die Luft war schlecht, die Fenster waren geschlossen, eine Klimaanlage gab es nicht. Seinen Schultern war anzusehen, dass er seit Jahren viel Zeit am Schreibtisch verbrachte. Dafür, dass er nicht besonders groß war, hatte er erstaunlich grobe Gesichtszüge, eine breite Nase, auf der eine Gleitsichtbrille saß, einen großen Mund und wulstige Lippen. Sein Büro war in der Altstadt, nicht weit von der Domkirche, deren trauriger Glockenschlag in diesem Moment durch die verschlossenen Fenster zu ihnen drang.

»Nein, natürlich nicht«, sagte Konráð. »Es wäre nur ganz interessant.«

»Das war irgendein Freund der Familie, den mein Vater irgendwie kannte.«

»Lebt er noch?«

»Das tut er sogar. Henning heißt er. Er ist aber steinalt und ich weiß nicht ...«

»Haben die noch mal versucht, an das Geld zu kommen?«, fragte Konráð.

»Noch mal? Ich glaube nicht. Wie meinst du das?«

»Wenn ich mich richtig erinnere, haben sie ihm gedroht«, sagte Konráð. Bisher hatte er keinen Zusammenhang zwischen diesem Besuch und dem Schicksal seines Vaters gesehen, dazu war seine Erinnerung viel zu vage gewesen, surreal, fast wie ein Fiebertraum.

»Denkst du, die haben ihm etwas angetan?«, fragte der Mann.

»Mein Vater wurde ungefähr ein Jahr nach diesem Besuch ermordet«, sagte Konráð.

»Das ist mir bekannt.«

»Ach so«, sagte Konráð.

»Ich war damals noch nicht auf der Welt«, sagte der Mann, »aber die ganze Geschichte ist in meiner Familie sehr präsent. Mein Vater hat nie darüber gesprochen. Meine Mutter auch nicht. Dass sie zu diesem Betrüger nach Hause sind, hat mir dieser Henning erzählt, der meinen Vater begleitet hat. Ich habe meinen Vater einmal darauf angesprochen, dass der Mann, der Stella so mies behandelt hat, ermordet wurde, da hat er nur den Kopf geschüttelt. Gesagt hat er dazu nichts. Er wollte nicht darüber reden.«

»Fandest du das komisch? Dass er nicht darüber reden wollte?«

»Nein. Ich habe mir nichts dabei gedacht, er war immer ein bisschen … Ich weiß nicht, warum ich euch das erzähle, aber er war kein besonders fröhlicher Mann. Er hatte oft schlechte Laune und war zeitweise richtig schwermütig, eine Zeit lang war es so schlimm, dass er nicht arbeiten konnte. Man hat schnell gelernt, dass man ihn besser in Ruhe ließ.«

»Und das war der Grund, warum er nicht darüber reden wollte?«, fragte Eygló.

»Das weiß ich nicht. Ich versuche euch nur zu erzählen, was er für ein Mensch war.«

»Wäre das nicht normal gewesen?«, sagte Eygló. »Ein Mann, der seiner Tante so übel mitgespielt hat, wird erstochen und der Mörder wird nie gefunden. Hätte er dazu nicht etwas sagen müssen? Er wird doch eine Meinung dazu gehabt haben.«

»Gibt es da irgendwelche Regeln? Oder was willst du damit andeuten?«, fragte der Mann. Die unterschwelligen Anschuldigungen in ihren Fragen gingen ihm langsam auf die Nerven. »Seid ihr … etwa hier, um meinem Vater diesen Mord anzuhängen? Im Ernst?«

»Aber nein, auf gar keinen Fall«, sagte Konráð.

»Ihr solltet dann wohl gehen«, sagte der Mann und war bereits im Begriff aufzustehen und ihnen die Tür zu weisen. »Diese Anschuldigungen gefallen mir nicht.«

»Wir wollen wirklich niemanden beschuldigen. Nichts liegt uns ferner«, sagte Konráð und blieb die Ruhe selbst.

»Wie dem auch sei, für mich ist die Sache erledigt. Ich habe euch geholfen, so gut ich konnte.«

»Dieser Freund von deinem Vater«, sagte Eygló. »Dieser Henning, hat der etwas über den Mord gesagt? Als du mit ihm gesprochen hast?«

»Ich habe doch gerade gesagt, dass ich mir diese Fragen verbitte.« Er nahm die Brille ab und putzte sie mit einem Tuch. »Ich habe wirklich andere Dinge zu tun, und davon nicht gerade wenig. Außerdem habe ich überhaupt erst als Jugendlicher von dieser Sache gehört, da war das alles schon lange her. Ich weiß wirklich nicht genug darüber, um euch helfen zu können.«

»Du weißt immerhin genug, um sie Betrüger zu nennen«, sagte Konráð.

Eygló warf ihm einen scharfen Blick zu. Sie war nicht hergekommen, um Streit mit jemandem anzufangen, dessen Familie unter den Taten ihrer Väter gelitten hatte. Der Steuerberater sah erst ihn an, dann sie. Dann setzte er die große Brille wieder auf.

»Hat er vielleicht ...?«

Eygló konnte den Satz nicht beenden.

»Es tut mir leid«, sagte der Mann und erhob sich. »Ich wollte die beiden nicht beleidigen. Ich bin mir sicher, sie waren absolut vorbildliche Mitglieder unserer Gesellschaft. Ich danke euch fürs Kommen, aber ich bin wirklich sehr beschäftigt und muss mich nun anderen Dingen zuwenden. Ich bereue sehr, dass ich euch nicht besser helfen konnte.«

»Hat er also vielleicht etwas gesagt? Dieser Henning, der Freund von deinem Vater?«, fragte Eygló abermals, dieses Mal mit einem gewinnenden Lächeln, als wollte sie Konráðs forsches Vorgehen damit ungeschehen machen. Doch Konráð hatte es sich ganz offenbar mit ihm verdorben.

»Was spielt das für eine Rolle? Es ist doch nichts passiert. Mein Vater hat manchmal solche Sachen gesagt, aber das hat nichts zu bedeuten.«

»Wie meinst du denn das?«

Der Mann sah sie durch die Gleitsichtbrille an, und seine wulstigen Lippen verzogen sich zu einem abgründigen Lächeln. Draußen hörte man erneut die Glocken der Domkirche, dann öffneten sich die Türen, eine Trauergesellschaft kam heraus und folgte einem weißen Sarg.

»Er hat gesagt, dass mein Vater ihn fertigmachen wollte. Ihn abstechen wollte wie einen tollwütigen Hund.«

Siebenundzwanzig

Eygló fragte Konráð, ob er Lust hätte, mit ihr auf den Friedhof zu gehen, doch er hatte keine Zeit, sodass sie nach ihrem Besuch bei dem Steuerberater allein dorthin fuhr. Es wurde langsam dunkel. Der Feierabendverkehr hatte eingesetzt, als sie in einer Seitenstraße unweit des Friedhofs parkte. Dichte Wolken lagen über der Stadt, und bald setzte ein feiner Nieselregen ein, der sich auf ihr Gesicht legte und langsam durch ihre Kleidung drang, während sie zwischen den moosbewachsenen Grabsteinen hindurchging. Sie achtete genau darauf, auf keines der Gräber zu treten, las Namen, Inschriften, Jahreszahlen. Sie kam oft hierher und genoss die Ruhe, die man aber auch hier immer seltener fand, seitdem die Touristen nicht mehr nur das Stadtzentrum besichtigten, sondern auch auf diesen Friedhof kamen, auf der Suche nach einer besonderen Sehenswürdigkeit.

Eygló ging ohne Eile und besah sich die Gräber. Sie wusste nur zu gut, wie stark der Glaube an ein Leben nach dem Tod sein konnte, die glaubten, einmal einen Beweis dafür erhalten zu haben. Engilbert war einer von ihnen gewesen, und sie wuchs in diesem Glauben auf. Ihr Vater glaubte fest an die Existenz einer Ätherwelt, in der die Seelen der Verstorbenen zusammenkamen, sobald sie ihre irdischen Hüllen hinter sich gelassen hatten. Und daran, dass man diese Toten wieder in Kontakt mit den Lebenden bringen konnte, wenn man über bestimmte Kräfte verfügte. Er war überzeugt, durch seine Arbeit immer wieder Beweise dafür erhalten zu haben. Auch Eygló hatte vieles erlebt, das sie sich mit den Mitteln der Vernunft nicht erklären konnte, und hatte dennoch immer an der Existenz der Ätherwelt gezweifelt, an die ihr Vater und andere Medien alter Schule so fest glaubten. Sie konnte sich keine konkrete Vorstellung von den Kräften machen, die dafür sorgten, dass sie immer wieder übernatürliche Dinge wahrnahm. Sie konnte sich das heute auch nicht besser erklären als damals, als Kind.

Eygló ging an dem großen, kürzlich restaurierten Sturla-Grab vorbei und stand kurze Zeit später vor dem Grab von Málfríður. Die alte Frau lag an der Seite ihres Mannes. Sie war die Einzige, die in diesem Jahr dort begraben worden war, wenn man von einigen Urnen absah, die man in ältere Grabstätten setzte. Es gab kaum noch Leute, die ein Anrecht auf einen Platz im ältesten Friedhof der Stadt hatten. Eygló würde zu gern hier liegen, doch das war wohl nicht möglich. Einmal hatte sie sogar, wenn auch scherzhaft, Málfríður Geld dafür angeboten, wenn sie das Anrecht auf ihre Grabstätte abtreten würde. Der Scherz war nicht gut angekommen.

Die wenigen neuen Gräber, die es auf diesem Friedhof gab, wurden von Hand ausgehoben, wie damals, als der Friedhof 1838 eingerichtet worden war. Eygló sog den Geruch der frischen Erde ein, als sie vor dem Grab von Málfríður stand, und zerrieb eine Handvoll davon zwischen ihren Finger. Noch war das Grab nicht gekennzeichnet. Das würde erst später geschehen.

»Sie ist an einem guten Ort«, hörte Eygló eine Stimme

hinter sich. Als sie sich umdrehte, sah sie die Freundin von Málfríður, die bei Eyglós letztem Besuch an ihrem Bett gesessen hatte. Málfríður hatte sie Hulda genannt, das wusste Eygló noch. Die Frau trug denselben grünen Mantel wie damals und auch das Kopftuch. Obwohl sie nicht weit entfernt stand, hatte Eygló sie nicht kommen hören. Sie sah auf das neu angelegte Grab, ihr Blick war sanft wie der Nieselregen.

»Ich glaube, ich habe dich an ihrem Bett gesehen. An dem Tag, an dem sie gestorben ist, oder?«, fragte Eygló.

»Ich wollte bei ihr sein, als sie ging.«

»Das hat ihr viel bedeutet«, sagte Eygló.

Die Frau senkte den Blick auf die dunkle Erde.

»Das, was sie gesucht hat, hat sie nun ...«

Eygló konnte nicht hören, wie sie den Satz zu Ende brachte, da ein Mann die Treppen zum Friedhof hinunterstapfte und ihr auf Englisch zurief, ob sie wisse, wo das Grab von Präsident Jón Sigurðsson sei. Eygló verstand ihn nicht sofort. Sie hielt seinen Akzent für skandinavisch, benutzte dann aber doch ihr rostiges Englisch, um ihm den Weg nach Osten in Richtung Suðurgata zu weisen, das Grab sei leicht zu erkennen, anhand der markanten Steinsäule. Der Mann dankte ihr, ging weiter, und als Eygló sich wieder dem Grab von Málfríður zuwandte, war die Frau in dem grünen Mantel nicht mehr da. Eygló sah sich in alle Richtungen um. Sie hätte sie gern verabschiedet, doch es war zu spät. Der halb beendete Satz der Frau hing weiterhin in der Luft. Eygló überlegte, was sie hatte sagen wollen.

Sie stand noch eine Weile am Grab und setzte dann ihren Weg über den Friedhof fort. Meist genoss sie hier nur die ruhige Friedhofsstimmung, doch heute hatte sie etwas anderes vor. Sie hatte im Internet nachgesehen, wo die Grabstelle war, und fand sie ohne Probleme. Dass sie nicht besser gepflegt war, wunderte sie. Auf den drei Gräbern, die die Grabstelle umfasste, wucherte das Unkraut, die niedrige Steinmauer, mit der sie eingefasst waren, war halb verfallen, der Grabstein nach hinten gekippt und zur Seite geneigt. Er war so verwittert, dass die Inschrift kaum noch zu lesen war. Von der Vergoldung, die einst die Namen der Verstorbenen hervorgehoben hatte, war kaum noch etwas zu sehen. Anfangs hatten zwei Namen auf dem Grabstein gestanden, dann war ein dritter hinzugefügt worden, als die Familie nach vielen Jahren in der Erde wiedervereint worden war.

STELLA BJARNADÓTTIR

Eygló las die Namen und Jahreszahlen, dann legte sie die Hand auf den Grabstein und sprach ein kurzes Gebet. Und vergib uns unsere Schuld, flüsterte sie. Ihr Vater hatte aus Stellas Leid Profit geschlagen. Sie konnte es sich nur schwer eingestehen. Ihr Vater hatte zusammen mit einem Verbrecher eine vertrauensselige unschuldige Frau ausgenutzt, um an ein paar Kronen zu kommen. Es betrübte sie, an Stella und ihren Sohn zu denken. Und an ihren Vater. Als Kind hatte Eygló eine viel engere Bindung zu ihm gehabt als zu ihrer Mutter. Sie hatten viel gemeinsam. Wenn sie etwas auf dem Herzen hatte, ging sie zu ihm, bei ihm fand sie immer Trost und Herzenswärme und vor allem Verständnis für ihre Sensibilität für übernatürliche Phänomene. Aber jeder Mensch hat seine Fehler. Eygló wusste, dass er schlecht Nein sagen konnte. Und dass das nicht seine einzige Schwäche war. Sie wusste sicherlich nicht alles, fürchtete aber, dass viele Geschichten über ihn im Umlauf waren, die dem ähnelten, was Stellas Neffe erzählt hatte.

Und vergib uns unsere Schuld. Der Grabstein war kalt und hart und fühlte sich rau an, die Erde hatte unter seinem Gewicht nachgegeben, als könnte sie nicht länger die Trauer tragen, die er barg.

Am Abend tat Eygló etwas, das sie lange nicht mehr getan hatte. Sie war in Gedanken und hatte keine Ahnung, wie es dazu kam, doch plötzlich saß sie bei sich zu Hause am Klavier. Es stand in einer Ecke im Wohnzimmer, ein dänisches Erbstück ihrer Familie väterlicherseits, das schon immer hauptsächlich dekorative Funktion gehabt hatte. Eine Zeit lang hatte es bei ihrer Tante auf dem Speicher gestanden, doch nach deren Tod hatte Eygló es übernommen. Vier bärenstarke Männer mit großem Erfindungsreichtum hatte es gebraucht, um es hier in Fossvogur an seinen Platz zu bugsieren. Sie hatten sein Gewicht auf ungefähr dreihundert Kilo geschätzt und sagten, sie hätten so was noch nie gesehen.

Eygló hatte nie gelernt, ein Instrument zu spielen. Als sie als Erwachsene einmal Klavierstunden nehmen wollte, ließ sie vorher einen Klavierstimmer kommen. Er meinte, es lohne sich kaum, das Instrument zu stimmen – so schlecht war der Zustand der Mechanik und des Resonanzbodens. Der Klavierstimmer nahm an, dass es um 1900 in Dänemark gebaut worden war, und hielt ihr einen Vortrag darüber, warum solche Oberdämpfer-Klaviere aus gutem Grund längst aus der Mode gekommen waren. Eygló hatte keine Ahnung, wovon er sprach. Auch das Holz vieler Hämmerchen sei beschädigt, sodass es nichts bringen würde, das Klavier zu stimmen. Von außen jedoch, sah es noch ganz gut aus, ein schönes, mit Schnitzereien verziertes Instrument, das sich gut in ihrem Wohnzimmer machte. Der Klavierstimmer sagte, er kenne viele Leute, die solche Erbstücke in Ehren hielten, auch wenn man sie nicht mehr richtig spielen konnte.

Und da saß sie nun an diesem alten Klavier und wusste nicht, warum. Vielleicht hatte sie gehört, wie jemand in einer der Wohnungen an der Ljósvallagata Klavier spielte, als sie am Weg zum Friedhof geparkt hatte. Oder sie hatte am Nachmittag Klaviermusik im Radio gehört und es vergessen. Sie hob den Deckel an, der die Tastatur bedeckte, und als sie ihre Finger über das gelb gewordene Elfenbein gleiten ließ, bemerkte sie, dass eine Taste festklemmte. Sie wollte die Taste lösen, doch es gelang ihr nicht, ganz gleich, was sie auch tat. Ihr fiel ein, dass diese Taste bereits festgeklemmt gewesen war, als sie den Klavierdeckel das letzte Mal aufgeklappt hatte, und sie fragte sich, wie so etwas passieren konnte. Sie hatte nur selten Gäste, und von denen hatte sicherlich nie jemand das Klavier berührt.

Dennoch war ihr, als ob jemand diese Taste so heftig angeschlagen hatte, dass sie nun nicht mehr hochkam. Eygló schloss den Deckel und überlegte, wann das passiert sein könnte und, vor allen Dingen, wie. Doch es fiel ihr nichts dazu ein. Sie bekam ein schlechtes Gefühl, das sie bis in den Schlaf hinein verfolgte, und im Laufe der Nacht erschien ihr ihr Vater Engilbert im Traum. Es war kein schöner Anblick. Er beugte sich über das Instrument und war klatschnass, als hätten sie ihn gerade erst tot aus dem Hafenbecken gezogen. Wasser floss an ihm herunter und bildete Pfützen auf dem Boden, in seinem salzverkrusteten Haar hatte sich Seetang verfangen. Er drehte ihr den Rücken zu und blickte nicht auf, hatte den Klavierdeckel aufgeklappt und schlug immer wieder dieselbe Taste an, als wäre er sehr wütend.

Am nächsten Morgen warf Eygló gleich nach dem Aufstehen einen zögerlichen Blick ins Wohnzimmer und überlegte, ob das, was sie in der Nacht gesehen hatte, wirklich nur ein Traum gewesen war.

Achtundzwanzig

Als Konráð bei dem Steuerberater losfuhr, wusste er schon, dass er zu seinem nächsten Termin zu spät kommen würde. Pálmi hatte ihm am Telefon gesagt, er könne gern vorbeikommen, nur nicht so spät, weil er an dem Abend noch etwas erledigen müsse. Konráð fuhr, so zügig er konnte, durch den Verkehr, der aus der Hauptstadt in Richtung Keflavík floss, und doch war es bereits dunkel, als er bei Pálmi vorfuhr.

Sie reichten sich die Hände, und Konráð kam gleich zur Sache, eine der Eigenschaften, die Pálmi an ihm besonders schätzte. Er erzählte, er habe nach all den Jahren nun endlich mit der wichtigsten Zeugin in dem Mordfall an seinem Vater gesprochen, mit Helga, die ihm erzählt habe, die Räucherkammern im Schlachthof seien in Betrieb gewesen. In den Ermittlungsakten würde das nicht erwähnt.

»Die Räucherkammern?«, sagte Pálmi nachdenklich. »Waren die nicht immer in Betrieb?«

»Aber nein«, sagte Konráð. »Ich bin nicht weit von dort aufgewachsen. Manchmal lag dieser Räuchergeruch in der Luft und manchmal nicht. Wir haben oft in der Nähe gespielt und manchmal auch in der Toreinfahrt gestanden und den Männern bei der Arbeit zugesehen.«

»Spielt das denn eine Rolle? Das mit den Räucherkammern?«

»Ich weiß noch, dass die Räucheröfen immer erst abends angefeuert wurden und dann die Nacht über im Gang waren. Es können also zu dem Zeitpunkt nicht mehr viele Leute dort gewesen sein.«

»Das haben wir alles genau untersucht«, sagte Pálmi. »Wir haben mit der ganzen Belegschaft gesprochen und konnten keine Verbindung zu deinem Vater herstellen.«

»So steht es in den Akten«, sagte Konráð. »Aber wir wissen doch beide, dass nicht alles, was bei den Befragungen gesagt wird, auch in den Akten landet. Erinnerst du dich zufällig daran, ob bei den Befragungen irgendjemand die Räucherkammern erwähnt hat?«

Pálmi nickte.

»Ich bin mir ziemlich sicher, dass wir das damals überprüft haben, wie gesagt.«

»Mein Vater wurde direkt davor ermordet«, sagte Konráð. »Der Raum mit den Räucherkammern war neben der Toreinfahrt, in der man ihn fand, und hatte ein kleines Fenster hinaus auf die Skúlagata.«

Konráð reichte Pálmi das Foto aus dem Nachlass des Pressefotografen, Pálmi setzte seine Lesebrille auf und betrachtete es. Es war unterbelichtet und bereits etwas ausgeblichen, doch das Fenster war gut zu erkennen.

»Groß genug, dass ein Mensch hindurchpasst«, sagte Konráð.

»Ja, das schon. Aber es ist geschlossen.«

»Vielleicht konnte man da ja reinklettern und das Fenster danach so wieder schließen, dass niemand etwas merkt.«

Konráð erzählte Pálmi von den Ideen, die ihm während des Gesprächs mit Helga gekommen waren: Zwischen dem Angriff auf seinen Vater und dem Moment, als sie ihn fand, konnte nicht viel Zeit vergangen sein. Schließlich war er noch am Leben gewesen und dann vor ihren Augen gestorben, er hatte sogar noch etwas gesagt, das sie nicht verstehen konnte. Helga war so kurz nach der Tat dort vorbeigekommen, dass sie den Mörder eigentlich noch auf der Straße hätte sehen müssen, doch da fehlte von ihm bereits jede Spur. Daher überlege Konráð nun, ob der Mörder sie vielleicht bemerkt hatte und keinen anderen Ausweg sah, als durch das Fenster zu klettern.

»Das haben wir alles überprüft«, sagte Pálmi. »Da gingen sogar mehrere Fenster auf die Skúlagata hinaus, aber dieses hier war das einzige, durch das jemand hindurchgepasst hätte. Wenn ich mich richtig erinnere, wollten die da gerade ein Gitter vormachen. Oder es war schon eins dran gewesen und wurde gerade ausgetauscht. Wir haben keine Einbruchspuren an dem Fenster gefunden. Außerdem war die Tür zu dem Raum mit den Räucherkammern von außen abgeschlossen. Wenn also doch jemand durch dieses Fenster reingekommen wäre, hätte er keinen Fluchtweg gehabt.«

»Hätte er sich nicht dort drinnen verstecken können?«

»Auch das nicht«, sagte Pálmi. »Wir haben noch an dem Abend alles durchsucht. Und ich meine wirklich alles, nur in die Öfen sind wir nicht gekrochen, weil die in Betrieb waren, das fällt mir jetzt wieder ein, wo wir darüber reden.«

»Ihr habt sie nicht geöffnet?«

»Nein. Die konnte man kaum anfassen, so heiß waren die.«

Pálmi erinnerte sich daran, dass sie damals zuerst drei verschiedene Tathergänge durchgespielt hatten. Entweder war Konráðs Vater in die Skúlagata gelockt worden, mit dem Ziel, ihn zu ermorden – dann wäre der Mord vorsätzlich und geplant gewesen. Oder er war mit jemandem verabredet gewesen und dann unverhofft in einen Streit geraten, der vor dem Schlachthof ein blutiges Ende genommen hatte – also eine Tat, die mehr oder weniger aus dem Affekt heraus geschehen war. Die dritte Möglichkeit, die sie damals für möglich hielten, war, dass ihm jemand gefolgt war und ihn vor dem Schlachthof kurz entschlossen angegriffen hatte. Alle drei Möglichkeiten setzten voraus, dass sich Opfer und Täter irgendwie gekannt hatten.

Dann gab es noch eine vierte Möglichkeit. Konráðs Vater hätte auch die Skúlagata entlanggehen und dort vor dem Schlachthof durch reinen Zufall auf seinen Mörder treffen können, einen Unbekannten, mit dem er in Streit geraten war, zum Beispiel. Dann hätten Opfer und Täter sich nicht gekannt. Als die Ermittlungen keine Ergebnisse brachten, hatte man diese vierte Möglichkeit für immer wahrscheinlicher gehalten, denn ein Verbrechen ohne Motiv ist schwer zu lösen.

Sie überlegten noch eine Weile hin und her, ohne zu einem nennenswerten Resultat zu kommen, dann sagte Pálmi, er müsse los.

»Wenn er sich gezielt mit jemandem dort verabredet hatte, ist es doch wahrscheinlich, dass das irgendetwas mit dem Schlachthof zu tun hatte«, sagte Konráð. »Hätte doch sein können, dass jemand ihm irgendwelche Fleischwaren zustecken wollte oder so.«

»Aber das wäre doch aufgefallen«, sagte Pálmi. »Man macht doch nicht mitten auf der Skúlagata solche Nacht-und-Nebel-Aktionen. Außerdem haben wir bei niemandem vom Schlachthof eine Verbindung zu deinem Vater gefunden.«

»Man hat aber auch schon Leute für weniger lügen sehen«, sagte Konráð.

»Wer auch immer dahintersteckt, ist wahrscheinlich eh schon längst über den Jordan gegangen«, sagte Pálmi und brachte Konráð noch zu seinem Auto. Nun war es wirklich stockfinster. Ein kalter Nordwind erfasste sie.

»Das stimmt natürlich. Aber von einem Geständnis auf dem Sterbebett habe ich bisher noch nichts gehört«, sagte Konráð. »Bisher hat offenbar niemand sein Gewissen erleichtern wollen, bevor er vor seinen Schöpfer tritt.«

»Vielleicht hatte er auch einfach keine Zeit mehr dafür gehabt und schmort jetzt in der Hölle«, sagte Pálmi.

Konráð lächelte.

»Darum geht es mir eigentlich auch gar nicht. Mir geht es nicht um Rache oder um die gerechte Strafe, ich will nur wissen, was passiert ist und warum.«

»Mit Helga zu sprechen ist dir sicher nicht leichtgefallen«, sagte Pálmi nach einer kurzen Pause. »Hat es dir wenigstens gutgetan?«

»Es war gut, dass ich sie getroffen habe«, sagte Konráð. »Das hätte ich wohl schon viel früher machen sollen.«

»Denkst du denn wirklich, du kannst den Fall noch aufklären, nach all der Zeit?«

Das hatte Pálmi ihn schon mal gefragt, und Konráðs Antwort war noch immer dieselbe.

»Wahrscheinlich nicht«, sagte er. »Sehr wahrscheinlich nicht. Dafür habe ich viel zu spät angefangen, und ich weiß ja, dass ihr damals alles getan habt, also …«

»Wäre doch schön, wenn du noch etwas Neues herausfindest«, sagte Pálmi.

»Schön ist daran nichts«, sagte Konráð matt. »Gar nichts.«

Er zögerte.

»Eine Sache noch. Ich war damals noch nicht bei der Kriminalpolizei, aber erinnerst du dich an eine Vergewaltigung hier in der Gegend, so um 1970? Eine Vergewaltigung in einer Diskothek? Die zu dem Zeitpunkt schon geschlossen hatte? Wo es zu einem Prozess kam, der mit einem Freispruch geendet ist?«

Pálmi dachte nach.

»Um 1970? Da fällt mir spontan nichts ein. Soll ich mich mal umhören?«

»Würdest du das tun?«

»Vielleicht...«

»Ja?«

»Na ja«, sagte Pálmi nachdenklich, »zu der Zeit hat hier ein Kerl gewohnt, den haben wir einmal festgenommen, weil ihm eine Vergewaltigung vorgeworfen wurde. Ein ziemlich unangenehmer Typ. Der hatte ein Messer, das kam hier damals nicht oft vor, wahrscheinlich fällt mir das deswegen direkt wieder ein. Ich weiß aber nicht, ob der noch lebt.«

»Kannst du das für mich rausfinden?«

»Ich sehe mal, was sich machen lässt«, sagte Pálmi und bat Konráð noch, auf dem Rückweg in die Stadt vorsichtig zu fahren, dann beeilte er sich, aus der Kälte wieder in sein warmes Haus zu kommen.

Neunundzwanzig

Die Schmerzen wollten einfach nicht nachlassen. Sie
hielt es kaum noch aus. Valborg wollte nicht laut sein
und presste, bis sie dachte, sie würde ohnmächtig werden. Sunnefa redete beruhigend auf sie ein und ermutigte sie zum Durchhalten, alles verlaufe nach Plan, bald
sei es vorbei, sie müsse jetzt tapfer sein und noch etwas
stärker pressen, der Kopf des Kindes sei schon zu sehen,
nun würde es nicht mehr lange dauern, nur noch wenige
Minuten.

Drei Stunden waren vergangen, seit die ersten Wehen
eingesetzt hatten. Kurz davor war ihre Fruchtblase ge-
platzt, dann hatte Sunnefa die Initiative übernommen. Sie
war gut vorbereitet und agierte selbstsicher und professionell, Valborg fühlte sich in guten Händen. Wenn sie
eines nicht wollte, dann dass dem Kind etwas zustieß.
Dass sie es gleich nach der Geburt fortgeben würde, war
schon schlimm genug.

Als die Schwangerschaft fortschritt, war Valborg
nach Selfoss zu Sunnefa gezogen. Sunnefa arbeitete dort.
Sie hatten darüber gesprochen, dass es natürlich ein gewisses Risiko bedeutete, wenn bei der Geburt kein Arzt
dabei wäre, doch Sunnefa versprach ihr, im Falle einer
Komplikation sofort einen Krankenwagen zu rufen. Außerdem wies alles darauf hin, dass es eine ganz normale

Geburt werden würde. Valborg war gesund, die Schwangerschaft verlief ohne Probleme. Ihre Schwester war damals im Ausland, sie arbeitete den ganzen Sommer und bis in den Herbst hinein als Dienstmädchen bei einer Familie in Kopenhagen. Ihre Mutter war zwei Jahre zuvor mit ihrem neuen Mann nach Vík í Mýrdal gezogen, seitdem hatte Valborg nur noch sporadischen Telefonkontakt mit ihr. Ihren Freundinnen hatte Valborg gesagt, sie hätte in Selfoss Arbeit gefunden. Was ihr zugestoßen war und was sie vorhatte, erzählte sie niemandem.

Als alles überstanden war, schlief sie erschöpft ein, während Sunnefa sich um das Kind kümmerte, es untersuchte und wusch. Sie wusch auch die Bettlaken und Handtücher und hängte sie im Badezimmer zum Trocknen auf. Als Valborg wieder wach wurde, half sie ihr sich zu waschen. Valborg fragte nicht nach dem Kind und vermied es, dorthin zu sehen, wo es tief und fest schlief.

Sunnefa beugte sich zu ihr herunter.

»Ich frage dich ein letztes Mal. Bist du dir sicher, dass du das so machen willst?«

Valborg sah ihr in die Augen.

»Ich bin mir sicher«, flüsterte sie.

»Willst du es sehen?«

Valborg schüttelte den Kopf.

»Nein. Auf keinen Fall.«

»Bist du dir sicher?«

»Du hast mir versprochen, dass ich nichts mit dem Kind zu tun haben muss.«

»Gut. Willst du wissen, ob es ein Junge ist oder ein Mädchen?«

»Ich will gar nichts wissen. Nimm es«, befahl Valborg

und schüttelte den Kopf, entschlossener als jemals zuvor. »Nimm es und mach, was du machen willst, und lass mich in Frieden.«

Dreißig

Glóey sagte, sie habe sich an der Autotür verletzt, um die aufgeplatzte Lippe und die anderen Verletzungen in ihrem Gesicht zu erklären. Die Autotür sei einfach aufgeflogen und habe sie im Gesicht getroffen. Wie zum Beweis fügte sie hinzu, etwas Ähnliches sei ihr vor einigen Jahren schon einmal passiert. Auch damals sei es ein stürmischer Tag mit heftigen Böen gewesen, die ihr beim Einsteigen die Autotür aus der Hand gerissen und geradezu ins Gesicht geknallt hätten.

»Und mit dem Gipsarm hier hatte ich erst recht keine Chance«, sagte sie.

Glóey saß in Martas Büro und fragte zum zweiten Mal, ob sie hier rauchen dürfe. Marta verneinte dies und bot ihre E-Zigarette an, doch Glóey sagte, das bringe ihr nichts. Marta hatte diese Erklärung bekommen, als sie sich nach ihren Verletzungen erkundigt hatte. Aber dann sagte Glóey, sie sei nicht ins Kommissariat gekommen, um über ihre Autotür und das Wetter zu reden. Vielmehr wollte sie erklären, dass sie in den letzten Tagen ziemlich verstört gewesen sei. Viel Alkohol hatte sie auch getrunken und andere Dinge konsumiert und daher bei dem, was sie über ihren Mann gesagt hatte, ziemlich übertrieben. Sie war so wütend gewesen, nachdem sie von Hallurs Affäre mit ihrer Schwester erfahren hatte, dass sie im Eifer des Gefechts Lügen über ihn erzählt hatte. Jetzt bereue sie das. Das wollte sie der Polizei mitteilen. Hallur habe keine Schulden und nehme auch schon lange keine Drogen mehr. Er sei auch nicht bedroht worden. All das habe sie nur gesagt, um ihm eins auszuwischen, ihr sei schleierhaft, wie sie überhaupt auf diesen ganzen Blödsinn kommen konnte. Marta hörte sich all das in Ruhe an. Währenddessen versuchte sie sich vorzustellen, wie man wohl in ein Auto steigen musste, um dabei eine Autotür ins Gesicht zu bekommen. Möglich war es wahrscheinlich. Vielleicht sogar zweimal in einem nicht besonders langen Leben. Sie kannte die Sturmböen, die es hier manchmal gab, die waren nicht zu unterschätzen. Einmal hatte ihr eine Bö eine Autotür aus der Hand gerissen und einen ziemlichen Schaden angerichtet. Da hatte sie direkt am Meer geparkt, in der Weststadt, in der es noch einmal mehr stürmte als im Rest dieser stürmischen Stadt.

Marta hatte schon viel schlechtere Lügen gehört. Es interessierte sie auch gar nicht so sehr, wie glaubwürdig Glóeys Geschichte sein mochte. Ihr Interesse galt Glóey selbst. Sie war nun in der Tat nicht mehr wütend – sie hatte Angst. Sie rutschte nervös auf ihrem Stuhl hin und her, mit ihrem übel zugerichteten hübschen Gesicht und dem Gipsarm.

»Was ist los, Glóey?«, fragte sie.

»Die Stelle an meiner Lippe brennt.«

»Das meine ich nicht. Wovor hast du Angst?«

»Angst? Warum sollte ich Angst haben?«

»Vor Hallur vielleicht?«

»Wieso denn das? Wieso sollte ich vor dem Angst haben?«

»Oder vor seinen Freunden? Fürchtest du dich vor denen?«

»Aber nein, warum ... die kenne ich gar nicht.«

»Vor den Freunden, bei denen er Schulden hat?«

»Ich habe vor denen keine ... Ich meine, er hat ja keine Schulden. Nirgendwo.«

»Du hast mir gesagt, dass das drei Personen sind, wolltest aber ihre Namen nicht nennen. Willst du das vielleicht jetzt tun?«

»Ich weiß nicht ...«

»Haben die dich so zugerichtet?«

»Nein, das war ...«

»Die Autotür, ach ja, das hatte ich ganz vergessen«, sagte Marta. »Dein Mann hat denen viel Geld geschuldet, hast du letztes Mal gesagt. Du hattest keine Ahnung, wie Hallur das jemals zurückzahlen sollte. Ich frage dich noch einmal, haben die dich so zugerichtet?«

Glóey antwortete nicht.

»Sie haben ihn bedroht«, fuhr Marta fort, »und er dachte, er hätte einen Weg gefunden, um das Geld aufzutreiben. Das hast du gesagt.«

»Ich war wütend«, sagte Glóey. »Und habe Mist erzählt. Das war alles gelogen.«

»Haben die dich so zugerichtet?«

»Ich habe nicht aufgepasst, als ich das Auto aufgemacht habe«, sagte Glóey.

»Was für Männer sind das?«

»Ich habe einfach nicht aufgepasst.«

Die Vernehmungen von Hallur verliefen schleppend. Der einzige Hinweis darauf, dass er in Valborgs Wohnung gewesen war, bestand aus Erdspuren aus dem Hinterhof, die die Polizei an seinen Schuhen gefunden hatte, und das hatte er erklären können. Er hatte einen unangenehmen Geruch im Treppenhaus wahrgenommen, nachdem er die Wohnung von Glóeys Schwester verlassen hatte. Niemand hatte den leisesten Schimmer, was das bedeuten sollte, bis ihnen schließlich einfiel, dass es im Treppenhaus Müllschlucker gab.

Die Polizei hatte sich mit viel Aufwand die Aufnahmen von Überwachsungskameras aus der Umgebung von Valborgs Wohnung besorgt und gehofft, man könnte so nachvollziehen, wann Hallur wo gewesen war, und das mit seinen Aussagen abgleichen. Doch wie in den meisten Wohngebieten, gab es nur wenige Kameras, und die Ausbeute war entsprechend gering.

Marta stattete Emanúel einen erneuten Besuch ab. Er behauptete noch immer steif und fest, er habe nur sein neues Fernglas ausprobieren wollen, das er aus rein astronomischem Interesse besaß. Es war von der Firma Acuter und konnte sogar auf ein Stativ montiert werden, wie es viele zum Fotografieren benutzten. Es nahm ziemlich viel Platz ein, nachdem Emanúel es auf Martas Wunsch wieder in seinem Wohnzimmer aufgebaut hatte. Aus irgendeinem Grund hatte der Hobbyastronom es nach dem Besuch von Konráð sofort in den Keller verbannt.

Ein Fernglas dieser Art eignete sich besonders gut dazu, Dinge zu beobachten, die deutlich näher lagen als Planeten und Sterne. Marta hatte beschlossen den Ablauf der Ereignisse rund um den Mord an Valborg möglichst genau zu rekonstruieren. Emanúel erwies sich als kooperativ. Hallur nicht so sehr, aber er machte mit. Er wurde in das Treppenhaus vor Valborgs Wohnung gebracht. Eine Polizistin platzierte sich hinter der verschlossenen Wohnungstür, Hallur tat so, als würde er sie überfallen und zu

Boden werfen, dann sollte er die Wohnung betreten und von Zimmer zu Zimmer gehen. Er trug eine schwarze Sturmhaube, die sie bei ihm zu Hause gefunden hatten, und dieselbe Kleidung wie an dem Abend der Tat. Dann lief er aus der Wohnung, und der Versuch war beendet.

Emanúel beobachtete ihn mit dem Fernglas, bis Hallur ins Treppenhaus entschwand und damit außer Sicht war. Marta stand neben ihm, stellte sicher, dass er nirgendwo anders hinguckte, und bat ihn am Schluss um seine Einschätzung. Die Frage war einfach: War das derselbe Mann, der Valborg angegriffen hatte?

»Kann schon sein«, sagte Emanúel. »Aber sicher bin ich mir nicht.«

Marta stand schweigend da und sah den Voyeur mit einem strengen Gesichtsausdruck an, in der Hoffnung, eine eindeutige Antwort aus ihm herauszubekommen.

»Ich denke schon«, sagte Emanúel.

»Gut«, sagte Marta.

»Aber sicher bin ich nicht.«

»Was denn nun?«

»Na, es kann sein. Oder auch nicht.«

»Herrgott im Himmel«, seufzte Marta.

Sie hatte mit Emanúels Sohn gesprochen, der sagte, sein Vater sei ein Perverser, der die Abende mit einem Fernglas am Fenster verbrachte, Leute ausspionierte und dachte, niemand würde es bemerken. Gut, manchmal gehe er wirklich auf den Balkon und schaue mit dem Fernglas in den Himmel, aber häufiger mache er etwas anderes damit. Begonnen habe es vor ungefähr einem Jahr, kurz nach der Trennung von seiner Frau. Der Sohn schämte sich für seinen Vater und betonte immer wieder, er habe mit der Sache nichts zu tun. Er wolle bald ausziehen und mit zwei Freunden eine WG in Breiðholt gründen.

Als Marta von Emanúel keine eindeutigere Antwort bekam, teilte sie ihren Kollegen mit, dass das Experiment beendet sei. Hallur wurde in die Untersuchungshaft zurückgebracht. Er betonte weiterhin seine Unschuld und beschwerte sich, dass man ihn festhielt. Marta befragte Emanúel noch lange zu dem, was er an dem Abend des Mordes durch sein Fernglas gesehen hatte. Er gab ein klägliches Bild ab, wie er da an seinem Fernglas stand und darauf wartete, dass diese Fragen aufhörten, damit die Kommissarin endlich verschwand und er sein normales Leben zurückbekam. Er tat ihr leid, insbesondere, wenn sie an seinen Sohn dachte, der offenbar jeglichen Respekt vor seinem Vater verloren hatte.

»Warum machst du das?«, fragte sie schließlich.

»Ich weiß es nicht«, sagte Emanúel.

»Ist das nicht ziemlich altmodisch? Du weißt schon, dass sich die Leute heute normalerweise im Internet ausspionieren, oder? Wäre das über Facebook nicht viel einfacher? Mit einem Fernglas am Fenster stehen, so was macht doch heutzutage keiner mehr.«

Emanúel spürte offenbar, dass Marta Mitleid mit ihm empfand, seit sie mit seinem Sohn gesprochen hatte.

»Was suchst du?«, fragte sie. »Nackte Frauen?«

»Nein«, antwortete Emanúel rasch.

»Was dann?«

»Irgendwas anderes«, sagte Emanúel.

»Was denn?«

»Ich weiß es nicht. Glück.«

»Glück? Ist das dein Ernst?«

Emanúel antwortete nicht. Marta besah sich das Fernglas auf dem Stativ und fragte, ob er Fotos machte. Ob er auch eine Kamera mit starkem Teleobjektiv besaß, die er auf dem Stativ befestigen konnte. Emanúel ließ sich Zeit mit seiner Antwort. Dann räumte er ein, dass er eine ganz anständige Kamera habe.

»Ich wollte die eigentlich längst löschen«, sagte er entschuldigend.

Dann schaltete er die Kamera an und öffnete den Ordner, der das dokumentierte, was er eben Suche nach Glück genannt hatte, und erlaubte Marta, sie durchzusehen. Die meisten waren auf der Straße aufgenommen und zeigten Passanten, Familien vor Eisdielen, junge Leute, die sich küssten. Einige waren von dem Stativ aus seiner Wohnung aufgenommen und zeigten ältere Leute, die bei sich zu Hause lasen, Leute mit kleinen Kindern am Küchentisch, ein Ehepaar, das sich abends vor dem Fernseher aneinanderschmiegte. All das waren Bilder, die die Privatsphäre dieser Menschen verletzten, aber keines war sexuellen Inhalts.

Nach einiger Zeit entdeckte Marta das Bild einer Frau, die ihr bekannt vorkam. Sie saß allein in ihrem Wohnzimmer und schien zu weinen.

»Hier hast du aber nicht gerade das Glück festgehalten«, sagte Marta und zeigte es Emanúel. Das Bild zeigte die Frau, von der Marta annahm, dass sie häusliche Gewalt erlebte.

»Nein«, sagte Emanúel. »Ihr Mann ist schlimm. Ich habe gesehen, wie er sie an dem Abend geschlagen hat. Ich habe gesehen, wie er … das war furchtbar. Einfach nur furchtbar.«

Einunddreißig

Konráð kannte keine Hebammen, aber seine Frau Erna hatte als Ärztin im Krankenhaus gearbeitet und kannte jede Menge medizinisches Fachpersonal. Konráð hatte im Laufe der Jahre viele von ihnen kennengelernt. Eine von ihnen war Svanhildur, die manchmal Obduktionen vorgenommen und mit Konráð zusammengearbeitet hatte, als er noch bei der Kriminalpolizei gewesen war. Im Laufe der Zeit hatten sie sich angefreundet. Und mehr als das. Nach dem Tod von Erna hatte Svanhildur sich gelegentlich bei ihm gemeldet, um zu hören, wie es ihm geht, doch er war nie richtig darauf eingegangen und tat am liebsten so, als wäre zwischen ihnen nie etwas passiert. Wenn er hingegen aus beruflichen Gründen Kontakt mit ihr aufnahm, weil er Informationen brauchte, war sie immer hilfsbereit gewesen, ohne dafür etwas von ihm zu erwarten. Sie hatte vielleicht höchstens einmal angeregt, auch über das zu reden, was wirklich wichtig war, oder gesagt, dass er keinen Grund habe, ihr aus dem Weg zu gehen.

Nach langem Nachdenken und einigen ermutigenden Gläsern Wein rief er Svanhildur noch am selben Abend an, als er bei Pálmi gewesen war. Er kam typischerweise sofort zur Sache und fragte, ob sie ihm helfen könne, eine Hebamme zu finden, die um 1970 für ihre ablehnende Haltung gegenüber Abtreibungen bekannt gewesen war . . .

»Schwangerschaftsabbruch«, sagte Svanhildur.

»Was?«

»So nennen wir das heute.«

Svanhildurs Interesse an der Sache war sofort geweckt. Wenn sie sich darüber wunderte, dass er so spätabends noch anrief, ließ sie es sich nicht anmerken. Sie sagte auch nichts dazu, dass er etwas undeutlich sprach. Stattdessen fragte sie, um was genau es gehe und was das mit Hebammen zu tun hätte. Also erzählte er ihr von seiner Bekanntschaft mit Valborg, der er seine Hilfe verweigert hatte, was er nun bereute, zumal er ihr wahrscheinlich hätte helfen können und ihr eigentlich völlig grundlos die kalte Schulter gezeigt hatte. Und nachdem er erfahren hatte, dass sie in ihrer Wohnung ermordet worden war, fragte er sich sogar, ob er das vielleicht hätte verhindern können, wenn er nicht so abweisend gewesen wäre.

An diesem für Konráðs Verhältnisse ungewöhnlich langen Monolog merkte Svanhildur, dass es ihm nicht gut ging. Sie fragte sich, ob er seinen Weinkonsum noch im Griff hatte.

»Valborg. Die Frau in dem Wohnblock?«, fragte sie.

»Ich hätte ihr durchaus helfen können. Ich verstehe einfach nicht, warum ich es nicht gemacht habe.«

»Aber damit hättest du doch nicht vermeiden können, was passiert ist«, sagte Svanhildur. »Du bist kein Polizist mehr. Du bist Rentner.«

»Was, wenn es einen Zusammenhang gibt?«

»Wie denn das?«

»Sie hat sich nach dem Kind erkundigt, bevor sie zu mir gekommen ist. Vielleicht hat sie dadurch das alles erst in Gang gesetzt.«

»Deutet etwas darauf hin?«

»Nein.«

»Und sie war Hebamme? Oder warum fragst du nach Hebammen?«

»Valborg war schwanger und wollte das Kind nicht. Sie ist an eine Hebamme geraten, die das Kind auf die Welt gebracht und anderen Leuten gegeben hat. Sie hat es sozusagen verschwinden lassen. Nun wollte Valborg, dass ich dieses Kind finde. Das ist fast fünfzig Jahre her, und sie hatte keine Ahnung, was aus dem Kind geworden ist. Sie hat es nie gesehen. Es kann ein Junge sein aber ebenso gut auch ein Mädchen.«

»Und jetzt suchst du auf einmal nach diesem Kind?«, fragte Svanhildur. »Ist das nicht ein bisschen spät?«

»Ja. Furchtbar spät.«

»Du hast gesagt, sie hat das Kind verschwinden lassen, meinst du damit, sie hat es umgebracht?«

»Das denke ich nicht, und Valborg hat auch nichts in der Richtung angedeutet. Es scheint eher so, als ob diese Hebamme von einem Ehepaar gewusst hat, das ein Kind adoptieren wollte, und auf diese Weise für das Kind ein Zuhause gefunden hat. Sie hat das offenbar so gemacht, dass niemand etwas mitbekommen hat, außer natürlich diejenigen, die daran beteiligt waren. Sie hat vielleicht auch Papiere fälschen müssen. Die Adoptiveltern könnten gesagt haben, sie hätten das Kind ganz normal adoptiert oder selbst bekommen, das hätte sicher niemand hinterfragt, schon gar nicht damals.«

»Weißt du, warum die Frau das Kind nicht wollte?«

»Nein, aber ich arbeitete daran«, sagte Konráð.

Sie schwiegen eine Weile und dachten nach, dann hielt Svanhildur es nicht mehr aus.

»Rufst du nur deswegen an oder …?«

»Es tut mir gut, mit dir darüber zu reden«, sagte Konráð. »Es hat mir immer gutgetan, mit dir zu reden.«

»Dann gehst du mir nicht mehr aus dem Weg?«, sagte Svanhildur. »Erna ist doch jetzt schon lange tot. Ich will ja gar keine alten Unsitten wieder aufleben lassen. Ich glaube nur, es würde dir guttun, wenn wir darüber reden, was damals passiert ist. Zwischen uns. Ich weiß, dass dir das guttun würde. Und ich weiß, dass es dir schlecht geht, weil alles so gelaufen ist, wie es nun einmal gelaufen ist. Weil wir sie hintergangen haben. Aber ich glaube wirklich, dass es nichts besser gemacht hätte, wenn sie von uns gewusst hätte. Nichts.«

»Ich hätte das gern anders gemacht«, sagte Konráð. »Ich hätte nicht auf dich hören sollen.«

»Du gibst doch nicht etwa mir die Schuld?«

»Nein, natürlich nicht. An so was hat niemand Schuld.«

»An so was ...?«

»Weißt du, was das Schlimmste ist? Manchmal ertappe ich mich bei dem Gedanken, dass sie von uns gewusst hat. Und einfach nur nichts gesagt hat. Dass sie wusste, dass ich ihr untreu bin, aber abwarten wollte, bis ich es ihr von alleine sage. Dass ich ehrlich zu ihr bin. Es ist kein gutes Gefühl, es ihr nie gesagt zu haben.«

»Sie wusste nichts von uns.«

»Da bin ich mir eben nicht sicher. Der Gedanke lässt mich einfach nicht los. Abgesehen davon hätte sie es wissen sollen. Das wäre ihr gutes Recht gewesen. Sie hatte einen siebten Sinn für so was, ich kann mir gut vorstellen, dass sie eins und eins zusammengezählt und einfach nichts gesagt hat. Darauf gewartet hat, dass ich das tue und um Verzeihung bitte.«

»Du solltest dich nicht so quälen.«

»Ich weiß. Aber ich tue es trotzdem.«

Wenig später endete das Telefongespräch damit, dass sie sagten, sie sollten sich bald einmal treffen, doch es wirkte nicht besonders überzeugend. Svanhildur versprach, sich nach der Hebamme zu erkundigen. Konráð öffnete eine neue Flasche Rotwein, der The Dead Arm hieß. Erna hatte diesen Wein vor vielen Jahren entdeckt und ihm geschenkt, weil einer seiner Arme von Geburt an nicht ganz in Ordnung war, weniger Kraft hatte als der andere, sodass er ihn nicht voll belasten konnte. Konráð hatte sich angewöhnt, die eine Hand in die Hosentasche zu stecken, wenn er mit unbekannten Menschen sprach, als wollte er diese Schwäche verbergen. Dabei schämte er sich gar nicht dafür – er wollte nur nicht, dass jemand ihn bemitleidete. Er hielt die Vorstellung nicht aus, dass jemand ihn für schwach hielt. Erna hatte das nie getan. Für sie war der Arm etwas vollkommen Normales, sie hatte dem keine große Beachtung geschenkt. Für Erna war Konráð so, wie er war, und sie hatte den passenden Rotwein gefunden, um ihm das zu zeigen.

Konráð lächelte bei dem Gedanken, dann fiel sein Blick erneut auf das alte Holzstück, das seinem Vater gehört hatte. Er nahm es zur Hand und dachte darüber nach, wie schon so oft. Er erinnerte sich kaum noch daran, wie die Affäre begonnen hatte. Er war ausgebrannt gewesen. Er hatte jahrelang erfolglos nach einer vermissten Person gesucht, von der sich später herausstellen sollte, dass sie Opfer eines ganz banalen Mordes geworden war. Man hatte nur die Leiche nicht gefunden, weil sie im Gletscher Langjökull begraben wurde und erst dreißig Jahre später zufällig zum Vorschein kam – ein Nebeneffekt der Klimaerwärmung.

Konráð war nie so deprimiert gewesen. Die Ermittlungen in dem Fall waren eingestellt worden, er hatte das Gefühl, versagt zu haben, und so vergingen viele Jahre, ohne dass er aus seiner Niedergeschlagenheit herausfand. Und irgendwann, als Erna auf einer Konferenz im Ausland war, ging er mit einigen Kollegen von der Polizei abends aus und traf in einer Disco auf Svanhildur, die mit ihren Freundinnen unterwegs war. Sie war damals seit zwei Jahren geschieden und wohnte allein. Svanhildur meinte, er könne mit zu ihr kommen, um sich von dort ein Taxi zu rufen, dann führte eins zum anderen. Sie tranken noch etwas, er fing an mit ihr rumzumachen, dann schliefen sie zum ersten Mal miteinander. Am nächsten Morgen schlich er sich ohne Abschied davon. Als wäre er nie dort gewesen. Als wäre das nie passiert. Das konnte er gut.

Doch es war passiert, und zwar auf verstörend selbstverständliche Art und Weise. Es war einfach so passiert, sie hatten nichts planen oder vorbereiten müssen – das hatte ihn wohl mehr überrascht als alles andere. Und damit hätte es auch enden sollen. Dann hätte er Erna erzählen können, er habe einen einmaligen Fehler gemacht, es käme nie wieder vor. Er war fest entschlossen, das zu tun, sobald Erna von ihrer Reise zurückkam, doch dann rief Svanhildur an und wollte ihn treffen. Konráð sagte zuerst Nein, dann jedoch rief er sie zurück und sagte, er müsse mit ihr reden. Er wollte ihr sagen, dass er seiner Frau von ihrem einmaligen Absturz erzählen würde. Sie trafen sich bei ihr zu Hause. Es passierte wieder.

In den folgenden Jahren trafen sie sich in unregelmäßigen Abständen und beendeten die Sache erst, als Erna krank wurde. Konráð hatte Erna nie davon erzählt. Für Svanhildur und ihn war es nie ein Problem gewesen, sich unauffällig zu treffen. Erna arbeitete zu dieser Zeit viel und Konráð war auch ständig ›im Dienst‹. Wonach hatte er gesucht? Was hatte er von dieser Affäre mit einer geschiedenen Frau? Was gab ihm das? Abwechslung? Nervenkitzel? Lenkte es ihn von den Dingen ab, die ihn langsam innerlich zerfraßen, von diesem Fall, der sich einfach nicht lösen ließ?

Er hatte das Einzige zerstört, das ihm im Leben etwas bedeutete. Der Gedanke daran, dass Erna vielleicht von seiner Untreue gewusst hatte, ohne sich etwas anmerken zu lassen, wurde mit der Zeit immer unerträglicher.

Konráð schlug das Holzstück auf die Tischkante. Je mehr er sich über sich ärgerte, umso fester. Er wusste, dass dieser sonderbare Gegenstand nicht das Einzige war, was er von seinem Vater geerbt hatte. Da war auch die Gleichgültigkeit. Die Unzuverlässigkeit. Und die Wut. Während er aufwuchs, hatte er immer wieder erlebt, wie Menschen sich hintergingen und belogen – so etwas wie einen ehrlichen Umgang hatte es nicht gegeben. Konráð wusste, dass viel Wahrheit in dem steckte, was Erna einst über seine Vergangenheit gesagt hatte. Während seine Altersgenossen lernten, dass man nicht stehlen soll, hatte er seinem Vater geholfen, Diebesgut von einem Ort zum anderen zu schaffen.

Bis heute entschied Konráð sich nicht immer für Ehrlichkeit, wenn eine andere Möglichkeit ihm besser in den Kram passte. Die Lüge war sein ständiger Begleiter. Dabei waren das nicht unbedingt die Lügen, die er anderen erzählte, sondern auch die Lügen, die er sich selbst auftischte.

Plötzlich hatte Konráð das Gefühl, als ob auf diesem Stück Holz ein Fluch lastete. Dass alles, was in seinem Leben schiefgegangen war, die Schuld seines Vaters wäre. Er schleuderte es gegen die Wand. Es gab einen Knall. Dann hörte er ein merkwürdiges dumpfes Geräusch, das aus der tiefsten Vergangenheit zu kommen schien.

Zweiunddreißig

Der Mann war im selben Alter wie Konráð und lebte seit dreißig Jahren in Reykjavík. Pálmi hatte sich über ihn informiert und seine Adresse ausfindig gemacht. Konráð fuhr sofort zu ihm. Der Mann hatte in der Umgebung von Reykjavík hier und da in Fischfabriken gearbeitet und auch für isländische Bauunternehmen, die auf der amerikanischen Militärbasis am Flughafen Keflavík tätig waren. Auch als Taxifahrer hatte er schon gearbeitet. Er war eine Zeit lang verheiratet gewesen und hatte zwei Kinder, doch die Ehe war schon vor vielen Jahren in die Brüche gegangen, und heute wohnte er allein in einer Souterrainwohnung im Stadtteil Vogahverfi.

Auf seinen Namen war keine Telefonnummer angemeldet, und er war nicht zu Hause, als Konráð bei ihm ankam. Konráð setzte sich wieder in sein Auto und wartete. Er hatte eine Zeitung und eine Thermoskanne mit Kaffee dabei und machte es sich bequem. Als er bei den Nachrufen angelangt war, bemerkte er einen Mann, der auf das Haus zuging, einen Schlüsselbund herausholte und die drei Treppenstufen zu der Souterrainwohnung hinabstieg. Vom Alter her passte es.

Konráð stellte den Kaffee weg und legte die Zeitung beiseite, dann ging er auf das Haus zu und stellte bald fest, dass der Mann die Tür nicht hinter sich geschlossen hatte.

Das erklärte sich wenig später, als er mit einem Müllbeutel in der Hand wieder erschien und um das Haus herum zu einer Mülltonne ging. Er warf Konráð einen Blick zu, grüßte ihn aber nicht und war im Begriff, wieder in seiner Wohnung zu verschwinden, als Konráð beschloss, ihn kurz zu stören.

»Ísleifur?«

Der Mann drehte sich um und starrte Konráð an.

»Ja, das bin ich.«

Pálmi hatte Konráð angerufen und ihm von zwei Vergewaltigungsfällen aus der damaligen Zeit berichtet. In einem Fall war der Täter schon seit vielen Jahren tot, ein verurteilter Gewalttäter, der in Grindavík bei einer Frau eingebrochen war und sie so brutal misshandelt hatte, dass sie fast gestorben wäre. Der Beschuldigte in dem anderen Fall hieß Ísleifur. Pálmi erinnerte sich dunkel daran, dass er ihn als jungen Mann einmal kennengelernt hatte. Dann war dieser Ísleifur in den späten Sechzigerjahren von einer jungen Frau angezeigt worden, die behauptete, er habe sie nach einer Tanzveranstaltung in Keflavík vergewaltigt. Das sei in einer beliebten Diskothek passiert, die zu diesem Zeitpunkt bereits geschlossen hatte, sodass sonst niemand mehr dort war. Die Frau arbeitete in der Disco und war geblieben, um aufzuräumen und alles abzuschließen. Ísleifur bestritt nicht, zur fraglichen Zeit vor Ort gewesen zu sein, behauptete allerdings, die Frau hätte ihn dazu eingeladen. Sie hatten sich zwar vorher nicht gekannt, aber im Laufe des Abends öfter miteinander geredet und sich gut verstanden. Schließlich hatte die Frau angeblich gesagt, er solle auf sie warten, damit sie noch etwas Schönes miteinander machen könnten, nachdem sie alles aufgeräumt hätte. Und so war es nach seiner Darstellung auch gekommen. Sie hatten auf einem Sofa miteinander geschlafen, dann machte er sich auf den Heimweg, ohne auch nur auf die Idee zu kommen, er könnte ein Verbrechen begangen haben.

Die Frau erzählte eine ganz andere Geschichte. Ísleifur habe sie an jenem Abend zweimal angesprochen, ohne dass sie sich zuvor gekannt hätten. Beim ersten Mal habe er gefragt, wann sie Feierabend mache und was sie danach vorhabe, woraufhin sie geantwortet hatte, sie gehe nach Hause, sie wolle schlafen. Er habe an dem Abend Alkohol getrunken, sei aber nicht sonderlich betrunken gewesen. Eine Stunde später seien sie sich erneut über den Weg gelaufen, und er habe sie noch einmal gefragt, wann sie Feierabend mache, und sie habe geantwortet, sie müsse nach der Schließung noch aufräumen, dann wolle sie nach Hause gehen, sie sei hundemüde nach ihrer Schicht und wolle nur noch schlafen.

Als die Band, das Barpersonal und alle anderen Mitarbeiterinnen und Mitarbeiter gegangen waren, blieb sie allein in der Disco zurück. Doch als sie sich schließlich auf den Heimweg machen wollte, war Ísleifur plötzlich aus der Herrentoilette gekommen. Sie hatte nicht damit gerechnet, dass noch ein Gast da war, und erschrak dementsprechend. Sie fragte, was er hier noch tue, und er antwortete, dass er auf dem Klo eingeschlafen sei. Sie bekam sofort ein mulmiges Gefühl und bat ihn höflich, zu gehen, die Disco sei geschlossen. Er fragte, warum sie es so eilig habe, ob sie nicht zusammen noch einen trinken wollten.

Sie lehnte entschieden ab, und als er keine Anstalten machte zu gehen, wusste sie nicht, ob sie einfach hinauslaufen oder ein Telefon suchen und die Polizei rufen sollte. Dann bekam sie große Angst und wollte weglaufen, und er packte sie und hielt ein Messer in der Hand.

Konráð betrachtete den Mann. Man konnte Ísleifur ansehen, dass er einmal so kräftig gewesen war, wie die Frau ihn beschrieben hatte, obwohl er inzwischen sicherlich niemandem mehr seinen Willen aufzwingen konnte. Sein Rücken war krumm, die Wangen eingefallen, doch sein Gesichtsausdruck hatte noch immer etwas Rüpelhaftes, vielleicht lag das an seinen struppigen Augenbrauen. Pálmi hatte einen dünnen David-Niven-Schnurrbart erwähnt, den der Mann auch heute noch trug – ein Relikt aus der Zeit, als er noch versucht hatte, den Frauen zu gefallen. Konráð besah sich das elegante dünne Oberlippenbärtchen, und es schien ihm, dass Ísleifur sich noch immer für eine ziemlich gute Partie hielt.

»Was willst du?«, fragte er schroff.

Die Aussage der Frau war ohne Widersprüche und blieb im Laufe der ganzen Ermittlungen konsistent. Sie hatte getan, was der Mann gesagt hatte, nachdem er gedroht hatte, sie abzustechen. Sie war vor Angst wie gelähmt gewesen und leistete keinen Widerstand. Doch obwohl er gedroht hatte, er würde sie ausfindig machen und umbringen, wenn sie ihn anzeigte, ging sie sofort zur Polizei. Ísleifur wurde verhaftet und vernommen. Eine ärztliche Untersuchung dokumentierte die Verletzungen der Frau. Anzeichen, die darauf hindeuteten, dass sie sich gewehrt hatte, gab es nicht. Ísleifur war zuvor nicht mit dem Gesetz in Konflikt gekommen. Seine Version der Ereignisse wirkte glaubwürdig. Es stand Aussage gegen Aussage. Und Ísleifur wurde freigesprochen.

»Darf ich dich kurz mal stören? Es geht um eine Sache, die einige Jahre her ist«, sagte Konráð. »Dauert sicher nicht lange.«

Ísleifur sah ihn mit durchdringendem Blick an.

»Was soll das heißen?«, fragte er.

»Es geht ums Glaumbær«, sagte Konráð.

»Glaumbær?«, sagte der Mann ebenso abweisend wie überrascht. »Was ist das?«

»Was das ist? Du erinnerst dich doch ans Glaumbær«, sagte Konráð. »Die Disco.«

»Und wer bist du?«

»Ich war mal bei der Polizei. Konráð. Du warst doch damals ab und zu im Glaumbær, oder?«

»Geht dich nichts an«, sagte Ísleifur. »Was willst du von mir?«

»Ich möchte wissen, ob du dort noch mal das gemacht hast, was du mit einer Frau in Keflavík gemacht hast.«

Der Mann sah Konráð verständnislos an.

»Ob du kurz vor Weihnachten 1971, ungefähr zu der Zeit, wo der Laden abbrannte, ein Messer mit ins Glaumbær genommen hast«, fuhr Konráð fort. »Und eine Frau überfallen hast, die ich kenne. Sie überfallen und vergewaltigt hast. Wie zuvor in Keflavík.«

Der Mann richtete sich auf. Langsam wurde ihm klar, was dieser unerwartete Besucher wollte.

»Ich habe lange nichts mehr von der Sache in Keflavík gehört«, sagte er, nachdem er einige Zeit nachgedacht hatte, wobei er sich mit dem Finger über den Schnurrbart strich. »Das war doch alles erstunken und erlogen von dieser Frau.«

»Warum sollte sie sich so etwas ausdenken?«, sagte Konráð. »Ihr kanntet euch nicht. Sie wusste nicht, wer du warst. Was hätte sie davon gehabt?«

»Diese Schlampen lügen doch alle. So sind die eben.«

»Und Glaumbær?«, fragte Konráð. »Ist da auch nichts passiert?«

Der Mann zögerte.

»Ich weiß nicht, wovon du redest«, sagte er dann.

»Sie hieß Valborg. Die Frau im Glaumbær. Sie ist vor einigen Tagen auf ziemlich brutale Weise ermordet worden. Das hast du sicherlich mitbekommen, wurde ja überall drüber berichtet. Hast du dazu etwas zu sagen?«

»Nein, das habe ich nicht«, sagte Ísleifur. »Und du gehst jetzt besser. Ich habe nichts getan. Die Frau in Keflavík wollte mir die Sache anhängen, und warum du mich mit diesem Glaumbær nervst, weiß ich nicht.«

Der Mann wandte sich wieder dem Souterrain zu.

»Hast du da auch ein Messer gehabt?«

Ísleifur antwortete nicht.

»Du hast vielleicht ein Kind, von dem du nichts weißt«, sagte Konráð, um ihn aus der Reserve zu locken. »Das wäre doch mal was Schönes.«

Ísleifur blieb stehen.

»Valborg hat neun Monate nach dem Brand im Glaumbær ein Kind bekommen«, sagte Konráð. »Sie hat nie gesagt, wer der Vater war. Keiner Menschenseele. Warst du das vielleicht?«

Ísleifur wandte sich Konráð zu und sagte ihm, er solle bloß abhauen, spuckte ihm vor die Füße, verschwand in seiner Souterrainwohnung und knallte die Tür hinter sich zu.

Dreiunddreißig

Eygló hatte den ganzen Tag versucht Stellas Neffen, den Steuerberater, zu erreichen, doch ohne Erfolg. Schon am Vormittag hatte sie ihn angerufen, doch er nahm nicht ab und schien auch kein Vorzimmer zu haben, wo jemand für ihn ans Telefon ging. Im Laufe des Tages erreichte sie auch nicht mehr, und als es schon auf sechs Uhr zuging, wollte sie es ein letztes Mal versuchen. Nachdem sie es einige Male hatte klingeln lassen, nahm er endlich ab. Eygló sagte, wer sie sei. Er erinnerte sich sofort und wurde plötzlich sehr wortkarg. Er sagte, er habe viel zu tun und sei auf dem Weg zu einer Besprechung. Also beschloss Eygló, sofort zur Sache zu kommen, es gab da schließlich eine Sache, die ihr einfach nicht aus dem Kopf ging, seit Konráð und sie bei dem Steuerberater gewesen waren.

»Weißt du, wie sie sich Stellas Vertrauen erschlichen haben?«, fragte sie. »Was hat da den Ausschlag gegeben?«

»Was? Wer?«

»Mein Vater und sein Komplize. Was haben die gemacht, um Stella zu manipulieren?«

»Gehst du mir schon wieder damit auf die Nerven?«, sagte er abweisend. Eygló sah seine wulstigen Lippen vor sich. Ihr war fast so, als würde sie wieder die abgestandene Luft in seinem Büro atmen. »Ich will nicht darüber sprechen, das habe ich euch doch gesagt. Das ist eine Familienangelegenheit und geht sonst niemanden etwas an!«

»Ich möchte auch wirklich nur diese eine Sache wissen, dann lasse ich dich in Ruhe, ich verspreche ...«, konnte Eygló noch sagen, dann hatte er aufgelegt.

Eygló starrte ihr Telefon an, wählte abermals die Nummer und wartete. Ein Anrufbeantworter ging ran. Sie überlegte einen Augenblick, dann war es entschieden. Im nächsten Moment saß sie bereits im Auto und fuhr so schnell sie konnte in Richtung Zentrum. Die Fragen ließen sie einfach nicht los, seit sie am Morgen nach dem Aufwachen nur zögernd in ihr Wohnzimmer gegangen war und dabei noch immer das Bild von ihrem durchnässten, über das Klavier gebeugten Vater Engilbert vor Augen hatte.

Der Mann verließ gerade das Bürogebäude, als Eygló ankam. Sie hatte in einiger Entfernung parken müssen, war dann eilig zu seinem Büro gelaufen und war ganz außer Atem, als sie ihm zurief, er solle warten. Er drehte sich um. Und als er sah, wer da kam, beschleunigte er den Schritt. Er war schon an der Domkirche um die Ecke gebogen, da hatte sie ihn eingeholt und hielt ihn fest.

»Nun warte doch mal, dann muss ich dir nicht so hinterherrennen«, keuchte sie.

»Was fällt dir eigentlich ein?«, sagte er und riss sich los. »Du sollst mich in Ruhe lassen!«

»Nur noch ein paar Fragen, mehr nicht«, sagte Eygló.

»Ich will nicht mit dir reden. Das ist eine Familienangelegenheit. Wir sprechen nicht mit Fremden darüber!«

»Das ist mir klar. Es tut mir auch wirklich leid, dass ich dich so verfolge, aber die Sache geht mir einfach nicht aus dem Kopf. Ich will wirklich nur wissen, was Stella dazu gebracht hat, den beiden zu vertrauen. Da gibt es manchmal ein ganz bestimmtes Detail. Leute, die diese ... diesen Beruf ...«

»Betrüger meinst du?«

»Ja«, sagte Eygló etwas widerwillig und dachte an ihren Vater. »Wenn du so willst.«

»Sie wussten von Stellas Sohn«, sagte der Steuerberater, während er weiterging, aber zumindest nicht mehr versuchte, Stella abzuschütteln. »Wie er gestorben ist. Das habe ich euch doch gesagt.«

»Ja, ich weiß«, sagte Eygló.

»Das war ja auch nicht schwer herauszufinden«, sagte er. »Warum willst du das wissen?«

»Was denkst du, haben sie mit dieser Information gemacht?«, fragte Eygló. »Hatte das etwas mit Musik zu tun?«

»Woher weißt du das?«

»War das so?«

»Ihr Sohn war sehr musikalisch«, sagte er und blieb stehen. Er konnte seine Verwunderung nicht verbergen.

»Wie meinst du das? Hat er Musikunterricht gehabt? Ein Instrument gespielt?«

»Ja. Er war sehr begabt. Ein Ausnahmetalent.«

»Hat er Klavier gespielt?«

»Ja. Woher ... wer hat dir das gesagt?«

»Und was ist dann passiert?«, fragte Eygló.

Der Mann starrte sie an und schwieg.

»Was ist passiert?«, fragte Eygló erneut.

»Sie haben Kontakt zu ihrem Sohn hergestellt«, sagte er schließlich.

»Durch das Klavier?«

Wieder schwieg er lange. Eygló wartete gespannt.

»Das ist eine Familienangelegenheit und geht dich wirklich nichts an«, sagte er ein weiteres Mal.

»Es ist mir klar, dass das eine Familienangelegenheit ist«, sagte Eygló. »Aber du kannst nicht sagen, dass mich das nichts angeht. War es das Klavier? Durch das sie Kontakt zu ihrem Sohn bekommen haben?«

»Der Junge hat ihnen angeblich über das Klavier, auf dem er früher immer geübt hatte, ein Zeichen gegeben«, sagte er. »Stella hat erzählt, dass wie von Geisterhand immer derselbe Ton erklungen ist, ohne dass jemand die Tasten berührt hätte. Sie war überzeugt davon, dass sie auf diese Weise mit ihrem Sohn kommunizieren konnte.«

Es war bereits dunkel geworden, als Eygló in ihrer Küche und im Wohnzimmer Licht machte, sich an das Klavier setzte und über die Tasten strich. Sie war sich sicher, dass die eine Taste noch festklemmte, als sie am Vorabend schlafen gegangen war. Und dass sie den Klavierdeckel sorgfältig geschlossen hatte.

Eygló hörte ein Klopfen an der Tür. Sie ging nach vorn. Sie erwartete niemanden und öffnete dementsprechend vorsichtig die Tür. Draußen stand die abgerissen gekleidete Frau, die sie nach der Trauerfeier für Málfríður auf dem Parkplatz angesprochen und behauptet hatte, sie habe Málfríður gekannt. Sie war auch heute wieder ähnlich abgerissen gekleidet, wie eine Landstreicherin unbestimmbaren Alters mit ausdrucksstarken Gesichtszügen.

»Hast du Kontakt zu ihr gehabt?«, fragte die Frau ohne weitere Vorrede. »Zu unserer lieben Málfríður? Hat sie dir ein Zeichen gegeben?«

»Nein«, sagte Eygló. Sie wollte nicht unhöflich sein, auch wenn die Frau aufdringlich war. Immerhin hatte sie Málfríður gekannt.

»Hat Málfríður gesagt, wie sie es macht? Wie sie Kontakt aufnehmen wird?«

»Nein«, sagte Eygló. »Ich weiß auch nicht, ob ...«

»Glaubst, sie ist jetzt auf der anderen Seite?«

»Ich muss leider ... es ist spät, und ich bin beschäftigt.«

»Weilt sie in der Welt des Lichts?«

»Ja. Auf Wiedersehen«, sagte Eygló und wollte die Tür wieder schließen. Sie wollte die Frau so schnell wie möglich loswerden.

»Wovor hast du Angst?«, fragte die Frau.

»Ich kann gerade nicht, auf Wiedersehen«, sagte Eygló noch einmal bestimmter. »Ich bitte dich, mich nicht mehr zu belästigen.«

»Wovor hast du Angst?«, wiederholte die Frau und machte einen Schritt auf sie zu.

Eygló schloss rasch die Tür. Sie wartete noch eine Weile in ihrer Diele, doch nichts weiter geschah. Als sie dachte, die Frau wäre gegangen, setzte sie sich wieder an das Klavier und ließ das Gespräch mit Stellas Neffen noch einmal Revue passieren. Ihr Vater Engilbert und Konráðs Vater hatten Stella glaubhaft machen können, dass sie durch Stellas Klavier eine Verbindung zu ihrem Sohn herstellen konnten. Eygló kannte einige Geschichten über den Einfallsreichtum von betrügerischen Medien. Vielleicht hatten diese Geschichten sie in den Schlaf begleitet, als Engilbert ihr im Traum erschienen war.

Wenn es denn ein Traum gewesen war. Denn als sie am nächsten Morgen aufgestanden war, war der Klavierdeckel aufgeklappt und die festgeklemmte Taste, die sie am Abend zuvor mit keiner Anstrengung hatte lösen können, hatte sich wie von selbst gelöst und war von den anderen nicht mehr zu unterscheiden.

Eygló strich über das Klavier, sah noch einmal die abgerissen gekleidete Frau vor ihrem inneren Auge und versuchte, nicht zu viel über Botschaften aus dem Jenseits nachzudenken.

Vierunddreißig

Die Tür zitterte noch eine Weile, so heftig hatte Ísleifur sie zugeknallt. Konráð überlegte, ob er ihm anders hätte begegnen sollen. Freundlicher. Er konnte seine Reaktion verstehen. Er hatte jedes Recht zu sagen, Konráð solle bloß abhauen. Ein vollkommen Unbekannter war vor seiner Wohnung aufgetaucht und hatte üble Anschuldigungen in Verbindung mit einem sexuellen Übergriff vorgebracht, der schon so lange zurücklag. Und als wäre das nicht genug, hatte Konráð auch noch angedeutet, Ísleifur könnte ein Kind haben. Ísleifur hatte allen Grund, wütend zu sein. Er hatte keine Vorstrafen, und die Vergewaltigung im Glaumbær war nur eine fixe Idee von Konráð. Er wusste, dass er nicht viel in der Hand hatte, doch irgendwie hatte Valborgs Geschichte auf den altgedienten Polizisten so gewirkt, als würde ihre Schwangerschaft mit einem traumatischen Erlebnis zusammenhängen. Doch vielleicht war er zu weit gegangen. Ísleifur war zwar einmal wegen Vergewaltigung angeklagt gewesen, doch man hatte ihn aus Mangel an Beweisen freigesprochen.

Konráð verzog das Gesicht. Es hatte Zeiten gegeben, zu denen er das anders gehandhabt hätte. Besser. Wahrscheinlich war er dafür inzwischen zu alt. Er hatte nicht mehr die Geduld, umsichtig und höflich vorzugehen, wenn es wirklich wichtig war. Vielleicht hatte er das auch noch nie wirklich gut gekonnt. Er versuchte sich einzureden, dass er nicht leichtfertig so gehandelt hatte, dass es von vornherein sein Plan gewesen war, Ísleifur unter Druck zu setzen und aus dem Gleichgewicht zu bringen, um Erkenntnisse aus seiner Reaktion zu gewinnen. Doch das half nur kurz. Er hätte niemals andeuten dürfen, dass Ísleifur Valborg vergewaltigt hatte und sie dadurch schwanger geworden war. Er hatte zu viel preisgegeben.

Zum Teufel damit, dachte Konráð, als er zurück zu seinem Auto ging. Er musste sich nicht mehr verhalten wie ein Polizist. Er war Rentner. Sein Handy lag auf dem Armaturenbrett, und Konráð sah, dass Svanhildur innerhalb kurzer Zeit zweimal versucht hatte, ihn zu erreichen. Er rief sie zurück. Es stellte sich heraus, dass sie seit ihrem letzten Telefonat nicht untätig gewesen war.

Svanhildur hatte offenbar die meiste Zeit des Tages damit verbracht, sich mit Hebammen und Schwangerschaftsabbrüchen zu beschäftigen. Sie hatte überall in den Krankenhäusern Kontakte, doch Erfolg hatte ihre Suche erst gehabt, als sie eine eher flüchtige Bekannte anrief, die eine Ausbildung zur Hebamme angefangen hatte, bevor sie beschloss Medizin zu studieren. Diese Bekannte erinnerte sich an eine Mitschülerin in der Hebammenschule, die ausgesprochen gläubig war. Sie war Mitglied in einer fundamentalistischen Freikirche und hatte zu Schwangerschaftsabbrüchen eine dementsprechend eindeutige Meinung. Sie hielt bei jeder Gelegenheit lange Predigten gegen derartige Eingriffe und lieferte sich hitzige Wortgefechte mit ihren Mitschülerinnen, bei denen sie nicht selten ausfällig wurde und sogar Drohungen aussprach. In der Hebammenklasse hatte das damals für ziemlichen Aufruhr gesorgt. Sie war zweimal wegen unangemessenen Betragens abgemahnt worden. Schließlich brachte eine Auseinandersetzung zwischen ihr und einer jungen Frau, die sich in Sachen Schwangerschaftsabbruch Rat holen wollte, das Fass zum Überlaufen. Eine Dozentin wurde Zeugin davon, wie die Hebammenschülerin die junge Frau behandelte. Sie geriet darüber mit ihr in Streit, der damit endete, dass die Schülerin ihre Dozentin tätlich angriff. Hiernach hatte die Schülerin das Gefühl, in der Hebammenschule nicht am richtigen Ort zu sein, und verließ sie auf eigenen Wunsch. Eine andere Version der Geschichte besagte, die Schulleitung habe sie von der Schule verwiesen.

Svanhildur erzählte Konráð alles, was sie über diese Angelegenheit in Erfahrung gebracht hatte, und gab ihm Adresse und Telefonnummer ihrer Bekannten, die natürlich sehr viel mehr darüber wusste. Konráð dankte Svanhildur und beschloss, sofort zu dorthin zu fahren. Die Frau wohnte nicht weit von der Wohnung von Ísleifur, vor der Konráð sich noch immer befand.

Er hatte sich nicht angekündigt, die Frau war dementsprechend überrascht über diesen ungewöhnlichen Besuch, empfing ihn jedoch freundlich. Konráð sagte, er sei ein Freund von Svanhildur und habe heute mit ihr gesprochen. Ob er sie noch ein paar Dinge zu dieser Frau fragen könne, die damals auf der Hebammenschule gewesen sei, die sie dann im Streit und ohne Abschluss verlassen hatte?

»Ah, du bist der Polizist«, sagte die Frau und bat ihn hinein. »Als ich vorhin mit Svanhildur gesprochen habe, meinte sie, du würdest dich vielleicht melden. Hast du von der Sache schon etwas gewusst?«

»Ich dachte, du könntest mir vielleicht noch ein bisschen mehr erzählen«, sagte Konráð.

»Wie kommt es, dass ihr beide euch ausgerechnet jetzt dafür interessiert?«, fragte sie. »Sunnefa ist seit vielen Jahren tot.«

»Ach, sie ist tot? Und sie hieß Sunnefa?«

»Wonach sucht ihr denn? Svanhildur hat gesagt, das wäre Teil einer polizeilichen Ermittlung. Und dass du Polizist bist.«

»Nein, aber ich war es viele Jahre. Ich bin Rentner. Ich beschäftigte mich rein privat mit dem Anliegen einer Bekannten, die kürzlich verstorben ist«, sagte Konráð.

»Svanhildur meinte, es geht um die Frau, die ermordet wurde.«

»Das stimmt. Ich möchte herausfinden, ob sie und diese Sunnefa sich gekannt haben. Irgendwie in Kontakt standen. Was weißt du über sie? Offenbar ist sie ja mit der Schulleitung aneinandergeraten.«

»Ja, richtig«, sagte die Frau. »Sie hatte so extreme Ansichten, dass sie irgendwann nicht mehr tragbar war. Sie war so unnachgiebig. Es war ja eine Zeit der großen Veränderungen. Die Leute haben über viele Dinge liberaler gedacht. Sunnefa hat das nicht nur abgelehnt, sie hat es gehasst und das auch so gesagt. Es war unausstehlich, sie musste immer davon anfangen. So eine typisch religiöse Eiferin eben. Sie hielt uns eine Predigt nach der anderen, als hätte sie die einzig gültige Wahrheit für sich gepachtet.«

»Die Leute haben liberaler gedacht?«

»Na ja, über Abtreibungen«, sagte die Frau, als wunderte es sie, dass Konráð nicht selbst darauf gekommen war. »Freie Liebe und dergleichen. Was halt alles so mit den Hippies kam. Die Überzeugung, dass eine Frau selbst über ihren Körper bestimmen darf und das Recht hat, mit ihm zu tun, was sie will. Diese Dinge.«

»Und Sunnefa sah das anders?«

»In der Tat. Und sie musste das auch immer wieder betonen. Die Zahl der Abtreibungen nahm zu, und Sunnefa wehrte sich dagegen mit Klauen und Zähnen.«

»Und dann hat sie die Ausbildung abgebrochen?«

»Da habe ich schon Medizin studiert, aber mir wurde gesagt, dass sie einmal vollkommen ausgerastet ist. Sie hat eine werdende Mutter beschimpft, was natürlich gar nicht geht, wenn das stimmt. Und als eine der Ausbilderinnen eingegriffen hat, um das Schlimmste zu verhindern, hat sie die angegriffen und verletzt. Damit war das Maß voll. Sie war immer schwierig gewesen, hatte Mitschülerinnen beschimpft, die nicht ihrer Meinung waren, doch danach war Sunnefa für die Schule einfach nicht mehr tragbar und musste gehen. Dabei wäre sie wohl eine gute Hebamme geworden. Sie kannte sich bestens aus, aber es war ausgeschlossen, dass man sie den Abschluss machen lässt.«

»Glaubst du, sie hat trotzdem gelegentlich als Hebamme gearbeitet?«, fragte Konráð.

»Das kann ich mir eigentlich nicht vorstellen, aber wissen tue ich es nicht.«

»Was sollten die Frauen denn machen, wenn ...?«

»Sie sollten die Kinder bekommen«, sagte die Frau. »Gottes Wille und so. Sie hat dann immer die Bibel zitiert. Die konnte sie auswendig.«

»Und Adoptionen? Kam so etwas für sie infrage?«

»Ja, natürlich, das ging. Das hat Sunnefa immer wieder gesagt. Dass man doch für die Kinder immer ein gutes Zuhause finden könne.«

»Weißt du, ob sie einer Frau mal dabei geholfen hat?«

»Nein. Hat sie das etwa?«

»Ich weiß es nicht«, sagte Konráð. »Wenn sie nicht als

Hebamme gearbeitet hat und auch nicht in der Frauenklinik, hast du eine Idee, wie sie dennoch davon hätte erfahren können, wenn Frauen eine Abtreibung wollten?«

»Nein, was ...?«

»Oder wie sie mit solchen Frauen in Kontakt gekommen sein könnte?«

»Warum hätte sie das tun sollen?«, fragte die Frau verwundert.

»Um die Frauen davon abzubringen. Nur so eine Idee, ich weiß auch nicht.«

»Vielleicht hat sie in einer Arztpraxis gearbeitet. Aber wissen tue ich es nicht. Diese arme Frau, die neulich ermordet wurde, gibt es da eine Verbindung zu Sunnefa?«

»Das will ich gerade herausfinden«, sagte Konráð.

»Hat das irgendwas mit dem zu tun, was damals passiert ist? Hat das was mit Abtreibungen zu tun?«

»Ich weiß es noch nicht«, sagte Konráð.

»Wurde sie vielleicht deswegen überfallen?«

»Das glaube ich nicht.«

»Ist denn heute niemand mehr sicher?«, fragte die Frau mit einem resignierten Seufzen.

Sie hatte ganz offenbar genug von seinem Besuch, und Konráð wollte sie auch nicht länger behelligen. Er erkundigte sich noch nach Leuten, mit denen Sunnefa damals in Kontakt gestanden hatte, doch dazu konnte die Frau wenig sagen. Sie verwies ihn an einen Freund, der damals in der Uniklinik eine Ausbildung zum Labortechniker gemacht hatte. Sie glaubte, die beiden hätten miteinander zu tun gehabt, Sunnefa und er.

»In welcher freikirchlichen Gemeinde war Sunnefa eigentlich?«, fragte Konráð, während er den Namen des Freundes in seinem Telefon speicherte und sich erhob, um zu gehen, was die Frau sichtlich erleichterte. »Weißt du das zufällig?«

»Gemeinde?«, fragte sie.

»Du hast doch gesagt, sie war in einer Freikirche?«

»Ach, das. Nein, keine Ahnung. Sie war halt nur extrem religiös, mehr weiß ich nicht. Irgendwann, als sie mal wieder gegen Abtreibungen gehetzt hat, hat sie betont, dass alle Kinder Gottes bei ihnen willkommen sind.«

»In der Gemeinde?«

»Ja. Und ein Bibelzitat ist das natürlich auch.«

»Ja?«

»Aber selbstverständlich.«

Konráð musste nicht lange nachdenken.

»Lasset die Kinder zu mir kommen...?«

»Genau.«

Als Konráð wieder bei sich zu Hause im Stadtteil Árbær war, setzte er sich an den Computer und schaute etwas nach, das ihm seit dem Treffen mit Valborg in dem Museum immer wieder in den Sinn kam. Sie hatte ihm damals erzählt, dass sie beim Betrachten der Skulpturen oft an den Tregasteinn denken musste, an den Stein der Reue, der irgendwo in einem Gebirge in Westisland zu finden sein musste. Konráð entdeckte schon bald einen Bericht über einen Felsen im Hólsfjall in der Gegend von Dalir, der Tregasteinn genannt wurde. Man erzählte sich, dass einmal eine Frau mit einem Neugeborenen in seiner Umgebung unterwegs war, als ein Adler ihr das Kind raubte und damit in Richtung des Felsens davonflog. Die Frau lief ihm hinterher. Als sie den Felsen erreichte, sah sie, wie Blut an ihm herunterfloss, und brach erschöpft und verzweifelt zusammen.

Fünfunddreißig

Es regnete schon wieder. Ein dunkler Schauer nach dem anderen ging über der Stadt nieder. Konráð holte Eygló am nächsten Tag um die Mittagszeit ab. Eilig lief sie zu seinem Auto. Sie war ungewöhnlich schweigsam und sah den Scheibenwischern zu, die gegen den Regen anarbeiteten, während er aus dem Stadtteil Fossvogur hinausfuhr, in dem sie wohnte. Konráð beschloss, sie nicht zu stören. Schweigend fuhren sie in Richtung Westen, im Radio lief ein Sender, den Konráð ausgewählt hatte. Amerikanischer Rock. Er hatte die Musik leiser gedreht, als sie ins Auto gestiegen war, und er stellte das Radio auch jetzt nicht wieder lauter.

»Alles okay?«, fragte er an einer roten Ampel.

Eygló seufzte.

»Ärger mit der Ätherwelt?«, fragte Konráð.

»Mach dich nur lustig«, sagte Eygló. »Da ist so eine alte Schachtel, die mir auf die Nerven geht. Eine Freundin von der alten Málfríður, die neulich gestorben ist. Die stand gestern bei mir vor der Tür und hat mir erzählt, wie ich so bin. So was hasse ich wie die Pest. Wieso denken alle möglichen Leute, die ich meinen Lebtag nicht gesehen habe, dass sie mich kennen?«

»Verstehe ich auch nicht.«

»Und mein Klavier macht komische Dinge.«

»Dein Klavier?«

»Ja. Aber mit dir darüber zu reden, hat keinen Sinn«, sagte Eygló barsch.

Wenig später waren sie bei dem Mann angekommen, zu dem sie wollten. Konráð hatte ihn am Morgen angerufen und ihm gesagt, worum es ging. Der Mann, Henning hieß er, hatte das wohlwollend aufgenommen. Er war noch recht rüstig, wohnte allein und versorgte sich weitgehend selber, hatte einen Notrufknopf am Handgelenk und eine Putzhilfe. Seine Bewegungen waren langsam, er machte kleine Schritte und hob die Füße dabei kaum noch an, sodass seine Wollpantoffeln über den Fußboden schlurften. Er sah Konráð lange an, den Sohn des Mistkerls, dessen Kellerwohnung im Schattenviertel er einmal besucht hatte, zusammen mit einem Freund, dem Bruder von Stella.

»Nachdem du angerufen hast, habe ich versucht, mich noch mal an alles zu erinnern«, sagte er im selben Moment, in dem sie die Wohnung betraten. »Aber das meiste habe ich wohl vergessen. An dich erinnere ich mich gar nicht.«

»Es ist ja auch lange her«, sagte Konráð.

»Aber ich erinnere mich noch, dass wir dort waren, im Schattenviertel, wegen Stella. Bei dem Mann in dieser Kellerwohnung. Seine Visage hat mir nicht gefallen. Dein Vater war sich wirklich für nichts zu schade. So mit einer Witwe umzuspringen. Da muss man schon besonders skrupellos sein. Als wir zu ihm kamen, hat er sich benommen wie ein Flegel. Ich habe bei ihm kein bisschen Reue gespürt.«

Konráð wusste nicht, was er sagen sollte. Er hatte schon lange keine Lust mehr, sich zu den Taten seines Vaters zu äußern. Er sah den alten Mann an, konnte jedoch nicht mit Sicherheit sagen, ob das einer der beiden Männer gewesen war, die damals zu ihnen in die Kellerwohnung gekommen waren und seinen Vater bedroht hatten. Dazu hatte er sie damals nicht gut genug gesehen. Und die Zeit und das Alter hatten das Ihrige getan.

Der Mann lächelte Eygló an.

»Und du bist die Tochter des Mediums?«

Eygló lächelte verlegen und nickte.

»Den habe ich nie getroffen. Da ist Haukur allein hin. Also, Stellas Bruder. Mit diesem anderen war offenbar nicht so viel los. Der hat sofort alles zugegeben, aber dann auch ganz schnell gesagt, dass das eigentlich alles die Idee von seinem Komplizen war. Er hat gesagt, dass sie ein paar Tricks auf Lager hatten, die es ihnen leicht gemacht haben, mit Stellas Gefühlen zu spielen. Er hat das alles sehr bereut, das hat Haukur gemerkt. Und er hat immer wieder gesagt, dass er ihr wirklich helfen wollte. Der dachte wohl wirklich, dass er irgendwie ein Medium ist. Ich kann euch nichts anbieten, ich hoffe, das ist nicht schlimm.«

Sie sagten, das sei nicht nötig. Konráð erwähnte, sie hätten von jemandem aus Stellas Familie erfahren, dass Haukur die ganze Sache sehr wütend machte.

»Das kann man wohl sagen. Er hat getobt vor Wut. Nicht zuletzt, weil es ihm nie gelungen ist, das Geld wiederzubekommen.«

»Wenn ich richtig informiert bin«, sagte Konráð, »hat er meinen Vater sogar bedroht und gesagt, er will ihn abstechen wie einen tollwütigen Hund oder so ähnlich. Was natürlich interessant ist, wenn man bedenkt, was meinem Vater zugestoßen ist.«

»Das stimmt schon. Aber Haukur hätte das nie gemacht«, sagte Henning.

»Warum nicht?«

»Haukur konnte zwar manchmal sehr aufbrausend sein, aber eigentlich war er ein guter Kerl. Er hat so was vielleicht mal im Eifer des Gefechts gesagt, aber er hätte nie jemandem etwas zuleide tun können. Ausgeschlossen. Als nach dem Mord Bilder von deinem Vater in der Zeitung waren, haben wir natürlich gesehen, dass das der Mann war, der Stella betrogen hatte. Da habe ich ihn sogar gefragt, ob er mir etwas beichten will. Ich habe ihn das so direkt gefragt, weil ich ja wusste, wie er über deinen Vater gedacht hat. Da war Haukur ganz überrascht, wie ich überhaupt auf so etwas kommen konnte.«

»Aber du bist nun einmal darauf gekommen«, sagte Konráð.

»Ja, aber das war dummes Zeug. Das war nur so dahingesagt. Ich habe ihn dann auch um Entschuldigung gebeten.«

»Hat er denn irgendwas Bestimmtes gesagt, das dich veranlasst hat, ihn zu fragen?«

»Nein. Nur das, was du schon weißt. Und das war lange, bevor dein Vater . . .«

»Wir haben gehört, dass Haukur psychische Probleme hatte«, sagte Eygló.

»Er hatte Migräneanfälle, mehr weiß ich nicht.«

»War er zur Tatzeit in der Stadt?«

»Ja, das war er. Er hat auch gesagt, dass dein Vater nichts anderes verdient hätte. Haukur hat nie ein Blatt vor den Mund genommen.«

»Konnte er mit Messern umgehen?«, fragte Eygló.

»Keine Ahnung«, sagte Henning. »Ich weiß nur, dass er eine Pistole hatte. Er hat sich während des Krieges mit einem der britischen Besatzungssoldaten angefreundet, der hat ihm die geschenkt.«

»Kannte er sich am Schlachthof auf der Skúlagata aus?«, fragte Konráð. »War er mal dort? Kannte er vielleicht Leute, die da gearbeitet haben?«

»Nicht dass ich wüsste. Aber wer weiß.« Der Mann friemelte an dem Notfallknopf an seinem Handgelenk herum. Konráð überlegte, ob er ihn jemals hatte benutzen müssen.

»Habt ihr eigentlich rausbekommen, wer dieser Arzt war?«, fragte der Mann plötzlich, während er sich weiter mit dem Notfallknopf beschäftigte.

»Was für ein Arzt?«, fragte Konráð.

»Der Schulden bei ihm hatte.«

»Bei wem?«

»Bei deinem Vater. Haukur ist noch einmal allein zu ihm hin, da war er offenbar ... umgänglicher und hat versprochen, zumindest einen Teil von dem Geld zurückzuzahlen, das er von Stella ergaunert hat.«

»Er war noch mal bei meinem Vater?«

»Ja.«

»Und warum war er da umgänglicher?«, fragte Konráð. Henning zögerte.

»Was war passiert?«

»Das war wohl recht kurz bevor dein Vater starb. Deswegen hat Haukur mir auch gesagt, ich soll das keinem erzählen. Wegen dem, was danach passiert ist. Haukur hat deinem Vater gedroht, er würde ihn umbringen, wenn er nicht zahlte. Ich weiß nicht genau, was dann passiert ist, aber offenbar hat Haukur ziemlich überzeugend gewirkt. Auf jeden Fall hat dein Vater wohl einen ziemlichen Schreck bekommen. Er hat Haukur gesagt, dass er bald Geld von jemandem bekommt, von einem Mann, dem er einen Gefallen getan hat.«

»Was für ein Gefallen?«, fragte Konráð.

Nun hielt Henning den Notfallknopf an sein Ohr, als handele es sich dabei um seine Armbanduhr.

»Das hat Haukur nie erfahren. Er hat ihm eh nicht so richtig geglaubt. Jedenfalls hat dein Vater behauptet, dass jemand ihm Geld schuldet. Warum Haukur jetzt gedacht hat, dass das ein Arzt ist, weiß ich auch nicht. Wahrscheinlich hat dein Vater so etwas angedeutet. Vielleicht solltet ihr der Sache mal nachgehen. Wo ihr jetzt eh schon dabei seid.«

»Welcher Sache sollten wir nachgehen?«

»Haukur hatte den Eindruck, dass dein Vater gegen diesen Mann etwas in der Hand hatte. So wie dein Vater darüber sprach, klang das wohl sehr nach Erpressung. Dann hat er nichts mehr davon gehört und . . .«

»Ja?«

»Er hat sein Geld natürlich nie bekommen.«

»Ein Arzt?«

»Ja. Ein Arzt.«

Sechsunddreißig

Nach diesem Besuch saßen sie noch eine Weile schweigend im Auto. Henning hatte ihnen keine weiteren Informationen geben können, hatte nur immer wieder betont, er habe ihnen alles gesagt, was er über Haukur und Konráðs Vater wusste. Auch über diesen Arzt konnte er nichts Weiteres sagen, im Gegenteil, er machte sogar einen Rückzieher, als sie ihn genauer befragten, und war sich auf einmal nicht mehr sicher, ob Haukur das wirklich so gesagt hatte. Sein Gedächtnis sei einfach nicht mehr das, was es mal war, er habe lange Zeit nicht mehr an diese Dinge gedacht, erst wieder als Konráð ihn anrief und treffen wollte. Nun seien zwar einige Erinnerungen zurückgekommen, doch die seien eben vage.

»Dieser Haukur könnte deinen Vater durchaus ermordet haben«, sagte Eygló. »Er hat sein Geld nicht zurückbekommen und war psychisch labil. Oder traust du dem das nicht zu?«

»Was könnte mein Vater denn gegen irgendeinen Arzt in der Hand gehabt haben?«, sagte Konráð so leise, als spräche er mit sich selbst. »Wo hatte der denn noch überall die Finger im Spiel?«

»Du hast davon noch nie gehört?«

»Niemals. Ich hatte keine Ahnung davon«, sagte Konráð. »Er war echt immer für eine Überraschung gut, ich habe im Laufe der Zeit so viele verrückte Sachen über ihn gehört, mich wundert gar nichts mehr.«

»Du glaubst, da könnte etwas dran sein?«

»Wenn ich das wüsste«, sagte Konráð. »Aber ausschließen sollte man bei dem gar nichts.«

Sie fuhren los, zurück in Richtung Fossvogur. Eygló erzählte ihm, dass sie noch einmal mit dem Steuerberater gesprochen hatte, um herauszufinden, wie Engilbert und Konráðs Vater Stella dazu gebracht hatten, ihnen so blind zu vertrauen.

»Glaubst du wirklich, dass dein Vater den Jungen herbeigezaubert hat?«, fragte Konráð und schien nicht richtig bei der Sache.

»Ich habe zumindest schon unglaubwürdigere Dinge gehört«, sagte Eygló.

»Und ich kann das einfach nicht glauben. Die haben das gemacht, um an Geld zu kommen, und nicht, weil sie irgendeine Verbindung herstellen wollten. Die haben sie schlicht und einfach betrogen.«

»Engilbert hatte schon gewisse Fähigkeiten«, sagte Eygló. »Echte seherische Fähigkeiten.«

»Zweifellos«, sagte Konráð, ohne dass es überzeugend klang. Er war in Gedanken bei seinem Vater und wunderte sich darüber, wie der ihn auch Jahrzehnte nach seinem Tod noch immer überraschen konnte.

»Ich traue meinem Vater das irgendwie nicht zu«, sagte Eygló. »Dass er eine wehrlose Frau so behandelt hätte. Eine Frau, die schon so viel verloren hatte.«

»Das hat die beiden auf jeden Fall nicht davon abgehalten«, sagte Konráð.

Eygló zögerte. Sosehr sie sich auch bemühte, es wollte ihr nicht gelingen, Konráð davon zu überzeugen, dass es vielleicht nicht für alle Dinge im Leben eine einfache Erklärung gab. Dass es mehr gab als das, was man mit den Händen greifen konnte und mit den Augen sah. Aus diesem Grund wollte sie ihm auch nicht erzählen, dass sie ihren Vater bei sich zu Hause am Klavier gesehen hatte, dass sie den Klavierdeckel am Abend zugeklappt hatte und er am nächsten Morgen offen stand und die festgeklemmte Taste wieder lose war. Und dass sie zu diesem Zeitpunkt noch nicht gewusst hatte, welch wichtige Rolle Stellas Klavier bei der Séance gespielt hatte, bei der ihre Väter die Witwe angeblich so schamlos betrogen hatten. Es wäre sicher besser, einfach den Mund zu halten. Es gelang ihr nur nicht.

»Du hältst wirklich gar nichts von den Fähigkeiten, über die mein Vater verfügt hat und über die ich verfüge, oder?«, sagte sie.

»Ich glaube nicht an Gespenster, wenn du das meinst«, sagte Konráð. »Das weißt du doch. Wir haben darüber gesprochen.«

»Ich würde nur gern wissen, warum sie dachten, sie hätten Kontakt zu ihrem Sohn ...«

»Kontakt? Da gab es keinen Kontakt, Eygló. Sie haben in Erfahrung gebracht, dass der Junge tot ist, und sich dann immer weiter vorgetastet.«

»Komisch, dass du das ausgerechnet so sagst. Stellas Neffe hat mir nämlich erzählt, dass Stella durch das Klavier mit ihrem Sohn kommuniziert hat. Er war ein talentierter Klavierschüler. Seit seinem Tod hat das Klavier verschlossen im Wohnzimmer gestanden, niemand hat es gespielt, doch plötzlich erklang da ein Ton, und das, obwohl der Klavierdeckel geschlossen war. So hat Stella das erzählt. Das Klavier war ihr Ouija-Brett. Jeder Ton war ein

Ja, wenn es still blieb, bedeutete das Nein. So hat sie mit ihrem Sohn kommuniziert.«

»Eygló ...«

»Was, wenn mein Vater wirklich Kontakt mit ihm hergestellt hat? Er war kein schlechter Mann. Was, wenn das alles gar nicht gelogen war? Ich habe Merkwürdigeres erlebt. Ich habe auch ein altes Klavier und ...«

Konráð sah sie an.

»Sie haben eine Witwe auf schändlichste Weise um ihre Spargroschen gebracht«, sagte er. »Schändlicher kann man es sich kaum vorstellen. Das müssen wir akzeptieren. Versuche bitte nicht, mir weiszumachen, dass sie wirklich Kontakt zu ihrem Sohn hatten. Allein schon aus Respekt vor Stella. Und vor ihrem Sohn.«

»Mein Vater hat mir von vielen solchen Erlebnissen erzählt. Meinst du etwa, er hat mich die ganze Zeit belogen?«

»Das weiß ich nicht. Vielleicht hat er auch nur gesagt, was seine Tochter hören wollte.«

Den Rest des Weges schwiegen sie. In Fossvogur hielt Konráð vor Eyglós Reihenhaus. Er spürte, dass seine Worte sie verletzt hatten.

»Was wolltest du eigentlich vorhin sagen? Von deinem Klavier?«, fragte er.

»Vergiss es«, sagte Eygló, stieg aus und knallte die Autotür zu. Dann verschwand sie in ihrem Haus.

Konráð verfluchte sich. Er wusste, er sollte ihr hinterhergehen, doch er konnte sich nicht überwinden. Also fuhr er noch einmal ins Vogahverfi, zu Ísleifur. Vielleicht lag es an dem unglücklichen Verlauf des Gesprächs mit Eygló – auf jeden Fall bereute Konráð es nun umso mehr, dass er bei der ersten Begegnung mit Ísleifur so unsensibel vorgegangen war. Er wollte wissen, ob da noch etwas wiedergutzumachen war, ob es ihm gelang, ein freundlicheres Gespräch mit ihm zu führen.

Er hatte gerade einen Parkplatz gefunden, da sah er Ísleifur die Treppe hinaufkommen. Er ging die Straße entlang auf die nächste Bushaltestelle zu. Er starrte auf den Gehweg, sah weder nach links noch nach rechts, doch Konráð sank trotzdem, wie automatisch, tiefer in seinen Sitz. Er beschloss Ísleifur zu beobachten und herauszufinden, wohin er wollte, auch wenn er solche Spielchen eigentlich albern fand, ja sogar voyeuristisch – gar nicht unähnlich dem, was Emanúel mit seinem Fernglas tat.

Ísleifur hielt eine Plastiktüte in der Hand und bewegte sich langsam. Er trug eine abgewetzte Jacke und eine Wintermütze. An der Haltestelle angekommen, setzte er sich in das Wartehäuschen und sah auf die Armbanduhr. Zwei junge Frauen warteten ebenfalls auf den Bus, doch das interessierte ihn offenbar kaum. Er blickte die Straße hinab, rieb sich mit dem Handrücken die Nase und wartete. Kratzte sich unter der Mütze. Sah auf die Uhr. Wartete.

Wenige Minuten später kam der Bus. Ísleifur stieg ein, zusammen mit den beiden Frauen. Er setzte sich, der Bus fuhr los, und Konráð folgte ihm aus dem Vogahverfi in Richtung Innenstadt. Es war Abend geworden, der Berufsverkehr hatte sich beruhigt, der Bus hielt an jeder Haltestelle, ließ Fahrgäste aussteigen, nahm andere auf. Konráð folgte ihm. Im Radio lief ein altes isländisches Lied, das Erna sehr gemocht hatte, über den ewigen Frühling im verträumten nordisländischen Wald von Vaglaskógur – Konráð sang leise mit.

Ísleifur verließ den Bus am Rande der Innenstadt,

nicht weit von dort, wo früher einmal die Disco Klúbbu-
rinn gewesen war, und ging gebeugt mit seiner Plastiktüte die Borgartún entlang. Vor der großen Bankenpleite
von 2008 war hier ein Bürohochhaus nach dem anderen
hochgezogen worden. Die Leute waren so besessen von
ihrer Gier, dass offenbar niemand darauf geachtet hatte,
dass die Türme aus Glas und Stahl das alte Leuchtsignal
im Turm der Seemannsschule verdeckten, als ob sich in
ihrer Branche niemand darum scherte, ob Schiffe auf
Grund liefen oder nicht. Ísleifur ging weiterhin langsam
und blieb regelmäßig stehen. Er schien sich nicht oft zwischen diesen Glaspalästen zu bewegen, es sah fast so aus,
als bewegte er sich durch eine fremde Stadt, in der er sich
immer wieder orientieren musste. Schließlich kam er an
einem der Hochhäuser an und blickte an der Fassade hinauf, so weit sein steifer Körper es erlaubte.

Konráð ging ihm hinterher. Es war so diesig, dass das
Licht der Straßenlaternen an Schiffsleuchten im Nebel erinnerte, ein feiner Regenfilm legte sich auf sein Gesicht. Er
hielt sich auf der anderen Straßenseite und achtete darauf,
dass Ísleifur ihn nicht bemerkte.

Als er sah, wie Ísleifur in dem Hochhaus verschwand,
überquerte Konráð die Straße und versuchte genauer zu
erkennen, wohin er gegangen war. Das Hochhaus hatte
mehr Stockwerke, als Konráð Lust hatte zu zählen, und
als er sich näher heranwagte, sah er drei Fahrstühle in der
Eingangshalle. Dort hing auch eine große Informationstafel, auf der zu lesen war, welche Firmen aus welchen Bran-
chen auf welcher Etage zu finden waren.

Konráð überlegte einen Moment, ob Ísleifur dort vielleicht als Nachtwächter arbeitete. Die normale Bürozeit
war längst vorbei, dennoch waren noch immer einige

Leute unterwegs, betraten oder verließen die Fahrstühle. Niemand schien zu überwachen, wer in das Gebäude hinein- oder hinausging, Konráð sah nur einige wenige Überwachungskameras, die leicht zu erkennen waren.

Er ging hinein und betrachtete die Informationstafel. In dem Haus hatten Handelsunternehmen, Steuerberater und Ingenieurbüros ihren Sitz, ebenso wie Zahnärzte, Psychotherapeuten, Architekten, Physiotherapeuten und einiges mehr. Mindestens zwei Etagen waren von Anwaltskanzleien besetzt, auf drei anderen befanden sich die Büros eines bekannten Pharmaunternehmens.

Was zum Teufel hat der Kerl hier verloren?, dachte Konráð, während er noch immer die Informationstafel betrachtete und überlegte, auf welcher Etage Ísleifur wohl den Fahrstuhl verlassen hatte.

Eine Viertelstunde später öffneten sich die Türen eines Fahrstuhls, und Ísleifur kam heraus. Er durchquerte die Eingangshalle in Richtung Ausgang, in seiner abgewetzten Jacke und derselben gebeugten Haltung, die Plastiktüte hielt er noch immer in der Hand. Er war allein unterwegs und sah weiterhin nicht nach links, nicht nach rechts, sodass er Konráð erst bemerkte, als der ihn am Arm packte und anhielt.

»Du hier?«, sagte Konráð, als ob sie sich durch Zufall begegnet wären.

Ísleifur erschrak. Er erinnere sich sofort an ihn und warf einen flüchtigen Blick zurück in Richtung der Fahrstühle.

»Was … ver… verfolgst du mich etwa?«, stammelte er.

»Verfolgen? Mein Steuerberater ist hier im Haus«, sagte Konráð, als ob er nie in seinem Leben gelogen hätte. »Und was machst du hier?«

»Nichts«, sagte Ísleifur und wollte wieder hinaus in den Nieselregen. »Lass mich in Ruhe.«

»Hat das etwas mit dem zu tun, worüber wir gestern geredet haben?«, fragte Konráð.

Konráð glaubte nicht, dass das der Fall war. Er wollte nur wissen, ob er das Oberlippenbärtchen damit aus der Ruhe bringen konnte.

Ísleifur sah noch einmal in Richtung der Fahrstühle, so kurz, dass Konráð es fast nicht bemerkt hätte. Dann ging er weiter und verschwand durch den Ausgang.

»Ich hoffe, du nimmst mir das mit gestern nicht übel«, sagte Konráð und lief ihm nach. »Ich wollte nicht unhöflich sein. Ich hätte nicht so mit dir reden dürfen und möchte dich um Entschuldigung bitten. Ich habe das nicht so gemeint.«

Ísleifur antwortete ihm nicht und stapfte die Straße entlang.

»Meinst du, wir könnten uns irgendwann in den nächsten Tagen noch mal treffen?«, fragte Konráð. »Ich möchte dich gern noch ein paar Sachen fragen. Und würde mich freuen, wenn ...«

Ísleifur blieb stehen und drehte sich zu Konráð um.

»Lass mich in Ruhe«, sagte er aufgebracht. »Lass mich verdammt noch mal in Ruhe! Hast du gehört? Lass mich in Ruhe!«

Dann rauschte er ab und verschwand auf der Borgartún in Richtung Osten, in der Richtung, aus der er gekommen war. Konráð sah ihm nach, dann blickte er an der Glasfassade des Hochhauses hinauf und überlegte, ob sein Besuch bei Ísleifur am Tag zuvor vielleicht doch etwas mit dem zu tun hatte, was er hier gemacht hatte.

Konráð hing noch immer diesen Gedanken nach, als

er später am selben Abend bei Marta anrief. Er musste es eine Weile klingeln lassen, dann nahm sie ab. Er hoffte, er hatte sie nicht bei etwas Wichtigem gestört, zum Beispiel bei einem gesunden Nachtschlaf.

»Warum jetzt?«, fragte er ohne weitere Vorrede. Das machte er gern. Wenn Marta und er miteinander sprachen, knüpften sie oft nahtlos an ihr letztes Gespräch an, als hätte es nie geendet.

»Was?«

»Warum hat Valborg gerade jetzt wieder damit angefangen, sich selbst zu verletzen? Und mich um Hilfe gebeten. Warum jetzt?«

»Vielleicht weil sie todkrank war?«

»Aber ist das die ganze Erklärung? Nach all der Zeit? Was hat sie dazu gebracht, sich auf die Suche nach ihrem Kind zu machen? Hat sie vielleicht irgendetwas gehört? Etwas gesehen? Warum jetzt? Nach all der Zeit?«

Marta wusste darauf keine Antwort.

»Ich muss in ihre Wohnung«, sagte Konráð.

»Ausgeschlossen«, sagte Marta. »Ich setze schon genug aufs Spiel, wenn ich dir wie eine Blöde diese ganzen Informationen weitertratsche.«

»Zehn Minuten, Marta. Ich will mich nur kurz einmal umsehen, es dauert nicht lange. Zehn Minuten. Höchstens. Und danach bitte ich dich nie mehr um irgendwas!«

»Na, das will ich sehen«, schnaubte Marta.

Wie am Abend zuvor klopfte es auch an diesem Abend wieder an Eyglós Tür. Sie stand auf und ging zum Eingang, um zu sehen, wer so spät noch etwas von ihr wollte. Sie hoffte, es war nicht wieder die Frau, die sie gestern behelligt hatte, obwohl sie sich überhaupt nicht kannten.

Sie öffnete vorsichtig. Draußen war niemand. Sie

machte einen Schritt hinaus und sah in den herbstlichen Abend. Alles war still, sie merkte, wie sich der Nieselregen sofort auf ihre Kleidung legte. Sie rief, wer da sei, schließlich hatte sie das Klopfen eindeutig gehört, und das sogar zweimal. Doch die einzige Antwort war ein kalter Windstoß, der von der Straße hinaufkam. Sie fragte sich, ob sie überhaupt noch unterscheiden konnte zwischen den Lebenden und den Toten.

Eygló stand noch einen Moment dort, dann ging sie wieder hinein und schloss sorgfältig ab. Sie wusste jetzt, dass die Frau wieder dort war, wo sie hergekommen war, und sie nicht mehr besuchen würde.

Siebenunddreißig

Reykjavík war in Weihnachtsstimmung. Das Stadtzentrum war festlich beleuchtet, Tannenzweige hingen an den Laternenpfählen, und auf dem Austurvöllur stand ein großer Weihnachtsbaum aus Norwegen. Valborg war den Laugavegur hinab in Richtung Glaumbær gegangen und freute sich darüber, dass alles so weihnachtlich aussah. Die Geschäfte waren noch geöffnet und voller Geschenke, sie genoss den Anblick der prachtvoll dekorierten Schaufenster. Aus der Schlachterei Borg roch es nach Äpfeln und geräuchertem Hammelschinken. Dies war die einzige Zeit im Jahr, zu der man Frauen im Fachgeschäft für Arbeitskleidung sah und Männer im Fachgeschäft für Dessous.

Valborg schaute kurz im Kjörgarður vorbei. Schon als sie klein war, hatte dieses erste Einkaufszentrum der Stadt eine besondere Anziehungskraft auf sie ausgeübt, damals aus dem Grund, dass hier die einzige Rolltreppe von ganz Island gewesen war. Wie andere Kinder, die von weither kamen, um eine Runde nach der anderen damit zu fahren, hatte auch sie manchmal hier gespielt, wenn sie auf dem Laugavegur unterwegs war, oder sie hatte einfach dabei zugesehen, wie die Rolltreppe wie von Zauberhand die Menschen eine Etage nach oben transportierte, ohne dass sie auch nur eine Stufe steigen mussten. Für sie kam das einem Wunder gleich.

Im Kjörgarður fanden sich Geschäfte aller Art. In einem von ihnen hing ein grüner Mantel, den Valborg sich eigentlich zu Weihnachten kaufen wollte, aber bislang vor der Ausgabe zurückscheute. Er kostete ein kleines Vermögen, Valborg hatte ihn einige Male anprobiert, und sie wollte ihn unbedingt haben. Aber sie war immer etwas zögerlich, wenn es um solch große Anschaffungen ging, kam immer wieder hier vorbei, betrachtete ihn und überlegte, was für den Kauf sprach und was dagegen. Sie kaufte nur selten etwas, das sie nicht unbedingt brauchte, und gönnte sich ohnehin nicht viel. Die Verkäuferin versuchte sie zu überzeugen und sagte, dass der Mantel sicher bald nicht mehr da sein würde. Dann bot sie an, den Mantel bis zum nächsten Tag zurückzulegen. So könne Valborg noch einmal darüber schlafen und ihn dann holen. Erst vor Kurzem habe eine andere Kundin ihn schon fast gekauft und angekündigt, dass sie wiederkommen würde. Die Stunde der Entscheidung schien gekommen.

Wenig später verließ Valborg das Geschäft und ging weiter den Laugavegur hinab. Nun war ihr Schritt noch beschwingter. Ihr Herz schlug schneller. Der Weihnachtsschmuck schien ihr noch schöner, die Lichter funkelten noch heller, und als wäre das nicht genug, fing es auch noch an zu schneien.

Als es auf Mitternacht zuging, platzte das Glaumbær bereits aus allen Nähten. Auf der Straße hatte sich eine Schlange gebildet. Am vollsten war es auf der Tanzfläche ganz unten, dort war es so verraucht, dass ihr die Augen brannten. Alkohol floss in Strömen in die ausgedörrten Kehlen, die Menschenmenge schob sich zähflüssig von Raum zu Raum. Der Lärm war ohrenbetäubend. Das Stimmengewirr der Leute, die Musik von den verschiedenen Ebenen, das Gedränge an der Bar, wo alle laut rufend um die Aufmerksamkeit des Personals kämpften. Bestellt wurden einfache Dinge. Man trank Brennivín mit Cola, Wodka mit Ginger Ale oder Campari.

Auch Valborg ging gelegentlich zwischen den Ebenen hin und her, hatte aber meist ganz oben zu tun. Und obwohl sie sehr beschäftigt war, bemerkte sie bald einen Mann, der dort saß und ihr hinterhersah. Immer wenn sie unauffällig in seine Richtung blickte, war ihr, als ob er sie anstarrte, und schließlich nickte er ihr zu. Sie nickte zurück.

Derselbe Mann hatte sie schon vor zwei Wochen einmal angesprochen, sie um Feuer gebeten und ihr dabei eine Zigarette vor das Gesicht gehalten. Sie hatte ihm Streichhölzer geholt. Er hatte sich anständig benommen, war höflich und angenehm. Auf seine Art war er sogar ganz attraktiv, mit seinen dunklen Haaren und seinem schlanken markanten Gesicht, und doch irritierte sie etwas. Etwas in seinem Blick. In seinem Lächeln, das vielleicht nicht direkt falsch wirkte, aber auch nicht aufrichtig. Sie konnte schlecht sagen, was es genau war, aber irgendetwas war da, das ihr nicht gefiel.

»Arbeitest du schon lange hier?«, fragte er, sog den Rauch ein und wollte ihr die Streichholzschachtel zurückgeben, doch sie sagte, er könne sie behalten. Sie rauche nicht.

»Erst ein paar Monate«, sagte sie.

Es kam oft vor, dass Gäste sich mit ihr unterhielten. Junge Männer. Ältere Männer. Betrunkene Männer. Nüchterne. Und längst nicht alle waren so höflich wie er. Manche biederten sich an oder redeten zu viel, und sie versuchte freundlich darauf zu reagieren, schließlich waren sie ja nett. Andere waren anzüglich. Einige wenige waren übergriffig. Ab und zu wurde sie betatscht. Man haute ihr auf den Hintern. Fasste ihr an die Brust. Damit konnte sie umgehen, und es machte ihr auch nicht wirklich Angst, wusste sie doch, dass die Türsteher solche Typen sofort rausschmeißen würden, wenn sie ihnen ein Zeichen gab. Das war bisher ein einziges Mal nötig gewesen. Der Mann war sturzbesoffen und lieferte sich noch eine Prügelei mit den Türstehern, sodass schließlich die Polizei kommen musste.

Dieser war fast zu höflich.

»Ist die Arbeit hier okay?«, fragte er. »Das Glaumbær ist doch der angesagteste Schuppen der ganzen Stadt.«

»Ja, bringt Spaß«, sagte sie und lächelte. »Ist auch eine super Stimmung unter den Kollegen.«

»Und die ganzen Bands«, sagte er. »Das muss toll sein, wenn man die alle kennt.«

»Ach, das sind ganz normale Leute«, sagte sie und versuchte nicht schüchtern zu wirken. Das war sie nämlich manchmal, besonders wenn Männer an ihr Interesse zeigten. Sie versuchte es sich nicht anmerken zu lassen. Sie war nicht besonders selbstsicher und wollte nicht, dass das jemand bemerkte. »Die sind auch nicht besser oder schlechter als andere«, fügte sie hinzu.

»Nur die Arbeitszeiten sind ein bisschen gewöhnungsbedürftig, oder?«, fragte er. »Wenn man in einer Disco arbeitet. Ist schon ein besonderer Arbeitsplatz.«

»Das stimmt«, sagte sie. »Ich freue mich dann immer sehr darauf, nach Hause zu gehen und auszuschlafen.«

Der Mann lachte.

»Du musst wahrscheinlich bis weit in die Nacht hinein arbeiten«, sagte er. »Aufräumen und so.«

»Manchmal«, sagte sie.

Sie hatten noch etwas weitergeplaudert, danach hatte sie ihn nicht mehr gesehen, bis er ihr heute zugenickt hatte. Sie hatte viel zu tun. Zwei Stunden später entdeckte sie ihn erneut, dieses Mal unten auf der Tanzfläche. Wobei er allerdings nicht tanzte, sondern etwas abseitsstand und der Band zuhörte. Valborg beobachtete ihn ein wenig, als eine Kollegin vorbeikam, die schon etwas älter war und sofort bemerkt hatte, wen sie ansah.

»Na? Hast du ein Auge auf ihn geworfen?«, fragte sie und musste ihr direkt ins Ohr schreien.

»Nein, nein«, sagte Valborg rasch und schüttelte den Kopf.

»Der ist doch ganz süß«, rief die Frau. »Ich habe ihn hier schon ein paarmal gesehen.«

»Ich weiß nicht«, sagte Valborg, ohne die Stimme zu erheben. »Irgendwie schon. Ich habe neulich ein bisschen mit ihm gequatscht.«

»Hat er dich angemacht?«

»Nein, das nicht. Glaube ich zumindest nicht.«

»Na, dann...«

»Wie meinst du das?«

»Hat er dich gefragt, wann du Feierabend hast?«, fragte die Frau.

»Nein. Na ja, nicht direkt. Er wollte wissen, ob ich noch bleibe, um aufzuräumen, nachdem wir zumachen.«

»Wollte er auf dich warten?«

»Das hat er nicht gesagt. Woher weißt du...?«

»Er hat mich neulich dasselbe gefragt«, sagte die Frau, bevor sie weiterging. »Ich habe ihm einfach gesagt, dass ich verheiratet bin.«

Achtunddreißig

In der Wohnung von Valborg sah alles noch genauso aus wie direkt nach dem Mord. Hausrat lag überall auf dem Boden verstreut. Die Schränke standen offen, die Schubladen waren herausgezogen, die Bücher aus den Regalen gerissen, hier und da lagen Scherben. Der Mörder hatte die Wohnung auf der Suche nach Wertgegenständen verwüstet, doch es war schwer zu sagen, was gestohlen worden war und wonach der Mörder gesucht hatte.

Marta hatte sich umentschieden. Vielleicht nur, weil sie Konráðs Bettelei nicht länger ertrug. Sie rief ihn an und sagte, sie würde ihn in die Wohnung lassen, wenn er versprach, nach spätestens zehn Minuten wieder draußen zu sein. Konráð nahm das gerne an. Er hatte Marta erzählt, was er über Sunnefa in Erfahrung gebracht hatte, von ihrem Rausschmiss aus der Hebammenschule, von ihrer Verbindung zu einer freikirchlichen Gemeinde. Und dass Sunnefa wahrscheinlich Valborgs Kind zur Welt gebracht und an eine Adoptivfamilie vermittelt hatte. Marta hatte Ermittlungen veranlasst, um das Kind zu finden, doch die standen erst am Anfang. Sunnefa J. Ólafsdóttir, so hieß die Frau mit vollem Namen, hatte die Hebammenschule 1968 verlassen. Sie starb in den ersten Jahren des neuen Jahrtausends, unverheiratet und kinderlos. Sie hatte in einer Mietwohnung gewohnt, was mit ihren Sachen passiert war, wusste kein Mensch. Kein guter Ausgangspunkt also für die Suche nach Valborgs Kind. Sunnefa schien eine Einzelgängerin ohne familiäre Bindungen gewesen zu sein, und es wies auch nichts darauf hin, dass Valborg und sie sich gekannt hatten, oder dass sie mit anderen werdenden Müttern in Kontakt gewesen war. Welcher freikirchlichen Gemeinde sie angehört hatte, war bis dato auch nicht bekannt.

Konráð sah sich in der Wohnung um. Valborg hatte offenbar bescheiden gelebt. Die Wohnung war zweckmäßig eingerichtet. Auf einem Tisch im Wohnzimmer stand ein Radio, das wohl noch aus den Siebzigerjahren stammte, auch der Fernseher hatte schon einige Jahre auf dem Buckel. Auch die meisten Bücher, die noch im Regal standen oder auf dem Boden lagen, waren eher älteren Datums. Es waren die Werke angesehener isländischer Schriftsteller und einige populäre Sachbücher. Ein paar Thriller und Liebesromane standen ganz unten im Regal, wo man sie kaum sah. Ein einfaches, bescheidenes Leben breitete sich vor ihm aus. Keine Reiseführer über ferne Länder. Keine Familienfotos von Weihnachten. Nichts, das auf ein spannendes Hobby hinwies. Alles wies auf Stillstand hin. Auf ein Leben, das auf der Stelle trat.

Er dachte immer wieder daran, wie dankbar Valborg gewesen war, als er endlich eingewilligt hatte, sie zu treffen. Und wie niedergeschlagen sie gewesen war, als er ihr in dem Skulpturenmuseum gesagt hatte, er werde ihr nicht helfen. Umgeben von so viel schöner Kunst, von in Stein gehauenen Mutterfiguren. Er stellte sich vor, wie sie nach ihrem Treffen vollkommen entmutigt hierhin zurückgekehrt war. Er fühlte sich dafür verantwortlich. Anstatt ihr aus diesem Stillstand herauszuhelfen, hatte er sie weiter hineingezogen. Und er wusste nicht einmal, warum er ihr diese Abfuhr erteilt hatte. Das war vielleicht am schlimmsten.

»Was machst du da eigentlich?«, fragte Marta, während sie Konráð dabei beobachtete, wie er sich die Papiere und Dokumente der Verstorbenen ansah, die auf ihrem alten Schreibtisch im Wohnzimmer lagen. Sie wurde ungeduldig und blickte auf ihre Armbanduhr. »Suchst du etwas Bestimmtes?«

Die Antwort war nicht gerade ermutigend.

»Ich weiß es nicht«, sagte Konráð. »Was wird aus ihrer Wohnung?«

»Wir haben ein Testament gefunden, das wahrscheinlich gültig ist«, sagte Marta. »Wir haben mit der Anwältin gesprochen, die ihr geholfen hat, es aufzusetzen. Die Wohnung wird verkauft, Valborg hat einige Hilfsorganisationen aufgelistet, die den Erlös bekommen sollen, die meisten kümmern sich um Kinder. Sie hat offenbar auch ihr meistes Geld für so etwas ausgegeben.«

In dem Schreibtisch fand Konráð Überweisungsträger aus längst vergangener Zeit, alte Steuerbescheide, Weihnachtskarten von Kolleginnen und Kollegen, Kinokarten, Theaterkarten, eine leere Blechdose für Hustenbonbons, Spielkarten, Brillenetuis.

»Wusste die Anwältin, dass sie ein Kind hat?«

»Sie wusste überhaupt nichts, sie hat Valborg nicht näher gekannt.«

Konráð suchte weiterhin auf dem Schreibtisch herum.

»Valborg war nicht in einer Freikirche, oder?«, fragte Marta. »Suchst du danach?«

»Vielleicht. Ich weiß es nicht. Denke nicht.«

»Und du? Du bist eingefleischter Heide?«, fragte sie.

»Ja.«

»Ich musste immer zur Sonntagsschule«, sagte Marta und zog an ihrer ›Dampferette‹, wie Konráð manchmal sagte. »Das war das Langweiligste, was ich je in meinem Leben tun musste. Ich glaube, meine Eltern haben mich da hingeschickt, um ... du weißt schon ... am Sonntagmorgen ...«

»Was?«

»Du weißt schon ...«

»Was?«

»Herrgott noch mal, bist du schwer von Begriff.«

»Was denn?«

»Es miteinander zu treiben! Um es am Sonntagmorgen miteinander zu treiben! Mein Gott, kannst du manchmal blöd sein.«

Konráð lächelte in sich hinein und wühlte noch eine Weile in Valborgs Unterlagen herum, dann ging er ins Schlafzimmer, ins Badezimmer, kam ins Wohnzimmer zurück und betrat die Küche. Wie früher schon, als er noch Polizist gewesen war, war es ihm unangenehm, auf diese Art in Valborgs Privatleben herumzuschnüffeln, auch wenn er natürlich wusste, dass das Teil der Polizeiarbeit war. Auch in der Küche waren Schränke und Schubladen durchwühlt worden. Abgepackte Vorräte lagen auf dem Fußboden, vermischt mit Lebensmitteln aus dem Kühlschrank.

»Dir ist schon klar, dass wir uns hier gründlich umgesehen haben?«, sagte Marta, die ihm zusah.

»Natürlich«, sagte Konráð.

»Warum sagst du mir nicht einfach, wonach du suchst.«

Auf dem Tisch lag ein Plastikordner mit Kochrezepten.

Konráð nahm ihn zur Hand, offenbar hatte Valborg bis zu ihrem Tod die Backrezepte aus den Zeitungen gesammelt. Das letzte – ein verführerisch aussehender amerikanischer Apfelkuchen – hatte sie eine Woche vor dem Mord ausgeschnitten, wie das Datum zeigte.

»Hast du das gesehen?«, fragte Konráð.

»Ja. Das sind nur Rezepte.«

Konráð wollte schon zustimmen, da entdeckte er unter den Rezepten andere Zeitungsausschnitte, die Valborg interessiert hatten. In einem erzählte ein Ehepaar von ihrer Reise zu den Pyramiden Ägyptens. Ein anderer war aus dem Wirtschaftsteil, über eine junge Frau, die mit ausländischen Partnern ein Pharmaunternehmen gegründet hatte. Ihr Vater war mit ihr auf dem Bild und sah stolz in die Kamera. Ein Vater, auf dessen Unterstützung man sich verlassen konnte.

Konráð starrte auf das Bild. Dann nahm er erneut den Reisebericht zur Hand. Das Ehepaar in der Wüste, bei den Pyramiden. Es war derselbe Mann. Konráð sah auf das Datum, zwischen den Artikeln lagen acht Jahre, einer war vor dem Jahrtausendwechsel erschienen, der andere danach.

Konráð legte die Zeitungsausschnitte fort und nahm andere zur Hand, die neueren Datums waren. Sie zeigten Kuchen und andere Backwaren. Er überlegte, ob Valborg jemals etwas davon zubereitet hatte. Dann fand er den dritten und aktuellsten Bericht von der Familie. Auch hier ging es um die Tochter des Mannes. Er war ungefähr zwei Monate alt. Die Frau war im Begriff, ihren Anteil an dem Pharmaunternehmen an ihre ausländischen Partner zu verkaufen. Es wurde von einem großen Gewinn berichtet, den die Tochter und ihr Vater erzielt hatten. Dieses Mal war er nicht mit im Bild. Nur sie, in einem eleganten, teuren Kostüm. Beigefarbene Bluse. Eine moderne Frau, die alle Fäden in der Hand hielt, vor einem imposanten Schreibtisch stand und in die Welt lächelte, als hätte die Welt nie etwas anderes getan, als zurückzulächeln. Die Hände vor dem Körper verschränkt. Die perfekte Gewinnerin. Die Freude über den profitablen Verkauf war ihr deutlich anzusehen.

»Hast du was gefunden?«, fragte Marta, in eine Wolke Dampf gehüllt.

Ihre Kolleginnen und Kollegen gaben ihr schon Spitznamen aufgrund dieser ewigen Dampferei. Konráð wusste nicht, ob er ihr das sagen sollte.

»Kennst du diese Leute?«, fragte er und reichte Marta die Zeitungsausschnitte.

Marta nahm sie zur Hand und besah sich die Bilder, das Datum, überflog den Text.

»Nur aus den Medien«, sagte sie. »Über die wird ja immer mal wieder berichtet. Wobei es aber meistens um das Unternehmen geht und nicht um die Eigentümer. Ganz anders als hier. Die haben einen ziemlichen Reibach gemacht mit diesem Pharmakram. Haben die sich bei dem Firmenwert hier wirklich nicht vertippt? Kannte Valborg die etwa?«

»Wie alt, glaubst du, ist die Frau auf dem Bild? Die Tochter des Mannes?«, fragte Konráð.

»Schwer zu sagen«, antwortete Marta.

»Um 1970 geboren?«

»Kann gut sein. Aber ... meinst du, das ist ihr Kind? Die Tochter von Valborg?«

»Sie hat gesagt, sie weiß nicht, wo das Kind abgeblieben ist«, erwiderte Konráð.

»Und dann findet sie es in der Zeitung?«

Konráð antwortete ihr nicht. Er dachte an Ísleifur in seiner Souterrainwohnung.

»Vielleicht haben diese Zeitungsausschnitte auch gar nichts mit der Sache zu tun«, sagte Marta.

»Irgendeinen Grund muss sie gehabt haben, sie aufzubewahren. Denk doch mal darüber nach«, sagte Konráð und nahm die Ausschnitte wieder zur Hand. »Das Haus an der Borgartún«, fügte er dann, mehr für sich selbst, hinzu. Und sah den Namen des Pharmaunternehmens vor sich, das drei Etagen des Hochhauses mit der Glasfassade belegt hatte, in das Ísleifur gegangen war, in seiner abgewetzten Jacke, mit einer Plastiktüte in der Hand.

Neununddreißig

Konráð hatte den Namen des Labortechnikers gespeichert, der damals in der Uniklinik angestellt war und Sunnefa möglicherweise näher gekannt hatte, als sie noch in der Hebammenschule war. Nachdem er Valborgs Wohnung verlassen hatte, gab er den Namen ins Online-Telefonbuch ein und fand einige Einträge. Es gab mehrere Leute, die genau diesen Namen trugen, doch nur einer hatte als Beruf Labortechniker angegeben, sodass Konráð ohne Probleme den richtigen Eintrag fand. Er rief sofort dort an, doch es nahm niemand ab. Er versuchte es ein zweites Mal. Ohne Erfolg.

Es war Abend geworden, als Marta sich auf der Straße vor Valborgs Wohnblock von ihm verabschiedete und versprach, so rasch wie möglich mit den Leuten aus dem Pharmaunternehmen zu sprechen. Marta war zwar alles andere als überzeugt, doch ihre Neugier war geweckt. Weitere vergleichbare Zeitungsausschnitte fanden sich in der Rezeptmappe von Valborg nicht. Konráð hatte Marta noch nichts von Ísleifur und seinem Ausflug zu dem Hochhaus mit der Glasfassade gesagt, weil er nicht wusste, ob Ísleifur überhaupt zu dem Pharmaunternehmen gegangen war und erst noch einmal mit ihm reden wollte, bevor er Marta gegenüber etwas erwähnte.

Er war gerade auf dem Weg zu ihm ins Vogahverfi, als

sein Telefon klingelte. Konráð erkannte die Nummer sofort.

»Hast du mich gerade angerufen?«, sagte ein Mann am anderen Ende. »Ich sehe hier deine Nummer. Ich heiße Þorfinnur.«

Konráð dankte ihm für den Rückruf und erzählte, wer er sei und dass er nach Informationen über eine Hebammenschülerin suche, die vor einem halben Jahrhundert ihre Ausbildung abgebrochen habe und die Þorfinnur vielleicht kennen könnte. Sunnefa. Und dass seine Suche etwas mit den Ermittlungen im Mordfall von Valborg zu tun hatte.

Es dauerte eine Weile, bis der Labortechniker verstanden hatte, worum es ging. Doch Konráð ließ sich nicht aus der Ruhe bringen und beantwortete seine Fragen, so gut er konnte. Der Mann hatte aus den Medien von dem Mordfall gehört, aber natürlich nicht damit gerechnet, in die Ermittlungen verwickelt zu werden, schon gar nicht auf diese Weise. Dann sagte er, er wisse zwar nicht, wer Konráð sei und wie die längst verstorbene Sunnefa etwas mit dem Mord zu tun haben könnte, aber, ja, er habe sie gekannt. Konráð verstand seine Skepsis und überlegte, ob alle Labortechniker so vorsichtig waren, wenn sie mit Unbekannten sprachen.

Schließlich stimmte der Mann einem Treffen mit Konráð zu. Er sagte, er sei gerade in der Innenstadt bei einer Besprechung gewesen, und schlug ein Restaurant vor, wo sie sich zusammensetzen könnten. Er wolle ohnehin etwas essen. Konráð dankte ihm für die Hilfsbereitschaft, änderte die Richtung und fuhr in die Innenstadt, wo er an der Ecke Austurstræti parkte. Im Restaurant blieb er in der Nähe des Eingangs stehen und sah sich um. Er wusste natürlich nicht, wie der Mann aussah, und musste darauf hoffen, dass es dämlich genug aussah, wie er da am Eingang stand, damit Þorfinnur ein Licht aufging. Und so kam es auch. Der Labortechniker winkte ihn zu sich an den Tisch, wo sie sich die Hand gaben und sich vorstellten. Sie waren ungefähr gleich alt. Þorfinnur war recht stämmig und sagte mit voller Baritonstimme, er habe sich ein Steak bestellt. Eine Flasche Rotwein stand bereits auf dem Tisch. Konráð, der sich mit Wein einigermaßen auskannte, hielt das für eine gute Wahl – vorausgesetzt, man wollte überhaupt Weine aus den USA trinken.

»Du kommst mir bekannt vor. Aus den Nachrichten«, sagte Þorfinnur und nahm einen Schluck. »Du warst lange bei der Polizei, stimmt's?«

»Ja«, sagte Konráð.

»Sonderbar, diese Sache mit dem Gletscher«, sagte Þorfinnur. »Warum sich der Fall so lange nicht lösen ließ.«

»Kommst du oft hierher?«, fragte Konráð, der das Thema nicht vertiefen wollte.

»Also, um ehrlich zu sein, ich bin frisch geschieden«, sagte Þorfinnur und seufzte, als verspürte er das Bedürfnis zu erklären, warum er mitten in der Woche allein in einem Restaurant aß. »Nach fast vierzig Jahren. Ich habe keine Lust zu kochen und kann das auch gar nicht. Ich habe nie richtig gekocht, das hat immer meine Frau gemacht, ich kann kaum ein Spiegelei braten, ohne mich zu verbrennen.«

Er lachte. Konráð reagierte mit einem Lächeln. Er wollte den Mann nicht unnötig lange beim Abendessen stören und kam direkt zur Sache, fragte, wie er Sunnefa damals kennengelernt habe.

»Ich war ein bisschen verknallt in sie«, sagte Þorfinnur. »Wir sind drei- oder viermal miteinander ausgegangen. Wir haben gedatet, wie die jungen Leute heute sagen. Aber es ist nichts passiert. Ich habe sie einmal geküsst, nachdem wir zusammen im Kino waren. So war das halt, damals.«

»War das, nachdem sie von der Hebammenschule geflogen war?«

»Ach, das weißt du alles schon?«, sagte Þorfinnur. »Nein, das war vorher. Da hatten wir gerade unsere Ausbildungen angefangen, wir haben uns über meine Freundin Pála kennengelernt, die war auch Labortechnikerin. Die ist gerade gestorben, leider.«

»Das klingt jetzt vielleicht ein bisschen merkwürdig, aber kanntest du Sunnefas Haltung zum Thema Abtreibung?«

»Ich wusste schon, dass sie bei jeder Gelegenheit dagegen agitiert hat und deswegen von der Schule geflogen ist. Aber geredet haben wir darüber nicht. Und wie sie sich da aufgeführt hat, das habe ich erst im Nachhinein erfahren. Das hat mich damals ziemlich überrascht, weil sie mir eigentlich immer vorkam wie ein ganz nettes normales Mädchen. Vielleicht hat die Schule da auch überreagiert, keine Ahnung.«

Das Essen wurde serviert. Ein Kellner fragte, ob Konráð in die Speisekarten schauen wolle, doch Konráð wollte nichts essen und bestellte ein Glas Hauswein. Þorfinnur fragte höflich, ob er schon einmal essen dürfe, er sei vollkommen ausgehungert. Er befestigte eine große weiße Serviette am Halsausschnitt und strich sie glatt.

»Hast du Sunnefa noch einmal gesehen, nachdem das passiert ist?«, fragte Konráð und fügte hinzu, er solle selbstverständlich anfangen.

»Ich glaube, sie ist erst mal aufs Land gezogen«, sagte Þorfinnur. »Ich habe sie auf jeden Fall danach nicht wiedergesehen, und ich weiß auch nicht, was sie da gemacht hat. Dann habe ich nichts mehr von ihr gehört und auch nicht mehr oft an sie gedacht. Daher musste ich mich vorhin auch erst einmal sortieren, als du angerufen hast.«

»Ich habe gehört, sie war sehr gläubig«, sagte Konráð.

»Und wie! Strenggläubig. Ich war ziemlich genau das Gegenteil davon und überlege manchmal, ob das letztendlich den Ausschlag gegeben hat. Als sich herausstellte, dass sie wirklich jedes Wort glaubt, das in der Bibel steht, hat mich das schon irritiert. Sie hat mir auch gesagt, dass sie dieser freikirchlichen Gemeinde angehört.«

»Weißt du, wie der Name von dieser Freikirche war?«

»Nein. Irgendwas sehr Biblisches auf jeden Fall«, sagte Þorfinnur. »Sie hat erzählt, dass sie zehn Prozent von ihrem Verdienst der Gemeinde gibt. Das ist doch wie im Mittelalter, als es noch den Zehnten gab!«

Þorfinnur lachte, als hätte er nie etwas Dümmeres gehört.

»Ich glaube, die war hier irgendwo direkt in Reykjavík. Nicht in den Vororten, die Gemeinde«, fügte er hinzu und fragte dann: »Haben die sich gekannt? Sunnefa und diese Valborg?«

»Das ist anzunehmen«, sagte Konráð. »Etwas später, so um 1970, wurde Valborg schwanger und wollte das Kind nicht behalten. Da hat Sunnefa wohl Kontakt zu ihr aufgenommen.«

»Und dann?«

»Erinnerst du dich daran, dass Sunnefa mal über Adoptivfamilien gesprochen hat? Leute, die Pflegekinder bei sich aufnehmen? Freunde oder Bekannte von ihr, die über Abtreibungen genauso dachten wie sie? Aus der Gemeinde vielleicht?«

Þorfinnur dachte nach. Es war lange her, dass er den Namen Sunnefa gehört hatte. Er legte die Stirn in Falten, Konráð sah, wie er sich anstrengte.

»Nicht dass ich wüsste«, sagte Þorfinnur und wandte sich wieder seinem Steak zu. »Ich erinnere mich überhaupt nicht an irgendwelche Freunde von ihr. Wie gesagt, ich kannte sie nicht besonders gut.«

»Ich weiß. Und es ist ja auch wirklich lange her. Eine andere Sache noch. Ich überlege«, sagte Konráð, »wie Sunnefa mit Frauen in Kontakt kommen konnte, die schwanger waren und über eine Abtreibung nachdachten. Ohne einen Abschluss von der Hebammenschule. Sie hat ja nie in der Frauenklinik gearbeitet. Wie hat sie von denen erfahren? Woher wusste sie, wer über eine Abtreibung nachdachte?«

»Sunnefa hätte nie auch nur darüber nachgedacht, eine Abtreibung vorzunehmen«, sagte Þorfinnur.

»Das ist klar«, sagte Konráð. »Ich meine auch genau das Gegenteil. Also, ob Sunnefa vielleicht schwangere Frauen überredet hat, ihre Kinder doch auszutragen, und ihnen bei der Geburt geholfen hat. Und dann Adoptivfamilien für die Kinder gefunden hat.«

Þorfinnur blickte von seinem Essen auf. Legte das Besteck von sich. Betupfte die Lippen mit der Serviette und starrte Konráð an.

»Frauen überredet?«

»Ja.«

»Diese Valborg, die ermordet wurde ... waren die Freundinnen?«

»Sie ist früher einmal schwanger gewesen.«

»Und hat dann ein Kind bekommen, das Sunnefa an eine Adoptivfamilie vermittelt hat?«

»Das ist eine Idee, der ich nachgehe«, sagte Konráð. »Ich habe gehört, Sunnefa war eine gute Hebamme.«

»Das war sie. Sie hat halt nur alles gehasst, was mit Abtreibungen zu tun hat. Oder mit Schwangerschaftsabbrüchen, wie man heute sagt.« Er lächelte. »So ist das. Nach meiner Ausbildung war ich Laborant. Heute bin ich Labortechniker. Neue Zeiten, neue Wörter.«

»Aus religiösen Gründen?«, fragte Konráð.

Þorfinnur nickte, und es schien, als kämen ihm langsam die Erinnerungen zurück.

»Muss das nicht irgendwo dokumentiert sein? Wenn Kinder adoptiert werden?«

»Wenn man unbedingt wollte, konnte man das bestimmt umgehen. Ich weiß nicht wie, aber das ging bestimmt, gerade damals, als alles noch nicht so streng reguliert war.«

»Jetzt, wo wir darüber reden, fällt mir doch noch etwas ein. Sunnefa hatte eine Freundin in der Uniklinik«, sagte Þorfinnur, nahm erneut das Besteck zur Hand und machte sich wieder an sein Steak. »Ich weiß aber nicht, ob sie beide in dieser Gemeinde waren.«

»Eine Krankenschwester? Ärztin?«

»Nein, nicht vom medizinischen Personal. Sie war Schreibkraft. In der Frauenklinik. Wie hieß die bloß?«

»Schreibkraft? Meinst du ...?«

»Ja, im Büro. Die hatte auf jeden Fall Zugang zu allen Patientenakten. Vielleicht hat sie auch einige von den werdenden Müttern kennengelernt. Das könnte doch vielleicht passen. Sunnefa und sie waren gute Freundinnen.«

»Glaubst du, der Name fällt dir noch ein?«

»Nein, daran kann ich mich wirklich nicht mehr erinnern«, sagte Þorfinnur. »Ich war noch nie gut mit Namen.«

Vierzig

Ein schwacher Lichtschein kam aus der Souterrainwohnung von Ísleifur, als Konráð auf das Haus zuging. In der Etage darüber sah er den flackernden Widerschein eines Fernsehers. An der Tür zum Souterrain war keine Klingel, es stand auch kein Name dort. Konráð klopfte an die dünne Glasscheibe in der Tür. Nach nicht allzu langer Zeit öffnete sich die Tür zum Vorflur, und Ísleifur kam aus seiner Wohnung. Er starrte Konráð durch die Glasscheibe an und erkannte ihn sofort.

»Bitte entschuldige, wie ich mich dir gegenüber verhalten habe«, sagte Konráð und wusste, dass der Mann ihn durch die dünne Glasscheibe gut hören konnte. »Ich hatte kein Recht dazu, dich so zu behandeln.«

Ísleifur verzog keine Miene.

»Aber ich würde wirklich gern kurz mit dir reden«, fuhr Konráð fort. »Ich benehme mich auch, versprochen.«

»Ich habe nichts mit dir zu bereden«, sagte Ísleifur. »Hau ab. Ich will dich hier nicht mehr sehen!«

Er drehte sich um und wollte wieder in seiner Wohnung verschwinden.

»Die Leute über dir, sind das deine Vermieter?«, rief Konráð ihm hinterher.

Ísleifur blieb stehen.

»Glaubst du, die schlafen schon?«, sagte Konráð und

hatte das Gefühl, einen wunden Punkt getroffen zu haben. Den Plan, Ísleifur mit Samthandschuhen anzufassen, hatte er gerade endgültig aufgegeben. »Sonst kann ich ja zu denen gehen und ihnen von dir erzählen. Oder wissen die es schon? Was die Frau darüber gesagt hat, was du ihr in Keflavík angetan hast? Und dass es vielleicht noch mehr Frauen gibt, mit denen du dasselbe gemacht hast? Dass in ihrer Einliegerwohnung ein Vergewaltiger wohnt?«

Ísleifur wandte sich erneut Konráð zu.

»Ich habe nichts gemacht«, sagte er durch die dünne Glasscheibe.

»Aber nein. Die Frau, die du vergewaltigt hast, die ist natürlich verrückt.«

»Ich habe niemanden vergewaltigt.«

Konráð schwieg und sah ihn durch die Fensterscheibe an.

»Was willst du denn von mir?«, sagte Ísleifur. »Ich habe dir nichts zu sagen. Warum lässt du mich nicht in Ruhe. Warum verziehst du dich nicht einfach? Lass mich in Ruhe!«

»Dann spreche ich wohl besser mit denen«, sagte Konráð mit einem Blick nach oben. »Wahrscheinlich ist es denen eh egal, wer ihr Mieter ist. Aber es kann natürlich auch sein, dass sie ein bisschen mehr wissen wollen. Haben die eine Tochter?«

Sie sahen sich in die Augen wie erbitterte Feinde, durch nichts als eine zerbrechliche Glasscheibe voneinander getrennt.

»Wehe, du verbreitest hier im Haus irgendwelche Lügen über mich«, sagte Ísleifur und öffnete die Tür.

Konráð trat in den Vorflur. Weiter ließ Ísleifur ihn nicht hinein. Konráð schloss hinter sich die Tür, und sie standen sich in dem kleinen dunklen Raum gegenüber. Ísleifur stand gebeugt da, er war unrasiert und zog die Nase hoch. Konráð suchte nach Antworten, obwohl er kaum die Fragen kannte. Er hatte in der alten Anklageschrift gelesen, was die Frau Ísleifur vorwarf. Es las sich nicht schön.

»Sag mir doch zumindest, ob du Valborg gekannt hast«, drängte Konráð. »Ob ihr euch mal begegnet seid?«

»Die ermordet wurde? Die habe ich noch nie gesehen, keine Ahnung, wer sie war.«

»Warst du öfter mal im Glaumbær, vor dem großen Brand? Um dich zu amüsieren?«

»Ja, da war ich manchmal«, sagte Ísleifur und sprach jetzt so leise, dass Konráð ihn kaum noch verstand. »Da sind doch damals alle hin.«

»Sie hat da gearbeitet«, sagte Konráð. »Hast du von den Mitarbeiterinnen welche gekannt?«

»Nein, habe ich nicht.«

»Und deine Freunde?«

»Meine Freunde?«

»Ich nehme an, du hast irgendwann mal Freunde gehabt.«

»Was geht dich das an?«

»Du hast in Keflavík bei den Amerikanern auf der Militärbasis gearbeitet. Hast du da vielleicht ein paar Freunde gefunden? Amerikanische Soldaten? Und mit denen bist du dann ins Glaumbær?«

»Was erzählst du da eigentlich für einen Mist«, sagte Ísleifur und sprach noch leiser. »Was willst du? Willst du damit sagen, dass ich diese Frau umgebracht habe? Diese ... Valborg.«

»Hast du das denn?«

»Nein.«

Ísleifur schüttelte den Kopf.

»Und wer könnte es dann gewesen sein?«

»Ich weiß nicht, wovon du redest. Ich habe diese Frau nicht gekannt. Ich weiß nichts über diese Sache.«

»Fällt dir jemand ein, der ihr damals im Glaumbær aufgelauert haben könnte?«, fragte Konráð.

Ísleifur antwortete nicht. Konráð merkte, dass er ihn langsam zur Weißglut brachte.

»Kannst du mir dazu etwas sagen?«

»Kann ich wozu etwas sagen?«

»Fällt dir jemand ein, der das getan haben könnte? Oder warst du es selbst? Hast du Valborg vergewaltigt, so wie du die Frau in Keflavík vergewaltigt hast?«

»Du bist doch verrückt.«

»Hast du Valborg vergewaltigt?«

»Halt die Fresse!«

»Sie ist schwanger geworden«, sagte Konráð.

»Das hast du schon mal gesagt.«

»Bist du neulich zu ihr hin? Hast du sie umgebracht?«

»Ich habe mit der Sache nichts zu tun«, sagte Ísleifur. »Ganz und gar nichts!«

»Warst du es?«

»Was denn? Was war ich? Was willst du von mir? Was soll ich denn noch sagen?«, zischte Ísleifur. »Was noch?«

»Die Wahrheit.«

»Die Wahrheit. Du hast sie nicht mehr alle. Das ist die Wahrheit. Sonst noch was?«

»Die Wahrheit über dich.«

»Du willst die Wahrheit über mich? Na gut, wenn du unbedingt willst … Was willst du hören? Lass uns mal überlegen. Eins kann ich dir sagen. Dieses Mädchen in Keflavík, die mich angezeigt hat. Die war gut. Richtig gut.«

»Was meinst du?«

»Die ließ sich richtig gut nehmen«, sagte Ísleifur.

Konráð verzog keine Miene.

»Und nicht nur die«, sagte Ísleifur. Seine Stimme war jetzt nur noch ein leises Wispern. »Da waren noch andere, aber die waren nicht so dumm wie die in Keflavík. Die waren so klug, den Mund zu halten. Die konnten den Mund halten, verstehst du?«

»Willst du damit sagen, dass …?«

»Hör mir zu, du Wichser!«

»Willst du damit sagen, dass du sie vergewaltigt hast?! Und noch andere?«

»Ich will gerade sagen, dass es keine Vergewaltigung war. Sie wollte das so«, zischte Ísleifur und tat einen Schritt auf Konráð zu. »Die wollten das so. Alle. Die haben mich angebettelt, dass ich es ihnen besorge, weil ich das gut mache. Die wollten mich in sich spüren. Ganz tief.«

Er schubste Konráð, sodass er mit einem dumpfen Geräusch gegen die Eingangstür stieß. Konráð kam schnell wieder ins Gleichgewicht, packte Ísleifur, drückte ihn gegen die Wand und hielt ihn dort fest. Ísleifur wehrte sich nicht, er grinste ihn nur an, sodass man sehen konnte, dass ihm Zähne fehlten. Konráð stieß ihn angeekelt von sich, schubste ihn gegen die Tür zu seinem Wohnzimmer. Die Tür flog auf, Ísleifur stolperte hinein und wäre dort fast gestürzt.

»Was hast du in dem Hochhaus an der Borgartún gemacht?«, fragte Konráð.

Ísleifur richtete sich auf und strich sich die Kleidung glatt.

»Hau jetzt endlich ab«, rief er. Seine Stimme brach und klang sonderbar schrill. »Verpiss dich! Und sag dem Pack da oben von mir aus, dass sie mich mal können! Pack! Beschissenes Pack!«, kreischte er und knallte Konráð die Tür zu seiner Wohnung vor der Nase zu.

Als Konráð wenig später wieder bei sich zu Hause war und sich eine Flasche Rotwein aus dem Esszimmerschrank holen wollte, trat er auf das merkwürdige Holzstück, das einst seinem Vater gehört hatte und noch immer auf dem Boden lag, nachdem er es an die Wand geknallt hatte. Er hob es auf und sah, dass die Feder, die unter dem gespannten Draht festgesessen hatte, sich gelockert hatte. Er betrachtete das Ding eine Weile, dann legte er es auf den Esstisch. Die Feder musste sich bei dem Aufprall gelöst haben. Oder als er eben darauf getreten war.

Er konnte einfach nicht mit Ísleifur reden, ohne ihn zu provozieren, dachte er, nahm eine Weinflasche, schenkte sich ein und merkte, dass er nach dem Besuch in Ísleifurs Souterrain noch immer ziemlich aufgebracht war. Der Kerl war wirklich unausstehlich. Man musste ihn nicht genauer kennenlernen, um das zu begreifen. Er hatte die Vergewaltigung in Keflavík quasi gestanden. Und er hatte angedeutet, dass noch weitere geschehen waren. Konráð sah keinen Grund auszuschließen, dass auch Valborg eines seiner Opfer war.

Er hatte schnell das erste Glas getrunken und sich nachgeschenkt, dann nahm er das Stück Holz, ging in die Küche und öffnete den Schrank unter der Spüle, in dem der Mülleimer stand. Zufällig hatte er das Holzstück so in die Hand genommen, dass sein Daumen die Feder gespannt hatte. Als er die Feder losließ, schlug sie gegen den Draht, der zwischen den beiden Nägeln gespannt war, und Konráð hörte einen Ton, der ihm fremd war und zugleich vertraut.

Konráð stand dort und starrte das Holzstück so lange an, bis er dachte, er hätte sich verhört.

Dann spannte er die Feder ein weiteres Mal, ließ sie los und verstand dann endlich, warum sein Vater gesagt hatte, kein Gegenstand habe ihm jemals so viel Geld gebracht wie dieser.

Einundvierzig

Im Laufe des Tages hatte er mehrfach versucht, Eygló zu erreichen, doch ohne Erfolg. Gerade versuchte er es ein letztes Mal für heute, während er zu der Klinik für Palliativmedizin nach Kópavogur fuhr. Er hatte erfahren, dass eine der Frauen, die um 1970 in der Verwaltung der Frauenklinik gearbeitet hatte, im Sterben lag.

Seine Freundin Svanhildur hatte ihm wieder einmal geholfen, als Konráð nach Mitarbeiterinnen der Frauenklinik suchte, die sich damals um die Terminvergabe und die Akten der Patientinnen gekümmert hatten. Svanhildur kannte jemanden in der Personalabteilung des Krankenhauses und hatte von ihr den Namen dieser Frau bekommen. Sie bat Konráð wortreich darum, niemandem zu sagen, woher er ihn hatte.

Als Konráð Nachforschungen über die Frau anstellte, erfuhr er, dass sie vor Kurzem auf die Palliativstation verlegt worden war. Konráð war es unangenehm, den schweren Abschiedsprozess zu stören, doch seine Neugier war stärker als seine Pietät – und das nicht zum ersten Mal. Er konnte einfach nicht so lange über die Sache nachdenken. Dazu war die Zeit zu knapp.

Auf den Namen der Frau war ein Handy angemeldet. Als er die Nummer angerufen hatte, meldete sich ihr Sohn und sagte ihm, wie die Dinge standen. Konráð beschloss, ihm reinen Wein einzuschenken. Er erzählte von seinen Nachforschungen über das Kind einer Freundin, bei denen möglicherweise eine Frau mit Namen Sunnefa eine Rolle spiele. Und er erzählte ihm, dass seine Mutter diese Sunnefa möglicherweise kenne. Konráð hatte auch gleich hinzugefügt, dass es um das Jahr 1972 gehe, also alles lange her sei. Und dass seine Freundin Valborg heiße und vor Kurzem ermordet worden sei.

Den Mann hatte dieser Anruf zunächst ziemlich verstört, dennoch versprach er Konráð zurückzurufen und tat das auch kurze Zeit später. Die Sache habe, wie erwartet, das Interesse seiner Mutter geweckt und sie sei bereit, Konráð für ein kurzes Gespräch zu empfangen.

Der Sohn empfing ihn auf der Palliativstation und sagte, er habe seine Mutter so gut wie möglich auf diesen Besuch vorbereitet. Die Angelegenheit rege sie ziemlich auf, daher bat er Konráð seinen Besuch möglichst kurz zu halten und sagte, er werde dabei sein, um einzugreifen, wenn er es für nötig hielte. Konráð hatte nichts dagegen, dankte dem Mann für seine Hilfe und bat noch einmal um Entschuldigung für die Unannehmlichkeiten, die er ihnen mit seinem Anliegen bereitete.

Die Frau war seit einigen Tage bettlägerig und sehr erschöpft, hatte aber anlässlich dieses Besuchs darum gebeten, angekleidet und in einen Rollstuhl gesetzt zu werden. Sie wollte den ehemaligen Kriminalkommissar so würdevoll empfangen, wie es ihr Gesundheitszustand erlaubte. So saß sie in ihrem Zimmer und reichte ihm die Hand. Sie trug eine hübsche Bluse und ein Halstuch, ihre Stimme war dünn und schwach. Sie hieß Fransiska.

Ihr Sohn setzte sich auf die Bettkante.

Konráð dankte für ihre Hilfsbereitschaft und kam direkt zur Sache, fragte, ob sie sich an eine Hebamme oder Hebammenschülerin namens Sunnefa erinnere.

»Ja, das tue ich. Aber die hat vor 1970 aufgehört«, sagte Fransiska und warf ihrem Sohn einen Blick zu. Sie schien im Kopf völlig klar.

»Ja«, sagte Konráð. »Es gab Streit, und sie wurde von der Schule verwiesen. Hattest du oder jemand anders in der Frauenklinik danach noch einmal etwas mit ihr zu tun?«

»Nein«, sagte Fransiska. »Also, ich zumindest nicht. Sie war ziemlich unberechenbar, wenn ich mich richtig erinnere. Und sie war nicht besonders … beliebt. Vielleicht sollte man nicht so reden, aber sie ist die Einzige, die je von der Schule verwiesen wurde. Das waren alles gute Schülerinnen auf der Hebammenschule. Ganz besonders gute …«

»Sie war sehr gläubig, wenn mich nicht alles täuscht«, sagte Konráð und spürte, wie rasch die Frau müde wurde. Er musste sich beeilen. »In einer Freikirche. Weißt du, welche Gemeinde das war?«

»Nein«, sagte Fransiska müde. »Ich hatte nie etwas mit Religion zu tun. Interessiert mich einfach nicht. Erst recht nicht das Leben nach dem Tod. Wenn es vorbei ist, ist es vorbei. Du hast meinem Sohn gesagt, dass die Frau, die so furchtbar ums Leben gekommen ist, ihr Kind … fortgegeben hat.«

Konráð stimmte zu.

»Und dafür hat Sunnefa gesorgt?«, sagte Fransiska mit spürbarem Interesse.

»Möglicherweise.«

»Und Sunnefa hat eine Adoptivfamilie gefunden?«

»Auch das könnte sein.«

»Aber was hat das damit zu tun, was ihr zugestoßen ist? Dieser Valborg?«

»Das weiß ich nicht«, sagte Konráð und warf dem Sohn einen Blick zu, der vielleicht bei ihrem Telefongespräch etwas missverstanden hatte. »Wahrscheinlich eher nicht. Valborg hat nie erfahren, was aus dem Kind geworden ist, und wollte das jetzt herausfinden. Deswegen hat sie mich kontaktiert. Und ich habe ... sie abgewiesen.«

»Und nun willst du das wiedergutmachen?«

»Ich will das Kind finden.«

»Das ist ... nett von dir.«

»Ich bereue, dass ich ihr nicht geholfen habe«, gab Konráð zu.

Die Frau versuchte zu lächeln. Es war, als ob jede kleinste Bewegung ihr Schmerzen bereitete.

»Fällt dir jemand ein, der oder die ähnlich über Abtreibungen gedacht hat wie Sunnefa? Aus religiösen Gründen dagegen war? Oder vielleicht auch in einer Freikirche oder Sekte war?«

Fransiska schüttelte den Kopf. Ihr Sohn erhob sich von der Bettkante und sah auf seine Uhr, zum Zeichen, dass Konráð ein Ende finden musste.

»Stimmt es, dass Sunnefa eine gute Freundin bei euch in der Verwaltung hatte?«

»Meinst du ... Regína?«

»Regína?«, fragte Konráð.

»Die waren befreundet, Sunnefa und sie. Und die war, glaube ich, in irgendeiner ... Gemeinde. Jetzt, wo du es sagst ...«

»In welcher denn?«, fragte Konráð. »Weißt du das noch?«

Fransiska antwortete ihm nicht.

»Weißt du noch, in welcher Gemeinde?«

Der Frau fielen die Augen zu. Sie konnte nicht mehr länger gegen ihre Müdigkeit ankämpfen. Konráð musste an Erna und an ihre letzten Tage denken. Erna hatte sich geweigert, auf die Palliativstation oder in ein Hospiz zu gehen, und Konráð hatte sie dabei unterstützt. Sie wollte zu Hause sterben.

Konráð warf dem Sohn einen Blick zu und bekam von ihm das Signal, dass es genug war.

»Ich denke mal, das reicht jetzt«, sagte er und beugte sich zu seiner Mutter hinab.

»Natürlich«, sagte Konráð und stand auf. »Ich bitte nochmals um Entschuldigung für die Störung, aber das hat mir wirklich sehr geholfen«, sagte er und reichte Fransiska die Hand.

Sie öffnete die Augen, starrte ihn an und flüsterte etwas, das Konráð nicht verstand. Er beugte sich zu ihr herunter.

»Das war Die Schöpfung«, sagte sie.

»Schöpfung?«

»So hieß die Gemeinde ...«

»Das reicht jetzt wirklich«, sagte der Sohn sehr bestimmt. »Ich muss dich bitten zu gehen!«

»Alles klar«, sagte Konráð.

»Sei so gut ...«, flüsterte die Frau.

Konráð beugte sich erneut zu ihr herunter.

»... und finde ... dieses Kind.«

Wie immer mischte sich das niemals versiegende Rauschen des Verkehrs von der Hringbraut in die Stille des Friedhofs. Eygló beschritt erneut den regennassen Weg zu dem Grab von Málfríður, vorbei an dem kürzlich renovierten Sturla-Grab und den moosbewachsenen Grabsteinen und Kreuzen und Stelen mit ihrer verwitterten Trauer. Sie hatte einige Rosen gekauft, um sie auf das Grab zu legen, und hielt Ausschau nach der Freundin von Málfríður, der Frau mit dem Kopftuch, in dem grünen Mantel, die Eygló das letzte Mal hier gesehen hatte.

Nun war niemand da, außer ihr.

Eygló hatte drei weiße Rosen gekauft und legte sie auf das Grab. Eine für den Vater, eine für den Sohn und eine für den Heiligen Geist. Sie dankte ihr für die Freundschaft und betete noch einmal, ihre Reise möge gut zu Ende gehen.

Sie stand vor dem Grab, bis ihr kalt wurde. Aus dem Norden kam ein eisiger Wind. Eygló wollte gerade gehen, da achtete sie zum ersten Mal auf einen Grabstein, der gleich hinter der Grenze von Málfríðurs Grab stand. Eygló konnte nur die Rückseite sehen, bemerkte aber, wie gerade er noch stand. Die Gräber waren sich so nah, dass die Särge sich an den Kopfenden fast berühren mussten.

Eygló ging vorsichtig um das Grab herum, um zu sehen, wer dort lag, und als sie die Inschrift des Grabsteins las, stockte ihr für einen kurzen Moment der Atem. Plötzlich sah sie die Frau in dem grünen Mantel, die sie erst an Málfríðurs Sterbebett und später hier an ihrem Grab gesehen hatte, wieder ganz deutlich vor sich.

Und als sie ihn nun, in Stein gehauen, vor sich sah, erinnerte sie sich auch wieder an ihren Namen:

HULDA ÁRNADÓTTIR
7. 9. 1921 – 28. 1. 1984

Zweiundvierzig

Zwanzig Minuten waren vergangen, seit man Marta gebeten hatte, einen kurzen Moment zu warten. Langsam verlor sie die Geduld. Die Assistentin der Geschäftsführung hatte sie in einen Konferenzraum gebracht, nachdem sie ihr Anliegen erfahren hatte. Marta war unangekündigt gekommen. Die Assistentin, sie war um die dreißig und hatte etwas von einer Stewardess, hatte einen ziemlichen Schreck bekommen, als sie erfuhr, für wen Marta arbeitete. Besuche von der Kriminalpolizei gehörten hier nicht zum Alltag. Marta nahm an, dass die Geschäftsführerin in diesem Moment versuchte, sich einen Reim darauf zu machen, was Marta wohl von ihr wollte.

Na dann, viel Erfolg, dachte Marta und sah sich in dem mondänen Konferenzraum um, in dem zwei großformatige Ölgemälde isländischer Meister aus der ersten Hälfte des zwanzigsten Jahrhunderts hingen. Auf dem Tisch stand eine italienische Kaffeemaschine, von der Decke hing ein nagelneuer Beamer. Der Konferenzraum befand sich auf der obersten der drei Etagen, die das Pharmaunternehmen in dem Hochhaus an der Borgartún belegt hatte, und nun, wo das Wetter sich besserte und die Wolkendecke aufriss, hatte man einen fantastischen Blick auf die Bucht und die Berge, auf Esja und Skarðsheiði.

Endlich tat sich etwas. Die schicke Assistentin erschien

erneut und bat Marta, noch einen kurzen Moment zu warten, ihre Chefin sei sehr beschäftigt, habe sich aber extra Zeit in ihrem Kalender freigeräumt, um mit der Polizei zu sprechen. Die Assistentin hatte diese Worte kaum zu Ende gesprochen, da erschien die Geschäftsführerin auch schon und bat vielmals um Entschuldigung, während sie Marta mit Handschlag begrüßte. Sie lächelte freundlich, und doch war ihr anzusehen, dass sie eigentlich keine Zeit hatte und diesen unvorhergesehenen Besuch am liebsten in kürzester Zeit abfertigen würde. Sie war schlank, trug einen eng anliegenden Rock und eine dazu passende Bluse, hatte dunkles, kurz geschnittenes Haar und schöne braune Augen unter perfekt gepflegten Augenbrauen. Sie ging auf die fünfzig zu. Marta fand sie attraktiv auf eine unangestrengte Weise, die Frau schien dafür nicht viel mehr tun zu müssen, als sich gelegentlich die Haare zu färben. Sie hieß Klara. Marta fand, dass sie Ähnlichkeit mit Valborg hatte, aber vielleicht hatten die Ermittlungen auch nur ihre Wahrnehmung verändert.

»Bitte entschuldige«, sagte Klara mit einem Lächeln. »Hier ist zurzeit super viel los. Die neuen Eigentümer übernehmen gerade das operative Geschäft, da ist natürlich dementsprechend viel zu tun, damit ein nahtloser Übergang garantiert wird.«

»Ich verfolge leider nicht so genau, was in der Wirtschaft passiert«, sagte Marta ehrlicherweise.

»Nicht? Ist das nicht der Grund, warum du hier bist? Ich dachte du bist von der Abteilung für Wirtschaftskriminalität? Wir haben vor zwei Wochen eine Anfrage von euch bekommen, unsere Wirtschaftsprüfer haben sie beantwortet, das habe ich gerade noch mal abgeklärt. Die Steuerabschreibungen, die wir …«

»Nein«, sagte Marta. »Wenn ich dich gleich unterbrechen darf, es geht nicht um die Firma. Ich bin deswegen hier«, sagte sie, holte eine Kopie von den Zeitungsausschnitten aus Valborgs Wohnung hervor und legte sie vor Klara auf den Tisch. Klara betrachtete sie.

»Was ... was ist das?«, fragte sie überrascht.

»Du weißt, wer das ist?«, fragte Marta.

»Aber natürlich. Das sind meine Eltern, damals waren sie in Ägypten«, sagte Klara. »Meine Mutter hat immer davon geträumt, die Pyramiden zu sehen. Ich erinnere mich gut an diesen Artikel. Und dann dieses Interview mit mir, als wir gerade dabei waren, das Unternehmen aufzubauen.«

»Das ist dein Vater, oder?«

»Ja. Und hier, das andere Interview, da haben wir den Verkauf bekannt gegeben. Ich habe das auch, eingerahmt sogar. Aber was willst du damit? Was will die Polizei mit diesen Ausschnitten?«

»Wir haben sie gefunden in ...«

Die Assistentin erschien in der Tür und sagte Klara, man warte auf sie. Marta sah Klara an und überlegte, ob diese Störung von vornherein geplant war, um ihren Besuch kurz zu halten. Sie lächelte in sich hinein.

»Ja, ich komme«, sagte Klara und wandte sich wieder Marta zu. »Warum zeigst du mir das?«

Die Assistentin verschwand. Marta holte ein Foto von Valborg hervor und legte es zu den Zeitungsausschnitten auf den Tisch. Es war dasselbe Bild, das in den letzten Tagen auch in den Medien zu sehen gewesen war.

»Kennst du diese Frau?«, fragte sie.

Klara starrte das Foto an.

»Ist das nicht ... ist das nicht die Frau, die überfallen ... die ermordet wurde?«

»Wir haben diese Zeitungsausschnitte bei ihr gefunden«, sagte Marta ohne weitere Umschweife. »Inmitten von Backrezepten und Ähnlichem, daher hat es etwas gedauert, bis wir darauf gestoßen sind. Andere Zeitungsausschnitte haben wir bei ihr nicht gefunden. Nur diese hier. In allen geht es um diese Familie. Deine Familie. Um deine Eltern. Und um dich. Hast du eine Ahnung, warum? Kannst du dir irgendwie denken, warum wir das bei ihr gefunden haben?«

Klara sah das Foto an, dann Marta, dann wieder das Foto, dann nahm sie abermals den Zeitungsschnitt zur Hand, auf dem sie so triumphierend die Leserschaft anlächelte. Die Ratlosigkeit stand ihr ins Gesicht geschrieben.

»Ich habe keine Ahnung«, sagte sie und blickte erneut zu Marta auf. »Zufall, vielleicht? Gekannt habe ich sie auf jeden Fall nicht. Wir haben sie nicht gekannt. Leute schneiden alles Mögliche aus der Zeitung aus.«

»Das stimmt. Sie ist nicht mit euch verwandt?«

»Nein, nicht dass ich wüsste«, sagte Klara und fügte dann hinzu: »Und ich würde das wissen. Warum sie diese Sachen über uns aufgehoben hat, kann ich mir nicht erklären.«

Die Assistentin erschien erneut und sah auf ihre Armbanduhr. Doch bevor sie etwas sagen konnte, bat Klara sie, sie nicht mehr zu stören.

»Aber ...«, setzte die Assistentin an, als wollte sie widersprechen.

»Nicht jetzt«, sagte Klara. »Ich bin beschäftigt.«

Die Assistentin zögerte noch kurz, dann verschwand sie, und Klara fragte Marta, ob das alles sei. Die Sache hatte sie aufgeregt, auch wenn sie sich sichtlich bemühte, das zu verbergen.

»Kann es sein, dass dein Vater sie gekannt hat?«

»Vermutet ihr eine Verbindung zwischen diesen Zeitungsausschnitten und dem, was ihr zugestoßen ist?«, fragte Klara.

»Nein, das wohl nicht«, sagte Marta.

»Wohl nicht? Wie meinst du das?«

»Wir sehen keine Verbindung«, sagte Marta. »Ich wollte nur fragen, ob du etwas damit anfangen kannst. Ob ihr die Frau irgendwie gekannt habt. Ist dein Vater zufällig im Haus?«

»Nein, er ist nicht hier.«

»Wie kann ich ihn erreichen?«

»Muss das sein?«, fragte Klara. »Dass du ihn damit behelligst? Wir kennen diese Frau nicht und haben sie auch nie gekannt. Das kannst du mir ruhig glauben.«

Sie versuchte, souverän zu wirken, doch Marta spürte, wie schwer ihr dieses Gespräch fiel, auf welch unangenehme Weise dieser Besuch der Polizei ihre Welt durcheinanderbrachte, über die sie sonst vollkommene Kontrolle besaß.

»Kannst du für deinen Vater sprechen?«

»Wir wissen nichts über diese Frau«, wiederholte Klara. »Gar nichts.«

»Ist es da nicht umso merkwürdiger, dass sie diese Sachen ausgeschnitten und aufgehoben hat?«

»Ich weiß nicht, was andere Leute sich bei so was denken«, sagte Klara und betrachtete das Gespräch damit als beendet. Sie reichte Marta zum Abschied die Hand, dynamisch und voller Tatkraft, wie es ihre Art war. »Ich kann mich leider nicht weiter damit beschäftigen. Ich hoffe, ich habe mich klar genug ausgedrückt, damit wir nicht erneut behelligt werden mit dieser … komischen Geschichte.«

Marta ließ ihre Hand nicht los. Die Sache war für sie erst abgeschlossen, wenn sie eine bestimmte Frage gestellt hatte, auch wenn sie nicht wusste, wie sie das anstellen sollte, ohne die Frau noch mehr aufzuregen. Die Wörter lagen ihr schon auf der Zunge, da wurde ihr klar, dass es dafür noch zu früh war. Dass sie besser noch etwas wartete. Sich mehr Informationen beschaffte, besser nachforschte, bevor sie eine solche Bombe in ihr Leben warf.

Fürs Erste ließ Marta es dabei bewenden, verabschiedete sich von der Frau und sah ihr nach, als sie eilig aus dem Konferenzraum entschwand.

Dreiundvierzig

Bei einer ersten oberflächlichen Internetsuche fand Konráð nichts über eine Freikirche mit dem Namen Die Schöpfung. Er fand jede Menge Informationen zu den Erzählungen über die Erschaffung der Welt in den verschiedenen Religionen. Die Schöpfung des Lebens. Die Schöpfung des Menschen. Aber nichts über eine Gemeinde, die sich Die Schöpfung nannte. Diese Glaubensgemeinschaft hatte weit vor den Tagen von Internet und Social Media existiert, und auch als Konráð sich durch die wichtigsten Zeitungen von 1970 hindurchscrollte, fand er nichts. Die Mitglieder mussten sich bemüht haben, nicht in den Medien erwähnt zu werden, und hatten wohl dementsprechend wenig Aufmerksamkeit erregt. Zusammenkünfte waren nicht angekündigt worden, nirgendwo fand er eine Adresse oder gar Namen von Mitgliedern der Gemeinde. Konráð ging daher davon aus, dass es sich um eine eher kleine Gemeinde gehandelt haben musste, deren wenige Mitglieder auch wenig von sich reden machten.

Er begann über Sekten, Glaubensgemeinschaften und Religion nachzudenken, darüber, welch große Bedeutung dies für das Leben einiger Menschen hatte. Und für die Welt allgemein. Dann war er vor dem kleinen baufälligen Reihenhaus in Grafarvogur angekommen, hielt an und machte den Motor aus. Er selbst hatte nie das Bedürfnis verspürt, an einen Gott zu glauben, an göttliche Vorhersehung oder an die Bibel. Auch die Schriften und Heilsbotschaften anderer Religionen hatten ihn als Richtschnur für sein Leben nie interessiert. Er wusste, dass seine Mutter auf ihre Weise gläubig gewesen war, obwohl sie nie in die Kirche ging. Auch bei Erna hatte er einen immer stärker werdenden Drang verspürt, an etwas zu glauben, besonders nachdem sie krank wurde. Er verstand sie beide, blieb aber Atheist wie zuvor.

Ein kleines Kupferschild an der Haustür sagte ihm, dass er hier richtig war. Es war nur offenbar niemand zu Hause. Also ging Konráð um das Haus herum und sah eine Frau bei der Gartenarbeit, die wohl etwas jünger war als er. Sie trug warme Arbeitskleidung, hatte eine Wollmütze auf dem Kopf und harkte, unweit von ihr lag ein kleiner Haufen abgebrochener Zweige. Konráð wollte sie nicht stören und sah ihr zu. Die Gartenarbeit schien der Frau Freude zu bereiten, sie erledigte sie ohne jede Eile, machte immer wieder kleine Pausen und stützte sich dabei auf ihren Rechen, dann harkte sie weiter die abgebrochenen Zweige zusammen, die unter ihren Bäumen lagen, das Laub und etwas Müll, der in ihren Garten geweht worden war. Sie schien vollkommen in dieser alltäglichen Tätigkeit aufzugehen, ihre Zufriedenheit hatte fast etwas Meditatives.

»Regína?«, sagte Konráð schließlich und kam näher.

Die Frau drehte sich um. Es schien sie nicht zu irritieren, dass ein unbekannter Mann in ihrem Garten stand. Sie hörte mit dem Harken auf und sah ihn einen Augenblick an, dann ging sie ihm entgegen.

»Ich habe dich gar nicht kommen hören«, sagte sie. »Entschuldige, aber bei der Gartenarbeit bekomme ich so etwas nicht mit.«

»Kein Problem. Die muss ja erledigt werden«, sagte Konráð, um irgendetwas zu sagen.

»Danke, dass du so schnell kommen konntest«, sagte die Frau, als hätte sie ihn erwartet, und schüttelte ihm die Hand. »Von alleine gehen die offenbar nicht wieder weg.«

»Was?«, sagte Konráð.

»Na, die Silberfische«, sagte die Frau und schritt an ihm vorbei in Richtung Haus.

»Die Silberfische?«

»Bist du etwa nicht der Kammerjäger?«, sagte sie und drehte sich zu ihm um.

»Der Kammer ..., nein, ich befürchte, das ist ein Missverständnis«, sagte Konráð. »Aber du bist Regína?«, fragte er zurück.

»Ja, ich bin Regína. Aber ... wer bist denn dann du?«, fragte die Frau verwundert. »Wolltest du zu mir?«

»Ich suche Informationen über eine Frau, mit der du meines Wissens einmal befreundet warst. Sunnefa«, sagte Konráð. »Ich habe die Hoffnung, dass du mir etwas über sie sagen kannst.«

Die Frau starrte ihn an.

»Sunnefa?«

»Ihr kanntet euch doch, oder? Aus deiner Zeit in der Frauenklinik. Ich habe gehört, ihr wart sogar befreundet.«

»Ich habe ewig nichts mehr von Sunnefa gehört«, sagte die Frau.

»Sie lebt auch schon seit einigen Jahren nicht mehr«, sagte Konráð.

Die Frau konnte ihre Verwunderung kaum verbergen. Sie fragte Konráð, wer er sei und woher er Sunnefa kenne, woraufhin er ihr erzählte, dass Sunnefa vielleicht das Kind einer Freundin zur Welt gebracht hatte.

In diesem Moment klingelte Konráðs Telefon. Es war Eygló. Er bat Regína um Entschuldigung und sagte, er müsse den Anruf annehmen. Dann trat er ein paar Schritte zur Seite. Nach ihrem Streit hatte Konráð nicht damit gerechnet, so bald wieder etwas von Eygló zu hören, doch sie schien das schon vergessen zu haben, ging mit keinem Wort darauf ein, kam sofort zur Sache und sagte, sie wolle ihn noch heute Abend treffen. Ob er zu ihr nach Fossvogur kommen könne? Er sagte, dass auch er mit ihr reden wolle, weil er etwas über ihre Väter herausgefunden habe. Mehr wollte er am Telefon nicht sagen, doch es hatte gereicht, um Eyglós Interesse zu wecken. Sie beschlossen, sich am Abend zu treffen, und beendeten das Gespräch.

Konráð steckte das Telefon ein.

Als er sich wieder Regína zuwandte, bemerkte er, dass sich irgendetwas verändert hatte. Sie sagte rasch, sie wisse nichts über Sunnefa. Dann bat sie Konráð zu gehen, sie wolle allein sein.

»Aber ihr wart doch einmal ganz gut befreundet«, sagte Konráð.

»Wir haben uns gekannt, mehr nicht. Ich erinnere mich kaum noch an sie und befürchte, ich kann dir da nicht weiterhelfen. Tut mir leid«, sagte sie und streckte die Hand aus, wie um ihm den Weg aus ihrem Garten zu weisen. »Ich erwarte jemanden. Wegen der Silberfische.«

»Verzeihung«, sagte Konráð, »ich wollte dich nicht überrumpeln, aber ich glaube in der Tat, dass du mir helfen kannst und mir genau die Informationen geben kannst, die ich brauche. Die Sache ist ernst. Vielleicht ernster, als es dir im Moment erscheint.«

Nun wusste die Frau überhaupt nicht mehr, wie ihr geschah. Der Frieden in ihrem Garten war empfindlich gestört. Konráð fühlte sich wie die Schlange, die ins Paradies eingedrungen war.

»Was für Informationen?«, fragte Regína zögerlich.

»Zum Beispiel über Die Schöpfung.«

»Die Schöpfung? Wie meinst du das?«

»Die Gemeinde.«

»Die Gemei…? Das habe ich alles längst vergessen.«

»Warst du da Mitglied?«, fragte Konráð.

»Ich wüsste nicht, was dich das angeht«, sagte Regína. »Ich weiß nicht, wer du bist und was du hier willst mit deinen ganzen Fragen. Ich möchte, dass du jetzt gehst und mich in Frieden lässt.«

Sie öffnete die Gartenpforte, in der Hoffnung, dass Konráð endlich ihr Grundstück verließ, und ging zurück in Richtung Haus. Konráð tat ihr den Gefallen nicht.

»Muss ich etwa die Polizei rufen?«, sagte sie.

»Das wird nicht nötig sein«, antwortete Konráð. »Zumindest erst einmal nicht. Es kann allerdings sein, dass die später mal auf dich zukommen und mit dir reden wollen.«

»Auf mich? Die Polizei?«

»Ich habe dir gesagt, dass das eine ernste Angelegenheit ist. Das hat vielleicht mit der älteren Frau zu tun, die vor einigen Tagen in ihrer Wohnung ermordet wurde. Du hast bestimmt davon gehört. Valborg. Sagt dir der Name was?«

Die Frau schüttelte den Kopf.

»Ich habe von dem Mord gehört«, sagte sie. »Wer bist du?«

»Ein Freund von ihr«, sagte Konráð. »Valborg hat mich kontaktiert. Sie hat ein Kind zur Welt gebracht und wollte es nicht behalten. Sie hat es gleich nach der Geburt weggegeben, ohne es noch einmal anzusehen. Und kurz vor ihrem Tod hat sie mich gebeten, es zu finden. Ich dachte, du könntest mir vielleicht sagen, wo es ist.«

»Das Kind?«

»Ich bin mir ziemlich sicher, dass deine Freundin ihr dabei geholfen hat, es zur Welt zu bringen«, sagte Konráð.

Vierundvierzig

Regína sah aus dem Fenster auf die abgebrochenen Zweige, die sie zu einem Haufen zusammengeharkt hatte. Auf die Bäume, die ihr Laub verloren hatten. Vor wenigen Minuten noch hatte sie an nichts anderes gedacht als an den Herbstwind. Es sei ihr wichtig, den Garten in Ordnung zu halten, sagte sie Konráð. Sie mähe regelmäßig den Rasen, sähe und jäte und harke im Herbst das Laub. Deshalb sei der Garten im Frühjahr und im Sommer bei ihr auch ganz besonders schön, und sie sitze dann lange hier in ihrem Gartenstuhl und betrachte den Erfolg ihrer Arbeit. Der Garten sei ihr einziges Hobby.

Sie hatte Konráð hereingebeten und Kaffee gekocht. Nun saßen sie in ihrem Wohnzimmer, sahen hinaus in den Garten, und sie erzählte ihm, wie viel Freude er ihr machte. Davor hatte sie ihm noch gezeigt, wo sie in ihrer Küche die toten Silberfische entdeckt hatte. Sie habe jahrelang keine mehr gesehen, und jetzt befürchte sie, dass irgendwo ein Feuchtigkeitsschaden sei.

Konráð hörte ihr zu und wartete, bis sie von selbst wieder auf Sunnefa, die Gemeinde und Valborg zu sprechen kam. Und er musste nicht lange warten.

»Ich wollte vorhin nicht so abweisend sein«, sagte Regína entschuldigend und nahm einen Schluck Kaffee. »Ich hätte nie die Polizei gerufen.«

»Ich weiß«, sagte Konráð.

»Ich war damals noch ein halbes Kind«, sagte sie. »Und es waren andere Zeiten. Aus irgendeinem Grund konnte ich mit dem damaligen Zeitgeist nicht so richtig etwas anfangen. Plötzlich war alles so liberal. Freie Liebe. Du weißt schon. Die Gemeinde war da für mich eine Art Gegengift. Wir waren nie besonders viele, wie du dir denken kannst. Heute wären wir vielleicht mehr, nur so eine Vermutung«, fügte sie hinzu und versuchte ein Lächeln.

»Und Sunnefa war da auch?«

»Sie hat mich da überhaupt erst hingebracht. Wir haben zur selben Zeit im Krankenhaus angefangen und uns sofort gut verstanden. Sie hat sich für Medizin und Krankenpflege interessiert, doch am allerliebsten wollte sie Hebamme werden. Das war ihr Traumjob. Ist ja auch etwas Schönes.«

»Und dann kam es zum Streit?«, sagte Konráð.

»Ja, sie hat sich mit allen angelegt, in der Hebammenschule und auch in der Frauenklinik. Sie hat es geradezu provoziert, dass man sie rauswerfen musste, mit ihren altmodischen Ansichten über Abtreibungen. Schwangerschaftsabbrüche. Und das zu einer Zeit, wo sich gerade so viel veränderte. Die Frauen haben ja damals zum ersten Mal so richtig eingefordert, dass sie selbst über ihren Körper bestimmen können. Und Sunnefa hielt die Antibabypille für ein Gift. Aber diese Härte, das war nur eine Seite von ihr. Sie konnte auch wahnsinnig nett sein und lustig, einfach eine gute Freundin. Und sie ging in diese Gemeinde und hat mich mal mitgenommen. Ein Ehepaar hat die gegründet. Ich glaube, die waren mal länger in Amerika, dort ist der Mann dann bekehrt worden. Die fanden, dass zu der damaligen Zeit nicht genug Zucht und

Ordnung herrschte. Also haben sie einen Saal gemietet, in der Oststadt, wenn ich mich richtig erinnere. Seine Frau hat Klavier gespielt, und er hat uns seine Wahrheiten um die Ohren gehauen. Genau wie Sunnefa. Die hat sich schon immer für alles Christliche engagiert. Sie war schon auf der Realschule im Christlichen Verein Junger Menschen.«

»Warst beim Thema Abtreibung derselben Meinung wie sie?«

»Ja. Das war ich. Damals zumindest.«

»Aber heute ist das anders?«

»Ja.«

»Hat Sunnefa dich jemals gebeten, die Daten von werdenden Müttern an sie weiterzugeben? Nachdem sie nicht mehr an der Hebammenschule war?«

»Ja, das hat sie. Aber nur von manchen.«

»Von denen, die an eine Abtreibung gedacht haben? Da gab es doch bestimmt einige?«

»Sie wollte die Daten von Frauen, die ihr Kind nicht wollten, aus welchem Grund auch immer«, sagte Regína und nickte. »Wo die Verhältnisse es nicht zuließen. Die kein Kind aufziehen konnten. Oder es nicht wollten. Das war damals alles nicht so einfach.«

»Und du hattest Zugang zu deren Daten?«

»Ich konnte an sie herankommen«, gestand Regína. »Ich weiß, das ist illegal, aber darüber habe ich damals nicht nachgedacht.«

»Was wollte Sunnefa von diesen Frauen?«

»Sie hat mir gesagt, sie wollte nur mit ihnen reden. Sich einfach treffen, reden und sie vielleicht davon abbringen, dass ... ach, ich weiß nicht, wie ich es beschreiben soll ... Die sollten halt ihre Meinung ändern.«

»Sie sollten die Kinder bekommen?«

»Ja. Das fand ich damals ganz normal. Wir hatten ja über diese Sachen gesprochen. Wir dachten beide gleich darüber.«

»Sunnefa hat offenbar sehr viel mehr getan als das«, sagte Konráð.

»Wie meinst du das?«

»Ich glaube, sie hat geholfen, einige von diesen Kindern zur Welt zu bringen.«

Regína starrte Konráð an.

»Nein. Das kann nicht sein«, sagte sie.

»Ich habe da anderes gehört.«

»Das wusste ich nicht«, sagte Regína.

Sie sah in die Bäume in ihrem Garten. Die kahlen Äste, die auf den Winter warteten. Es sah nicht so aus, als hätte sie diese Neuigkeit vollkommen aus der Fassung gebracht.

»War Valborg eine von denen?«, fragte sie. »Die sie überredet hat, das noch einmal zu überdenken? Und die dann ihre Meinung geändert hat?«

Konráð sagte, dass dem wahrscheinlich so sei.

»Hat das was damit zu tun, dass sie ermordet wurde?«, fragte Regína zögerlich.

»Ich weiß es nicht«, sagte Konráð. »Ich weiß es einfach nicht. Sunnefa hat offenbar das Kind genommen. Weißt du, welchen Adoptiveltern sie es hätte geben können?«

Regína schüttelte den Kopf.

»Gab es vielleicht jemanden in der Gemeinde, der ein neugeborenes Kind aufgenommen hätte?«

»Davon weiß ich nichts, wie gesagt. Ich habe Sunnefa nur die Namen von drei oder vier Frauen gegeben. Mehr waren es nicht. Ich habe nur ein paar Jahre in der Krankenhausverwaltung gearbeitet. Ich habe darüber nie wieder nachgedacht, bevor du hier aufgetaucht bist. Du weißt darüber sehr viel mehr als ich.«

»Hat sie vielleicht mal gesagt, dass sie darüber nachdenkt, diesen Frauen bei der Geburt zu helfen, um dann Adoptivfamilien zu finden?«

»Sunnefa hatte einen starken Willen«, sagte Regína. »Und den konnte sie auch anderen Leuten aufzwingen. Und weißt du, wenn jemand so energisch solche extremen Meinungen vertritt, hat das eine gewisse ... Aber ich weiß nicht. Vielleicht. Aber ich finde trotzdem ... das wäre doch unglaublich, wenn sie das wirklich gemacht hätte. Ich hoffe zumindest, sie hat es nicht getan. Dann hätte ich ihr bei etwas geholfen, an dem ich nie beteiligt sein wollte. Ich darf gar nicht daran denken.«

»Aber du erinnerst dich nicht explizit an Valborg in diesem Zusammenhang?«

»Nein, die Namen habe ich alle vergessen. Ehrlich gesagt, wollte ich sie mir gar nicht erst merken. Ich wusste ja, dass ich so nicht mit den Akten der Patientinnen umgehen durfte. Dass das nicht erlaubt war. Ich habe versucht, nicht mehr daran zu denken.«

In diesem Moment klingelte es an der Tür. Nun war offenbar der Kammerjäger gekommen, um sich der Schädlinge anzunehmen. Sie erhoben sich, und Regína brachte Konráð zur Tür. Auf dem Weg fiel sein Blick auf ein gerahmtes Bild auf einer Kommode, das ihm schon beim Hereinkommen aufgefallen war. Es zeigte ein Mädchen von ungefähr sieben Jahren. Das Bild war schon recht alt, und das Gesicht kam Konráð irgendwie bekannt vor. Wahrscheinlich wegen Regína, dachte er, doch sicher war er sich nicht.

»Ist das ...?«

»Meine Tochter«, sagte Regína.

»Du hast ein Kind?«

»Ja.«

»Und der Vater?«

»Wir haben uns getrennt.«

Der Kammerjäger lächelte und dachte natürlich sofort, er hätte ein Ehepaar vor sich. Er sah sie an, während er draußen am Eingang stand, bemerkte, dass sie nicht besonders gut gestimmt waren und nahm an, er wüsste den Grund dafür:

»Silberfische ...?«

Fünfundvierzig

Auf dem Klavier lagen einige aus dem Internet ausgedruckte Seiten. Eygló hatte den Klavierdeckel geöffnet und schlug die Taste an, die festgeklemmt gewesen war, nun wieder funktionierte und einen überraschend reinen Ton von sich gab, wenn man bedachte, wie selten das Klavier gespielt wurde.

Sie dachte an ihre Freundin Málfríður und ihr letztes Treffen an ihrem Krankenbett. Eygló hatte vom ersten Moment an versucht, sich alles möglichst genau einzuprägen: wie es dort aussah, worüber sie redeten, wie ihr Abschied verlief. Daher hatte sie auch heute noch eine ziemlich gute Erinnerung an ihren Besuch, doch am allerbesten erinnerte sie sich an die Frau, die bei Málfríður am Bett gesessen hatte und von ihr Hulda genannt wurde. Málfríður hatte gesagt, sie sei eine alte Freundin, die mehr als alle anderen an ein Leben nach dem Tod glaubte.

Gedankenverloren schlug sie mit dem Zeigefinger immer wieder die Taste an. Einmal hatte sie angefangen Klavierstunden zu nehmen. Es wurden nicht viele. Sie war schon um die vierzig gewesen und wollte lernen, das Instrument zu spielen, das da so ungenutzt in ihrem Wohnzimmer stand. Der Klavierlehrerin war sehr nett und freundlich und wohnte in einem Haus in der Oststadt. Eygló ging zweimal die Woche hin und hatte dabei von der Klavierlehrerin immerhin einige wichtige Grundlagen gelernt, zum Beispiel, dass mithilfe der weißen Tasten bestimmte Töne erzeugt wurden, die mit Buchstaben bezeichnet wurden: C-D-E-F-G-A-H-C. Die Taste, die bei ihrem Klavier geklemmt hatte, war ein D.

Sie hörte ein Klopfen an der Tür, öffnete und war froh, dass Konráð gekommen war. Es war spät geworden, und sie begrüßte ihn herzlich, gerade weil sie ihn bei ihrem letzten Treffen so grußlos im Auto hatte sitzen lassen. Er betrat zögerlich ihre Wohnung, sehr wahrscheinlich aus demselben Grund. Er wusste ganz offenbar nicht, was für ein Empfang ihn erwartete. Seine Sorgen waren unbegründet. Eygló bat ihn herein und fragte, ob sie ihm ein paar Parmesan-Cracker anbieten dürfe, die sie an dem Tag gebacken habe. Sie fügte hinzu, dass die besonders gut zu Wein passten, holte eine Flasche neuseeländischen Weißwein aus dem Kühlschrank und schenkte ihm ein. Konráð dankte ihr. Er hatte Hunger und versuchte, sich nicht zu schnell mit den Crackern vollzustopfen. Sie schmeckten ausgezeichnet und passten wirklich gut zu dem Wein. Eygló goss auch sich ein, dann setzten sie sich in die Küche, und Konráð erzählte ihr von den Leuten, mit denen er über Valborg gesprochen hatte. Eygló wusste nichts über Freikirchen und Sekten und kannte die Schöpfung nur aus der Religionswissenschaft.

Langsam lenkte sie das Gespräch in Richtung ihrer Auseinandersetzung von neulich. Sie sagte, sie könne seinen Standpunkt verstehen. Für ihn sei es eben eindeutig, dass ihre Väter Stella nach Strich und Faden betrogen hatten. Und doch wolle sie die Hoffnung nicht ganz aufgeben, dass ihr Vater Engilbert vielleicht doch etwas wahrgenommen habe, das Stella zumindest ein kleines bisschen

Seelenfrieden gebracht habe. Dann führte sie Konráð zu dem Klavier ins Wohnzimmer und erzählte ihm nun doch von der klemmenden Taste, die sie beim besten Willen nicht losbekommen hatte. Erzählte, sie habe den Klavierdeckel zugeklappt, sei schlafen gegangen und habe von Engilbert geträumt, der wie ein Wiedergänger am Klavier stand und immer wieder diese eine Taste anschlug. Und als sie am nächsten Morgen wieder ins Wohnzimmer gekommen sei, stand der Klavierdeckel offen und die Taste hatte sich gelöst.

»Ich weiß, das ist für dich nichts Besonderes. Ich bin mir auch sicher, dass du dafür eine ganz logische Erklärung hast. Aber für mich war das etwas Besonderes. Es hat mich erschreckt. Diese Vision oder dieser Traum, das war unheimlich, er sah aus wie eine Wasserleiche und hat auf diese Taste eingehämmert, er wirkte zu wütend, so voller Hass.«

»Und das kann nicht daran liegen, dass du in letzter Zeit viel an ihn gedacht hast? Vielleicht öfter als sonst«, sagte Konráð. »Deswegen steht er dir gerade sehr nahe.«

»Für mich hat das alles etwas mit Stella zu tun. Irgendwie ist mir bei der Sache nicht wohl.«

»Und du bist nicht im Schlaf selbst zum Klavier gegangen und hast den Klavierdeckel aufgeklappt? Schlafwandeln oder wie man das heute nennt? Hast das Klavier aufgeklappt und die Taste losgemacht?«

Eygló lächelte.

»Ich suche nicht unbedingt eine logische Erklärung«, sagte sie.

»Warum denn auch?«, sagte Konráð. »Mit so etwas Spießigem können sich ja Leute wie ich herumschlagen.«

»Ich bin nicht dein Feind, Konráð«, sagte Eygló. »Auch

ich will herausfinden, warum dein Vater sterben musste. Und warum mein Vater nur einige Monate später gestorben ist. Wie ihre Zusammenarbeit zu der Zeit ausgesehen hat. Und ob die etwas damit zu tun hat, wie sie geendet sind. Ich suche Antworten. Genau wie du.«

»Ich wollte nicht unfreundlich sein«, sagte Konráð.

»Ich denke an Stella und vielleicht sogar noch mehr an ihren Sohn«, sagte Eygló.

»Der durch das Klavier mit seiner Mutter gesprochen hat?«, fragte Konráð.

Eygló nickte.

»Klaviere kommen in dieser Geschichte oft vor«, sagte Konráð.

»Sieht so aus«, sagte Eygló. »Ich war auf dem Friedhof und habe herausgefunden, wie der Junge hieß. Und die Klaviertaste, die bei mir festklemmte…«

Konráð ließ sie nicht ausreden.

»Eygló, es ist eindeutig. Sie haben eine unschuldige, trauernde Frau betrogen. Dein Vater genauso wie meiner. Er war nicht besser. Ich weiß nicht, warum du…«

»Das ist deine Meinung. Ich respektiere das ja«, sagte Eygló. »Aber du musst mir erlauben, eine andere Meinung zu haben, und die auch respektieren.«

»Aber ich weiß, wie sie das gemacht haben.«

»Ich kenne deine Einstellung«, fuhr Eygló fort. Sie war so aufgebracht, dass sie kaum mehr darauf achtete, was er sagte. »Aber ich glaube nun einmal, dass in unserem Leben Kräfte am Werk sind, die nur wenige von uns wahrnehmen. Diese Kräfte können sogar unser Schicksal beeinflussen. Klänge. Gerüche. Visionen. Ist doch egal, woher die kommen. Ob das Hirngespinste sind, die rein zufällig jedes Mal zu den Umständen passen oder Botschaften von irgendwoher. Mit der Taste, die eingeklemmt war und sich nicht lösen ließ, spielt man ein D. Stellas Sohn hieß Davíð. Was sagt uns das? Ist das die Note, die auch Stellas Junge benutzt hat, um Kontakt aufzunehmen ...?«

Konráð holte das Holzstück mit dem Draht und der Feder aus der Tasche, das einst seinem Vater gehört hatte.

»Mein Vater hat dieses Ding hier aufbewahrt. Aus irgendeinem Grund hing er daran. Ich habe in der Tat überlegt, warum Klaviere in dieser Geistergeschichte so eine große Rolle spielen. Das Klavier von Stella. Und deins hier. Ich glaube, ich weiß jetzt, was bei Stella zu Hause passiert ist, als sie gesagt haben, sie könnten durch das Klavier mit ihrem Sohn sprechen.«

»Was ist denn das?«

»Ein belangloses Stück Holz, das einmal meinem Vater gehört hat«, sagte Konráð. »Und doch gehört es zu den wenigen Dingen von ihm, die ich bis heute behalten habe. Ich weiß auch nicht, warum es noch nicht auf dem Müll gelandet ist. Wahrscheinlich will selbst ich irgendeine Verbindung zu meiner Kindheit und Jugend aufrechterhalten. So wie andere Leute auch. Und zu meinem Vater. So schwierig er auch war. Keine Ahnung. Es wird einem ja nicht gerade warm ums Herz, wenn man sich an ihn erinnert.«

Er gab Eygló das Holzstück. Sie sah es an und konnte sich beim besten Willen nicht vorstellen, wozu es einmal gut gewesen war.

»Mein Vater hat einmal gesagt, dass ihm nichts so viel Geld eingebracht hat wie dieses Stück Holz. Ich glaube, er hat es aus Teilen einer Spieluhr zusammengebaut. Es hätte ihm ähnlichgesehen, so etwas zu seinen spiritistischen Sitzungen mitzunehmen.«

»Ich weiß nicht, worauf du hinauswillst«, sagte Eygló. »Was willst du mir sagen?«

»Du denkst, dass Engilbert Kontakt zu dem Jungen hatte?«, fragte Konráð.

Eygló antwortete nicht.

»Dass sie durch das Klavier miteinander kommunizieren konnten?«

»Ich habe gesagt, ich will das nicht ausschließen. Bist du hergekommen, um dich über mich lustig zu machen?«

Konráð schüttelte den Kopf.

»Das würde ich nie tun. Aber ich bin vielleicht gekommen, um dir zu zeigen, dass Engilbert auch nicht besser war als mein Vater«, sagte Konráð.

Eygló zuckte zusammen. Sie sah ihn verständnislos an.

»Auch dein Vater war ein ganz gewöhnlicher Betrüger«, sagte Konráð verärgert. »Einer war nicht besser als der andere. Sie haben sich beide im gleichen Maße schuldig gemacht, als sie die Trauer der armen Stella ausgenutzt haben. Das Jenseits hat damit nichts zu tun! Nichts. Dieses Ding hier, dieses Stück Holz, das du in der Hand hältst, das war ihr Jenseits! Daran solltest du denken, bevor du das nächste Mal ...«

»Was ist denn in dich gefahren? Warum sagst du ...?«

»Sie haben Stella aufgezogen. Wie eine Spieluhr!«, sagte Konráð. »Im wahrsten Sinne des Wortes!«

Konráð spürte, dass er zu weit gegangen war. Er wollte wirklich nicht unfreundlich sein. Warum konnte er Eygló nicht ihre Meinung lassen? Die Leute durften doch glauben, was sie wollten, ohne dass er gleich auf sie losgehen musste.

»Es tut mir leid«, sagte er. »Ich habe mich aufgeführt

wie ein Idiot. Aber ich kann es einfach nicht mehr hören, wenn du sagst, dass ... Dein Vater war auch kein Engel.«

»Was ist das?«, fragte Eygló und starrte auf das Stück Holz. »Wofür ist das gut?«

»Man spannt die Feder, und dann lässt man sie los«, sagte Konráð und zeigte ihr, wie es funktionierte.

»Meinst du ... so?«

Eygló zögerte einen Augenblick. Dann machte sie es so, wie er gesagt hatte, und sobald sie die Feder losgelassen hatte, hörten sie einen einsamen, dumpfen Ton, der so klang, als käme er aus einem verstimmten Klavier.

Sechsundvierzig

Es war, als fehlte ihnen plötzlich jegliche Grundlage für ein weiteres Gespräch. Nach kurzem Zögern sagte Konráð, er müsse jetzt gehen. Es sei spät geworden, und sie wolle sicher schlafen gehen. Eygló hatte das Stück Holz noch immer in der Hand und ließ den Ton erklingen, wieder und wieder, vollkommen in ihrer eigenen Welt. Konráð besah sich die aus dem Internet ausgedruckten Seiten, die auf dem Klavier lagen. Es handelte sich um Nachrufe.

»Danke, dass du gekommen bist«, sagte Eygló endlich. »Du hast recht. Es ist spät.«

»Ich hoffe, ich bin nicht …«, Konráð wusste nicht, wie er den Satz beenden sollte, »… zu hart gewesen. Das war auf jeden Fall nicht meine Absicht.«

»Nein, natürlich nicht«, sagte Eygló. »Es ist wirklich spät geworden. Du solltest gehen.«

Konráð rührte sich nicht vom Fleck. Er wollte sie nicht so niedergeschlagen zurücklassen.

»Man hört ja öfter mal von solchen Betrügereien«, sagte Eygló und gab ihm das Stück Holz zurück. »Und sie waren natürlich bekannt dafür.«

»Mein Vater ist sicher die treibende Kraft gewesen«, sagte Konráð.

»Die haben sicher beide ihren Anteil daran gehabt«, sagte Eygló. »Ich weiß auch nicht, warum ich denke, En-

gilbert wäre besser gewesen. Ich habe wohl gehofft, dass
dein Vater sich um den kriminellen Teil gekümmert hat
und Engilbert eine Art Gegengewicht war. Oder das zumindest versucht hat. Er hatte seherische Fähigkeiten. Das
weiß ich. Und ich habe ihn eben als ehrlichen Menschen
kennengelernt. Aber vielleicht war er auch nur mir gegenüber so. Keine Ahnung. Er hat mich eben sehr geprägt. Er
wusste, wie ich war. Und dass ich ihm ähnlich war. Von
ihm habe ich gelernt, dass ich mich nicht fürchten muss.
Dass alles okay ist, solange ich ehrlich mit mir selbst bin.«

Konráð wusste nicht, was er antworten sollte.

»Ich habe immer gedacht, er wäre aufrichtiger gewesen«, fuhr sie fort. »Kein Wunder, dass sie die arme Stella
so ausnehmen konnten.«

»Ich wollte wirklich nicht ... es tut mir leid, dass dich
das so enttäuscht«, sagte Konráð. »Wenn ich das gewusst
hätte ...«

»Ist doch gut, dass du das so deutlich gesagt hast, al-
les andere wäre doch albern«, sagte Eygló. »Er hat zu dem
Zeitpunkt auch wirklich schon sehr schlimm getrunken.
Ich weiß nicht, ob man das damit entschuldigen kann.
Stella. Hansína. Und Gott weiß, wie viele andere.«

»Damit haben sie sich auf jeden Fall keine Freunde ge-
macht, das ist klar. Sammelst du jetzt Nachlässe?«, sagte
Konráð und zeigte auf die ausgedruckten Seiten auf dem
Klavier. »Wer ist diese Frau?«, fragte er, während er las.
»Kanntest du diese Hulda?«

»Ach, das interessiert dich nicht«, sagte Eygló.

»Geht es um spiritistische Sitzungen?«, fragte Konráð.

»Sie war eine alte Freundin von dieser Málfríður, von
der ich dir erzählt habe. Die waren zusammen in der Spiritistischen Gesellschaft.«

»Hast du sie gekannt?«

»Nein«, sagte Eygló. »Ich habe sie nie kennengelernt. Ich habe nur einen Nachruf über sie im Internet gefunden, den Málfríður geschrieben hat. Andere Leute haben auch über sie geschrieben, ich wollte die einfach mal zusammentragen.«

»Warum? Ist die nicht schon lange tot?«

»Ich wollte wissen, was Málfríður über sie gesagt hat. Sonst nichts. Du interessierst dich doch nicht für diese Dinge«, sagte Eygló.

»Meinst du denn, du kommst zurecht?«, fragte Konráð.

»Mach dir keine Sorgen«, antwortete Eygló.

Sie verabschiedeten sich. Nachdem er gegangen war, saß Eygló noch eine lange Zeit am Klavier. Sie hatte ihm unbedingt erzählen wollen, was sie auf dem Friedhof erlebt hatte und auch, dass sie Málfríður versprochen hatte, auf Zeichen von ihr zu achten. Doch nun wusste sie besser als jemals zuvor, dass es keinen Sinn ergab, mit Konráð über solche Dinge zu reden. Im Moment schien er in ihrer Auseinandersetzung endgültig den Sieg davonzutragen.

Sie hatte gedacht, er würde vielleicht etwas offener werden, wenn sie ihm diese Geschichten erzählte. Er musste doch merken, dass ihr das etwas bedeutete. Er hatte sie sich ja auch angehört und versucht, Interesse zu zeigen, aber richtig darauf einlassen konnte er sich nicht. Dazu war er viel zu sehr Realist. Sie merkte an seinen Reaktionen, dass er das, was sie hörte und spürte und sah, für Hirngespinste hielt, die auf sie eine solche Suggestivkraft ausübten, dass sie sie für real hielt. Seiner Meinung nach war das eher ein Beweis dafür, wie sehr es sie belastete, wenn Menschen starben, als ein Beweis für die Existenz irgendwelcher unermesslicher Parallelwelten.

Eygló überflog die Nachrufe. Der Text über Málfríður war in einer Beilage zu einer Morgenzeitung erschienen, in der nur Nachrufe veröffentlicht wurden. Eygló wusste noch, dass viele diese Beilage damals scherzhaft den »Totenspiegel« nannten. Sie lächelte. Die alte Tradition, seine nächsten Angehörigen und Freunde mit Nachrufen in Zeitungen zu verabschieden, war ihr sehr vertraut. Für viele war das ein Teil der Trauerbewältigung.

Málfríður hatte geschrieben, dass Hulda und sie seit ihrer Kindheit befreundet gewesen waren. Sie wuchsen zusammen am Laufásvegur auf, nicht weit vom alten Lehrerseminar. »Reykjavikerinnen durch und durch«, schrieb Málfríður voller Stolz. Ihre Freundschaft hatte ein ganzes Leben lang gehalten, beide hatten ein unbändiges Interesse an Spuk, Geistern und Jenseitsgeschichten und waren Mitglieder der Spiritistischen Gesellschaft, hatten unzählige Séancen besucht und vieles erlebt, für das sich nur schwer eine rationale Erklärung fand. Sie hatten sich oft über das Leben nach dem Tod unterhalten und waren von dessen Existenz überzeugt. Málfríður war sich sicher, dass Hulda auf sie warten würde, wenn ihre Zeit gekommen war. Sie schrieb sogar, dass sie sich auf dem Friedhof an der Suðurgata einen Platz neben ihr gesichert hätte. So würde ihre Freundschaft über das Leben hinaus halten.

Eygló betrachtete das Foto von Hulda in dem Artikel. Sie zweifelte nicht daran, dass es diese Frau gewesen war, die sie auf dem Friedhof an Málfríðurs Grab gesehen hatte. Sie hatten sich ja sogar unterhalten. Eygló versuchte sich daran zu erinnern, was Hulda gesagt hatte. Eygló konnte sie nicht richtig verstehen, weil zu derselben Zeit der Tourist vorbeigekommen war und nach dem Weg gefragt hatte. Und als sie sich wieder dem Grab zuwandte, war die

Frau verschwunden und der Satz hing unbeendet in der Luft: ›Das, was sie gesucht hat, hat sie nun ...‹

»... hat sie nun gefunden«, flüsterte Eygló.

Sie schüttelte den Kopf, erhob sich und nahm ihre Jacke, die sie vorhin einfach über einen Küchenstuhl geworfen hatte, und ging in Richtung Eingang, um sie ordentlich in den Garderobenschrank zu hängen. Sie fand einen freien Bügel und hängte sie auf, da fiel ihr Blick auf einen meeresgrünen Mantel, den sie 1971 in der Weihnachtszeit gekauft, aber nie getragen hatte. Er steckte noch in seinem Plastiküberzug und war noch wie neu. Eygló hatte nach dem Kauf festgestellt, dass ihr das Kleidungsstück doch nicht gefiel. Er war hübsch und passte perfekt, und doch fühlte sich Eygló unwohl, sobald sie ihn anzog. Sie konnte sich nicht erklären, warum. Sie hatte ihn im Kjörgarður auf dem Laugavegur gekauft. Kurz bevor sie den Laden verlassen hatte, hörte sie noch, wie eine Verkäuferin zu der anderen sagte, dass eine andere Kundin sich den Mantel einmal hatte zurücklegen lassen – und dann war sie nie wiedergekommen.

Eygló schloss den Garderobenschrank und überlegte, woher das ungute Gefühl kam, das sie befiel, sobald sie diesen Mantel anzog. Kam es vielleicht daher, dass sie nicht dessen rechtmäßige Eigentümerin war?

Siebenundvierzig

Der einzige wirklich fromme Mensch, den Konráð kannte, war ein Pastor. Er arbeitete als Seelsorger in dem Krankenhaus, in dem Erna gelegen hatte. Konráð und er hatten einige Male auf dem Krankenhausflur über den Tod gesprochen, und obwohl der Pastor wirklich sehr gläubig war, hatte er nie versucht, den eingefleischten Atheisten Konráð zu bekehren. Stattdessen sprach er meist über die organisatorischen Dinge, die nach Ernas Tod zu beachten waren, über die Trauerfeier, die Erna bis ins kleinste Detail geplant hatte. Er hatte Erna beerdigt, und seitdem trafen sie sich gelegentlich und verstanden sich gut. Es stellte sich heraus, dass der Krankenhausseelsorger sich gut mit Freikirchen und Sekten auskannte und sich auch an eine Glaubensgemeinschaft erinnerte, die sich Die Schöpfung nannte.

Er erzählte Konráð, dass der Gründer Alkoholiker gewesen und in die USA gegangen sei, um dort einen Entzug zu machen, wie es damals viele isländische Alkoholkranke taten. Dort hatte er einen Fernsehprediger kennengelernt, dessen Gottesdienste besucht und dort so viele Zeichen des Himmels empfangen, dass er schließlich bekehrt wurde. Der allmächtige Herrgott hatte ihn von seinem Laster befreit, er ließ sich im Wasser taufen, und als er nach Island zurückkehrte, dürstete es ihn nur noch nach den Worten des Herren.

Er wurde in einigen isländischen Glaubensgemeinschaften aktiv, konnte jedoch nirgendwo Einfluss gewinnen und gründete so seine eigene Gemeinde. Er galt als wortgewaltiger Prediger, sprach viel über die Schwächen des Menschengeschlechts, segnete die Gemeinde inklusive seiner selbst im Namen des Herrn, praktizierte das Händeauflegen und ließ alle wissen, er habe heilende Kräfte, im Namen des Vaters, des Sohnes und des Heiligen Geistes. Der Sitz seiner Glaubensgemeinschaft war in der Straße Álfheimar, und er wurde schon bald von denjenigen, die von einem solchen Umgang mit der Heiligen Schrift wenig hielten, der Jesus von Álfheimar genannt.

Man erzählte sich auch, dass er viele Frauengeschichten gehabt hatte. Das musste wohl schon zu der Zeit so gewesen sein, als er noch trank. Es hörte aber auch nicht auf, als er von Berufs wegen längst ein Experte darin war, vor verbotenen Früchten zu warnen. Seine Gottesfürchtigkeit konnte nicht verhindern, dass er Liebesverhältnisse zu verheirateten Frauen aus seiner Gemeinde unterhielt. Wenn die Ehemänner dieser Frauen das bemerkten, führte das immer wieder dazu, dass ihm ein paar Schäfchen verloren gingen, doch abgesehen davon hatte er durchaus Erfolg und seine Gemeinde florierte.

Bis er wieder anfing zu trinken.

Konráðs Freund, der Krankenhausseelsorger, kannte die Geschichte nicht bis ins letzte Detail, doch als der Teufel Alkohol wieder Macht über ihn bekam, tat er offenbar so einiges, das besser nicht ans Licht der Sonne gekommen wäre. Es kam heraus, dass er Geld unterschlagen, Steuern hinterzogen und Urkunden gefälscht hatte, um so viel Geld wie möglich an der Gemeinde und an ihren

Mitgliedern zu verdienen, er riss sich sogar das Haus eines älteren Ehepaars unter den Nagel. Er wurde verurteilt und saß einige Monate im Gefängnis. Doch ganz hatte sein Gott ihn nicht verlassen, denn im Gefängnis auf dem Skólavörðustígur wurde er zum zweiten Mal erlöst, ließ sich mit noch mehr Wasser begießen, gewann seine heilenden Kräfte zurück, und sobald er wieder aus dem Gefängnis heraus auf die Straße trat, gründete er eine neue Glaubensgemeinschaft: Die Schöpfung.

Doch etwas war anders. Nun gab es keine Verfehlungen mehr. Der Mann hatte sich endgültig von allen Lastern befreit, er war Asket geworden und empfand für seine Gemeinde nichts als platonische Liebe. Und seit er sich nicht mehr mit anderen Frauen einließ, kam auch das Wort Vergebung in seinen Predigten deutlich seltener vor. Ganz im Gegenteil, er verurteilte jetzt jede Form von Sinnlichkeit mit heiligem Zorn. Zu einer Zeit, als alle von freier Liebe sprachen, war das eine ziemliche Provokation. Er warnte bei jeder Gelegenheit vor der Emanzipation der Frau und war ein leidenschaftlicher Gegner von Abtreibungen, die damals als Folge der neuen Freiheiten immer häufiger vorgenommen wurden.

Der Pastor erzählte Konráð all das mit einem gewissen Augenzwinkern, betonte aber dennoch, dass dieser Mann, den er einige Male getroffen hatte, eine faszinierende Persönlichkeit gewesen war. Als nunmehr zweifach bekehrter freikirchlicher Prediger hatte er offenbar einigen Einfluss besessen. Er war geschickt darin, gesellschaftliche Stimmungen zu erspüren, um dann genau das zu sagen, was seine Gemeinde hören wollte. Er war ein begnadeter Redner und sprach genau die Dinge an, die seine Schäfchen am modernen Leben störten oder gar wütend machten. Bald hatte er mehr Anhänger als jemals zuvor. Die Gemeinde wuchs und gedieh und hatte durchaus eine Bedeutung, zumindest in der Szene derer, die sich überhaupt für so etwas interessierten. Dann jedoch starb er plötzlich und unerwartet bei sich zu Hause an einem Herzinfarkt, zwei Jahre vor seinem siebzigsten Geburtstag.

Niemand konnte nach seinem Tod die Gemeinde übernehmen, dazu hatte er sie viel zu despotisch und selbstherrlich geführt. Es gab einige Versuche, meist auf Initiative seiner Witwe, doch die Gemeinde konnte sich auf Dauer nicht halten. Immer mehr Mitglieder wendeten sich anderen Glaubensgemeinschaften zu. Die Schöpfung, die einst vor dem Gefängnis am Skólavörðustígur ihren Anfang genommen hatte, löste sich allmählich auf.

Diese Dinge gingen Konráð durch den Kopf, als er in Richtung Breiðholt fuhr. Dort hatte einer der Söhne des Predigers im Faxafen ein Reisebüro, das sich auf Golf- und Fußballreisen spezialisiert hatte. Der Krankenhausseelsorger kannte ihn, weil er bereits zweimal eine Golfreise bei ihm gebucht hatte, mit denen er beide Male höchst zufrieden gewesen war. Er hatte Konráð angeboten, ein Treffen mit diesem Sohn zu arrangieren, falls er weitere Informationen brauchte. Konráð hatte das Angebot dankbar angenommen.

Der Mann erwartete Konráð also bereits. Es war neugierig, nachdem der Krankenhausseelsorger ihm in groben Zügen erzählt hatte, worum es ging. Es kam nicht jeden Tag vor, dass ein ehemaliger Kriminalkommissar sich nach seinem Vater erkundigte, schon gar nicht in Verbindung mit Ermittlungen in einem Mordfall.

»War die arme Frau, die da ermordet wurde, etwa Mitglied in der Gemeinde?«, fragte er. Sein Name war Einar, er war um die sechzig und sonnengebräunt, als käme er selbst gerade von einer seiner Golfreisen zurück.

»Nein«, sagte Konráð. »Nach allem, was ich weiß, hat sie deinen Vater nicht gekannt. Hattest du viel mit der Gemeinde zu tun? Hast du dich da engagiert?«

»Nicht wirklich. Ich bin natürlich sehr religiös erzogen worden, aber so richtig hat mich das nie interessiert. Mein Vater hat uns immer wieder zu diesen Gemeindeversammlungen geschleppt, aber ich wollte eigentlich immer nur Fußball spielen. Wir mussten der Gemeinde manchmal etwas vorsingen, und wenn es sein musste, hat er uns auch für seine missionarische Arbeit benutzt, aber sobald ich alt und reif genug war, um mich dagegen aufzulehnen, habe ich das auch gemacht. Ich bin früh zu Hause ausgezogen, sagen wir es mal so.«

Der Mann lächelte und fragte der Form halber, ob Konráð sich für Fußball- oder Golfreisen interessiere. Da gebe es inzwischen eine viel größere Auswahl und Vielfalt, als die meisten ahnten. Konráð sagte, er verfolge die englische Premier League ziemlich intensiv. Mit Golf habe er nichts am Hut, aber falls er einmal eine Fußballreise machen wolle, würde er sich an ihn wenden.

»Schau einfach auf unsere Homepage«, sagte der Mann und lächelte. »Das läuft jetzt alles über das Internet. Hierher kommt keine Menschenseele mehr«, sagte er und sah sich in dem leeren Reisebüro um. »Für mich ist es immer noch ein komisches Gefühl.«

»Hat es in der Gemeinde eine Form von Kinder- und Jugendarbeit gegeben?«, fragte Konráð, um zum Thema zurückzukehren.

Der Mann dachte nach. Die Gemeinde seines Vaters hatte ihn offenbar kaum interessiert. Er bat um Entschuldigung und sagte, es sei nun wirklich schon sehr lange her, als er noch mit seinen Geschwistern vor der Gemeinde gestanden und Lieder gesungen habe. Doch ja, schließlich fiel ihm ein, dass so etwas angeboten worden war, insbesondere um Weihnachten und Ostern herum, da habe er auch die Kinder der anderen Gemeindemitglieder kennengelernt, aber nein, darüber hinaus habe er keinen Kontakt mit denen gehabt. Er dachte offenbar nicht viel über diese Zeit nach und erwähnte beiläufig, dass sein Vater zwei Kinder aus einer ersten Ehe gehabt habe, die nicht lange hielt. Dann hatte er schnell wieder geheiratet und mit seiner zweiten Frau vier Kinder bekommen.

»Und das ist deine Mutter?«, fragte Konráð.

Der Mann nickte.

»Hat deine Mutter sich in der Gemeinde engagiert? Oder hat sie sich mehr um den Haushalt gekümmert? Das war ja damals noch recht üblich.«

»Sie war sehr aktiv in der Gemeinde«, sagte Einar. »Und wie! Sie hat sich mehr oder weniger um alles gekümmert, um uns, um meinen Vater und um die Gemeinde. Sie hatte eine enorme Energie und war extrem fromm. Sie hat gebacken und Brote belegt, Kaffee gekocht, Getränke ausgeschenkt, die Fürbittengebete gemacht. Sie hat die Gemeinde zusammengehalten.«

»Weißt du noch, wie die Leute in der Gemeinde über Abtreibungen gedacht haben?«

»Das haben sie verabscheut«, sagte Einar. »Wie die Pest. Meine Mutter auch. Ich glaube, sie hat meinen Vater in dem Bereich ziemlich beeinflusst. Es war ja nicht zuletzt sie, die ihm die Themen für seine Predigten eingeflüstert hat. Sie ist jetzt auch schon seit vielen Jahren tot.«

»Kannst du dich daran erinnern, dass mal Leute zu ihr

oder zu deinen Eltern kamen, die sich da unsicher waren? Vielleicht sogar Frauen, die schwanger waren, aber daran zweifelten, ob sie das Kind haben wollten?«

»Aber sicher«, sagte Einar. »Das gab es auf jeden Fall, mir fällt nur gerade kein konkretes Beispiel ein. Aber ich weiß, dass viele Leute zu meinen Eltern kamen, die Rat suchten. Insbesondere zu meiner Mutter. Leute mit Geldsorgen und, ja, auf jeden Fall auch junge Mütter. Alkoholiker auch. Leute, die seelsorgerische Betreuung brauchten.«

»Erinnerst du dich an eine gewisse Sunnefa …?«

»Sunnefa?«

»Ich glaube, sie war in der Gemeinde.«

»War die nicht Krankenschwester oder so?«

»Sie hat eine Ausbildung zur Hebamme gemacht.«

»Meine Mutter hatte eine Freundin, die so hieß. Die war in der Gemeinde und hat manchmal auf uns aufgepasst, als wir noch klein waren. Sunnefa? Ja, so hieß die. Was aus der wohl geworden ist? Diesen Namen habe ich seit vielen, vielen Jahren nicht mehr gehört.«

»Sie lebt schon seit einiger Zeit nicht mehr«, sagte Konráð. »Sie war in der Hebammenschule, hat sich aber mit der Schule und der Schulleitung angelegt, nicht zuletzt, weil sie so radikal gegen Abtreibungen war wie deine Mutter. Das hatten sie gemeinsam.«

»Aber jetzt warte mal, kannst du mir sagen, was das alles mit der Frau zu tun hat, die ermordet worden ist?«, fragte Einar. »Valborg hieß die, oder? Wie passt die da rein? Du hast gesagt, sie war nicht in der Gemeinde.«

»Sie hat diese Sunnefa gekannt«, sagte Konráð. »Das war so um 1970. Valborg war schwanger. Es kann sein, dass Sunnefa ihr geholfen hat, das Kind zur Welt zu bringen, und es dann an eine Adoptivfamilie gegeben hat. Und zwar heimlich. Sunnefa war in der Gemeinde.«

»Meinst du etwa, jemand in der Gemeinde hat das Kind aufgenommen?«

»Das wäre eine Möglichkeit.«

»Und du ...?«

»Ich möchte dieses Kind finden«, sagte Konráð.

Einar hatte entspannt zurückgelehnt hinter seinem Schreibtisch gesessen, umgeben von Postern von ausländischen Fußballmannschaften und sonnigen Golfplätzen. Nun sah er Konráð ernst an.

»Ich weiß noch ... da war ein Junge ...«, sagte er. »War das ein Junge oder ein Mädchen? Ihr Kind?«

»Das weiß ich nicht«, sagte Konráð.

»Du solltest mit meiner Schwester sprechen. Die erinnert sich vielleicht besser daran. Ich weiß noch, da war ein Junge, der sehr an meinem Vater hing. Und wir wussten gar nicht so genau, wo der herkam. Er hat manchmal bei uns geschlafen, und ich weiß auch noch, dass er einmal mit uns im Urlaub war, in einem Ferienhaus. Aber der hat so wenig geredet, dass wir ihn eigentlich nie richtig kennengelernt haben, und irgendwann kam er nicht mehr, das war so Ende der Siebzigerjahre irgendwann. Der war ungefähr im Alter meiner Schwester, die hatten am meisten miteinander zu tun.«

»Wie alt war er da?«

»So ungefähr sechs Jahre«, sagte Einar und beugte sich vor. »Irgendwann habe ich meinen Vater mal nach ihm gefragt, und er hat geantwortet, dass dieser Junge es schwer hat und wir nett zu ihm sein sollen. Das weiß ich noch. Und dann hat er noch etwas gesagt, das ich nie richtig verstanden habe.«

»Und zwar?«

»Dass ihn niemand haben will. Das hat er mir mehr so zugeflüstert. Niemand will ihn haben.«

Achtundvierzig

Die Band im großen Saal spielte ihr letztes Lied, viele tanzten eng umschlungen zu der bittersüßen Melodie. Der Saal war rappelvoll. Andere waren an der Bar und füllten sich noch einmal ordentlich ab, bevor die Party vorbei war. Bald machte der Laden zu. Gerüchte über Orte machten die Runde, an denen man noch weiterfeiern konnte. Und wenig später ging auch schon das Licht an, und die Gäste schoben sich in Richtung Ausgang. Diejenigen, die Glück gehabt hatten, gingen zu zweit in das Dunkel der Nacht, wobei einige ziemlich schwankten. Einige rutschten auf den spiegelglatten Wegen aus und schlugen hin, Freunde eilten zu Hilfe und landeten ebenfalls auf dem Hinterteil.

Und dann gab es die, die so betrunken oder übermüdet waren, dass sie auf den Sofas eingeschlafen waren oder mit dem Kopf auf einem der Tische. Valborg ging durch die Disco und weckte sie, was nicht immer einfach war. Doch auch bei denen, die sich fast bewusstlos getrunken hatten, gelang es ihr früher oder später, wobei es durchaus passieren konnte, dass sie Ärger machten. Dann mussten die Türsteher und Barmänner die Sache übernehmen. Manchmal kam es auch zu Schlägereien, und sie mussten die Polizei rufen.

Die Band war gegangen, und auch die Mitarbeiterinnen

und Mitarbeiter machten sich einer nach dem anderen aus dem Staub. Man achtete genau darauf, dass niemand in der Disco zurückblieb, nachdem sie geschlossen war. Valborg wurde auf der obersten Ebene aufgehalten, wo sie sich um eine sturzbetrunkene junge Frau kümmerte. Sie hatte sich auf den Boden übergeben, der Gestank mischte sich in den Geruch von Alkohol und Zigarettenrauch, der den ganzen Laden durchzog. Manchmal war es so verraucht, dass Valborg, die selbst nicht rauchte, alles was sie getragen hatte, direkt in die Wäsche tat, sobald sie zu Hause war. Sie hatte ihre liebe Mühe damit, die Frau aufzuwecken, doch letztendlich gelang es ihr. Sie wusste kaum, wo sie war, und schlug um sich und schimpfte, doch Valborg konnte sie beruhigen und wollte sie zum Ausgang bringen, als ihr ein Kollege entgegenkam, der schon seinen Parka anhatte und sagte, er mache sich jetzt ohnehin auf den Heimweg und könne sie mit nach draußen nehmen.

Valborg dankte ihm. Sie war erschöpft und ließ sich auf einen Sessel fallen, um einen Moment auszuruhen. Irgendwann schreckte sie hoch und wusste nicht, wie viel Zeit vergangen war. Sie musste eingenickt sein.

»Bist du immer noch hier?«, hörte sie eine Stimme hinter sich. »Ich dachte, alle sind weg.«

Sie drehte sich um und sah den Mann, der sie gefragt hatte, ob sie gern hier arbeitete, im ›angesagtesten Schuppen der ganzen Stadt‹.

»Wir haben geschlossen«, sagte sie sofort, um zu zeigen, dass nun nicht mehr die Zeit für kumpelhafte Gespräche war. »Du solltest längst nicht mehr hier sein. Ich muss dich bitten zu gehen.«

»Ja, nein, klar, ich bin auf dem Klo eingeschlafen«, sagte der Mann entschuldigend und lächelte.

Er war die Ruhe selbst und zündete sich eine Zigarette an.

»Ich habe wohl zu viel getrunken«, fuhr er fort. »Das kommt nicht so oft vor.«

»Ich bringe dich zum Ausgang«, sagte Valborg.

Als sie in Richtung der Treppen gehen wollte, hielt er sie fest.

»Wo willst du hin?«, sagte er.

»Nach unten«, sagte sie. »Du hast hier nichts mehr zu suchen.«

»Warum machen wir es uns nicht ein bisschen gemütlich hier?«, sagte er. »Nur wir zwei?«

»Gemütlich?«, sagte sie und riss sich los.

»Hast du es eilig?«, fragte er und stellte sich ihr in den Weg.

»Du musst jetzt sofort gehen«, sagte Valborg bestimmt. »Sonst rufe ich meine Kollegen.«

Sie trug einen ziemlich kurzen Rock und eine farblich passende dünne Bluse. Er sah sie von oben bis unten an, als würde er sie begutachten. Dann nahm er die Zigarette aus dem Mund, schnippte sie nachlässig von sich und ließ Valborg dabei nicht aus den Augen, sodass er nicht sah, wie sie auf einem der Plüschsofas landete und zwischen die Polster rollte. Im nächsten Moment wich Valborg zurück und wollte gerade um Hilfe schreien, da machte er einen Satz auf sie zu, hielt ihr den Mund zu und warf sie zu Boden.

Er war stark. Sie konnte sich kaum unter ihm bewegen. Er schob eine Hand unter ihren Rock, riss ihr die Unterhose herunter und fasste sie an. Ihren Mund hielt er weiterhin zu. Sie versuchte, um Hilfe zu schreien, doch ihr Schrei verendete in seiner Handfläche. Sie versuchte von ihm loszukommen, doch das schien ihn nur noch mehr zu erregen. Bald war Valborg nur noch steif vor Angst, er löste langsam die Hand von ihrem Mund und flüsterte ihr ins Ohr, er würde sie erwürgen, wenn sie auch nur einen Laut von sich gäbe. Dann packte er ihren Hals, um zu zeigen, wie ernst er es meinte. Ihr war, als läge sie unter einem wilden Tier. Sie vermied jede Bewegung. Rief nicht mehr um Hilfe. Hatte nur noch Angst. Er hatte ihr den Rock hochgeschoben, sie spürte seine Hand an ihren Brüsten und merkte, wie er seinen Gürtel löste. Sie weinte und bat flüsternd, er solle aufhören. Bettelte. Er solle sie in Ruhe lassen. In Frieden. Sie würde auch niemandem etwas sagen. Wenn er nur jetzt aufhörte.

»Du wirst eh nichts sagen. Sonst bringe ich dich um«, stöhnte er. »Ich bringe dich um, du Nutte! Ich finde dich und töte dich! Ich sage einfach, du hast das auch gewollt. Dass du eine notgeile Schlampe bist, die wollte, dass man es ihr mal so richtig besorgt!«

Sie spürte den Schmerz, als der Mann in sie eindrang. Sie schrie auf, doch da hatte er schon wieder seine Hand auf ihrem Mund. Er ohrfeigte sie, packte sie am Hals, bewegte sich immer schneller, angestrengter und nannte sie immer wieder Schlampe, dann wurde er plötzlich ganz ruhig.

Sie wollte nur noch sterben.

Voller Abscheu wollte sie sich unter ihm herauswinden, da wurde er wieder ganz wach und hielt sie unter sich fest.

»Lass mich gehen«, bat sie. »Es ist vorbei. Du bist fertig.«

»Halts Maul«, brummte er.

Valborg lag stocksteif da und merkte wenig später voller Entsetzen, dass alles noch einmal von Neuem begann.

Neunundvierzig

Das Telefon hatte mitten in der Nacht geklingelt und Eygló aus dem Tiefschlaf gerissen. Sie war am Abend nach dem verstörenden Hausbesuch bei dem nierenkranken Mädchen todmüde ins Bett gefallen, und sobald sie nun wieder einigermaßen wach geworden war und das Telefon hörte, ahnte sie, dass das nichts Gutes bedeuten konnte.

Sie tappte in die Diele, wo das Telefon stand. In der Stille der Nacht klang das Klingeln besonders schrill. Sie machte kein Licht, setzte sich im Dunkeln vor das Telefon, zögerte noch einen Moment, dann nahm sie ab.

Es war Málfríður.

»Ich weiß, ich habe dich aufgeweckt«, sagte sie, sobald Eygló sich gemeldet hatte. »Man soll ja auch nicht einfach so mitten in der Nacht anrufen.«

»Wie spät ist es denn?«, fragte Eygló.

»Fast vier. Ich dachte nur, du solltest das sofort erfahren«, sagte Málfríður. »Die Sache hat Kristleifur keine Ruhe gelassen. Er hat noch einmal im Krankenhaus angerufen und mit der Mutter gesprochen. Die war immer noch da, die arme Frau.«

Eygló wollte nichts weiter hören, doch sie wusste, dass sie es nicht vermeiden konnte. Sie hatte Kristleifur zuvor bereits auf einige Hausbesuche begleitet, um von ihm zu lernen. Damit, dass einer dieser Hausbesuche sie zu einem so kranken Menschen führen würde, hätte sie nie gerechnet. Sie hatte getan, was sie konnte, um dem Mädchen zu helfen. Sie hatte dafür gesorgt, dass die Mutter einen Krankenwagen rief, damit das Mädchen so schnell wie möglich ins Krankenhaus kam.

Eygló sah das Mädchen erneut vor sich, wie sie da in der beengten Schlafnische in dem einzigen Bett lag, das es in der Dachwohnung gab, während ihr Bruder auf dem Sofa schlief und nichts mitbekam. Sah die Mutter, die sich so unglaubliche Sorgen machte, dass sie nicht nur den ärztlichen Bereitschaftsdienst gerufen hatte, sondern auch noch ein Medium, einen Heiler. Sie hatte nichts unversucht gelassen, um ihrer Tochter zu helfen.

»Was ist passiert?«, fragte Eygló.

»Das Mädchen ist gestorben«, sagte Málfríður.

Eygló hatte von ganzem Herzen gehofft, es würde ihr erspart bleiben, das zu hören. Sie hatte sich besser gefühlt, als Málfríður ihr erzählt hatte, dass das Mädchen wahrscheinlich durchkommen würde. Doch nun erwischte sie die Trauer mit voller Wucht.

»Es ist ihr vorübergehend besser gegangen«, sagte Málfríður, »doch dann hat sich ihr Zustand immer weiter verschlechtert. Es gab nichts, was sie tun konnten.«

»Das arme Mädchen«, seufzte Eygló.

»Du hast dein Bestes getan. So etwas passiert ab und zu, daran kann man nichts ändern. Ich wollte nur, dass du es sofort erfährst«, wiederholte Málfríður.

»Danke«, sagte Eygló. »Wie … geht es der Mutter?«

»Die ist natürlich am Boden zerstört. Kristleifur konnte nicht richtig mit ihr sprechen, will sich aber vielleicht in den nächsten Tagen mit ihr treffen. Und er lässt fragen, ob du mitkommen möchtest.«

»Ich glaube, lieber nicht«, sagte Eygló.

»Er meint, du hast dich vorbildlich verhalten«, sagte Málfríður. »Er denkt, du könntest viel Gutes tun. Wenn du dich für diesen Weg entscheidest. Er meinte, das würde dich interessieren.«

»Ich hatte eher das Gefühl, ich bin ihm auf die Nerven gegangen. Aber das spielt ja auch eigentlich keine Rolle.«

»Ach, das hat sich schnell gegeben. Er lobt dich in den höchsten Tönen.«

»Ich befürchte nur, das ist nichts für mich«, sagte Eygló. »Ich musste den ganzen Tag daran denken. An das arme Mädchen. Die Mutter. Ich glaube nicht, dass ich das auf Dauer aushalten kann. Ich bin für so etwas nicht gemacht.«

Sie hätte fast gesagt, sie wolle keine falschen Hoffnungen wecken, doch dann tat sie es nicht. Sie wollte diese furchtbare Tragödie nicht zum Anlass nehmen, Málfríður zu sagen, wie skeptisch sie dieser ganzen Sache gegenüberstand. Kristleifur hatte nur das Beste gewollt. Genau wie sie. Doch im Laufe des Tages, an diesem Abend und nun, mitten in der Nacht, war ihr klar geworden, dass sie nicht die seelische Stärke für solche Hausbesuche hatte. Es ging ihr einfach zu nahe. Sie wollte nie wieder so etwas erleben.

»Vielleicht ist das auch der falsche Zeitpunkt, um darüber zu reden«, sagte Málfríður nach einer langen Pause. »Versuch weiterzuschlafen.«

»Daraus wird wohl nichts«, sagte Eygló erschöpft. »Sag Kristleifur, er soll ihr mein Beileid aussprechen.«

»Mache ich.«

»Jetzt habe ich ganz vergessen, wie sie heißt«, sagte Eygló so leise, dass es zu hören war.

»Was hast du gesagt?«

»Die Mutter. Ich habe vollkommen vergessen, wie sie heißt.«

»Regína, glaube ich«, sagte Málfríður. »Sie heißt Regína. Die arme Frau.«

Fünfzig

Konráð hatte sich dazu hinreißen lassen, den Weg durch die Innenstadt zu nehmen, als er zur Universität fuhr. Eigentlich mied er in letzter Zeit das Zentrum von Reykjavík. Er wollte diese grottenhässlichen Hochhäuser nicht sehen, die dort eins nach dem anderen hochgezogen wurden und alles verdrängten, das ihn an das alte Reykjavík erinnerte. Diese Glaspaläste gehörten seiner Meinung nach nicht hierher. Sie waren nur ein weiterer Beweis für eine Stadtplanung, die bedingungslos vor der Macht des Geldes kapituliert hatte. Am schlimmsten hatte dieser Wahnsinn ausgerechnet in dem Viertel gewütet, in dem er aufgewachsen war, im Schattenviertel, dem unteren Teil der Altstadt. Hier standen jetzt die hässlichsten Hochhäuser des Landes wie eine riesige dunkle Mauer und versperrten den Blick auf die charmanten kleinen Straßen mit ihren alten Holzhäusern. Daher versuchte er seit einigen Jahren, so wenig wie möglich im Stadtzentrum unterwegs zu sein, und mied ganz besonders seine alte Nachbarschaft.

Nachdem er im Univiertel einige Runden gedreht hatte, sah er, dass vor dem Hauptgebäude jemand wegfuhr, also parkte er dort ein. Er kam fast nie in das Univiertel, war nur zweimal hier gewesen, um mit seinem Sohn in der Campus-Bar ein Fußballspiel der englischen Premier

League zu schauen. Nach seiner Pensionierung hatte er einige Male überlegt, ein Studium anzufangen, Rechtswissenschaften zum Beispiel. In den Jahren bei der Kriminalpolizei hatte er ein immer größeres Interesse für alles Juristische entwickelt und konnte den ganzen Abend Anwaltsserien schauen. Im Gegensatz zu Krimiserien, die er meist einfach nur dumm fand.

Er erkundigte sich in der Verwaltung nach Soffía, bekam gesagt, wo ihr Büro war, und fand es auch sofort. Sie hatte eine Studentin bei sich, und Konráð wartete geduldig auf dem Gang. Soffía war die Schwester von Einar. Obwohl sie Kinder des Gemeindevorsitzenden der Schöpfung waren, hatten beide nicht den schmalen Weg des rechten Glaubens beschritten, sondern alldem den Rücken zugekehrt. Wenn man Einar glauben konnte, hatten sie das nicht unbedingt getan, um sich gegen die Eltern aufzulehnen, sondern eher um ihre Selbstständigkeit zu zeigen. Wie dem auch sei, die christlichen Botschaften ihrer Eltern hatten sie nie erreicht.

Soffía arbeitete bei der Studierendenberatung der Isländischen Universität. Sie empfing Konráð mit einem Lächeln, nachdem die Studentin, die bei ihr gewesen war, den Raum verlassen hatte. Ihre Sprechzeit war vorbei, sodass nicht damit zu rechnen war, dass weitere ratsuchende Studentinnen oder Studenten erscheinen würden. Sie hatte eine Kaffeemaschine im Büro und bot ihm eine Tasse an. Ihr Bruder Einar hatte Konráð telefonisch angekündigt, sodass sie ungefähr wusste, worum es ging.

»Das hat mich echt überrascht«, sagte sie. »Einar meinte, es habe etwas mit diesem Mord zu tun. Ich wollte es zuerst gar nicht glauben. Mit dem Mord an der älteren Frau in dem Wohnblock, neulich?«

Konráð lächelte. Er wusste nicht, was Einar seiner Schwester alles gesagt hatte, und wollte eigentlich nicht zu viel preisgeben von Valborg und ihrem Kind und davon, dass es möglicherweise bei irgendjemandem in der Gemeinde untergekommen war. Er wusste aber auch nicht, wie er es vermeiden sollte.

»Einar hat erwähnt, dass sie ein Kind hatte«, sagte Soffía.

»Dein Bruder hat von einem Jungen erzählt, der früher manchmal bei euch war«, sagte Konráð. »Er meinte, du erinnerst dich vielleicht besser an ihn. Weißt du noch, wie der hieß?«

»Meinst du Daníel?«

»Daníel? Hieß der Junge so?«

»Der war ein bisschen jünger als ich«, sagte Soffía und nickte. »Ich bin 1970 geboren. Wir haben ihn immer Danni genannt. Daher denke ich mal, dass er Daníel hieß.«

»Weißt du irgendwas über seine Eltern? Wer sie waren?«

»Nein, nichts. Über so was habe ich in dem Alter nicht nachgedacht. Wir haben einfach nur zusammen gespielt. Und hatten ansonsten nicht viel mit ihm zu tun. Ich weiß, dass er einmal mit uns in Urlaub gefahren ist, in ein Ferienhaus, und dass er manchmal bei uns gegessen hat. Als würden wir einfach ab und zu auf ihn aufpassen. Aber wo er herkam, wusste ich nicht. Meist hat meine Mutter sich um ihn gekümmert. Ich erinnere mich noch, dass sie immer sehr lieb zu ihm war.«

»Dein Bruder hat von deinem Vater gehört, dass niemand diesen Jungen haben wollte. Kannst du dir denken, was er damit gemeint hat?«

Soffía schüttelte den Kopf.

»Er hat andauernd Sachen gesagt, die wir als Kinder nicht richtig verstanden haben, besonders, wenn er ins Predigen kam. In der Gemeinde gab es ab und zu Veranstaltungen für Kinder und Jugendliche, aber da habe ich diesen Jungen nie gesehen.«

»Das klingt, als ob der Junge kein festes Zuhause hatte«, sagte Konráð. »Dass er mal hier war, mal da. Kann das sein?«

»Ich weiß es wirklich nicht. Ich glaube, er kam vom Land. Ich habe ihn einmal mit meiner Mutter vom Busbahnhof abgeholt, da kam er mit einem Überlandbus an.«

»Erinnerst du dich an Sunnefa? Ich habe gehört, eure Mutter war mit ihr befreundet.«

»Ja, an die erinnere ich mich gut. Die hat nun wirklich jedes Wort geglaubt, das in der Bibel stand. Genau wie meine Mutter, vielleicht waren sie deshalb so gute Freundinnen. Sunnefa war oft bei uns zu Hause und hat in der Gemeinde mitgeholfen. Ich erinnere mich noch daran, dass sie immer ganz besonders herzlich und freundlich war.«

»Die dritte Frau aus der Gemeinde, von der ich gehört habe, heißt Regína«, sagte Konráð. »Das war auch eine Freundin von Sunnefa, die hat damals in der Verwaltung der Frauenklinik gearbeitet. Weißt du, ob die mal bei euch zu Hause war?«

»Regína?«

»Ja.«

»Das ist eine traurige Geschichte.«

Einundfünfzig

Manche der Aufnahmen waren undeutlich, auf anderen konnte man die Gesichter recht gut erkennen. Auf den unterschiedlichen Aufnahmen tauchten immer wieder dieselben Leute auf, Leute auf dem Weg zur Arbeit, Leute auf dem Heimweg, Leute auf dem Weg in die Mittagspause, Leute auf dem Weg in die Kaffeepause. Hinzu kamen Unzählige, die nur kurz im Gebäude blieben, weil sie dort etwas zu erledigen hatten, was auch nicht verwunderlich war, bei den vielen Dienstleistungen, die in dem Haus angeboten wurden. Die Überwachungskameras in der Lobby lieferten bessere Bilder als die draußen am Eingang, wahrscheinlich herrschten drinnen bessere Lichtverhältnisse. Die ältesten, noch nicht gelöschten Aufnahmen waren aus der Zeit, als Valborg Konráð um Hilfe gebeten hatte. Marta hatte einen Mitarbeiter abgestellt, um die Aufnahmen zu sichten und mit den Fotos abzugleichen, die es von Valborg gab. Seitdem waren zwei Tage vergangen.

Der Haftbefehl für Hallur war abgelaufen und wurde nicht verlängert, sodass er aus der Untersuchungshaft freikam, allerdings mit der Auflage, die Stadt nicht zu verlassen. Glóey hatte ihn abgeholt und nach allem, was Marta sah, schienen sie sich beide über das Wiedersehen zu freuen. Hallur hatte standhaft bestritten, irgendetwas mit dem Tod von Valborg zu tun zu haben, weder in der

Wohnung noch an der Leiche fanden sich DNA-Spuren von ihm, und Emanúel konnte Hallur nicht eindeutig als Täter identifizieren. Da war es schwer zu rechtfertigen, ihn weitere zwei Wochen in U-Haft zu behalten, wie Marta es vielleicht gern getan hätte. Es fiel ihr schwer, sich einzugestehen, dass die Polizei nun wieder ganz am Anfang stand.

Die E-Zigarette in der Hand, holte sie sich einen Kaffee und fing an zu dampfen. Ein junger Polizist saß im Pausenraum, sagte Hallo und ging dann sofort mit seinem Kaffeebecher hinaus, weil der Dampf ihm auf die Nerven ging. An der Tür traf er einen Kollegen, der fragte, ob noch Kaffee da sei.

Der junge Polizist wies mit dem Kopf in Richtung des Pausenraums und sagte:

»Frag doch mal den Vulkan.«

In dem Moment kam Marta heraus. Sie wollte gerade mit ihrem Kaffee zurück ins Büro gehen, als jemand ihren Namen rief. Es war der Kollege, den sie mit dem Sichten der Überwachungsvideos beauftragt hatte. Er sagte, er wolle ihr etwas zeigen.

Marta folgte ihm in einen Raum, in dem auf drei Bildschirmen Aufnahmen aus dem Hochhaus an der Borgartún zu sehen waren. Der Mann bat Marta einen Stuhl an und startete das Video. Marta sog das Nikotin ein, blickte auf den Bildschirm und versuchte auf jedes Detail zu achten, bis das Video wieder einfror. Das Standbild zeigte eine Frau, die vor dem Hochhaus stand.

»Ist sie das?«, fragte der Kollege und reichte Marta ein Foto von Valborg.

Marta hörte auf zu dampfen und verglich das Foto mit der Frau auf dem Bildschirm. Sie sah sofort, dass es Valborg war. Sie nickte, und die Aufnahme lief weiter. Valborg ging entschlossenen Schritts auf das Gebäude zu, doch kurz bevor sie den Eingang erreicht hatte, verlangsamte sie ihren Schritt und blieb schließlich ganz stehen. Leute gingen an ihr vorbei, betraten das Gebäude oder kamen heraus, doch sie stand einfach nur da und sah an der hohen Glasfassade hinauf, einmal blickte sie für einen Moment direkt in die Kamera, offenbar ohne sich dessen bewusst zu sein. Dann betrachtete sie lange die Türen am Eingang, wie sie sich automatisch öffneten und wieder schlossen. Sie stand einfach da, bewegungslos und unsicher. So verging eine Weile, dann drehte Valborg sich um und war kurz darauf aus dem Bild verschwunden.

»Das ist sie«, sagte Marta.

Martas Kollege spulte zurück und hielt bei einem Bildausschnitt an, der Valborgs Gesicht zeigte, während sie unentschlossen das Treiben um die Eingangstür beobachtete. Marta hatte den Eindruck, auf ihrem Gesicht mehr zu erkennen als nur das normale Zögern einer schüchternen Frau.

Es sah eher so aus, als ob Valborg sich vor nichts in der Welt so sehr fürchtete, wie einen Fuß in das Gebäude zu setzen.

Es klopfte an der Tür. Ein junger Beamter erschien und sagte, dass jemand am Empfang sei und Marta sprechen wolle.

»Wer denn?«, fragte Marta.

»Eine Frau mit Sonnenbrille«, sagte der junge Beamte.

Als Marta zum Empfang kam, sah sie die Frau, die sie ermutigt hatte, sich zu melden, falls sie einen Fall von häuslicher Gewalt zur Anzeige bringen wollte. Sie saß zusammengesunken auf einem Stuhl und erhob sich, als sie Marta sah, dann nahm sie die Sonnenbrille ab und man sah ihre Verletzungen. Sie blickten sich in die Augen. Marta nahm sie kurz in den Arm und führte sie dann in ihr Büro.

Zweiundfünfzig

Soffía hatte nun doch Bedenken bekommen und sah Konráð mit ernster Miene an. Sie betonte, dass sie normalerweise nicht einfach Klatschgeschichten über andere Leute erzählte. Konráð sagte, das tue er auch nicht. Auch er habe kein Interesse daran, über seine Mitmenschen irgendwelche Geschichten in Umlauf zu bringen. Es gehe ihm nur darum, das Kind von Valborg zu finden, das würde er auf jeden Fall weiter versuchen, ganz gleich ob Soffía ihm helfe oder nicht. Soffía sagte, sie wolle ihm schon helfen, sie sei es nur nicht gewöhnt, mit Fremden über ihre Familie und ihre Kindheit zu sprechen. Sie konnte offenbar schlecht einschätzen, wie viel sie Konráð über die Freunde ihrer Eltern erzählen sollte. Und welche Dinge für ihn überhaupt einen Nutzen hatten. Konráð versicherte ihr, er würde alles vertraulich behandeln und dafür sorgen, dass niemand anders davon erfuhr.

»Hast du mit Regína gesprochen?«, fragte sie.

»Ja, ich habe sie kurz besucht«, sagte Konráð.

»Warum bist du zu ihr und ...?«

»Sie hat die Namen von schwangeren Frauen, die über eine Abtreibung nachgedacht haben, an Sunnefa weitergegeben. Das hat sie auch zugegeben. Valborg war wohl eine von ihnen.«

Soffía saß eine Zeit lang schweigend da.

»Von allen Freundinnen meiner Mutter hatte es niemand so schwer wie Regína«, sagte sie. »Ich kenne nicht ihre ganze Geschichte und weiß ja auch nicht, was du … auf was du aus bist.«

»Alles könnte hilfreich sein.«

Soffía sagte, die beiden seien seit der Realschule befreundet gewesen. Sie seien zusammen in den Christlichen Verein Junger Menschen gegangen und beide sehr gläubig gewesen, nur dass Regína nicht ganz so bibeltreu war wie Soffías Mutter. Ihre Mutter hatte gewusst, dass Regína sich auch für spiritistische Vorstellungen vom Leben nach dem Tod interessierte. Es war Regína sogar gelungen, Soffías Mutter einmal zu einer Séance mitzunehmen. Regína hatte früh geheiratet, wobei sich ihr Mann ziemlich schnell als Schläger erwies, der Hand an sie legte. Soffías Vater war ihr zwei- oder dreimal zu Hilfe gekommen, und der Mann gelobte jedes Mal Besserung. Danach lief alles eine Weile gut, bis er erneut zuschlug. Als Folge dieser häuslichen Gewalt war Regína immer isolierter, denn ihr Mann war ebenso eifersüchtig wie misstrauisch. Er wollte, dass sie nur mit Leuten Umgang hatte, die ihm akzeptabel erschienen, und das waren nicht viele. So vergingen einige Jahre, bis Regína es schaffte, sich von ihm zu trennen, obwohl er immer wieder gedroht hatte, sie umzubringen. Zusammen mit der kleinen Tochter, die sie inzwischen hatten, zog sie bei ihm aus. Sie mietete sich eine kleine Dachwohnung im Þingholt-Viertel und lebte in ärmlichen Verhältnissen. Dann passierte ein furchtbares Unglück. Ihre Tochter erkrankte an etwas, das man zunächst für eine normale Grippe hielt, aber in Wirklichkeit eine schwere Infektion war. Als sie endlich ins Krankenhaus kam, konnte man ihr dort nicht mehr helfen. Das kleine Mädchen starb.

»Regína stand lange unter Schock«, sagte Soffía. »Da war sie endlich von diesem prügelnden Kerl losgekommen, und dann passierte so eine Tragödie. Danach hat sie irgendwie den Kontakt zur Wirklichkeit verloren, kam in die Psychiatrie und blieb da fast ein ganzes Jahr. Dann schaffte sie es langsam, diese furchtbaren Erfahrungen zu verarbeiten, aber so richtig erholt hat sie sich von dem Verlust ihrer Tochter nie.«

»Das gelingt wahrscheinlich niemandem, oder?«

»Meine Mutter hat mir das alles irgendwann einmal erzählt, als das Gespräch auf Regína kam. Ich war noch so klein, als das alles passiert ist, dass ich die ganze Geschichte erst sehr viel später erfahren habe. Ich habe oft an das Mädchen gedacht. Sie war nicht viel jünger als ich.«

»Hatte Regína nur dieses eine Kind?«

»Ja.«

»Haben sie irgendwann mal über Adoption geredet?«, fragte Konráð. »Deine Mutter und Regína?«

»Nein. Nie.«

»Oder haben sie über diesen Danni oder Daníel geredet, über den wir vorhin gesprochen haben?«

»Nicht dass ich wüsste. Regína ist übrigens damals zu der Beerdigung von Sunnefa gekommen. Etliche Jahre später. Das war in der Kirche von Fossvogur, da kamen ziemlich viele Leute. Ich habe Regína Hallo gesagt, und sie war total nett, wie immer und ... ich glaube, seitdem habe ich sie nicht mehr gesehen. Solche Verbindungen lassen ja mit der Zeit irgendwann nach. Nach dem Tod meiner Mutter habe ich auch den Kontakt zu ihren Freundinnen verloren. Aber damals auf der Beerdigung habe ich auf jeden Fall gesehen, wie Regína mit jemandem geredet hat, der so aussah wie Danni. Aber als ich fragen wollte, ob er es ist, war er schon gegangen.«

»Hast du Regína nach ihm gefragt?«

»Nein, ich habe sie danach ja auch nicht mehr gesehen. Ich war mir nur ziemlich sicher, dass er das war. Er sah nicht gut aus.«

»Inwiefern.«

»Einfach ungesund und irgendwie verwahrlost. Als ob das Leben ihm übel mitgespielt hätte.«

»Und du weißt nicht, worüber sie geredet haben?«

»Nein. Ich habe sie ja auch nicht angestarrt oder so, ich habe das nur bemerkt und gesehen, dass sie sich gut verstanden haben. Als ob sie gute Freunde wären. Die haben sich so herzlich begrüßt, sie hat ihn sofort in die Arme genommen und er hat lange ihre Hand gehalten. Das war schön. Wie alte Freunde, die sich nach langer Zeit wiedersehen.«

Dreiundfünfzig

Der gemeinsame Einsatz von Polizei und Zoll war erfolgreich verlaufen, die Pläne der Schmuggler durchkreuzt. Mitarbeiter und Mitarbeiterinnen des Zolls hatten einen zuverlässigen Tipp bekommen, dass ein Matrose von einem der Frachtschiffe eine beträchtliche Menge an Steroiden, Ecstasy und Kokain ins Land schmuggeln wollte. Der Tipp kam von dem Schiff selbst. Ein bestimmter Mann war namentlich genannt worden und wurde nach der routinemäßigen Zollkontrolle überwacht, als er von Bord ging und sich auf den Heimweg machte, in der Hoffnung, er würde die Beamten zu seinen Komplizen führen.

Und wenig später standen in der Tat zwei Männer bei ihm vor der Tür, die der Polizei aufgrund ihrer Beteiligung an Drogenschmuggel im großen Stil bekannt waren. Sie hatten aus diesem Grund auch bereits Haftstrafen verbüßt, und es war bekannt, dass sie zusammenarbeiteten. Alle drei wurden verhaftet. Die besagten Drogen fanden sich in einer Sporttasche.

Die Männer zeigten sich kooperativ. Es blieb ihnen auch keine andere Wahl, es war nicht ihre erste Verhaftung, und sie waren zudem auf frischer Tat ertappt worden. Sie hatten die ganze Sache nicht sonderlich gut geplant, außerdem waren sie ziemlich high.

Als man sie fragte, ob noch andere an dem Schmuggel

beteiligt gewesen waren, nannte einer von ihnen den Namen Hallur. Er hatte versprochen, ihnen im Vorfeld Geld zu geben, um dafür später einen Teil der Schmuggelware zu erhalten, hatte dann jedoch nicht bezahlt. Als die Männer erfuhren, dass er wegen einer ganz anderen Sache verhaftet worden war und vernommen wurde, beschlossen sie, Glóey einen kleinen Besuch abzustatten und ihr deutlich zu machen, wie unklug es wäre, wenn sie oder ihr Mann den geplanten Drogenschmuggel auch nur mit einem Wort der Polizei gegenüber erwähnten.

Als die Schmuggler dann verhaftet wurden, dachten sie sofort, Hallur hätte sie verraten. Sie waren sich sicher, dass er der Polizei trotz allem von dem Schmuggel erzählt hatte, und ließen sich durch nichts vom Gegenteil überzeugen. Sie sprachen sogar ganz offen darüber, diesen beschissenen Verräter umzubringen.

Marta wurde rasch informiert. Schließlich hatten die beiden Männer eine interessante Geschichte über ihren Kumpel Hallur zu erzählen. Und über eine alte Frau in einem Wohnblock.

»Und zwar?«, fragte Marta, als sie einem der beiden Männer gegenübersaß, die bei Glóey gewesen waren.

»Meinst du, mit der Alten?«, fragte er.

Er hatte eine Tätowierung, die seinen Hals hinaufreichte, bis zu einem der Ohren. Marta konnte nicht erkennen, was das Tattoo darstellen sollte. Einen Drachen vielleicht. Das Übliche.

»Was hat Hallur gesagt?«

»Er hat gesagt, dass sie haufenweise Geld zu Hause hat. Dass er nur noch hingehen und es holen muss.«

Vierundfünfzig

Regína saß hinter ihrem Haus in einem Gartenstuhl und blickte in die Bäume, die sich in den gräulichen Himmel streckten. Sie trug eine warme Jacke und hatte die Kapuze über den Kopf gezogen, es war inzwischen fast winterlich kalt. Sie hatte nicht reagiert, als Konráð an die Tür geklopft hatte, und er war sich sofort sicher gewesen, dass sie im Garten war.

»Ach, du bist das?«, sagte sie, als sie ihn bemerkte. Es klang so, als hätte sie damit gerechnet, dass er wiederkäme, heute oder morgen oder irgendwann später. »Ich wollte hier immer ein richtiges Gemüsebeet anlegen«, sagte sie dann. »Mit Rüben und Salat und allem. Ich habe oft gedacht, der Garten wäre zu klein dafür, aber das ist wahrscheinlich einfach Quatsch.«

»Das braucht ja vielleicht auch gar nicht so viel Platz«, sagte Konráð.

»Eben. Ein paar Mohrrüben, ein paar Rüben, ein paar Kartoffeln, die ich im Herbst ernten kann. Ich arbeite so gern im Garten, habe ich das schon erwähnt? Es macht mir solche Freude zu sehen, wie er im Frühling zum Leben erwacht.«

»Ich habe leider keinen grünen Daumen«, sagte Konráð. »Und faul bin ich auch noch.«

Sie zeigte auf einen zweiten Gartenstuhl, der an einer

Wand stand. Er holte ihn, setzte sich zu ihr und sie sahen zusammen hinaus in den Garten. Konráð sah in den Himmel. Er rechnete mit Regen, hoffte aber, dass es trocken blieb. Sie saßen schweigend eine Weile dort, dann räusperte Konráð sich.

»Ich weiß nicht, ob du mir bei unserem letzten Treffen die ganze Wahrheit gesagt hast«, sagte er.

»Nicht?«

»Du hast sicher deine Gründe dafür«, fuhr Konráð fort. »Und dafür habe ich vollstes Verständnis. Aber es würde mir einfach sehr helfen, wenn du mir sagst, was du weißt.«

Regína sah ihn fragend an und schwieg.

»Kennst du einen Daníel?«, fragte Konráð.

»Daníel?«

»Ja. Ein Pflegekind, wenn ich es richtig verstanden habe.«

Regína antwortete nicht.

»Kann es sein, dass Daníel der Sohn von Valborg ist?«, fragte Konráð und sah einer Amsel dabei zu, wie sie sich hoch über ihnen auf einen Ast setzte.

Regína räusperte sich, blieb aber still.

»Kannst du mir etwas über ihn sagen?«

Auch Regína sah hinauf zu der Amsel.

»Regína?«

Endlich fasste sie sich ein Herz.

»Ich konnte ihn einfach nicht behalten, nachdem sie gestorben war«, sagte sie. »Ich hatte einfach nicht die Kraft.«

»Daníel?«

»Ja.«

»Nach dem Tod deiner Tochter?«

Regína warf ihm einen Blick zu, und Konráð erzählte ihr, dass er mit der Tochter von einer ihrer alten Freundinnen aus der Gemeinde gesprochen hatte. Daher wisse er, dass sie ihre Tochter verloren hatte und es ihr danach lange Zeit schlecht gegangen war.

»Habt ihr über mich gelästert?«, fragte Regína.

»Aber nein, ganz im Gegenteil. Sie hat mir nur sehr widerstrebend das wenige erzählt, was sie wusste.«

»Hat sie dir von meinem Mann erzählt?«

»Ja, das hat sie.«

»Der hat jetzt auch den Löffel abgegeben«, sagte Regína. »Der Scheißkerl. Unsere Tochter war mein einziger Lichtblick in dieser schlimmen Zeit. Dann bin ich endlich von ihm losgekommen. Das war nicht leicht. Ich habe eine Wohnung gemietet und uns beide ernährt, da kam Sunnefa und hat gefragt, ob ich den Jungen nehmen kann.«

»Warum?«

Regína sagte nichts. Konráð wartete geduldig. Er spürte, dass sie lange nicht über diese Dinge geredet hatte – wenn sie das überhaupt jemals getan hatte.

»Es hat sich herausgestellt«, sagte sie schließlich, »dass die Leute, die den Jungen genommen hatten, ziemlich ... das waren Trinker. Und dann hatte die Frau auch noch einen Unfall. Sie ist von einem Auto angefahren worden und kurz darauf gestorben. Der Mann hat weiter getrunken und ... sagen wir mal so ... er hat den Jungen nicht gut behandelt. Sunnefa hat von Vernachlässigung gesprochen. Das waren Freunde von ihr, die haben den Jungen genommen, doch da konnte er nicht mehr bleiben. Sie waren als seine leiblichen Eltern eingetragen. Keine Ahnung, wie Sunnefa das hinbekommen hat.«

»Waren das auch Leute aus der Gemeinde?«

»Ich glaube schon. Aber so viel wollte ich eigentlich auch gar nicht über die Sache wissen. Sie hat gefragt, ob ich den Jungen nehmen kann, und das lief ohne Probleme. Es war ein lieber Junge. Am Anfang vielleicht etwas verschüchtert. Sie haben sich gut verstanden, meine Tochter und er, das lief gut, so lange bis ... bis meine Tochter diese Grippe bekam. Eine stinknormale Grippe.«

Regína erhob sich und nahm einen Zweig in die Hand, der von einem Baum heruntergefallen war. Sie wandte Konráð den Rücken zu. Er störte sie nicht, ließ sie mit ihren Gedanken allein. Es verging einige Zeit, bis Konráð zu ihr ging und fragte, ob alles in Ordnung sei.

»Es ist schwer, sich an all das wieder erinnern zu müssen«, sagte sie. »Es tut mir leid.«

»Ich bitte dich«, sagte er, und in dem Moment klingelte sein Telefon. Konráð wollte es nur schnell ausschalten, da sah er, wer es war und dass er den Anruf annehmen musste. Er zog sich zurück und bat um Entschuldigung dafür, dass jemand sie störte. Regína schien das völlig egal zu sein.

Fünfundfünfzig

Am Telefon war ein Bekannter von Konráð, der eine Zeit lang bei der Polizei in Keflavík gearbeitet hatte. Er arbeitete jetzt schon seit vielen Jahren in der dortigen Verwaltung, war jedoch zuvor einige Jahre bei der Kriminalpolizei gewesen, hatte dort öfter mit Konráð zusammengearbeitet, und sie hatten sich gut verstanden. Konráð wusste, dass er in Keflavík und Umgebung bestens vernetzt war und alles und jeden kannte. Daher hatte er ihn gebeten, ihm Informationen über einige Mitarbeiter der Bauunternehmen zu besorgen, die früher für die amerikanische Militärbasis am Flughafen Keflavík gearbeitet hatten. Der Mann zeigte sich sofort sehr hilfsbereit und hatte die Informationen, die Konráð wollte, bald besorgt. Das Resultat überraschte Konráð nicht.

»Kannst du das gebrauchen?«, fragte sein Freund in Keflavík.

»Das wird sich zeigen«, sagte Konráð.

»Und du willst mir wirklich nicht sagen, worum es geht?«

»Nein. Noch nicht. Ich kann es nicht. Ich melde mich später noch mal.«

Er verabschiedete sich rasch und ging zurück zu Regína, die noch immer an dem Baum stand, den abgebrochenen Zweig in der Hand.

»Es tut mir leid«, sagte Konráð. »Ich kann mir vorstellen, dass es dir sehr schwerfällt, an all das wieder erinnert zu werden.«

»Ich habe das seit vielen Jahren nicht gemacht. Niemand sollte so etwas erleben müssen«, sagte Regína. »Einen solchen Verlust.«

»Nein. Natürlich nicht.«

»Ich bin immer ein gläubiger Mensch gewesen«, sagte Regína und hielt den Zweig so fest in der Hand, als wäre er das Einzige, das ihrem Leben noch Halt gab. Und ich habe immer an ein Leben nach dem Tod geglaubt. Damals hat mich das ziemlich beschäftigt, ich bin zu spiritistischen Sitzungen gegangen, das war ja überhaupt der Grund, warum ich dieses Medium geholt habe, um nach Emma zu sehen. Der kam zusammen mit einer Frau, die musste irgendwas gespürt haben, denn sie hat mir sofort gesagt, ich soll einen Krankenwagen rufen. Aber da war es schon zu spät. Emma ist noch in derselben Nacht gestorben. Die Infektion war auf ihre Organe übergegangen, niemand konnte etwas tun. Ich habe zu spät reagiert. Ich hätte sie viel früher ins Krankenhaus bringen müssen. Hätte irgendetwas machen müssen. Ich habe den Glauben an mich selbst verloren. An das Leben. An Gott. An alles. Dann kam ich in die ...«

»Und Sunnefa hat den Jungen wieder zu sich genommen?«

Regína nickte.

»Sie hat dann auch bald eine gute Familie in Nordisland für ihn gefunden. Ich war einfach nicht in der Lage, mich um ihn zu kümmern, nachdem Emma nicht mehr da war, sodass der Junge ... mal hier und mal da war. Nachdem er von mir weg ist. Bevor er zu der Familie in den Norden kam. Das muss so um 1980 gewesen sein. Sunnefa war viel an dem Jungen gelegen, ich glaube sie hat immer Kontakt zu den Leuten da im Norden gehalten.«

»Hast du noch Kontakt zu Daníel?«, fragte Konráð.

Regína zögerte.

»Ich habe gehört, du hast ihn bei der Beerdigung von Sunnefa getroffen.«

»Aber das ist über zehn Jahre her. Er sah gar nicht gut aus, der arme Kerl. Da war er schon längst wieder nach Reykjavík gezogen und hatte offenbar nicht mehr viel Kontakt mit seiner Pflegefamilie im Norden. Der ist irgendwie auf die schiefe Bahn geraten und hat mich angeschnorrt. Als ich ihn gefragt habe, wie es ihm geht, hat er gesagt, er kann nicht klagen. Wir haben auch kurz über Emma geredet. Er hat sich an sie erinnert. Ich habe ihm gesagt, er soll sich auf jeden Fall melden, wenn ich etwas für ihn tun kann, aber dann habe ich ihn nicht wiedergesehen. Er hatte etwas von einem Penner, wenn ich das so sagen darf.«

»Weißt du, wo ich ihn finden kann?«

»Nein«, sagte Regína. »Da kann ich dir nicht weiterhelfen.«

»War er das einzige Kind, das Sunnefa zur Welt gebracht und dann auf diese Art untergebracht hat?«, fragte Konráð.

»Ja.«

»Bist du sicher? Das dass der einzige Fall war?«

»Ja. Ich bin mir sicher. Sie hat es bereut, das hat sie mir selbst gesagt. Sie wollte dieser Frau so gern helfen, alles geheim zu halten, ohne dass sie deswegen gleich einen Schwangerschaftsabbruch machen muss, doch danach hat Sunnefa das nie wieder gemacht. Zumindest nicht, dass ich wüsste. Oder sie hat es mir nicht erzählt. Das war ja eine ziemlich spezielle Situation, damals.«

»Wusstet ihr, warum Valborg das Kind nicht wollte?«, fragte Konráð. »Hat sie das Sunnefa erzählt?«

»Ich glaube, sie ist vergewaltigt worden. Sunnefa hat sie das erzählt. Im Glaumbær, glaube ich. Sunnefa hat versucht sie dazu zu bewegen, zur Polizei zu gehen, doch das wollte sie auf gar keinen Fall. Sie konnte sich offenbar beim besten Willen nicht vorstellen, diesem Mann im Gerichtssaal noch einmal zu begegnen und darüber zu sprechen, was er ihr angetan hat.«

»Und ihr ...?«

»Wir konnten es verstehen. Dass sie das so machen wollte.«

»Hat sie Sunnefa jemals erzählt, wer sie vergewaltigt hat?«

»Ich glaube, sie hat den vorher noch nie gesehen und wusste nicht, wer er war. Sie hat Sunnefa gesagt, dass er abstoßend war. Dass er sich verhalten hat wie eine ekelhafte Kreatur.«

»Und dem Jungen wolltest du nicht die Wahrheit sagen? Über Valborg? Als du ihn auf Sunnefas Beerdigung getroffen hast?«

Regína schüttelte den Kopf.

»Ich ... ich habe mir das einfach nicht zugetraut«, sagte sie leise. »Ich hatte eh schon das Gefühl, ihm etwas angetan zu haben und ... das war alles eh schon so schwer ... nein, das hätte ich nicht gekonnt, nicht um alles in der Welt.«

Sechsundfünfzig

Irgendwie hatte sie es zu sich nach Hause geschafft, durch den Schnee und den ganzen Weihnachtsschmuck, fest entschlossen sich nichts anmerken zu lassen. So zu tun, als wäre nichts geschehen. Sie würde das einfach vergessen und nie wieder daran denken. Sie hatte sich durch die Hintertür aus dem Glaumbær geschlichen und war in die Nacht hinausgelaufen. Sie hörte, dass in der Küche noch Mitarbeiter waren, und machte sich nicht bemerkbar, bat nicht um Hilfe, schrie nicht voller Verzweiflung, dass sie vergewaltigt worden war. Sie behielt alles für sich.

Der Mann war schnell verschwunden, nachdem er fertig war. Er hatte sie immer weiter beschimpft, während sie noch auf dem Boden lag, starr vor Entsetzen und Ekel und bald auch vor Scham, Wut und dem befremdlichen Gefühl, selbst an allem schuld zu sein. All diese Gefühle ergriffen sofort Besitz von ihr und sollten sie noch lange belasten. Sie rollte sich auf dem Boden zusammen, verbarg ihr Gesicht und weinte leise, bis ihr der Gedanke kam, dass sie auf gar keinen Fall jemand so finden durfte, und sie erhob sich mühsam.

Die Kälte auf dem Heimweg nahm sie nicht einmal wahr. Zweimal musste sie unterwegs stehen bleiben, um sich zu übergeben. Sie nahm Straßen, in denen wenige Leute unterwegs waren, die aber gut beleuchtet waren, und blickte sich dauernd um, weil sie fürchtete, der Mann würde sie verfolgen, ihr auflauern, ihr noch mehr Leid zufügen. Sie beschleunigte ihren Schritt und kam ins Laufen und rannte schließlich so schnell die Füße sie trugen. Sie schloss die Wohnungstür gründlich hinter sich ab und schob noch ihre große Kommode davor, zur Sicherheit. Doch sicher fühlte sie sich trotzdem nicht. Sie würde sich nie wieder vollkommen sicher fühlen.

Sie hatte ein Würgemal am Hals und Schmerzen am ganzen Körper, am schlimmsten dort, wo er in sie eingedrungen war. Sie wusch sich gründlich am ganzen Körper, und nachdem sie aus der Dusche gekommen war, ging sie sofort wieder hinein und wusch sich noch einmal, als ob sie den Ekel mit Wasser und Seife abwaschen könnte.

Sie wusste, dass sie nicht einschlafen würde, setzte sich in ihre kleine Kochnische und starrte aus dem Fenster auf den Weihnachtsschmuck der Nachbarn. Rote und gelbe Lichter auf dem Balkon, Sterne in den Fenstern. Dann versuchte sie, aus ihrem Geist zu tilgen, was gerade passiert war. Doch sosehr sie es versuchte, es gelang ihr nicht. Sie konnte den Schmerz nur mit einem dünnen Schleier verhüllen, der jeden Moment davonfliegen konnte. Und dann kehrte der Schmerz erbarmungslos zurück.

Das Erste, das sie hörte, als sie am nächsten Tag das Radio anschaltete, war, dass es in Reykjavík in der Nacht einen Großbrand gegeben hatte, bei dem die Diskothek Glaumbær vollkommen zerstört worden war.

Siebenundfünfzig

Im Radio lief ein Lied aus den Sechzigerjahren, das Konráð an Erna erinnerte. Nachdem er den Motor ausgemacht hatte, blieb er noch im Auto sitzen und lauschte der schönen Melodie. Húgó hatte noch einmal aus Florida angerufen und gesagt, dass es ihnen dort gut gehe. Dann erzählte er, dass sie in wenigen Tagen nach Hause kämen, und er fragte, ob Konráð sie vom Flughafen abholen könnte. Nichts war selbstverständlicher als das. Sie hatten ihm angeboten mitzukommen, doch er flog nicht mehr gern und hatte keine Lust auf so eine weite Reise, ganz abgesehen davon, dass sie mit ihren Freunden unterwegs waren und er sich nicht aufdrängen wollte. Er befürchtete, sie würden sich verpflichtet fühlen, dauernd etwas mit ihm zu unternehmen.

Wenig später rief Marta an und fragte, wie es ihm ging. Sie erzählte, dass das Rauschgiftdezernat zwei einschlägig bekannte Männer festgenommen habe, als sie gerade eine Drogenlieferung in Empfang genommen hatten, und dass diese beiden Männer gute Bekannte von Hallur und Glóey seien. Und dass es nicht lange gedauert habe, bis sie Hallur als Komplizen genannt hätten und vermuteten, er habe sie bei der Polizei verpfiffen. »Das sind vielleicht ein paar Idioten«, sagte Marta. »Aber einer von ihnen hat ausgesagt, dass Hallur von einer alten Frau erzählt hat, die jede Menge Bargeld zu Hause aufbewahrt. Und dass man nur hinfahren und es holen muss.«

»Das hat er gesagt?«

»Hallur streitet alles ab, aber ich glaube, das stimmt«, sagte Marta. »Er hatte große Geldsorgen und dachte, Valborg hat Geld. Dann ist er zu ihr hoch.«

»Und was sagt seine Liebhaberin aus der unteren Wohnung dazu?«

»Die Schwägerin? Wir haben sie nicht erreicht. Sie ist verschwunden. Glóey sagt, sie weiß nicht, wo ihre Schwester steckt.«

Marta fragte, ob er etwas Neues über Valborg erfahren habe. Konráð wollte ihr noch nicht die Informationen geben, die er in den letzten Tagen gesammelt hatte, also sagte er, er brauche noch etwas Zeit und würde sich bald melden.

Das Stück Holz aus der Spieluhr lag noch immer bei ihm im Auto. Er nahm es zur Hand und überlegte, ob er Eygló anrufen sollte. Sie hielt ihrem Vater die Treue und verdiente Respekt dafür. Er hegte für seinen Vater keine vergleichbaren Gefühle. Er hatte ihm von Anfang an zugetraut, unschuldige Menschen zu betrügen, gern auch einsame Witwen, und glaubte, dass ihm dafür keine Lüge und kein billiger Trick zu schade war.

Konráð hatte es lange Zeit vor sich hergeschoben, Húgó von ihm zu erzählen. Der Junge hatte seine Großväter nie gekannt, Ernas Vater war so kurz nach Húgós Geburt gestorben, dass er sich nicht an ihn erinnerte. Konráð und Erna erzählten ihm viel von seinem Großvater mütterlicherseits, der Steuermann bei der Küstenwache gewesen war und seinem Schwiegersohn lange skeptisch gegenüberstand. Er hatte das Leben eines unbescholtenen

Bürgers geführt und genoss Respekt weit über die Küstenwache hinaus. Über den Großvater väterlicherseits hingegen erfuhr ihr Sohn nur nebulöse Kleinigkeiten, bis Konráð eines Tages beschloss, dem Jungen die Wahrheit zu sagen, bevor er sie selbst herausfand. Húgó hörte seinem Vater zu, als er von dem Mord am Schlachthof erzählte, und stellte viele Fragen, die Konráð beantwortete, so gut er konnte. Nur als Húgó wissen wollte, ob sein Opa ein schlechter Mensch gewesen sei und deswegen sein Schicksal verdient hätte, wusste Konráð darauf keine Antwort.

Das Lied im Radio war vorbei, und Konráð sah, wie Ísleifur seine Souterrainwohnung mit vier Plastiktüten verließ, die mit leeren Bierdosen gefüllt waren. Er ging in Richtung der Bushaltestelle, an ihr vorbei und bemerkte wieder nicht, wie Konráð aus dem Auto stieg und ihm mit einigem Abstand folgte. Ísleifur sah nicht nach rechts, nicht nach links, er starrte nur auf die Gehwegplatten, die vor ihm lagen, und schritt mit seinen Plastiktüten in einem für einen Mann seines Alters durchaus beachtlichen Tempo voran. Wenig später kam ein städtischer Recyclinghof in Sicht. Ísleifur hielt auf ihn zu. Er ging direkt zu der Annahmestelle für Getränkedosen, wo er einen Moment in der Schlange warten musste, bevor er seine Tüten ausleeren und das kleine Pfand dafür kassieren konnte.

Konráð blieb in gebührlichem Abstand stehen. Als Ísleifur jedoch zurückkam, beschloss Konráð, es darauf ankommen zu lassen. Sobald Ísleifur bemerkte, dass Konráð sich ihm näherte, beschleunigte er seinen Schritt, um ihm aus dem Weg zu gehen, merkte jedoch bald, dass das aussichtslos war, also wurde er wieder langsamer und blieb schließlich hinter dem Recyclinghof stehen.

»Spionierst du mir immer noch hinterher?«, rief er. »Lässt du mich überhaupt nicht mehr in Ruhe?!«

»Ich habe gesehen, wie du dorthin gegangen bist, und würde gern ...«

»Lass mich in Ruhe!«, schrie Ísleifur. »Ich rede nicht mit dir. Ich habe dir nichts mehr zu sagen!!«

»Nur ein paar Fragen, dann bin ich wieder weg«, versprach Konráð und hielt Ísleifur am Arm fest. »Ich möchte dich etwas über einen Mann fragen, mit dem du bei den Amerikanern gearbeitet hast. Auf der Militärbasis. Das ist ziemlich lang her, aber ich glaube, du erinnerst dich trotzdem an ihn.«

»Quatsch mich nicht voll!«, sagte Ísleifur und wollte sich losreißen. »Lass mich in Ruhe!«

»Das war zu der Hippiezeit«, sagte Konráð und sah sich um. Niemand schien davon Notiz zu nehmen, dass sie so nah beieinander hinter dem Recyclinghof standen, umgeben von leeren Müllcontainern. Er wusste nicht, was er unternehmen sollte, wenn Ísleifur sich allzu sehr aufregte. Er wollte keine körperliche Auseinandersetzung, die dazu führen würde, dass sich andere Leute in die Sache einmischten.

»Ich habe dir nichts zu sagen«, sagte Ísleifur. »Lass mich in Ruhe!«

»Bernódus heißt er«, sagte Konráð. »Dein Kumpel auf der Militärbasis. Oder etwa nicht?«

Ísleifur starrte Konráð an, Konráð ließ ihn los.

»Militärbasis? Wie kommst du darauf?«, fragte Ísleifur.

»Wart ihr etwa nicht zusammen bei einem dieser Bauunternehmen, die für die amerikanische Armee gearbeitet haben?«

»Wer sagt das?«

»Deren alte Personalakten«, sagte Konráð. »Aus den Jahren 1968 bis 1971. Ihr habt bei derselben Firma gearbeitet, im selben Bauwagen geschlafen und seid an den Wochenenden zusammen nach Reykjavík gefahren. Wie man das damals so gemacht hat. Du warst schon ein Jahr dort, als er angefangen hat. Ihr wart einfache Arbeiter.«

»Und was geht dich das an?«

»Nun holt der eine sich auf dem Recyclinghof das Dosenpfand ab, und der andere hat Geld wie Heu. Hat zusammen mit seiner Tochter eine Pharmafirma gegründet, die ihn steinreich gemacht hat.«

»Na und? Was soll der Scheiß?«

»Habt ihr Kontakt gehalten seit eurer Zeit bei den Amerikanern?«

Ísleifur antwortete ihm nicht.

»Den hast du getroffen, als wir uns einmal abends auf der Borgatún über den Weg gelaufen sind, oder?«, fragte Konráð.

»Das habe ich dir schon gesagt.«

Ísleifur zog die Nase hoch und sah Konráð nicht an.

»Trefft ihr euch oft? Und plaudert über alte Zeiten?«

Ísleifur antwortete nicht.

»Oder gab es für dich keinen Grund, ihn zu treffen, bevor ich angefangen habe, mich für die Vergewaltigung im Glaumbær zu interessieren?«

Ísleifur schüttelte den Kopf.

»Hat das bei euch alte Erinnerungen geweckt?«

»Lass mich in Ruhe.«

»Du hast gesagt, dass du mit der Sache mit Valborg nichts zu tun hast.«

»Lass mich in Ruhe«, wiederholte Ísleifur. »Lass mich!«

»Und er? Dein alter Freund? Hat der Valborg gekannt?«

»Halt's Maul.«

»Ich verstehe das nicht so ganz. Bist du zu Valborg gegangen, um sie zum Schweigen zu bringen?«, fragte Konráð. »Bist du mit deiner blöden Plastiktüte zu ihr hin? War das so? Wollte sie erzählen, wer…?«

»Red nicht so einen Scheiß!«, sagte Ísleifur. »Du hast doch keine Ahnung, du Wichser.«

»Dann sag mir doch, was passiert ist.«

»Halt's Maul! Lass mich in Ruhe!«

»Warum solltest du Valborg nach all den Jahren zum Schweigen bringen wollen? Was konnte sie dir schon tun? Du bist doch nur ein kleiner Penner. Niemand interessiert sich für dich. Im Gegensatz zu…«

Konráð starrte den Mann in der schmutzigen, zerschlissenen Winterjacke an, aus deren einer Tasche eine Plastiktüte heraussah. Regentropfen hatten sich an seiner Nase gesammelt, er wischte sie mit dem Handrücken weg.

»Valborg hat Zeitungsausschnitte über deinen Freund an der Borgartún gesammelt. Ist das der Grund dafür, dass…?«

Plötzlich zog sich Ísleifurs Oberlippenbärtchen in die Länge. Er grinste Konráð an.

»War…?«

Konráð packte Ísleifur erneut am Arm.

»War er das…?!«

Achtundfünfzig

Valborg traute sich nicht in das Gebäude hinein. Sie hatte zwei Anläufe unternommen, zwischen denen einige Tage lagen, doch sie schaffte es einfach nicht, durch die Eingangstür zu gehen. Etwas hielt sie zurück. Der Gedanke daran, ihn wiederzusehen. Ihm nach all diesen Jahren erneut gegenüberzustehen. Der Gedanke war ihr ein Graus. Sie hatte ihn seit dieser furchtbaren Nacht nur noch gelegentlich in den Medien gesehen und nie versucht ihn zu kontaktieren, und doch ließ der Gedanke sie nicht los. Der Gedanke an ihr gemeinsames Kind. Und an die Reichtümer, die er angesammelt hatte.

Als sie das zweite Mal in die Borgartún kam, ging sie eine Weile ziellos in der Umgebung umher, in der Hoffnung, sie würde irgendwann den Mut aufbringen. Sie war mit dem Bus hergekommen und das kleine Stück von der Haltestelle zu dem Hochhaus mit der Glasfassade gegangen und doch wieder nur am Eingang stehen geblieben und dann umgekehrt. Doch dieses Mal wollte sie nicht direkt wieder nach Hause gehen, entdeckte schließlich ein Café und setzte sich hinein. Von ihrem Tisch konnte sie den Eingang des Gebäudes im Blick behalten, in dem das Pharmaunternehmen seine Büros hatte. Sie sah den Leuten zu, die in Richtung Eingang eilten oder das Gebäude verließen. Leute, für die dies ein ganz normaler Arbeitstag war.

Auf den Bildern in der Zeitung hatte Valborg ihn sofort erkannt. Es war das erste Mal, dass sie ihn nach dem schrecklichen Ereignis im Glaumbær wiedersah. Sie hatte eines Tages die Zeitung durchgeblättert und einen riesigen Schreck bekommen, als sie plötzlich den Artikel über ihn sah, den sie schließlich ausschnitt und zu ihren Rezepten legte, ohne richtig zu wissen, warum. In dem Artikel ging es um eine Reise, die er mit seiner Frau zu den ägyptischen Pyramiden gemacht hatte. Nach den Bildern zu urteilen, hatte er eine liebenswerte Frau, mit einem hübschen Lächeln und vollem blonden Haar. Sie erzählte dem Journalisten, dass sie mit ihrem Mann schon immer viel gereist sei und schon lange davon träume, einmal die Wunder Ägyptens zu sehen. Nun hatten sie endlich beschlossen, diesen Traum Wirklichkeit werden zu lassen, und wurden von der Reise nicht enttäuscht. Spektakulär war es. Sie hatten sich gefühlt wie in einem Märchen.

Einige Jahre später folgten weitere Artikel. Ihnen entnahm Valborg, dass der Mann im Wirtschaftsleben äußerst erfolgreich war und mit seiner Tochter zusammenarbeitete. Sie hatten gut investiert und besaßen inzwischen einen beträchtlichen Anteil an einem Pharmaunternehmen, den sie, dem aktuellsten Artikel zufolge, gerade verkauften. Die Zeitungen spekulierten über die Wertsteigerung, die ihnen diese Investition in den letzten zwei Jahrzehnten gebracht hatte und darüber, was sie nun für den Verkauf ihres Anteils bekommen würden. Auf den Wirtschaftsseiten der Zeitungen fanden sich immer wieder Berichte über seine Tochter. Eine Zeitung brachte ein großes Interview mit ihr, in dem sie die vielen Stärken ihres Vaters lobte und betonte, wie angenehm es sei, mit ihm zusammenzuarbeiten.

Valborg trank ihren Kaffee aus, erhob sich, zahlte und ging noch einmal in Richtung des Gebäudes, als sie plötzlich sah, wie er den Glaspalast verließ und um das Gebäude herum zum Parkplatz ging. Für einen Moment dachte sie, ihr Herz würde stehen bleiben. Dann ging sie ihm wie fremdgesteuert hinterher. Als sie um die Ecke kam, hatte er den Kofferraum eines schwarzen Mercedes geöffnet, legte eine Aktentasche hinein und nahm etwas heraus, das wie ein neuer Golfschläger aussah. Dann sah sie im Kofferraum eine Golftasche.

Valborg ging zögerlich auf ihn zu. Sie hatte keine Ahnung, was sie sagen sollte. Wie sie sich verhalten sollte. Das Herz hämmerte in ihrer Brust, sie konnte vor Aufregung kaum atmen.

»Du ...?«, sagte sie.

Er drehte sich um, den Golfschläger in der Hand.

»Ja?«, sagte er.

Die Erinnerungen an die lange vergangene Nacht drohten sie zu überwältigen. Sie musste sie unbedingt im Zaum halten. Sie wollte keine Schwäche zeigen. Nicht vor diesem Mann.

»Du erinnerst dich nicht, oder?«, sagte sie und bekam nun wirklich kaum noch Luft. Es war, als wäre sie einen Marathon gelaufen. Ihr wurde schlecht.

»Kann ich dir helfen?«, fragte er. »Kennen wir uns?«

»Ja«, sagte sie. »Wir kennen uns. Auch wenn du das vielleicht vergessen hast.«

»Es tut mir leid«, sagte er, »aber ich komme einfach nicht drauf. Arbeitest du bei mir?«

»Nein«, sagte sie und versuchte ihren Atem unter Kontrolle zu bekommen und die Hitze, die sie in sich aufsteigen spürte. Obwohl sie es vermeiden wollte, war sie sofort unglaublich aufgebracht, jetzt, wo sie ihn nach all den Jahren wiedertraf. »Ich arbeite nicht bei dir. Ich schneide Artikel über dich aus Zeitungen aus und hebe sie auf, bis bessere Zeiten kommen. Bis ich allen davon erzähle.«

»Ist alles okay?«, fragte er. Er hatte bemerkt, dass es ihr ganz offenbar nicht gut ging und sie vollkommen neben sich stand.

»Ich will, dass du das Kind findest«, stieß sie hervor.

»Das Kind?«

»Das Kind hat ein Recht auf dein Geld. Ich will, dass du es findest und es anerkennst.«

»Was soll ich anerkennen?«

»Dein Kind! Ich spreche von deinem Kind! Ich will, dass du es findest und offiziell anerkennst, damit es seinen Anteil bekommt. Es gibt Vaterschaftstests, du kannst es nicht abstreiten und das Kind kann ...«

»Was soll der Blödsinn?«, sagte der Mann und wusste nicht, wie ihm geschah. »Ich habe keine Zeit für so etwas«, sagte er dann und legte den Golfschläger in den Kofferraum zurück. »Ich erinnere mich nicht, dich jemals zuvor gesehen zu haben. Das muss ein Missverständnis sein.«

Er schloss den Kofferraum.

»Du erinnerst dich wirklich nicht an mich, oder?«, sagte Valborg erneut, machte einen Schritt auf ihn zu und spürte, wie ihr das Mut machte. »Du weißt nicht mehr, was du getan hast? Was du gemacht hast in der Nacht, als das Glaumbær abgebrannt ist? Als hätte der Allmächtige eingegriffen und den ganzen Laden in eine lodernde Hölle verwandelt nach dem, was du mir angetan hast!«

Der Mann sah sie vollkommen fassungslos an. Dann schien er plötzlich zu verstehen. Er riss die Augen auf, als stünde vor ihm ein Geist, auferstanden aus einem vor langer Zeit zugeschütteten Grab. Er starrte die Frau an, die um all die vielen Jahre älter geworden war, genau wie er. Auf ihren Mantel, der bessere Zeiten gesehen hatte, und wusste plötzlich, dass dies die Frau war, die er damals missbraucht hatte.

»Du?«, stammelte er.

»Ja. Ich!!«, schrie Valborg.

Neunundfünfzig

Es war ein kurzes Treffen. Sie hatten keinen Rechtsanwalt dabei. Marta hätte es nicht gewundert. Sie waren wieder in dem Konferenzraum des Pharmaunternehmens. Marta war allein gekommen. Tochter und Vater hatten das so gewollt, und sie sah keinen Grund, ihnen das zu verweigern. Sie brauchte ja nur ein paar Informationen über Valborg. Nur deshalb trafen sie sich.

Tochter und Vater saßen ihr gegenüber. Klara hatte Marta am Empfang abgeholt und in den Konferenzraum geführt, tadellos gekleidet, in einem schwarzen Kostüm, zu dem sie eine weiße Perlenkette trug. Sie warteten in angespannter Stille, bis der Vater kam und Marta mit ernster Miene die Hand reichte. Er hatte die siebzig überschritten, doch er alterte gut, war schlank geblieben und hatte eine frische Gesichtsfarbe. Nach dem, was Marta gehört hatte, verbrachte er inzwischen die meiste Zeit in wärmeren Ländern und genoss sein Rentnerdasein. Sie wusste, dass er Bernódus hieß. Er trug einen schönen dunkelblauen Anzug, Marta war sich sicher, dass er maßgeschneidert war. Am Ringfinger trug er einen goldenen Ring mit einem quadratischen schwarzen Stein, an einer Ecke war ein winziger Diamant eingefasst. Während sie miteinander sprachen, friemelte er immer wieder an dem Ring herum. Er wirkte ungeduldig. Genervt.

Der Mann gab seiner Tochter zur Begrüßung einen Kuss.

»Können wir diesen Quatsch so schnell wie möglich hinter uns bringen?«, sagte er, sobald er sich gesetzt hatte. »Ich habe gehört, du bringst uns und dieses Unternehmen mit einem Mord in Verbindung.«

Klara lächelte entschuldigend und tätschelte die Hand ihres Vaters, wie um ihn zu beruhigen. Sie müssten doch nur kurz ein paar Dinge abklären, das sei auch schon alles. Er war ganz offenbar nicht begeistert gewesen, als seine Tochter ihm erzählt hatte, dass die Polizei hier gewesen war und sich nach Valborg erkundigt hatte.

»Aber nein«, sagte Marta. »Wie ich deiner Tochter schon erläutert habe, sind Zeitungsausschnitte von dir und deiner Frau und Klara in der Wohnung der Verstorbenen aufgetaucht, und dem müssen wir natürlich nachgehen. Darf ich fragen, ob du die Verstorbene gekannt hast?«

»Nein, das habe ich nicht«, antwortete der Mann. »Und nach allem, was ich weiß, hat Klara dir diese Fragen auch alle schon beantwortet.«

»Kannst du dir irgendwie erklären, warum sie Zeitungsausschnitte von euch aufgehoben hat? Wir haben keine anderen gefunden. Nur die über euch.«

»Dazu kann ich nichts sagen. Dir ist vielleicht nicht klar, was für ein großes Unternehmen … wir hier führen und wie viele Leute sich für uns interessieren. Wie sollten wir wissen, warum Leute Artikel über uns aus der Zeitung ausschneiden. Das kannst du dir doch wohl vorstellen.«

»Natürlich. Hat sie vielleicht in den letzten Wochen oder Monaten Kontakt mit euch aufgenommen? Oder dem Unternehmen?«

»Nein«, sagte Klara. »Ich kann dir versichern, dass das nicht der Fall war.«

Marta holte einen Ausdruck aus ihrer Tasche, auf dem die Nummern aufgelistet waren, die in der letzten Zeit von Valborgs Telefon aus angerufen wurden. Sie legte ihn vor den beiden auf den Tisch. Der Mann setzte eine goldumrandete Lesebrille auf. Klara überflog den Ausdruck.

»Sie hat in der Woche vor ihrem Tod zweimal euer Unternehmen angerufen«, sagte Marta. »Hat sie mit jemandem von euch gesprochen? Oder von euren Mitarbeitern?«

»Nein«, sagte Klara, »mit mir zumindest nicht. Ich kann nicht für meine Mitarbeiterinnen und Mitarbeiter sprechen. Da müsste ich nachfragen.«

»Mir sagt das nichts«, meinte Bernódus, nahm seine Lesebrille wieder ab und steckte sie in die Brusttasche seines Sakkos. »Wissen Sie, wie viele Leute hier jeden Tag anrufen?«

»Selbstverständlich«, sagte Marta und holte noch etwas aus ihrer Tasche. Dieses Mal waren es drei Standbilder von der Überwachungskamera, die sie vor ihnen auf den Tisch legte.

»Vielleicht hat sie auch direkt mit euch gesprochen?«

Die beiden besahen sich die Bilder.

»Ist das die Frau?«, fragte Klara. »Die da draußen?«

»Was soll das? Sind wir jetzt Teil einer polizeilichen Ermittlung?!«, sagte der Mann aufgebracht und schob die Bilder von sich. »Was soll das?«

Wieder berührte die Tochter seine Hand, um ihm zu signalisieren, er möge sich beruhigen.

»Habt ihr sie getroffen?«, fragte Marta noch mal.

»Nein«, sagte Klara.

»Da hast du es«, sagte der Mann und drehte an seinem goldenen Ring. »In diesem Haus sind Dutzende Unternehmen, Praxen und Kanzleien. Vielleicht war sie beim Zahnarzt.«

»Angerufen hat sie allerdings hier«, sagte Marta und blieb die Ruhe selbst. »Bei euch.«

»Keine Ahnung«, sagte Klara. »Vielleicht hat sie hier jemanden gekannt? Wir haben viele Mitarbeiterinnen und Mitarbeiter. Ich werde dem nachgehen.«

»Und dann sind da die Zeitungsausschnitte«, sagte Marta und lächelte. »Die sind wiederum nicht von irgendwelchen Mitarbeitern, sondern von euch.«

»Wir haben diese Frau nicht gekannt«, sagte Klara. »Ich habe sie noch nie gesehen. Und auch nicht mit ihr telefoniert. Geschweige denn, sie getroffen.«

Sie warf ihrem Vater einen Blick zu.

»Das ist absurd«, sagte Bernódus. »Wir wissen nicht, wer diese Frau ist.«

»Sie hat 1972 ein Kind bekommen«, sagte Marta. »Wir wissen, dass sie es direkt nach der Geburt weggegeben hat. Sie wollte es nicht behalten, aus Gründen, die uns bisher nicht bekannt sind. Aber wir wissen, dass sie vor ihrem Tod angefangen hat, nach dem Kind zu suchen. Wir wissen nicht, ob es ein Junge ist oder ein Mädchen. Sie hat jemanden aus dem Umfeld der Polizei gebeten, das Kind zu finden. Zu dem Zeitpunkt war sie bereits unheilbar an Krebs erkrankt und wollte erfahren, wo das Kind abgeblieben war. Und da fragen wir uns, ob diese Suche sie hierhergeführt hat.«

Marta sah erst Klara an, dann ihren Vater. Sie zeigten keine Reaktion. Sie schienen beide nicht zu ahnen, worauf Marta hinauswollte.

»Die Suche nach ihrem Kind?«, sagte Klara schließlich und sah ihren Vater an. »Ich wüsste nicht, was…«

»Was sollen diese ganzen Fragen?«, sagte der Mann, dessen Laune immer schlechter wurde. »Warum erzählst du uns das? Wir haben diese Frau nicht gekannt. Wie oft sollen wir das noch sagen? Wir haben sie nicht gekannt. Nicht gekannt!«

Marta tippte auf die Kopie des Zeitungsausschnitts, der Klara zeigte, wie sie triumphierend die Leserschaft anlächelte.

»Was hat sie hieran interessiert?«, fragte Marta.

Klara war verstört. Marta sah sie schweigend an.

»Ich… ich bin Jahrgang 1974«, sagte Klara nach einigem Zögern, warf ihrem Vater einen ungläubigen Blick zu und dann Marta.

»Ja, das weiß ich bereits«, sagte Marta. »Du bist nicht…«

»Klara ist nicht adoptiert!«, stieß Bernódus hervor und konnte seine Wut nicht mehr länger im Zaum halten. »Was fällt dir ein, so etwas anzudeuten? Das ist doch dummes Zeug!«

Er starrte Marta an.

»Wie kommt man nur auf solch einen Blödsinn. Eine bodenlose Frechheit ist das! Ich habe mich bereit erklärt, dich zu treffen, weil ich dachte, dass wir bei der Lösung dieses furchtbaren Mordes helfen können, und dann kommst du mit so einem Mist. Du bist verrückt! Du musst doch verrückt sein!«, rief der Mann und sprang auf. »Das reicht!«, sagte er schäumend vor Wut. »Ich habe genug von diesem… Blödsinn! Klara… du… ich habe noch nie einen solchen Mist gehört! Das lasse ich mir nicht bieten. Ich lasse mir das nicht bieten!«

Er warf Marta einen letzten zornigen Blick zu, dann stürmte er aus dem Konferenzraum und ließ Klara und Marta allein zurück, mit den Zeitungsausschnitten, den Standbildern von den Überwachungskameras und dem Einzelverbindungsnachweis von Valborgs Telefon. Klara ließ noch einmal ihren Blick über alle diese Unterlagen schweifen, dann erhob auch sie sich.

»Wir sind hier fertig«, sagte sie. »Auf Wiedersehen.«

Sechzig

Die meisten Häuser in diesem Wohnviertel direkt am Meer ähnelten sich, eckige Kästen mit großen, teilweise verdunkelten Fensterfronten und Säulen an der Vorderseite, als wären hier einst die alten Griechen an Land gegangen. Waren sie jedoch nicht. Es handelte sich einfach nur um schlechte Architektur.

Konráð fuhr die Straße hinunter, bis sie in einer Sackgasse endete. Dort stand eines der eindrucksvollsten Häuser dieses Stadtviertels, es sah aus wie ein Schiffsrumpf, dessen Bug auf die Faxa-Bucht hinauswies, und hatte zu beiden Seiten hohe Panoramafenster.

Konráð war nur selten in dieser Gegend unterwegs, erinnerte sich aber an eine sonntägliche Spritztour mit Erna und Húgó, auf der sie vor ewiger Zeit durch einige dieser Straßen gefahren waren. Es gehörte zu den angesehensten Vierteln der Stadt, und es kam so gut wie nie vor, dass eines dieser Häuser zum Verkauf stand. Und wenn es einmal dazu kam, schlugen die Leute sich darum.

Er hatte sich noch nicht wieder bei Marta gemeldet. Erst wollte er mit dem Mann sprechen, zu dem er gerade auf dem Weg war. Am Ende ihres Gespräches hatte Konráð Ísleifur damit gedroht, er würde die Polizei informieren, woraufhin Ísleifur sich doch noch kooperativ gezeigt hatte. Plötzlich erinnerte er sich an einige Dinge aus der

Vergangenheit, die vielleicht von Nutzen sein könnten. Konráð hatte jetzt einen ziemlich konkreten Verdacht, dennoch waren einige Fragen offengeblieben, auf die er hoffte, in diesem Haus am Meer eine Antwort zu finden. Er tat das in allererster Linie für sich selbst. Und Valborg zuliebe, auch wenn es jetzt zu spät war. Natürlich konnte es weiterhin sein, dass er sich täuschte, doch das hielt er für unwahrscheinlich. Vielmehr hatte er das Gefühl, bald am Ziel zu sein.

Er hatte auch Regína angerufen und ihr gesagt, wen er treffen wolle, ihr von seinem Verdacht erzählt und sie gefragt, ob sie etwas über den Mann sagen könne. Ob Sunnefa ihn erwähnt habe. Regína konnte ihre Neugier nur schwer verbergen, ihm aber letztendlich nicht weiterhelfen. Konráð sagte, er würde sich melden, sobald er klarer sah.

Als er auf das Haus zuging, kam von dort ein leises helles Geräusch herüber, so etwas wie ein Klicken. Er blieb stehen, lauschte und hörte wenig später dasselbe Geräusch noch einmal. Es schien von der anderen, dem Meer zugewandten Seite des Hauses zu kommen. Er zögerte kurz, dann betrat er langsam den Garten. Es war ein milder Abend. Noch hell genug für einen Kampf, wie es in alten Büchern heißt. Die Sonne ging bald unter und rötete bereits den Himmel. Konráð durchquerte den großen, nicht eingezäunten Garten und sah bald eine Terrasse, von der man einen Blick auf das Meer hatte. Die Terrasse war riesig. Auf ihr befand sich ein Gerätehaus und ein großer Whirlpool, in einer Ecke stand ein imposanter Gasgrill. Ganz vorn auf der Terrasse war eine Vorrichtung, mit dem man Golf-Abschläge trainieren konnte. Das Gerät hatte ein großes Reservoir für Golfbälle, die wie von

Zauberhand einer nach dem anderen auf einem Plastikstift zum Liegen kamen, der in einer grünen Matte steckte. Daher kam das klickende Geräusch. Bernódus stand auf der Kunststoffmatte, schwang einen Golfschläger und traf in diesem Moment erneut einen Ball, der durch die Luft sauste und in ungefähr zweihundert Metern Entfernung im Meer landete. Sobald er den Ball abgeschlagen hatte, verschwand der Plastikstift im Boden und beförderte einen neuen Ball nach oben, den Bernódus wiederum auf das Meer hinausschlug.

Er bemerkte nicht, dass Konráð ihn beobachtete und dabei versuchte sich vorzustellen, wie viele Golfbälle nach dieser Trainingseinheit auf dem Meeresgrund liegen würden. Eine elegante weiße Golftasche stand auf der Matte. Bernódus schien diesen Sport nicht erst seit gestern zu betreiben, jeder seiner Schläge war perfekt ausgeführt. Er pausierte, um den Schläger zu wechseln und sich erneut eine dicke Zigarre anzuzünden, die in einem Aschenbecher auf dem Ballreservoir lag. Daneben stand ein Glas Cognac.

»Liegt nicht schon genug Müll im Meer?«, sagte Konráð.

Bernódus ließ sich durch die Störung nicht aus der Ruhe bringen. Er wandte sich um und behielt die Zigarre dabei im Mund, hielt sie über die Flamme des Feuerzeugs, sog den Rauch ein.

»Oh, Entschuldigung. Ich hätte schon längst einmal vorbeischauen sollen«, sagte er. Und nachdem er sah, wie Konráð zögerte, fügte er hinzu: »Bist du nicht der, der da drüben eingezogen ist?«

»Nein. Ich wohne nicht hier in der Gegend. Mein Name ist Konráð.«

»Konráð? Und ...?«

»Ich bin ein Bekannter von Valborg. Und Ísleifur lerne ich auch immer besser kennen. Ich glaube, du bist ein Mistkerl.«

»Was sind das für Leute? Die sagen mir nichts.«

»Ich befürchte, das tun sie doch.«

»Was geht dich das auch an. Verschwinde. Du hast nicht das Recht, hier einfach aufzukreuzen.«

»Ísleifur streitet es immer noch ab, aber ich denke, dass du ihn zu Valborg geschickt hast und dass er sie schließlich umgebracht hat. Sie erstickt hat mit der Plastiktüte, mit der er zuvor seine Bierdosen zum Recyclinghof gebracht hat. Keine besonders weltmännische Art, einen Mord zu begehen, aber Ísleifur ist ja auch nicht besonders weltmännisch. Obwohl du das früher vielleicht einmal anders gesehen hast, erinnerst du dich?«

»Was redest du da für einen Mist?«, sagte Bernódus und warf die Zigarre weg, sodass sie auf die Terrasse fiel. »Verschwinde. Sonst rufe ich die Polizei.«

Er wollte ins Haus gehen, Konráð stellte sich ihm in den Weg.

»Ich glaube, das ist so passiert: Ísleifur hat dir erzählt, was er in Keflavík getan hat. Ich glaube, er hat es dir erzählt, als ihr damals zusammen auf der amerikanischen Basis gearbeitet habt. Du erinnerst dich? Wie er dir erzählt hat, dass er in Discos Mitarbeiterinnen fragt, was sie nach Feierabend machen. Wie er sich dort versteckt und so getan hat, als wäre er auf dem Klo eingeschlafen. Um sie dann zu vergewaltigen. Ich glaube, das hat er dir alles erzählt, als ihr irgendwann mal besoffen bei den Amerikanern im Offizierskasino wart und euch für echte Männer von Welt gehalten habt.«

»Was redest du da für einen Scheiß?«, sagte Bernódus.

»Er war so widerlich zu ihnen, wie er nur konnte. Hat sie so gedemütigt, dass sie sich möglichst nicht trauten, mit anderen Leuten darüber zu sprechen, und stattdessen jahrelang im Stillen gelitten haben. Eine jedoch hat ihn angezeigt. Die Frau in Keflavík. Doch er hatte das große Glück, dass sie dem Gericht nicht glaubwürdig erschien. Das Gericht hat Ísleifur geglaubt, nicht ihr. Na, so was, würde jetzt wohl jeder sagen, der Ísleifur kennt. Wie zum Beispiel du.«

Bernódus stieß Konráð von sich.

»Dann wolltest du es auch mal probieren, und es traf Valborg. Vielleicht waren es auch noch andere. Das weiß ich nicht. Ísleifur hat mir nicht alles gesagt, aber mehr als genug. Er hat mir erzählt, dass du ihm davon erzählt hast, was du im Glaumbær gemacht hast, damals, als ihr euch für Männer von Welt gehalten habt. Und dass du neulich wieder zu ihm gekommen bist und gesagt hast, dass Valborg dich belästigt und alles durcheinanderbringt. Die Frau, die du vergewaltigt hast. Und wie du ihn gefragt hast, ob er da nicht etwas machen kann. Du wolltest, dass Ísleifur zu ihr geht und ihr eine kleine Lektion erteilt, damit sie aufhört. Er behauptete, dass er Nein gesagt hat und du daraufhin fast durchgedreht bist vor Wut. Vielleicht lügt er ja. Er lügt schließlich oft. Vielleicht hat er auch gemacht, was du gesagt hast, und ist mit seiner Plastiktüte zu Valborg gegangen. Oder du bist hin und hast es selber getan?«

Bernódus ging zu der Golftasche, holte einen Schläger hervor und ging drohend auf Konráð zu.

»Verschwinde. Sofort!«, sagte er.

»Macht dir das mit dem Kind keine Sorgen?«, sagte Konráð und blieb, wo er war. »Mit dem Kind von dir und Valborg?«

»Die lügt«, sagte Bernódus.

»Dann hast du also doch mit ihr gesprochen?«

»Sie hat mir aufgelauert und hat mich mit allem möglichen Blödsinn vollgequatscht. Aber das ist genauso gelogen wie das, was sie dir erzählt hat.«

»Ich warte noch auf die letzte Bestätigung, aber ich glaube, sie hat einen Sohn bekommen. Daníel. Der wurde von einem religiösen Alki-Pärchen adoptiert. Nach allem, was ich gehört habe, hat er kein besonders gutes Leben gehabt, aber das wird sich jetzt vielleicht ändern. Wenn er all dieses Geld bekommt. Dieses Vermögen. Von seinem Vater. War es das, was Valborg wollte? Bevor du Ísleifur zu ihr geschickt hast? Bevor du selbst zu ihr hin bist?«

Konráð sah, dass der Mann sich nur noch mühsam beherrschen konnte.

»Ísleifur und du seid immer in Kontakt geblieben, oder? Seit damals.«

Bernódus schlug mit dem Golfschläger nach ihm, doch Konráð wich aus, packte den Schläger, wand ihn Bernódus aus der Hand und warf ihn in die Richtung des Whirlpools und des großen Gasgrills. Der Golfschläger traf den Grill mit einem hohlen metallischen Knall.

»Hast du deiner Frau davon erzählt?«, sagte Konráð, als wäre nichts geschehen. »Wie Daníel entstanden ist? Weiß deine Tochter das?!«

In diesem Moment öffnete sich die Terrassentür. Eine Frau in Konráðs Alter kam aus dem Haus. Er glaubte, sie von den Zeitungsausschnitten zu erkennen. Es war Bernódus' Frau.

»Was soll seine Tochter wissen?«, sagte sie und sah erst Konráð fragend an, dann ihren Ehemann, dann den Golfschläger, der neben dem Grill lag. »Was ist hier eigentlich los?«

»Nichts«, sagte Bernódus. »Geh wieder rein!«

»Bernódus?«

»Rein mit dir!«, befahl der Mann voller Wut. Konráð entging nicht, wie ruppig er seine Frau behandelte. Er ging nicht davon aus, dass das zum ersten Mal vorkam.

»Eine Frau beschuldigt deinen Mann, dass er sie Anfang der Siebzigerjahre vergewaltigt hat«, sagte Konráð, so höflich wie er konnte, ohne etwas zu beschönigen. »Sie hat nie Anzeige erstattet, bekam aber nach der Vergewaltigung ein Kind, das sie nicht behalten wollte. Sie hat Kontakt zu mir aufgenommen und mich gebeten, das Kind zu finden.«

Die Frau warf ihrem Mann einen verstörten Blick zu.

»Was sagt der da?«

»Nichts. Geht dich nichts an. Und jetzt rein mit dir!«

»Stimmt das?«

»Dummes Geschwätz. Ich habe dir gesagt, du sollst reingehen!«

»Bernódus ... stimmt das?!«

»Rein mit dir, du dumme ... das verstehst du eh nicht! Wie immer. Ich habe diesen Mann noch nie gesehen, lass dir bloß nichts vormachen!«

»Die Frau hieß Valborg. Ich glaube, sie hat mich gebeten, das Kind zu finden, damit es einen Anteil von eurem Vermögen bekommt«, sagte Konráð und sah kurz auf das große Haus. »Das ist die Frau, die neulich ermordet wurde, das hast du bestimmt in den Medien gesehen. Ich versuche herauszufinden, ob dein Mann damit etwas zu tun hat.«

Sie starrte ihren Mann fassungslos an. Konráð hatte

das letzte Wort noch nicht gesprochen, da klingelte sein Handy. Er holte es hastig aus der Tasche, sah, dass es Regína war, und nahm den Anruf sofort an. Er merkte, dass sie sehr aufgebracht war.

»Er ist hier«, flüsterte sie voller Angst, sobald Konráð sich gemeldet hatte. »Hier bei mir … er ist so wütend, ich traue mich kaum … Daníel ist …«

Die Verbindung brach ab. Sein Akku war leer.

Einundsechzig

Konráð fuhr so schnell er konnte zu Regína, nachdem er Bernódus und seine Frau auf ihrer Terrasse mit Meerblick zurückgelassen hatte. Er hatte ihnen gesagt, sie sollten sich auf einen Besuch der Polizei einstellen, da sie noch einige Fragen über Bernódus' Beziehung zu Valborg hätten – in der Zeit damals und auch vor ihrem gewaltsamen Tod. Er hätte auch sofort Marta angerufen, wenn der Akku seines Telefons nicht leer gewesen wäre. Es hatte ihm den niedrigen Ladezustand schon länger signalisiert, doch Konráð hatte keine Zeit gehabt, es zu laden.

Zehn Minuten nach ihrem Anruf hielt er vor Regínas Haus. Er sah nirgendwo Licht. Kein Anzeichen von Leben. Er lief zur Eingangstür und klingelte und hämmerte gegen die verschlossene Tür. Er rief nach Regína, doch niemand antwortete, also rannte er um das Haus herum und versuchte es an der Tür, die in den Garten führte. Sie ließ sich öffnen, er ging hinein und rief abermals nach ihr.

»Regína! Bist du hier? Die Polizei ist unterwegs«, log er. »Sie sind in einer Minute da. Alles okay bei dir?«

Glasscherben knirschten unter seinen Schuhsohlen, und während seine Augen sich noch an die Dunkelheit gewöhnten, sah er, dass jemand das Haus verwüstet hatte. Jemand hatte Lampen zerschlagen, Möbel umgeworfen, Bücher lagen am Boden verstreut.

Dann sah er die Umrisse eines Menschen, der aus der Küche auf ihn zukam. Es war Regína. Sie hatte geweint und stand ganz offenbar unter Schock. »Alles in Ordnung?«, fragte Konráð und eilte zu ihr. Sie hatte eine blutige Wunde an der Stirn.

»Ich glaube, ich war bewusstlos«, sagte sie.

»Ich rufe einen Krankenwagen«, sagte Konráð und sorgte dafür, dass sie sich setzte.

»Daníel hat mich angegriffen«, sagte Regína. »Er war so wütend. Ich glaube, ich bin gegen den Türrahmen geknallt Und als ich wieder zu mir kam...«

»Nicht bewegen«, sagte Konráð, der inzwischen ihr Telefon gefunden und den Notruf gewählt hatte. »Du hast eine ziemliche Wunde am Kopf und bist verwirrt. Am besten, du bewegst dich nicht, bis sie hier sind.«

»So wütend...«

»Warum war er denn so wütend?«, fragte Konráð, nachdem er einen Krankenwagen gerufen hatte.

»Er kam, kurz nachdem du gegangen warst«, sagte Regína. »Ich habe durch Zufall in den Garten geschaut, und dann stand er da, einsam und allein. Ich habe natürlich einen Schreck bekommen. Aber reingebeten habe ich ihn trotzdem. Er hat gesagt, er hätte schon eine Weile dort gestanden. Das begann alles ganz ruhig. Er fing an von meiner Tochter zu sprechen und dass er manchmal an sie denkt. Dass sie so gut zu ihm war. Er hat erzählt, wie gut er sich noch an die Tage erinnert, als sie krank war, ins Krankenhaus gebracht wurde und nie wieder zurückkam. Er wusste, dass das der Grund dafür war, dass er nicht mehr bei mir bleiben konnte. Seitdem hat er sich wohl nie wieder irgendwo zu Hause gefühlt und nie gewusst, wer er wirklich ist und wo er herkommt.«

Regína fasste sich an die Stirn und verzog vor Schmerzen das Gesicht. Sie schien sich langsam von dem Schlag zu erholen.

»Er wollte mich nach seiner Mutter fragen. Deswegen war er hier. Und ich hatte irgendwie das Gefühl, dass etwas vorgefallen war. Er hat gefragt, ob ich Fotos von ihr habe. Er hat gesagt, er hat immer gewusst, dass er ein Pflegekind ist, und angeblich nicht viel darüber nachgedacht, aber nun hat er irgendwo ein Gesicht gesehen, das ihm so bekannt vorkam und ihn irgendwie nicht loslässt ...«

»Was hast du ihm gesagt?«

»Die Wahrheit. Die ganze Wahrheit. Ich konnte nicht anders. Er hat das Recht, sie zu kennen. Und hätte sie schon vor langer Zeit erfahren sollen. Ich habe ihm von der Vergewaltigung erzählt. Ich wusste nicht, was ich sonst sagen sollte. Ich wollte einfach nicht lügen. Ich habe versucht ihm das so schonend beizubringen wie möglich, habe gesagt, dass das nicht bewiesen ist, aber dass du nicht ausschließt, dass das so passiert ist.«

»Und?«

»Er hat gelächelt.«

»Gelächelt?«

»Als ob das Leben ihn schon lange nicht mehr überraschen könnte. Dann ist er irgendwann zusammengebrochen und hat angefangen zu weinen. Ich habe versucht ihn zu trösten, aber das hatte genau den gegenteiligen Effekt. Er wurde wütend und fing an zu schimpfen. Er wurde immer wütender, da wusste ich mir nicht anders zu helfen, als dich anzurufen. Am Ende war er so rasend, dass er hier alles zerschlagen hat. Dann richtete seine Wut sich gegen mich. Er hat mich angeschrien, warum ich ihm das nie gesagt habe. Warum ich mich nicht schon viel früher bei ihm gemeldet und ihm das alles erzählt hätte. Dass ich ihm spätestens bei der Beerdigung von Sunnefa die Wahrheit hätte sagen müssen, dann wäre das alles nie passiert. Er wollte wissen, was wir uns bloß dabei gedacht hatten, und dann ... dann ist er auf mich losgegangen ...«

»Weißt du, wohin er gegangen ist?«

»Er war so verzweifelt, der arme Kerl«, sagte Regína. »Ich habe ihm von dir erzählt. Was du gerade machst. Dass du versuchst ihn zu finden, weil Valborg dich darum gebeten hat und dass du ihm helfen willst. Vielleicht will er mit dir reden.«

»Wo ist er hin?«

»Ich weiß nicht, vielleicht ... vielleicht zu seinem Vater ... ich weiß es nicht.«

»Bernódus? Hast du ihm gesagt, wer sein Vater ist?«, fragte Konráð.

»Ja«, sagte Regína. »Der arme Junge, er war so verzweifelt, so unglaublich verzweifelt ... wie konnte so etwas nur ... wie konnte das nur passieren ..., dass ..., dass er es war, der ...«

»Was?«

»Oh Gott«, seufzte Regína und packte Konráð am Arm. »Kein Wunder, dass der arme Junge so verzweifelt war.«

Zweiundsechzig

Da stand die junge Frau am Wohnzimmerfenster und blickte hinaus in die abendliche Dunkelheit. Die Gardinen waren aufgezogen, ein mattes Licht schien aus der Wohnung. Die Frau hatte eine Zigarette in der Hand und blies den Rauch hinaus. Sie trug einen Jogginganzug. Es sah aus, als wäre sie gerade vom Joggen gekommen und würde sich nun zur Belohnung eine Zigarette gönnen.

Im Haus nebenan saß eine Frau in der Küche über ihren Laptop gebeugt. Ein Mann saß mit seinem Tablet im Wohnzimmer. Sie sprachen nicht miteinander. Der Fernseher lief, ein blaues Flackern erleuchtete das Wohnzimmer, doch niemand achtete darauf. Sie blickten gleichzeitig von ihren Geräten auf, und die Frau rief etwas. Der Mann erhob sich, legte das Tablet zur Seite und ging in ihr Schlafzimmer.

Die junge Frau drückte ihre Zigarette aus und ging in die Wohnung, zog sich die Sportsachen aus und verschwand im Bad. Sie schloss die Tür hinter sich.

Der Mann in der Souterrainwohnung kam mit einem Kleinkind zurück, das offenbar weinte. Er hielt es eng an sich gedrückt und versuchte es zu trösten, indem er mit ihm in seinem Wohnzimmer umherging. Seine Frau blieb in der Küche sitzen.

Der Mann mit der Glatze und der Brille saß mit seiner

Frau auf dem Sofa, sie hatten eine Schüssel Popcorn vor sich. Der Mann küsste sie flüchtig auf den Mund. Dann sahen sie fern und aßen Popcorn.

Die Badezimmertür öffnete sich und die Frau, die eben geraucht hatte, kam ins Wohnzimmer zurück. Sie hatte sich ein Handtuch um den Körper geschlungen und holte etwas aus einer Tasche. Es war eine Flasche Shampoo. Sie nahm sie mit ins Badezimmer und schloss erneut die Tür hinter sich.

Der Mann in der Nachbarwohnung hatte sein Gesicht in den Händen verborgen. Er schien allein zu Hause zu sein und wirkte nervös, er kickte einige Legosteine weg, die im Wohnzimmer auf dem Fußboden lagen, nahm sein Handy und führte ein Telefongespräch, das ihn noch mehr aufregte. Das Gespräch schien abrupt zu enden. Er ging zum Fenster und starrte in die Dunkelheit. Dann ging er im Wohnzimmer umher, packte eine Blumenvase und schmetterte sie auf den Boden. Er zerschmiss noch einige andere Dinge, dann ließ er sich auf das Sofa fallen und verbarg erneut das Gesicht in seinen Händen.

Die Badezimmertür war noch immer geschlossen.

Im Erdgeschoss des Wohnblocks saß eine Frau allein in ihrem Wohnzimmer. Sie telefonierte und schüttelte dabei immer wieder den Kopf, vor ihr stand ein halb geleertes Glas Bier. Sie schien aufgebracht. Als sie das Gespräch beendet hatte, warf sie das Telefon auf eines ihrer Sofas, es prallte an den Polstern ab und landete auf dem Boden.

Über ihr befand sich die Wohnung, in der der Mord passiert war, der alle in Aufruhr versetzt hatte. Sie lag komplett im Dunkeln, wie an den letzten Abenden auch. Kein Mensch hatte sie mehr betreten.

In der Erdgeschosswohnung am nächsten Treppenaufgang war niemand zu Hause. Die Leute in der Wohnung darüber sahen fern, ab und zu blickten sie auf, und die Frau stieß ihren Mann an, als wollte sie, dass er irgendetwas tat.

Die jungen Leute in der Etage darüber hatten Gäste. Einige tanzten. Andere standen herum und redeten und tranken Bier direkt aus Dosen oder kippten Schnäpse. Die Wohnungstür öffnete sich, und der Mann aus der darunterliegenden Wohnung stand auf der Türschwelle.

Die Badezimmertür öffnete sich einen Spaltbreit, die junge Frau stand nackt vor dem Spiegel ...

In der Wohnung der ermordeten Frau machte jemand Licht. Die Person stand mitten im Wohnzimmer, und es sah aus, als würde sie direkt in das Objektiv des Fernglases blicken.

Dann löschte sie das Licht.

Die Badezimmertür schloss sich langsam wieder.

Dreiundsechzig

Konráð dachte an die Ironie des Schicksals. Daran, was Island doch für ein kleines Land war. An die Zufälle, die das Leben der Menschen bestimmten. Wie sie Leben entstehen ließen. Und wie sie es auslöschten.

Marta war nicht begeistert, als er endlich anrief, um ihr zu erzählen, was er über Bernódus und Ísleifur und Valborg und Daníel in Erfahrung gebracht hatte, und wie ihre Leben miteinander zusammenhingen, in einer großen Tragödie, die sein Fassungsvermögen überstieg. Sie konnte es nicht fassen, dass er nicht eher angerufen hatte. Dass er ihr so wichtige Informationen vorenthalten hatte. Dass er so ein verdammter Idiot war. Sie sagte, sie würde ihn für die Folgen verantwortlich machen, falls sich herausstellte, dass er mit seiner Heimlichtuerei Ermittlungen behindert hatte oder falls die Beteiligten sich noch mehr Leid antaten. Konráð ließ Marta schimpfen. Im Vergleich zu der Tragödie, die sich vor ihm entfaltete, war das kaum mehr als ein fernes Rauschen.

Er parkte vor dem großen Haus am Meer und blickte auf sein Telefon. Er hatte es bei Regína zumindest etwas aufladen können. Alles war still. Dieses Mal hörte er nicht, wie jemand Golfbälle auf das Meer hinausschlug. Zu seiner Verwunderung bemerkte er, dass die Haustür nur angelehnt war. Er betrat vorsichtig das Haus und rief, ob jemand zu Hause sei. Er wusste, dass die Polizei unterwegs war und auch zu Ísleifur fuhr und nach Daníel fahndete.

Er kam in ein großes, aufwendig eingerichtetes Wohnzimmer mit einem weißen Flügel, riesigen Gemälden an den Wänden und einem atemberaubenden Blick auf das Meer. Da saß die Frau von Bernódus, die Konráð früher an diesem Abend kennengelernt hatte. Sie drehte ihm den Rücken zu und schien vollkommen weggetreten.

»Bist du das, Klara?«, fragte sie, ohne sich umzudrehen, als sie Konráðs Schritte hörte.

»Nein«, sagte Konráð. »Ich bin es noch mal.«

»Du?«

»Entschuldige die Störung. Erwartest du deine Tochter?«

»Was willst du hier?«

»Ich wollte fragen, ob gerade jemand bei euch war.«

»Jemand?«

»Jemand namens Daníel.«

»Wo ist meine Klara?«, fragte sie voller Misstrauen. »Ist sie nicht bei dir? Ich habe sie angerufen. Meine Tochter ist unterwegs. Ich muss mit ihr reden. Ihr sagen, was passiert ist.«

»Das kann ich gut verstehen«, sagte Konráð und sah, dass die Frau nun ein blaues Auge hatte und eine blutige Wunde an einem Ohr. »Kannst du mir sagen, ob jemand hier war? Ein Daníel?«

»Warum?«

»Weil es sein kann, dass … Wo ist Bernódus? Ist alles okay?«

»Hier war niemand. Nur du. Vorhin. Warum musstest du auch mit ihm reden? Es war so ein schöner Abend. Er war so friedlich gewesen.«

»Friedlich?«

»Ja.«

»Wie meinst du das?«

»Ich mache dir keine Vorwürfe«, sagte sie. »Ich sollte dir dankbar sein. Danke, dass du mir von dieser armen Frau erzählt hast. Von Valborg. Ich wusste nichts davon. Und meine liebe Klara auch nicht. Das musst du mir glauben. Das war, bevor ich ihn kannte. Bitte glaub mir das.«

»Wo ist Bernódus?«, fragte Konráð erneut. »Hat er dir gesagt, warum ich zu ihm gekommen bin?«

»Das musste er gar nicht. Ich kenne meinen Mann. Er hat mich öfter zum Sex gezwungen, als ich zählen kann. Hat mich betrogen. Ist im Ausland in Puffs gegangen.«

In diesem Moment hörten sie, wie jemand mit schnellem Schritt von der Haustür in ihre Richtung ging. Sie drehten sich um und sahen Klara, die Konráð einen verstörten Blick zuwarf, dann zu ihrer Mutter eilte und sie in den Arm nahm.

»Alles okay bei dir?«, fragte sie.

»Mach dir keine Sorgen um mich. Ich bin okay. Ich bin froh, dass es vorbei ist. Froh, dass das jetzt ein Ende hat.«

»Wo ist Papi?«, fragte Klara voller Sorge.

»Ich weiß nicht, woher ich die Kraft hatte«, sagte ihre Mutter. »Vielleicht war es die Geschichte von der Frau im Glaumbær. Dein Vater hat mir das alles erzählt, ohne mit der Wimper zu zucken. Er hat es mir förmlich ins Gesicht geschrien. Dass er das getan hat. Sie vergewaltigt hat. Dann hat er mich geschlagen. Zum ersten Mal seit drei Jahren. Er war so friedlich gewesen.«

»Oh, Mama«, flüsterte Klara. »Wo ist er? Ist er weg? Wo ist er hin? Was machst du hier?«, fragte sie dann und sah Konráð an.

»Die Polizei müsste gleich hier sein«, sagte Konráð, »sie wird dann mit euch reden wollen. Und insbesondere mit Bernódus.«

»Wegen dieser Frau ... dieser Valborg?«

Konráð nickte.

»Mama, wo ist er?!«, fragte Klara. »Wo ist Papi?«

Die Frau sah sie an und zeigte dann in Richtung des Flurs, der vom Wohnzimmer zu einem Arbeitszimmer führte, dessen Tür halb offen stand. Klara ging in Richtung des Arbeitszimmers. Konráð sah ihr hinterher. Sie blieb in der Tür stehen. Machte keinen Schritt weiter. Sein Telefon klingelte. Marta. Anstatt sich gleich zu melden, folgte er Klara, so weit, bis auch er einen Blick in das Arbeitszimmer werfen konnte. Bernódus lag hilflos am Boden. Eine Blutlache hatte sich um seinen Kopf gebildet, Zuckungen durchfuhren seinen Körper. Er hatte die Augen geöffnet, starrte in die Luft und konnte sich nicht bewegen. Neben ihm lag auf dem Teppich eine zerbrochene Marmorfigur. Konráð stürmte in das Arbeitszimmer, Klara hingegen stand da wie erstarrt und beobachtete, wie er sich über ihren Vater beugte.

»Schickt einen Krankenwagen zu Bernódus«, sagte Konráð, nachdem er endlich Martas Anruf angenommen hatte. »Er hat einen schweren Schlag auf den Kopf bekommen und verliert das Bewusstsein.«

»Ich fasse es nicht!«, rief Marta, und Konráð hörte, wie sie jemandem befahl, sofort einen Krankenwagen zu rufen.

»Ich weiß nicht, woher ich die Kraft hatte«, sagte Klaras Mutter, die ihnen inzwischen gefolgt war und nun hinter ihrer Tochter stand. »Das war plötzlich alles ganz einfach.«

Klara fing an zu weinen und verbarg ihr Gesicht in den Armen ihrer Mutter, die beruhigend auf sie einsprach.

»Irgendein Blödmann ist in die Wohnung von Valborg eingebrochen«, sagte Marta am Telefon. »Er sagt, er will mit dir reden. Ich glaube, wir sollten da so vorsichtig wie möglich sein und tun, was er sagt. Woher kennt der dich? Hast du eine Ahnung, wer das ist? Warum er mit dir reden will? Was hast du eigentlich alles gemacht?«

»Ich habe gedacht, er ist vielleicht auf dem Weg hierher«, sagte Konráð.

»Wer denn nun? Wer ist das?!«

»Das ist Daníel. Der Sohn von Valborg.«

Vierundsechzig

Marta stand vor dem Wohnblock und wartete ungeduldig auf ihn. Sie stieß eine Dampfwolke nach der anderen aus. Ein Polizeiauto stand auf dem Bürgersteig, sie war in Begleitung eines Kollegen, den Konráð nicht kannte. In der Straße war alles ruhig. Weitere Maßnahmen hatte die Polizei aufgrund des Mannes in Valborgs Wohnung offenbar nicht ergriffen. Die meisten Fenster des Wohnblocks waren erleuchtet, in Valborgs Wohnung war es dunkel.

»Dieser blöde Emanúel hat uns gerufen und gesagt, dass er einen Mann in Valborgs Wohnung gesehen hat«, sagte Marta, als Konráð eilig auf sie zukam. »Offenbar hat niemand es für nötig gehalten, ihm dieses Fernglas abzunehmen. Der Mann in Valborgs Wohnung weigert sich herauszukommen. Er hat alle Lichter ausgeschaltet und gesagt, dass er nicht bewaffnet ist. Aber das muss ja nicht stimmen. Wobei ich am meisten Angst davor habe, dass er sich selbst etwas antut. Wir haben nur durch die Tür mit ihm gesprochen, er schien ziemlich aufgebracht. Warum denkst du, dass er Valborgs Sohn ist?«

»Kannte er meinen Namen?«

»Ja. Er hat gesagt, er will mit Konráð reden. Kennst du ihn?«

»Nein«, sagte Konráð und sah zu Valborgs Fenstern hinauf. »Was wollt ihr tun?«

»Hoffen, dass du ihm gut zureden kannst«, sagte Marta. »Und wenn das nichts bringt, holen wir ihn aus der Wohnung. Und wenn sich abzeichnet, dass er gefährlich ist, rufen wir die Spezialeinheit und evakuieren die Nachbarn. Aber erst einmal versuchst du ihn zu beruhigen. Ich will nicht, dass es eine Tragödie gibt.«

»Dafür ist es schon zu spät, fürchte ich«, sagte Konráð.

Marta zeigte ihm, wie er ihnen mit dem Handy ein Zeichen geben konnte, wenn er Hilfe brauchte. Konráð stellte es dementsprechend ein und betrat das Treppenhaus. Er stieg die Stufen in den ersten Stock hinauf und stand vor Valborgs Wohnung. Die Tür war aufgebrochen worden.

»Daníel!«, rief er. »Hier ist Konráð! Du wolltest mit mir reden.«

Niemand antwortete.

»Daníel!«

Er klopfte vorsichtig. Falls das wirklich Valborgs Sohn war, wollte er nicht zu forsch sein. Er rief noch einige Male seinen Namen, dann legte er das Ohr an die Wohnungstür, hörte aber nichts. Er gab der Tür einen kleinen Schubs. Sie öffnete sich, und er ging vorsichtig hinein.

»Daníel? Bist du das?«, rief er. »Alles okay bei dir? Ich habe mit Regína gesprochen. Es geht ihr schon wieder besser. Sie macht sich große Sorgen um dich. Daníel?!«

»Ich wollte ihr nicht wehtun«, hörte Konráð eine Stimme aus der Dunkelheit.

»Das weiß sie.«

»Und Valborg wollte ich auch nicht wehtun, ich wollte niemandem wehtun. Ich wusste nicht, wer sie war …, dass sie … meine …«

Die Lichter des Polizeiwagens flackerten vor den Fenstern. Konráð ging weiter hinein.

»Sie war für mich einfach nur eine Fremde.«

»Ich weiß«, sagte Konráð und blickte in die Dunkelheit.

»Die haben gesagt, sie hat Geld zu Hause. Da in der Obdachlosenunterkunft. Ich weiß nicht, was ich mit der Plastiktüte gemacht habe. Ich dachte, sie wird kurz ohnmächtig. Ich war betrunken, ich konnte nicht klar denken. Ich mache mir solche Vorwürfe. Ich habe das nicht gewollt. Nicht bei ihr. Bei niemandem.«

Konráð sah die Umrisse eines Mannes, der im Esszimmer auf einem Stuhl saß. Nach allem, was Konráð erkennen konnte, hatte er keine Waffe in der Hand. Er war nach vorne gebeugt, hatte die Ellenbogen auf die Knie gestützt und starrte auf den Fußboden.

»Verrückt, dass ausgerechnet sie das war. Ich habe nie besonders nach ihr gesucht oder nach meinem Vater ... Stimmt das, was Regína gesagt hat? Hat sie mich deswegen weggegeben? Weil er sie vergewaltigt hat?«

»Ich befürchte, alles weist darauf hin«, sagte Konráð. »Ich nehme an, du bist Daníel?«

»Ich habe keine Ahnung, wer ich bin.«

Es folgte eine weitere lange Pause. Daníel saß bewegungslos da. Konráð wagte sich Stück für Stück näher, bis er ihm gegenüberstand. Ihm fiel auf, dass die Balkontür offen stand.

»So ein Scheißkerl.«

»Ja. Ein Scheißkerl.«

»Verrückt, dass ausgerechnet sie das war«, sagte Daníel abermals.

»Sonderbar«, sagte Konráð. »Dass ihr euch auf diese Weise finden solltet. Sie hat in all den Jahren immer an dich gedacht und mich letztendlich darum gebeten, dich zu finden, weil ich einmal bei der Polizei war. Wir haben uns nicht gekannt. Und ich habe sie abgewiesen. Ich habe sie im Stich gelassen. Und dich. Vielleicht hätte ich euch zusammenbringen können. Bevor all das passieren musste. Sie wollte dich kontaktieren, weil sie das alles im Laufe der Jahre immer mehr bereut hat. Vielleicht wollte sie auch, dass du etwas vom Geld deines Vaters bekommst. Er ist ein wohlhabender Mann. Dann hätte sie dir endlich etwas Gutes tun können.«

»Ich hätte sie nicht kennenlernen wollen.«

»Natürlich nicht.«

»Ich hätte ... ich wünschte, ich hätte nicht ...«

»Sie hat ihren Kummer immer für sich behalten«, sagte Konráð und kam wieder ein Stück näher. »Die Vergewaltigung. Dass sie ein Kind bekommen und weggegeben hat. Aber es hat ihr Leben geprägt. Sie versuchte zu leben, als wäre nichts passiert. Aber das ist ihr wohl nie gelungen.«

»Ich habe manchmal die Leute gefragt, bei denen ich gewohnt habe, doch keiner wusste etwas. Oder sie haben es geheim gehalten. Die Wahrheit hat Regína mir erst heute Abend erzählt. Warum ich von einem Ort zum nächsten gegeben wurde. Und über die Leute in dieser Gemeinde und über diese Sunnefa, und was die so gedacht hat.«

»Ich würde dir gern helfen.«

»Du kannst mir nicht helfen.«

Daníel blickte auf und sah ihn ernst und schweigend an.

»Ich wollte das nicht. Ich bin kein Mörder.«

Er sprach inzwischen etwas undeutlich. Konráð fragte, ob alles okay wäre, bekam aber keine Antwort. Er sagte, er wolle Licht machen, und Daníel protestierte nicht. Konráð streckte sich in Richtung Küchentür, fand den richtigen Lichtschalter, die Lampe über dem Esstisch ging an und tauchte den Raum in warmes Licht. Sie sahen sich in die Augen. Daníel war anzusehen, dass das Leben mit ihm nicht zimperlich umgegangen war. Er musste sich einmal die Nase gebrochen haben, und über einem Auge hatte er eine lange Narbe, vielleicht von einer Schlägerei. Seine Lippen waren aufgesprungen, seine kräftigen Hände waren schmutzig und zerschunden, die Fingernägel abgebrochen und gelb, nach Jahren des starken Rauchens. Als Konráð ihn so betrachtete, glaubte er Gesichtszüge von Valborg bei ihm wiederzuerkennen, die hohe Stirn und die geschwungenen Augenbrauen. Und er sah, dass unter seinen Brauen derselbe tiefe Schmerz lag, wie er ihn in den Augen von Valborg gesehen hatte, als sie in dem Museum saß und Valborg von Mutterliebe sprach.

»Ich wäre gern bei ihr gewesen.«

»Ja, klar.«

»Das hatte sie nicht verdient.«

»Nein«, sagte Konráð.

»Und ich auch nicht.«

»Auf gar keinen Fall«, sagte Konráð. »Niemand hat so etwas verdient.«

»Ich habe Durst«, sagte Daníel. »Holst du mir ein Glas Wasser?«

Er lächelte still für sich ein freudloses Lächeln. Konráð erhob sich, ging in die Küche, fand ein Glas und füllte es mit Wasser. Als er zurückkam, saß Daníel mit geschlossenen Augen da. Konráð stieß ihn vorsichtig an und sagte, hier sei das Wasser, doch Daníel reagierte nicht. Konráð merkte, dass etwas nicht stimmte. Er stellte das Glas ab und packte Daníels Kopf. Fragte noch einmal, ob alles okay sei, sagte wieder und wieder seinen Namen, schlug ihm leicht auf die Wange, dann hob er die Augenlider an und sah, dass seine Augen leblos waren. Konráð drückte den Knopf auf seinem Handy und legte Daníel auf den Boden. Er versuchte ihn wiederzubeleben und sah erst jetzt die Medikamentenverpackungen von Valborgs Krebsmedikamenten und von anderen Tabletten, die Daníel mitgebracht hatte.

Er machte Herzdruckmassage und rief wieder und wieder seinen Namen, bis die Polizei kam und die Notfallsanitäter, in Begleitung einer Ärztin. Die Ärztin schob Konráð zur Seite, übernahm die Wiederbelebungsversuche und wenig später hatten sie Daníel in den Krankenwagen gebracht.

Ungefähr eine Dreiviertelstunde später bekam Konráð die Nachricht, dass Valborgs Sohn auf dem Weg ins Krankenhaus gestorben war.

Fünfundsechzig

Es war ein milder Tag. Konráð sah den Touristen zu, die am Meer standen und die Skulptur Sonnenfahrt betrachteten, die ein Schiff zeigte, das so aussah, als würde es sich gerade auf eine ewige Reise zu den Sternen begeben.

Sein Telefon klingelte. Es war Marta.

»Er wird sich nie wieder ganz erholen«, sagte sie. »Bernódus. Sie hat mit ihrem Schlag irgendwelche Nerven beschädigt.«

»Ich bin zu spät gekommen«, sagte Konráð und überlegte, wie oft er diesen Satz wohl schon gesagt hatte.

»Du hättest mich schneller informieren müssen«, sagte Marta, ohne dass es besonders vorwurfsvoll klang. Die Frau hat uns von ihrer Ehe mit Bernódus erzählt. Gewalt. Emotionale Erpressung. Er hat gedroht sie umzubringen, wenn sie ihn verlässt. Das volle Programm. Die Tochter sagt, sie hat das alles nicht gewusst. Nur manches. Sie dachte, er hätte sich gebessert. Das ist wie im Lehrbuch: Verleugnen und den schönen Schein wahren. Sie hat selbst eine DNA-Analyse beantragt, um herauszufinden, ob Daníel und sie Geschwister waren.

Konráð schwieg.

»Dich interessieren diese Leute gar nicht so?«, sagte Marta.

»Nein.«

»Du denkst an Daníel?«

»Ja.«

»Kann so etwas nur in Island passieren?«

»Ich weiß es nicht.«

Wenig später verabschiedeten sie sich, und Konráð sah wieder in Richtung des Sternenschiffes und dann auf den Bürgersteig vor seinen Füßen. In letzter Zeit hatte er kaum Gelegenheit gehabt, über das Fenster zu den Räucherkammern nachzudenken. Vor einigen Jahren, als der Schlachthof längst abgerissen war, hatte er einmal ausgerechnet, dass die Räucherkammern einst genau an diesem Punkt gewesen waren, an dem er jetzt stand. Hier musste sein Vater verblutet sein. Er versuchte sich vorzustellen, wo das Fenster gewesen sein musste und ob es bei dem Mord eine Rolle gespielt haben könnte. Ob der Mörder auf der Flucht durch dieses Fenster eingestiegen war, um sich vielleicht bei den Räucherkammern zu verstecken.

Er hing diesen Gedanken noch nach, als sein Telefon erneut klingelte. Es war Eygló. Als sie über Regína und ihre Tochter und Daníel gesprochen hatten, war Eygló schnell klar geworden, dass das die Menschen waren, die sie einst mit dem Medium besucht hatte. Auf dem Hausbesuch, der dazu geführt hatte, dass sie sich mehr und mehr von der Arbeit als Medium zurückgezogen hatte und sie schließlich ganz einstellte.

»Hast du dieses Ding aus der Spieluhr noch, das du mir neulich gezeigt hast?«, fragte sie, nachdem sie eine Weile geplaudert hatten.

Konráð hielt es in diesem Moment in der Hand.

»Ja«, sagte er.

»Was hast du damit vor?«

»Ich weiß es nicht«, sagte er.

Eygló wollte eigentlich über ihre Väter sprechen, aber sie spürte, dass er abgelenkt war, und sagte, sie würde später wieder anrufen.

Konráð steckte das Telefon ein und ging zu seinem Auto. Auf dem Weg sah er noch immer dorthin, wo sich das Schiff bereit machte für seine Reise zu den Sternen. Die Skulptur drückte ein Freiheitsgefühl aus, das ihm gefiel. Er ging an einem Mülleimer vorbei, zögerte kurz, betrachtete den Gegenstand noch einmal, dann warf er ihn weg und setzte seinen Weg etwas leichteren Schrittes fort.

Sechsundsechzig

Eine merkwürdige Ruhe lag über den Gebäuden des Schlachthofs an der Skúlagata. Konráðs Vater stampfte mit den Füßen auf, damit ihm nicht noch kälter wurde. Schon von Weitem hatte man die Räucherkammern riechen können, ein Geruch, der ihm nicht schlecht gefiel. Er versuchte sich möglichst unauffällig zu verhalten, obwohl das eigentlich nicht nötig war. Hier war niemand mehr auf der Straße. Die Tankstelle war geschlossen. Westlich von ihr ragten düstere Öltanks auf, die mit den Buchstaben BP bemalt waren. Er blickte hinaus auf die Bucht. Der steinige Strand reichte bis an die Straße heran, er konnte das Rauschen des Meeres hören, über dem ein kalter Nebelschleier lag.

Er wartete eine Weile in dem kalten Wind und wollte gerade wieder gehen, als er hörte, dass jemand aus der Dunkelheit auf ihn zukam.